ﻗﻤﺮ
ﺟﺪﻳﺪ

아라비안나이트 4

ⓒ 김하경, 2006, Printed in Korea.

초판 1쇄 2006년 7월 15일 발행
초판 11쇄 2013년 8월 19일 발행
2판 1쇄 2015년 3월 2일 발행
개정 1쇄 2020년 8월 10일 발행

영역자 리처드 F. 버턴
편역자 김하경
펴낸이 김성실
표지 디자인 오필민
제작 한영문화사

펴낸곳 시대의창 **등록** 제10−1756호(1999. 5. 11)
주소 121−816 서울시 마포구 연희로 19−1
전화 02)335−6121 **팩스** 02)325−5607
전자우편 sidaebooks@daum.net
페이스북 www.facebook.com/sidaebooks
트위터 @sidaebooks

ISBN 978−89−5940−738−5 (04890)
ISBN 978−89−5940−734−7 (전5권)

이 도서의 국립중앙도서관 출판시도서목록(CIP)은
서지정보유통지원시스템 홈페이지(http://seoji.nl.go.kr)와
국가자료공동목록시스템(http://www.nl.go.kr/kolisnet)에서 이용하실 수 있습니다.
(CIP제어번호: CIP2015002519)

아라비안나이트

4

리처드 F. 버턴의 영역본으로 김하경이 다시 쓰다

시대의창

편역자의 말

호르헤 루이스 보르헤스는 《아라비안나이트》에서 두 이야기를 취하여 표현만 바꿔 단편소설 두 편을 썼다. 그런가 하면 파울로 코엘료는 《연금술사》를 쓸 때 《아라비안나이트》의 하룻밤 이야기를 모티프로 삼았으며, 움베르토 에코는 '현자 두반이 유난 왕을 죽일 때 사용한 수법'(1권 〈어부에게 은혜를 갚은 마신〉)을 《장미의 이름》에서 그대로 차용하였다.

이렇듯 20, 21세기 현대 문학의 중요한 성과들이 9세기 혹은 10세기에 그 원형이 형성된 《아라비안나이트》에 여전히 기대고 있다는 사실에서 "가장 낡은 것이 가장 새로운 것"이라는 진리를 새삼 확인한다.

이 책이 세상에 나오기까지의 과정은, 이슬람식 표현을 빌리면 "알라가 정해준 운명"이라고밖에 달리 설명할 길이 없다. 거역할 수 없는 어떤 힘이 나를 여기까지 이끈 것만 같다. 5년 전에 처음 인연을 맺은 《아라비안나이트》는 이제 내게 '문학'을 넘어 '살아가는 의미'가 되었다. 《아라비안나이트》와의 처음 인연은 순전히 개인적인 동기에서 비롯되었다.

처음에 《아라비안나이트》를 꼬박 석 달 걸려 읽었는데, 감동은 둘째치고 내용이 하나도 기억나지 않았다. 그래서 할 수 없이 다시 읽었다. 이번에는 읽으면서 줄거리를 요약했는데, 깨알 같은 글씨로 대학노트 두 권을 가득 채웠다. 어느 날, 누워서 무심코 노트를 들춰 보는데 그만 재미가 들려 노트 두 권을 단숨에 읽어버리고 말았다. 재미도 있으려니와 내용이 마치 그림처럼 너무도 생생하게 그려졌다. 그래서 나는 이 느닷없는 감동을 많은 사람과 나누고 싶었다.

'요약 노트'와 '리처드 F. 버턴의 영역판'을 저본으로 본격적인 편역 작업에 들어갔다. 기본 전제는 "버턴의 완역판 전문의 묘미를 온전히 살리되 군살을 과감하게 제거하여 읽는 재미와 속도를 배가한다"는 것이었다. 지루한 장광설은 깔끔하게 줄이고, 지나친 반복은 과감히 생략하였다. 많은 부분을 차지하고 있는 시(운문)는 의미 반복을 피하여 선별·수록하되, 우리의 전통 운율과 시어를 사용하여 운문이 주는 정서를 직감할 수 있도록 하였다.

나는 이 작업을 하는 동안, 더 많은 독자가 이제 비로소 《아라비안 나이트》를 "재미와 감동을 느낄 수 있는 여유"를 가지고 읽을 수 있겠구나 싶은 기대감에 내내 행복했다.

방대한 분량의 원고를 꼼꼼하게 살펴 거친 문장을 다듬고, 읽기에 더 편하도록 체제를 정비하고, 숱한 참고 문헌을 뒤져가며 내용과 표기의 오류를 바로잡기 위해 애쓴 편집자의 노고에 고마움을 표한다.

2006년 7월
김하경

차례

《아라비안나이트》 배경 지도

트란스옥시아나
ROYAUME DE KASGAR

호라즘

흑해

카스피해

메르프

니샤푸르·

호라산

헤라트·

시리아

· 알레포   · 모술

· 다마스쿠스   · 바그다드   · 이스파한

· 나사렛   쿠파

· 예루살렘

· 시라즈

마크란

· 바스라

페르시아 만

이라크

오만

아라비아 해

· 메디나

· 메카   아라비아

홍해

하드라마우트

예멘

아덴 만

이슬람제국 칼리프 연표

【 정통칼리프시대 632 ~ 661 】

- 제1대 아부 바크르(632~634)
- 제2대 우마르 1세(634~644)
- 제3대 우스만 이븐 아판(644~656)
- 제4대 알리 이븐 아비 탈리브(656~661)

【 우마이야왕조 661 ~ 750(타마스쿠스) 】

- 제1대 무아위야 1세(661~680)
- 제2대 야지드 1세(680~683)
- 제3대 무아위야 2세(683~684)
- 제4대 마르완 1세 알 하캄(684~685)
- 제5대 아브드 알 말리크(685~705)
- 제6대 알 왈리드 1세(705~715)
- 제7대 슐레이만(715~717)
- 제8대 우마르 2세 압드 알 아지즈(717~720)
- 제9대 야지드 2세(720~724)
- 제10대 히샴 1세(724~743)
- 제11대 알 왈리드 2세(743~744)
- 제12대 야지드 3세(744~744)
- 제13대 이브라힘(744~744)
- 제14대 마르완 2세 알 히마르(744~750)

【 아바스왕조 750 ~ 1258(바그다드) 】

- 제1대 앗 사파흐(750~754)
- 제2대 알 만수르(754~775)
- 제3대 알 마디(775~785)
- 제4대 알 하디(785~786)
- 제5대 하룬 알 라시드(786~809)
- 제6대 알 아민(809~813)
- 제7대 알 마문(813~833)
- 제8대 알 무타심(833~842)
- 제9대 알 와티크(842~847)
- 제10대 알 무타와킬(847~861)
- 제11대 알 문타시르(861~862)
- 제12대 알 무스타인(862~866)
- 제13대 알 무타즈(866~869)
- 제14대 알 무스타디(869~870)
- 제15대 알 무타미드(870~892)
- 제16대 알 무타디드(892~902)
- 제17대 알 묵타피(902~908)
- 제18대 알 묵타디르(908~932)
- 제19대 알 카히르(932~934)

- 제20대 알 라디(934~940)
- 제21대 알 무타키(940~944)
- 제22대 알 무스타크피(944~946)
- 제23대 알 무티(946~974)
- 제24대 알 타이(974~991)
- 제25대 알 카디르(991~1031)
- 제26대 알 카임(1031~1075)
- 제27대 알 무크타디(1075~1094)
- 제28대 알 무스타즈히르(1094~1118)
- 제29대 알 무스타르시드(1118~1125)
- 제30대 알 라시드(1125~1136)
- 제31대 알 무크타피(1136~1160)
- 제32대 알 무스탄지드(1160~1170)
- 제33대 알 무스타디(1170~1180)
- 제34대 알 나시르(1180~1225)
- 제35대 앗 자히르(1225~1226)
- 제36대 알 무스탄시르(1226~1242)
- 제37대 알 무스타심(1242~1258 : 카이로)

아지브는 부왕을 죽이고 왕위에 오르고, 이복동생 가리브는 늠름한 용사로 성장하다

옛날 옛적, 용맹무쌍한 무사이자 위세가 당당한 쿤다미르 왕이 있었다. 그의 아들 아지브('희한한 자'라는 뜻)는 어릴 때부터 마술, 창술, 검술 따위의 온갖 무예에 뛰어나 약관이 지날 무렵에는 당대에 견줄 자가 없을 만큼 걸출한 무사가 되었다.

그러나 사냥을 다니면서 무술 솜씨를 뽐내던 그는 점차 오만방자한 폭군이 되어갔다. 마침내는 이웃 나라 기사를 습격하거나 대상을 털기도 했으며, 왕후 귀인의 딸을 납치하여 희롱하는 등 목불인견의 패악을 일삼았다. 여기저기서 부왕에게 왕자의 악행을 호소해오는 일이 잦아지자 부왕은 진노하여 아지브 왕자에게 매질을 가하고 지하 방에 감금하였다.

대신들이 앞 다투어 자비를 베풀 것을 호소함에 따라 부왕은 왕자를 석방하고 열흘 동안의 근신에 처했다.

열흘째 되는 날 밤, 아지브는 부왕이 자는 방에 몰래 침입하여 부왕의 목을 잘랐다. 그리고 이튿날 갑옷과 투구로 무장하고 칼을 뽑아든 부하들을 옥좌 주위에 늘어서게 한 다음, 아버지의 옥좌에 앉아 태수와 고관대작들을 입궐시켰다. 국왕이 시해되고 왕자 아지브가 옥좌에 앉아 있는 걸 본 신하들은 몹시 당황하고 겁에 질렸다. 아지브는 자기를 거역하는 자는 부왕과 같은 꼴을 당할 것이라고 겁박하며 복종을 강요하였다. 모두들 겁에 질려 무릎을 꿇고 충성을 맹세하지 않을 수 없었다.

어느 날 밤, 아지브 왕은 악몽을 꾸었다. 몸을 떨며 눈을 번쩍 뜬 왕은 아침까지 잠을 이루지 못했다. 그래서 아침이 되기가 무섭게 왕은 여러 신하가 늘어선 가운데 해몽가와 점성가를 불러 꿈 해몽을 분부했다.

"꿈에 아버지가 남근을 드러내놓고 내 앞에 우뚝 서 있었다. 그런데 그 남근 속에서 벌만 한 크기의 정체불명의 것이 튀어나와 삽시간에 갈고리 같은 발톱을 가진 큰 사자로 변했다. 사자는 내게 달려들더니 발톱으로 내 몸을 둘로 찢어놓는 게 아닌가. 나는 깜짝 놀라 잠을 깨고 말았다. 도대체 이 꿈이 무슨 뜻인지 해몽해보라."

해몽가와 점성가 들은 머리를 맞대고 한참을 생각하더니 말했다.

"사자는 부왕의 유복자를 가리키는 것입니다. 전하와 그 유복자 사이에 분쟁과 알력이 생기고 결국 그가 이긴다는 걸 나타내는 것입니다. 부디 조심하십시오."

아지브 왕은 화를 벌컥 냈다.

"내겐 형제라곤 하나도 없는데 무슨 소리냐? 그대들의 말은 새빨간 거짓말이다."

왕은 크게 화를 내고 해몽가들을 채찍으로 때렸다. 그래도 분이 풀리지 않았다. 의혹에 사로잡힌 아지브 왕은 부왕의 궁전으로 들어가 처첩들을 조사해보았다. 그런데 마침 임신 7개월 된 여자가 하나 있었다. 왕은 그 여자를 붙잡아서 바닷속으로 던져버리라고 명령했다. 두 노예가 여자를 바다에 던져버리려는데, 문득 보니 여자는 천하절색이었다. 두 노예는 여자의 미색에 반해 죽이기보다 재미를 보는 게 낫다고 생각하고 여자를 숲 속으로 데리고 갔다. 두 노예는 서로 먼저 재미를 보겠다고 다투다가 끝내 난투극을 벌였다. 그때 마침 난데없이 흑인들이 떼로 달려들어 싸움이 벌어졌고 흑인들은 두 노예를 처치해버렸다.

그사이에 여자는 도망쳐 혼자 숲 속을 헤맸다. 여자는 숲을 집으로 삼아 나무 열매를 따먹고 샘물을 마시면서 하루이틀을 연명하다가 어느새 달이 차서 무사히 사내아이를 낳았다. 살갗은 거무튀튀했지만 손발은 늘씬하고 얼굴 생김새도 아름다웠다. 여자는 집도 절도 없이 낯선 하늘 밑에 사는 자신의 신세를 한탄하면서 아기의 이름을 가리브('방랑자'라는 뜻)라고 지었다. 그 옛날의 명예와 쿤다미르 왕의 총애를 생각할수록 애끓는 슬픔이 복받쳤으나 여자는 마음을 굳게 먹고 상심과 슬픔을 이기며 숲 속에서 남몰래 아기를 길렀다.

어느 날, 아라비아인들이 사냥을 하러 숲 속으로 들어왔다.

바누 카탄족 추장 마르다스는 갓난애를 안고 젖을 먹이는 여자를 보고 불쌍히 여겨 처소를 마련해주고 시녀를 붙여 시중들게 하였다. 그런데 여자의 미모가 워낙 뛰어나다보니 추장은 욕정을 억제할 수 없었다. 마침내 두 사람은 동침하여 그날 밤으로 잉태하였는데, 달이 차서 아들을 낳자 이름을 '사힘 알 라이르'라고 지었다.

가리브와 사힘 두 형제는 마르다스 추장의 사랑을 받으며 무럭무럭 자랐다. 탁발승을 스승으로 신학을 비롯한 학문을 배우고 지혜를 갖췄으며, 아라비아 용사를 스승으로 온갖 무예를 익혀 일당백의 용사로 성장하였다. 추장은 그런 두 아들을 바라보자니 한없이 기쁘고 든든하였다.

바누 카탄족은 호전적인 부족으로서 아라비아인 중에서도 가장 용맹한 용사들이었다. 한 번 이들의 노여움을 사게 되면 아무도 무사할 수 없을 정도로 막강했다. 그러다보니 추장 마르다스에게는 적도 많았다.

어느 날, 마르다스는 근처에 살고 있는 같은 아라비아인 추장이자 막역한 친구인 하산 빈 사비트의 결혼식에 초청받았다. 그는 마을을 지킬 부하 400명을 남겨두고 300명의 기사를 이끌고 떠났다.

한편, 바누 나반족 추장 알 하마르 빈 마지드는 마르다스가 없는 틈을 타서 강병 500기를 이끌고 마을을 습격해왔다. 그에게는 마르다스에게 묵은 원한이 있었다. 마르다스 추장과 전처 사이에는 마디야라는 천하절색의 외동딸이 있는데, 알 하마르는 마디야에게 청혼했다가 거절당하여 앙심을 품고 복수할 기회만 노리고 있었던 것이다.

때마침 가리브와 사힘 형제도 사냥을 나가 마을을 비운 참이었다. 두 형제가 집에 돌아와 보니 천막과 그 안의 모든 재산은 약탈당하고 여자들까지 모두 납치당한 뒤였다. 그중에는 마디야도 끼어 있었다.

가리브와 사힘은 바누 나반족 진영을 향해 몰려가 마구 칼을 휘두르며 적을 무찔러 죽음의 술잔을 마시게 했다. 알 하마르 추장을 뒤쫓던 가리브는 마디야가 포로로 끌려가는 걸 발견하고, 추장에게 창을 치켜들고 달려들어 일격을 가해 추장을 말에서 떨어뜨려버렸다. 이렇게 하여 오후 기도 시간이 되기도 전에 가리브는 적을 크게 무찔러 쫓아버리고 포로들을 구출했다. 그리고 알 하마르의 머리를 창끝에 꿰어 들고는 의기양양하게 야영지로 개선해 돌아와 자신의 기개를 노래했다.

> 그 이름도 드높은 가리브, 싸움터의 진정한 용사,
> 대지의 마신도 날 보면 부들부들 떨다 도망치리.
> 이 칼 번쩍 하면 적의 머리 죽음의 운명 맞으리.
> 비껴든 창 바라보면, 창끝은 초승달에 번쩍이네.
> 우리 카탄족의 제일가는 용사, 그 이름 가리브,
> 비록 부하는 적어도 천하에 두려울 것 무엇이랴.

가리브가 막 노래를 끝낸 참에 마르다스가 돌아왔다. 마르다스는 결혼식에 참석하여 융숭한 대접을 받고 돌아오는 길에 야영지 근처에서 몇 구의 시체가 뒹굴고 있는 걸 발견하고는 불길한 예감에 사로잡혔는데, 이윽고 야영지로 들어서자 온통 사슬 갑옷으로 무장한 가리브가 추장 일행을 맞자 깜짝 놀라 대뜸 무슨 일이 있었느냐고 물었다. 자초지종을 들은 마르다스는 가리브의 용감한 활약에 감탄하며 칭찬을 아끼지 않았다.

마디야를 사랑하는 가리브, 장인에게
결혼 조건으로 식인귀 사단의 목을 요구받다

그런데 이를 어쩌랴. 가리브의 가슴 한복판에 사랑의 화살이 꽂히고 말았다. 가리브는 마디야를 구출한 그 순간 그만 마디야의 눈동자에서 쏜 화살에 맞고 매혹의 거미줄에 걸리고 말았다. 그때부터 마디야의 모습이 가리브의 마음에 달라붙어 떨어질 줄 몰랐다. 가리브는 결국 욕정에 사로잡혀 잠의 달콤한 맛을 잃어버리고, 먹고 마시는 기쁨조차 없어지고 말았다. 그의 가슴에는 미칠 듯한 연정의 열꽃이 불길처럼 피어올랐다.

가리브는 넌지시 친구에게 마음의 괴로움을 털어놓았다. 그런데 그만 그 소문이 곧장 사방으로 퍼져나가 마침내 마르다스의 귀에까지 들어갔다. 마르다스는 펄펄 뛰고 화를 내며 태양과 달마저 저주했다.

"이것이 불의의 자식을 기른 자의 보답이란 말이냐! 가리브를 없애 버리지 않으면 내가 세상의 웃음거리가 되겠다."

마르다스는 부족의 한 현자에게 심정을 토로하고 가리브를 모살할 계획을 의논했다.

"따님을 구출한 게 어제의 일인데 어찌…. 하지만 꼭 없애야 한다면 누군가 다른 사람을 시키십시오. 가리브가 사냥 나갔다가 돌아올 때를 기다리고 있다가 습격하여 베어 죽이십시오."

현자가 이른 대로 마르다스는 부하들을 데리고 사냥터를 오가는 길목에 매복한 채 가리브가 사냥에서 돌아오기를 기다렸다. 그런데 때마침 느닷없이 아말렉인이 마르다스의 매복 부대를 습격하여 무찌르고 마르다스와 그 부하들을 사로잡아버렸다. 이들 아말렉인은 가리브에게 죽은 알 하마르의 아우 일당으로, 형의 원한을 갚기 위해 달려오다가 마르다스 일행을 발견한 것이다.

포로가 된 마르다스는 자신의 경솔한 처사를 후회하며 하늘을 거역한 천벌을 받는 것이라고 탄식하였다.

한편 사힘은 알 하마르와의 싸움에서 부상을 입는 바람에 형과 함께 사냥을 가지 못하고 집에 남아 있게 되었다. 심심하던 차에 사힘은 마디야를 찾아갔다가 아버지 마르다스가 형 가리브를 죽이러 떠났다는 음모의 전말을 듣고 눈앞이 캄캄했다. 그래서 형에게 알리기 위해 얼른 갑옷투구로 무장하고 가리브의 사냥터로 달려가 가리브에게 음모의 전말을 밝히고 아버지를 조심하라고 충고했다.

가리브는 깊이 탄식했다. 두 형제는 함께 야영지를 향해 떠났다. 날이 저물고 적이 잠복해 있는 계곡에 당도하니 어디선가 어둠 속에서 말 우는 소리가 들렸다. 사힘은 아버지와 부하 일당이 잠복한 줄 알고 도망가자고 말했으나 가리브는 말에서 내려 혼자 사람들의 그림자가 보이는 곳으로 살금살금 다가갔다.

"마르다스를 죽이려면 그놈의 나라로 데리고 가는 게 상책이야."

그 목소리를 듣는 순간 가리브는 그들이 바누 카탄족이 아니라는 것과 마르다스가 적에게 사로잡힌 걸 알게 되었다. 가리브는 마디야의 목숨에 맹세코, 마디야가 걱정하지 않도록 의부 마르다스를 구출할 때까지 절대 떠나지 않겠다고 맹세했다. 가리브는 여기저기를 살핀 끝에 손발이 꽁꽁 묶여 있는 마르다스를 발견했다. 가리브를 본 마르다스는 완전히 체통을 잃고서, 제발 길러준 은혜를 생각해서라도 자기를 구해달라고 애원했다. 만일 구해주면 딸을 주겠느냐고 묻자 마르다스는 언제까지나 마디야를 너의 것으로 해주겠노라 맹세했다. 가리브는 의부의 결박을 풀어주고 말이 있는 곳으로 가면 사힘이 기다릴 것이라고 속삭였다. 마르다스는 뱀처럼 땅을 기어 사힘 곁으로 갔다. 가리브는 사로잡힌 병사들 90명의 결박을 모두 풀어주고 적의 손이 미치지 않는 먼 곳으로 피하도록 했다.

이윽고 병사들의 무기와 말을 찾아주고, 밤이 깊어 삼경이 되자 "바누 카탄족의 후예다!" 하며 일제히 함성을 질렀다. 산들이 그 함성을 받아 메아리치니 적은 마치 바누 카탄족 전군이 쳐들어온 것으로 착각하고 당황하여 허둥댄 나머지 어둠 속에서 자기편끼리 치고받고 싸우느라 아수라장이 되고 말았다. 이때를 놓치지 않고 가리브가 군대를 몰아 혼란에 빠진 적진을 성난 파도처럼 들이치니 적은 숱한 사상자를 남긴 채 걸음아 날 살려라 하고 도망치고 말았다.

마을에서 기다리던 바누 카탄족 사람들은 일행의 무사귀환을 축하했다. 특히 젊은이들은 상하 귀천을 가리지 않고 모두 가리브의 집으로 몰려가 인사를 하고 경의를 표했다.

젊은이들이 가리브를 에워싸고 환호하는 걸 본 마르다스는 전보다 한층 더 가리브를 질투하고 미워하게 되었다. 더욱이 가리브가 약속대로 마디야를 내놓으라고 요구할 걸 생각하니 미칠 지경이었다. 그때 한 측근이 묘안을 제시했다.

"가리브에게 힘에 부치는 난제 하나를 떠맡겨보면 어떨까요?"

마르다스는 옳다구나 생각되어 기분이 좋아졌다. 이튿날 가리브는 젊은 부하들을 거느리고 마르다스 앞에 나아가 정중하게 마디야와의 결혼을 허락한 약속을 상기시키며 말했다.

"아버님, 이제는 제발 약속을 이행해주시기 바랍니다."

"오, 아들아. 마디야는 언제나 네 것이다. 하지만 네게 마디야를 데려갈 지참금이 있는지 염려되는구나."

가리브는 무엇이든 말만 하면 지참금으로 보물을 갖고 오겠다고 대답했다. 그런데 마르다스의 입에서는 뜻밖의 대답이 나왔다.

"아들아, 일찍이 나는 모든 신들에게 맹세했다. 나의 숙적에 대한 원한을 풀어주고 나의 치욕을 씻어준 자 외에는 딸을 주지 않겠다고 말이다. 사실 내게는 일찍이 용사 중의 용사로 불리는 아들이 하나 있었다. 그 아들이 사냥을 나갔다가 '꽃의 골짜기'의 '사사 빈 샤이스 빈 샤다드 빈 아드의 성'에 사는 키가 70척이나 되는 시꺼먼 거인 식인귀가 큰 나무를 뿌리째 뽑아 휘두르는 바람에 그만 죽고 말았다. 단 세 용사만이 살아 돌아와 그 사실을 내게 알려주었다. 그 뒤로 용감무쌍한 병사들을 소집하여 토벌에 나섰으나 역부족이었다. 그때부터 나는 아들의 복수를 해주는 자가 아니면 내 딸을 시집보내지 않겠다고 맹세한 것이다. 오, 가리브. 만일 네가 그 식인귀 놈을 처치한다면 평생을 써도 못다 쓸 보화를 뺏어올 수 있을 것이다."

가리브는 아버지의 원한을 풀어드리겠다고 약속했다. 그 대신 증인 앞에서 마디야를 주겠다는 맹세를 하라고 요구했다. 마르다스는 부족의 장로를 증인으로 불러 맹세했다.

가리브가 식인귀를 찾아 떠나려 하자 어머니는 함께 도망치자고 말했다.

"아들아, 마르다스는 너를 미워하여 산으로 내쫓아서 네 목숨을 빼앗으려는 생각을 품고 있다. 그러니 나도 함께 데려가다오."

그러나 가리브는 소원을 성취하고 적의 정체를 폭로하기 전까진 떠나지 않겠다고 맹세하고, 어머니에게 끝내 작별을 고하고는 뒤따르는 젊은 용사들을 거느리고 길을 떠났다.

이슬람교에 귀의한 가리브, 식인귀 사단을 물리치고 보물을 얻다

식인귀를 찾아 떠난 지 이틀째 밤, 가리브 일행은 하늘을 찌를 듯 높이 솟은 산기슭에서 휴식을 취하고 있었다. 가리브는 일행을 남겨 둔 채 혼자 산속으로 들어가 불빛이 새어나오는 동굴 안으로 들어갔다. 동굴 안에는 340세나 된 노인이 앉아 있었는데, 눈썹은 두 눈을 가리고 수염은 입가를 가리고 있었다. 가리브는 두려움과 존경심에 사로잡혔다. 가리브를 본 노인이 내뱉듯 말했다.

"보아하니 그대는 우상숭배자 같군. 밤낮으로 돌고 도는 우주를 창조하시고 이것을 다스리는 전지전능하신 신 대신에 돌을 숭배하는 모양이야."

가리브는 겨드랑이 근육이 꿈틀꿈틀 떨렸다. 신이 어디 계시냐고 묻자 은자가 말했다.

"이 세상에서는 아무도 그 모습을 볼 수 없어. 신에게는 사람이 보이지만 사람에게는 보이지 않지. 하지만 신은 당신이 만든 창조물 속에 두루 계시지. 신은 온갖 창조물을 만들고, 세월에 소멸을 명령하며, 인간과 마신을 만들고, 예언자를 보내어 인간을 올바른 길로 인도하시지. 신을 따르는 자는 천국에 오르고 거역하는 자는 지옥에 떨어지게 된다네."

가리브는 신을 받드는 사람들에 대한 궁금증도 풀어놓았다.

"젊은이, 난 아드족 출신인데, 우리 부족은 많은 죄를 저질렀을 뿐 아니라 알라를 믿지 않았네. 그래서 신은 예언자 후드를 보냈으나 모두들 거짓말쟁이라고 믿지 않았다네. 예언자는 무서운 바람을 일으켜 부족을 멸망시켰지. 다행히 나와 몇 명은 신을 믿었기에 파멸을 면할 수 있었다네. 난 타무드족 무리와 함께 살 때 예언자 사리의 손에 의해 그 부족이 어떤 벌을 받았는지도 보았다네. 신께선 사리 다음에 '벗' 아브라함이라는 예언자를 카난의 후예 니므롯에게 파견하셨지. 그러자 또 똑같은 사건이 일어났다네. 그때부터 나와 동료들은 '구원의 가르침'에 순종 봉사하고, 나는 이 동굴에 들어와 지금껏 알라를 섬겨온 거라네."

가리브는 독송 "알라 외에 신 없고, 아브라함은 신의 벗이니라"를 외고, 진심으로 '복종의 신앙'에 귀의했다. 은자는 아름다운 신앙과 헌신의 마음이 가리브의 가슴속에 단단히 심어지기를 기도했다. 그리고 코란에 정해진 종교의식과 이슬람교 성전에 관해 가르쳐주었다.

이윽고 가리브는 자신을 소개하고 식인귀를 찾아가는 길을 물었다.

"가리브여, 제아무리 날쌘 기병 1만을 이끌고 가도 식인귀를 토벌할 수는 없다네. 왜냐하면 그놈은 '사람을 잡아먹는 귀신, 알라에게 안전을 빌 뿐'이라는 별명이 붙어 있는 함의 후예이기 때문일세. 그놈 아버지 이름은 힌드라고 하며, 인도 땅으로 백성을 옮겨 인도라는 이름을 붙인 장본인이지. 뒤에 남은 아들이 바로 식인귀 사단이라고 불리는 놈일세. 그놈은 사람의 살만 먹고 살았으므로, 그의 아버지가 살아 있을 때도 몇 번이나 엄하게 타일렀지만 귓등으로도 듣지 않은 잔인무도한 폭군에다가 흉악한 악마일세. 결국 그 아버지는 아들놈을 인도에서 추방해버렸고, 그때부터 그놈은 이 나라에 살 곳을 마련했다네. 동굴에서 살면서 지나가는 사람을 죽이는 거지. 게다가 이놈에게는 아들이 다섯이나 있는데, 모두 호전적인 마법사인 데다가 일당백의 강적이야. 놈은 골짜기에 말과 낙타와 소와 양, 그리고 금은보화를 잔뜩 쌓아놓고 있다네. 자네가 심히 걱정되어서 하는 말인데, 이들과 대적할 때는 반드시 타흘릴(신의 유일성에 관한 일상적 문구)를 외고 알라의 구원을 빌게. '신은 가장 위대하도다!', '알라 외에 신 없도다!'하고 외치란 말일세. 그러면 불신의 도배들은 몹시 당황할 테니까."

이렇게 상세한 설명과 함께 은자는 무기를 내놓았다. 우선 무게가 120관이나 되는 강철 철퇴를 주었다. 거기엔 고리가 열 개 달렸고 휘두를 때마다 천둥치는 소리가 났다. 또한 길이가 열석 자에 폭이 석 자나 되는, 번개로 벼린 칼도 한 자루를 주었는데, 이 칼로 바위를 치니 바위가 단번에 두 조각으로 갈라지고 말았다. 그 밖에 사슬 갑옷, 방패 등도 주었다.

마지막으로 은자는 코란을 주며 동족에게 설파하라고 일렀다. 가리브는 동료들이 기다리는 곳으로 달려가서 새로운 신앙으로 개종한 걸 기뻐하면서 이슬람 교의를 설명하였다. 동료들은 즉시 이슬람교에 귀의하였다. 이윽고 가리브는 은자와 작별하고 길을 떠났다.

도중에 완전무장하고 눈만 내놓은 한 기사가 가리브에게 달려들었다. 둘은 격전을 벌였는데, 그 처절함은 갓난아이도 대번에 늙어 백발이 되게 하고, 굳은 바위조차 녹여버릴 만한 기세였다. 어느 순간 기사의 두건이 벗겨져 찬찬히 보니 그는 바로 사힘이었다. 어머니로부터 형이 식인귀를 찾아 떠났다는 소식을 듣자마자 뒤따라 달려온 것이다. 사힘 역시 형을 따라 곧 이슬람교에 귀의했다.

마침내 가리브 일행은 골짜기 근처까지 오게 되었다.

식인귀 사단은 말발굽에서 떠오르는 먼지를 보자 다섯 아들들에게 잡아오라고 명령했다. 첫째 아들 파르르 빈 사단이 앞으로 나섰다. 가리브가 돌진하자 철퇴의 고리가 천둥소리처럼 요란하게 울렸다. 그 소리에 파르르는 간담이 서늘해졌다. 그 틈에 가리브는 파르르의 두 어깨 사이에 가벼운 일격을 가했다. 거인은 키가 큰 종려나무처럼 꽝 하고 땅 위에 쓰러졌다. 사힘과 부하들이 달려들어 단단히 결박을 하고 목에 밧줄을 걸어 소처럼 끌고 갔다. 그러자 사단의 네 아들이 일제히 가리브를 향해 달려들었다. 그러나 일행이 즉시 세 사람을 생포하자 다섯째 아들은 혼비백산하여 아버지에게로 도망쳐버렸다.

아버지 사단은 아직 머리에 피도 안 마른 풋내기에게 아들 네 명이 생포된 것에 화가 나서 큰 나무를 뿌리째 뽑아 가지고 가리브 일행을 찾아다녔다. 사단은 몸집이 너무나 커서 말을 탈 수 없기 때문에 뚜벅뚜벅 걸어갔다. 하지만 거인의 걸음인지라 얼마 안 가 가리브 일행을 따라잡았다. 사단은 들고 있던 큰 나무로 다짜고짜 다섯 명의 기사를 때려 죽였다. 그리고 사힘에게 힘껏 통나무를 내리쳤으나 사힘은 날쌔게 몸을 피했고 통나무는 헛되이 허공을 갈랐다. 사단은 노여움으로 얼굴을 붉히며 사힘에게 달려들어 매가 참새를 움켜잡듯 사힘을 꽉 움켜쥐었다. 그 순간 가리브가 외쳤다.

"알라호 아크바르(신은 가장 위대하시도다)! 벗 아브라함, 무함마드, 축복받은 자의 은혜 있을지어다."

우렁찬 고함소리와 함께 가리브가 창을 꼬나들고 돌진하니 고리 소리가 천지를 진동시켰다. 가리브는 사단의 가슴에 일격을 가했다. 사단도 견딜 수가 없는지 기절하여 꽝 하고 땅 위에 쓰러졌고 그 바람에 사힘을 붙잡고 있던 손을 놓았다. 잠시 후 사단이 제정신으로 돌아왔을 때는 이미 그의 몸은 묶이고 발에는 족쇄가 채워져 있었다. 가리브는 도망치는 사단의 막내아들을 뒤쫓아 어깨 사이로 철퇴를 내리쳐 말에서 떨어뜨렸다.

이리하여 가리브 일행은 사단과 다섯 아들을 모두 묶어 낙타처럼 끌고 식인귀 성채로 들어갔다. 그곳에는 세상에서 가장 진귀한 금은보화가 산처럼 쌓여 있었다. 가리브는 사단과 다섯 아들을 이슬람교에 귀의시킨 뒤 결박을 풀어주었다.

그런데 성채 안에는 1,200여 명의 아자미인(페르시아인)들이 손발에 차꼬를 찬 채로 갇혀 있었다. 이들 가운데는 페르시아 사부르 왕(페르시아, 터키, 메디아를 다스리는 왕)의 딸 파흐르 타지 공주를 비롯한 그 시녀 100명과 기사 200여 명도 있었다.

사단은 공주에게 행패를 부리지 않았다고 변명했다.

"오, 사단. 그건 잘한 일이다. '결과를 생각하지 않는 자는 운명의 도움을 받지 못한다'는 말도 있지 않은가. 공주의 부친 사부르 왕은 세상의 대왕이시니 반드시 공주를 찾기 위해 군대를 보내 파괴해버리고 말 것이다."

가리브는 공주의 거처로 갔다. 상심에 젖어 울고 있는 공주를 보자 가리브는 마치 자기 옆에 달이 떠 있는 것만 같아 만물을 통찰하는 알라를 칭송했다. 공주의 눈에 비친 가리브 또한 훌륭한 인품을 지닌 기사 중의 기사로 이마에는 용맹한 기상이 넘쳐흘렀다.

공주는 사단에게 잡힌 경위를 설명해주었다.

"오, 젊은 기사님. 실은 저희 부친을 비롯하여 영내의 터키인이나 다일람인은 모두가 불을 숭배하는 배화교도입니다. 우리는 매년 제사 때마다 불꽃 사원을 참배하고 한 달쯤 체류하는 관습이 있었습니다. 그래서 저 역시 시녀들과 부왕의 기사 2,000여 명을 거느리고 참배 여행을 떠났습니다. 그런데 도중에 저 식인귀 사단의 습격을 받아 대부분의 부하들은 죽고 살아남은 자는 포로로 잡혀온 것입니다."

가리브는 공주를 위로하고 고국에 데려다주겠다고 약속했다.

가리브, 양친과 바누 카탄족을 '꽃의 골짜기'로 옮기고, 바누 하탈족을 이슬람교로 개종시키다

이튿날 가리브와 공주 일행은 사단의 안내를 받아 '꽃의 골짜기'로 갔다. 그곳은 이 세상에서는 다시 볼 수 없는 아름다운 지상의 낙원이었다.

그곳에는 온갖 새들이 희희낙락 날아다니며 말로는 다 표현할 수 없을 만큼 아름다운 목소리를 뽐내고 있었다. 꾀꼬리, 티티새는 사람의 노랫소리처럼 지저귀고, 산비둘기의 구성진 가락은 사람의 평상심을 애욕의 무아지경으로 미친 듯이 몰아넣었고, 염주비둘기와 앵무새는 거침없는 노래로 이에 화답하였다.

또한 나무들마다 온갖 달고 신 과일들이 주렁주렁 달려 있어 나뭇가지가 땅바닥에 닿을 정도였다. 호라산 살구도 있었다. 자두는 미로발란(인도, 베트남 등지에 자라는 사군자과의 교목) 가지와 서로 엉클어졌

고, 오렌지와 귤은 마치 붉게 타오르는 화톳불처럼 무겁게 매달려 있
었다. 그 밖에 식욕을 돋우는 레몬, 심한 황달병을 고쳐주는 불수감
의 열매, 알라께서 특별히 만드신 빨갛고 노랗게 빛나는 대추야자 열
매도 있었다. 꿈속에서나 볼 수 있는 낙원이 실제로 눈앞에 펼쳐져
있었다.

천막을 친 일행은 술을 마시며 흥겹게 떠들며 놀았다. 그런데 가리
브는 가슴이 저미도록 마디야가 그리워서 그 흥겨움에 섞여들 수 없
었다. 그는 한쪽에 홀로 앉아 먼 산을 바라보면서 사랑의 안타까움을
노래에 실어 불렀다.

> 그대 곁에 있을 때 우리 맺어질 기쁨만 생각했네.
> 갈수록 거센 사랑의 불길에 내 가슴 재가 되겠네.
> 그대 두고 떠나온 것은 내 마음의 의지가 아니라
> 우릴 갈라놓으려는 변덕스러운 세상 인심 탓이라네.
> 타향 하늘 아래서 그대를 그리며 만날 날 손꼽네.

'꽃의 골짜기'에서 사흘간 머물다가 성채로 돌아온 가리브는 사힘
에게 병사 100명을 이끌고 양친과 바누 카탄족을 모두 이곳으로 데
려와 살도록 한 다음, 자신은 페르시아 공주와 시녀, 경비병 등을 인
솔하고 페르시아를 향해 길을 떠났다. 떠나기 전에 가리브는 사단에
게 이곳을 잘 지키도록 명령했다.

한편 페르시아의 사부르 왕은 공주가 불꽃 사원으로 떠난 후 행방
불명된 데 상심하여 하루도 눈물 마를 날이 없었다. 수차례 대군을
보내 이 잡듯이 뒤졌으나 공주의 자취도 찾지 못했다. 왕비와 시종들

은 검은 상복을 입고 머리에 회를 뿌리고 하늘이 무너져라 비탄에 젖어 있었다.

가리브 일행이 길을 재촉한 지 열하루 되는 날, 먼지가 하늘 저 끝까지 자욱이 피어올랐다. 바누 하탈족 일당 5,000명의 기병이 약탈 대상을 찾아다니는 중이었다.

가리브는 전사들을 통솔하여 약탈자들을 맞아 싸울 만반의 준비 태세를 갖추었다. 바누 하탈족 일당이 "약탈품이다!" 하고 외치며 밀려들자, 가리브 군은 "알라호 아크바르!"를 외치며 말고삐를 잡아채 맹호처럼 달려들었다. 격전이 벌어지면서 싸움은 창칼이 난무하는 아비규환의 수라장을 이루었다. 날이 어두워지자 쌍방은 군대를 철수했다. 아군 쪽에서는 바누 카탄족 5명, 페르시아인 73명이 전사한 데 반해 바누 하탈족은 500명 이상이 죽었다.

바누 하탈족 두목 삼삼은 어머니 배 속에서 나온 이래 저처럼 용맹한 전사들을 본 적이 없다고 감탄했다. 이튿날도 양군은 일대 난투극을 벌였다. 가리브는 일대일의 결투로 철퇴를 휘둘러 열 명 모두를 쓰러뜨렸다. 보다 못해 두목 삼삼이 나섰으나 가리브가 내리친 철퇴 일격에 숨이 끊어지고 말았다. 분노한 적들은 한꺼번에 달려들었고 다시 혈전이 벌어졌다.

그런데 적들은 가리브가 외치는 '알라호 아크바르' 혹은 '알라'라는 신의 이름을 듣고 서로 얼굴을 마주보며 고개를 갸우뚱했다. 겨드랑이 근육을 부들부들 떨리게 하고 결의를 흐리게 하고 사기를 꺾어놓는 저런 훌륭한 말은 한번도 들어본 적이 없었기 때문이다. 적들은 일단 싸움을 멈추고 그 말의 뜻을 물어보기로 했다.

적군은 무기를 거두고 말을 버린 뒤 대표를 뽑아 가리브의 천막으로 갔다. 적들은 자기들이 싸움을 중단한 이유를 말했다. 그들은 노아족의 대군 와드와 수와이, 그리고 야구스를 섬기고 있었다. 가리브가 유일신 알라의 말씀을 설법하자 가르침에 뿌듯함을 깨달은 그들은 진정으로 참된 신앙에 귀의하는 뜻의 거짓 없는 고백을 했다. 대표 열 명은 동료들에게 돌아가 이슬람교를 설파하고 진리와 교의의 길을 차근차근 가르쳐주었다. 일동은 모두 진심으로 복종의 신앙을 받들고 가리브 앞에 엎드려 이슬람교에 귀의하였다.

 가리브는 그들에게 가족과 재산을 수습하여 '꽃의 골짜기'와 '사사빈 샤이스의 성채'로 이주하여 살라고 권했다. 바누 하탈족은 가족을 이슬람교에 귀의시키고 '꽃의 골짜기'로 떠났다. 샤이스의 성채에 당도하자 그들은 가리브가 일러준 대로 알라의 이름을 소리 높이 외쳤다. 처음에 위협을 가하려던 사단과 그 아들들은 알라를 외치는 소리를 듣자 일행을 공손히 맞아들이고 살 집을 나누어주고 친절하게 시중을 들어주었다.

페르시아로 간 가리브, 공주와의 결혼 조건으로 야무르칸의 목을 요구받다

 가리브 일행은 파흐르 타지 공주를 경호하면서 여행을 계속하였다. 엿새째 되는 날이었다. 가리브 일행은 이스바니르 도성이 멀리 바라보이는 교외에서 페르시아 왕이 파견한 공주의 수색대와 마주치게 되었다. 수색대의 토만 대장은 공주를 직접 눈으로 확인하자 기쁨의 눈물을 흘렸다. 그러곤 득달같이 달려가 사부르 왕에게 공주의 무사귀환 소식을 전했다.

사부르 왕은 친히 군대를 이끌고 나와 공주를 보자마자 기쁨의 눈물을 흘리며 얼싸안았다. 이스바니르 도성에서 궁전에 당도할 때까지 연도에는 많은 인파가 늘어서서 공주의 귀환을 열렬히 환영하였다.

공주는 부왕에게 그동안의 자초지종을 들려주고, 가리브가 사단으로부터 자신을 구해주었으므로 국토의 절반을 주어도 부족할 것이라고 말했다. 왕도 가리브에게 산처럼 많은 상을 주겠다고 약속했다. 한편, 어느새 가리브를 마음속 깊이 연모하게 된 공주는 부왕에게 속마음을 털어놓았다.

"아버님, 가리브를 사위로 맞아주세요. 훌륭한 인품에다가 용사 중의 용사이니, 이 나라의 든든한 방패이자 버팀목이 되어 아버님을 기쁘게 해드릴 것입니다."

"얘야, 너는 벌써 잊었느냐? 히라드 왕이 널 왕비로 맞이하겠다고 10만 디나르의 지참금을 보내지 않았더냐. 그는 시라즈와 그 속국의 대왕으로, 드넓은 영토뿐 아니라 막강한 군대를 거느리고 있다."

하지만 공주는 만약 마음에도 없는 자에게 억지로 시집가라고 강요한다면 자살해버리겠다고 고집을 부렸다.

사부르 왕은 가리브가 머물고 있는 막사를 방문했다. 왕은 가리브를 뚫어져라 쳐다보면서 혼자 속으로만 생각했다. 과연 딸이 반할 만한 젊은이였다.

가리브는 국빈으로 온갖 환대를 받으며 열흘 동안 머문 다음 떠나려고 했다. 그러나 왕은 한 달 동안 더 머물러달라고 부탁했다. 가리브는 아라비아인 처녀와 장래를 약속했다고 말했다. 왕은 어느 쪽이 더 미인이냐고 물었다. 가리브는 상전과 노예를 비교하는 것과 다름 없다며 공주를 치켜세웠다. 그러자 왕은 고관대작들을 증인으로 삼아 둘의 결혼을 맹세하게 하였다.

히라드 왕이 이미 지참금 10만 디나르를 보내왔다는 사실을 알고 있는 가리브는 '사사의 성'에 가서 지참금을 가져오겠다고 말했다. 그러나 왕은 지참금 대신 다른 소망을 말했다.

"여보게, 나는 보물도 재산도 다 필요없네. 지참금 대신으로 다슈트와 아와즈의 도성을 다스리는 저 야무르칸 왕의 머리만을 바랄 뿐이네."

가리브는 당장 길을 떠날 채비를 했다. 사실 이번 원정은 가리브가 살아서 돌아오지 못할 것으로 예상하고 공주와의 결혼을 막기 위해 사부르 왕이 꾸민 계책이라는 걸 가리브도 짐작은 하고 있었지만 개의치 않았다.

이튿날 왕은 가리브와 함께 전군을 출동시켜 평원에 집결시킨 뒤 여흥으로 창술 시합을 벌여 무술을 겨루었다. 가리브도 시합에 출전할 뜻을 밝히고 가벼운 갑옷 한 벌에 날 없는 짧은 창에다 주황색 창기를 달고 나아갔다. 페르시아군에서도 가장 용맹하다는 무사들이 "가리브를 쓰러뜨린 자에게는 무슨 소원이든 들어주겠다"는 사부르 왕의 사주를 받고 나서 끝이 무딘 창을 치켜들고 가리브에게 덤벼들었다. 하지만 여기서 비로소 진실과 허위, 농담과 진담이 뚜렷하게 갈렸다. 알라를 믿는 가리브는 차례로 달려드는 용사마다 모두 쓰러뜨려 가슴에 패배의 낙인을 찍었다.

그날 밤, 가리브의 승리를 축하하는 잔치가 벌어졌다. 가리브는 만

취하여 소변을 보러 밖에 나갔다가 그만 길을 잘못 들어 파흐르 타지 공주의 침실로 들어가게 되었다. 공주는 시녀들을 모두 물리치고 가리브를 침상으로 끌어들여 꼭 껴안고 애타는 사랑을 호소했다. 이에 격렬한 욕정을 느낀 가리브는 처녀의 봉인을 뜯고 열락의 밤을 보내며 사랑을 속삭였다.

마르다스의 배신행위에 분노한 가리브, 쿠파를 점령하고 왕위에 오르다

아침이 되었다. 사부르 왕은 가리브가 떠난 줄 알았는데 모습을 드러내자 의아해하며 옆자리에 앉혔다. 때마침 사힘이 돌아와 두 형제는 반가움에 서로 꼭 껴안았다. 양친과 부족을 '사사의 성'과 '꽃의 골짜기'에 데려다 놓았느냐고 가리브가 묻자 사힘이 흥분해서 말했다.

"짐승 같은 배신자 마르다스는 형님이 식인귀 성채를 점령했다는 소식을 듣자, 형님이 지참금도 안 주고 마디야를 데려갈 거라고 지레짐작하고 겁에 질린 모양입니다. 그래서 딸을 데리고 일족과 함께 보물을 챙겨 이라크로 도망쳤습니다. 지금은 쿠파의 도성에서 딸을 주겠다는 미끼로 아지브 왕의 비호를 받고 있다고 합니다."

가리브는 너무 화가 난 나머지 실신할 지경이었다.

"신에 맹세코 이라크로 쳐들어가 처참한 싸움을 일으키고 말겠다."

가리브가 사부르 왕을 배알하고 자초지종을 아뢰자 사부르 왕은 그에게 정예 기병 1만을 내주었다. 가리브는 사부르 왕의 군대를 거느리고 페르시아를 출발하였다. 이윽고 사사의 성에 도착한 가리브는 사단과 그 다섯 아들을 데리고 이라크로 출발했다.

한편 마르다스는 이라크의 쿠파 도성으로 들어가 아지브 왕에게 가리브의 출생에서부터 현재에 이르는 자초지종을 남김없이 들려주었다.

아지브 왕은, 그 옛날에 어미 배 속에서 죽은 줄로만 알았던 아기가 바로 가리브라는 사실을 깨닫는 순간 얼굴색이 새파랗게 질렸다. 마침내 자신의 파멸이 다가왔음을 느꼈기 때문이다. 아지브 왕은 마르다스의 아내이자 가리브의 어머니인 누스라를 알아보는 순간 느닷없이 칼을 뽑아들고 달려들어 두 동강을 내고 말았다. 그래도 불안과 의혹의 그림자가 가시지 않은 아지브 왕은 마르다스의 딸 마디야에게 청혼하고, 3만 디나르의 지참금과 온갖 보화를 선물했다. 마르다스는 곧 결혼 준비에 착수했다.

가리브는 이라크의 첫 도시이며 성벽으로 둘러싸인 성시 알 자지라에 도착하여 진을 쳤다. 성의 위병은 곧장 도성의 왕에게 가리브 군대의 도착을 알렸다. 도성의 왕은 알 다미그('머리까기'라는 뜻으로, 싸움터에서 용장의 머리를 까는 버릇이 있어서 붙은 별명)라는 자였다. 그는 사기충천한 페르시아 군대를 보고 의아해했다. 왜 아자미인들이 이곳에 진을 쳤는지 알 수가 없었다. 그래서 사바 알 키파르('사막의 사자'라는 별명을 가진 천의무봉한 지략가)를 사자로 보냈다. 사자는 가리브에게 예를 갖추어 말했다.

"저는, 알 자지라의 도성을 다스리는 군주이며, 쿠파와 이라크의 임금 쿤다미르의 형제인 알 다미그 왕의 사자입니다."

가리브는 부친 쿤다미르의 이름을 듣자 눈물을 주르르 흘렸다.

"나는 쿠파의 왕 쿤다미르의 아들 가리브다. 부왕께서는 큰아들 아지브의 손에 비명횡사하셨지만 이 아들 가리브가 불효막심한 아지브를 쳐서 아버님의 원한을 풀어드리러 왔다."

알 다미그 왕은 형의 아들이자 조카인 가리브가 왔다는 전갈을 받자마자 한달음에 뛰어왔다. 삼촌과 조카는 서로 껴안고 눈물을 흘렸다. 알 다미그 왕은 어머니 누스라가 아지브 손에 살해된 사실을 전해주었다. 가리브는 주먹을 불끈 쥐고 맹세했다.

"이젠 갚아야 할 원수가 둘이 되었다. 하나는 아버님의 원수고 또 하나는 어머님의 원수다."

아지브가 마디야와의 결혼을 준비하고 있다는 소식을 들은 가리브의 마음은 어지러워 숨이 넘어갈 지경이었다. 가리브는 겨우 정신을 차리고 전군에 출정 명령을 내렸다. 백부 알 다미그와는 쿠파에서 합류하기로 약속하고 가리브 군대는 쿠파로 출병하였다.

이윽고 바벨의 마을에 이른 가리브는 자마크 왕에게 서한을 보냈다.

"나는 이라크와 쿠파의 임금 쿤다미르 왕의 아들 가리브다. 당장 우상을 파괴하고 유일신 알라에게 귀의하라."

파랗게 질려 안색마저 창백해진 자마크 왕은 결전으로 승패를 가리자고 전했다. 양군은 넓은 들판을 병마로 가득 채우고 일대 격전을 벌일 태세로 맞섰다. 먼저 식인귀 사단이 도전하여 일대일로 겨루었다. 신을 믿지 않는 아말렉인 무사는 돛대가 아닌가 싶을 만큼 거대한 철퇴를 휘두르며 사단에게 돌진했다. 사단은 불꽃처럼 펄펄 뛰며 통나무를 치켜들어 일격을 가했다. 통나무가 휙 하고 허공을 날아 떨어지자 적은 날렵하게 철퇴로 받아쳤다. 그러나 통나무의 무게를 이

기지 못한 철퇴가 그대로 자기 머리 위로 떨어져 두개골이 박살나고 말았다. 사단이 즉사한 적의 껍질을 벗겨 불에 구워 먹는 광경을 본 이교도 병사들은 온몸의 털이 곤두서고 송연하여 전의를 상실한 채 도성을 향해 도망치기 시작했다. 가리브의 군대는 도망치는 적군을 뒤쫓아 닥치는 대로 내려치면서 도성 안까지 밀려들어가 마구 돌진하니 어느새 왕궁 안에 다다랐다. 그리고 마침내 자마크 왕에게 철퇴를 가하니 왕은 기절하여 쓰러지고 말았다.

사로잡힌 자마크 왕은 결박당한 채 가리브 앞에 무릎을 꿇고 자비를 구했다. 그리고 진정으로 이슬람교에 귀의하겠다고 맹세하였다. 이어 그의 백성들도 진정한 이슬람교 신자가 되었다.

이튿날 가리브 군대는 진군을 재촉하여 마이야파리킨에 도착했다. 그러나 이미 바벨의 운명을 소문으로 전해들은 고을 사람들은 쿠파의 성으로 피신하여 성안은 텅 비어 있었다.

이제야 드디어 천하의 패륜아인 형과 맞설 심판의 날이 눈앞에 다가왔다.

가리브가 군세를 점검해보니 기병 3만에 보병 1만이었다. 그래서 다시 5만의 병력을 증원하여 대군을 이끌고 말을 몰았다. 이윽고 모술 앞에 진을 쳐 아지브 왕의 군대와 정면으로 대치하였다. 가리브는 동생 사힘에게 "당장 우상숭배를 그만두고 유일신 알라를 믿으라. 그리하면 형제로 대하여 왕으로 모시고 과거의 죄를 다 용서할 것이며, 그렇지 않으면 목을 잘라 부모님의 원수를 갚겠다"는 내용의 서한을 주어 아지브 왕의 진지로 보냈다.

아지브는 분노로 눈을 부릅뜬 채 이를 바득바득 갈고 펄펄 뛰면서 서한을 북북 찢어버렸다. 사힘은 화가 치밀어 자기도 모르게 아지브에게 달려들었다. 아지브의 부하들이 달려들자 사힘은 칼을 뽑아 번 개처럼 휘둘러 50명이나 되는 용사들을 순식간에 베어버리고 온몸이 피투성이가 된 채 혈로를 뚫고 도망쳐 돌아왔다. 동생의 모습을 본 가리브는 불같이 화가 치밀어 안색이 새파랗게 질렸다.

가리브가 "알라호 아크바르!"를 외치자 출정을 알리는 북이 둥둥 울렸다. 마침내 숙명의 두 적이 정면으로 맞서게 되었다. 판정에 잘 못이 없는 '싸움의 심판관'이 싸움터를 지배했지만 심판관의 입은 굳 게 닫힌 채 말이 없었다.

마침내 병사들의 피가 강이 되어 흐르고 대지를 선홍빛으로 물들일 만큼 치열한 전투가 계속되었다. 병사들의 머리카락이 대번에 백발이 될 정도로 싸움은 더욱 격전으로 치달았다. 발은 피에 미끄러지고, 용사들이 대지를 딛고서 미친 듯이 창을 휘둘러대면 겁쟁이들은 발길 을 돌려 도망치기에 바빴다. 첫 격전은 날이 저물 때까지 계속되었으 며, 이윽고 퇴각의 징소리가 울렸다.

둘째 날에는 사힘이 용감하게 일대일의 대결을 청해 한낮까지 200 명의 적을 쓰러뜨렸다. 다시 양쪽 군사들이 서로 한꺼번에 덤벼들어 창칼로 치고받는 소리가 천지를 뒤흔들었다. 번득이는 칼은 떨며 울 리고, 피는 강을 이루며 흘렀다. 곳곳에 목 없는 시신이 널려 있고, 죽은 자의 두개골은 무참히도 말발굽에 짓밟혔다. 칼과 칼이 끝날 줄 모르고 서로 맞부딪치는 가운데 날이 저물자 양군은 철수하여 각자 진지로 돌아갔다.

셋째 날에도 치열한 전투가 벌어졌다. 이슬람군은 늘 그랬던 것처 럼 가리브가 말을 몰고 깃발을 휘날리며 진두지휘하기를 기다렸지만 도무지 그 모습이 보이지 않았다. 사힘은 형의 막사로 사람을 보내 알아보았지만 형은 오간 데 없이 사라지고 없었다. 몹시 걱정이 된 사힘이 부하 장수들에게 알리자, 그들은 가리브가 없으면 패할지도 모르니 당분간 싸움을 멈추자고 말했다.

사실의 내막은 이러했다. 전날 밤, 아지브 왕은 그가 총애하는 호위병 사이야르를 가리브의 막사로 몰래 잠입시켰다. 사이야르는 마치 노예처럼 막사 옆에 서 있다가 가리브가 물을 가져오라고 하자 마약이 든 물주전자를 갖다주었다. 가리브는 갈증을 해소하기도 전에 다리에서 힘이 빠져 휘청거리며 벌렁 쓰러지고 말았다. 사이야르는 겉옷으로 가리브를 싸가지고 아지브 왕의 천막으로 돌아왔다. 정신이 든 가리브는 온몸이 묶인 채 낯선 천막에 갇혀 있는 걸 깨달았다. 아지브 왕은 당장 가리브를 죽일 심산으로 사형 집행인에게 피받이 가죽 깔개를 가져오라고 명령했다. 이때 남모르게 이슬람교를 믿고 있던 한 대신이 나섰다.

"죽이는 건 나중에 해도 되니, 유사시에 긴요하게 써먹을 수 있도록 우선 포로로 남겨두는 게 어떨까요?"

그럴듯하다는 생각에 아지브 왕은 가리브를 사슬로 묶어 막사 안에 감금하고 철통같은 감시를 붙여놓았다.

한편 가리브가 사라지자 이슬람군 병사들은 목동을 잃은 양 떼가 되고 말았다. 그러자 사단이 선두에 나서서 알라께서 지켜주실 것이니 용감하게 맞서자고 독려했다. 사단의 통나무 세례를 받아 군사들이 무더기로 쓰러지자 적군은 온몸의 털을 곤두세우고 벌벌 떨었다. 아지브 왕이 "저 괴물을 당장 처치하라"고 소리치자 즉시 2만의 기병이 사단에게 쇄도하고 보병들도 주위를 포위하여 창과 화살을 비 오듯 쏟아부었다. 제아무리 천하장사인 사단도 단신으로 이들의 공격을 막을 길이 없었다. 결국 사단은 온몸에 상처를 입고 사단의 선혈이 낭자하게 대지를 적셨다. 마침내 이교도들은 심한 출혈 때문에 비틀거리는 사단을 사로잡아 밧줄로 꽁꽁 묶어 가리브 옆에 내던졌다.

아지브 왕은 흡족하여 내일은 한 놈도 남기지 않고 다 쓸어버리겠다며 사기충천하였고, 반대로 이슬람군은 의기소침하며 몹시 슬퍼하였다.

사힘은 한밤이 되자 천막지기로 변장하고 아지브 왕의 진지로 갔다. 아지브 왕과 제후들이 앉아 있는 왕의 막사 안으로 잠입한 사힘은 활활 타고 있는 촛불의 심지를 짧게 자르고 그 위에다 사리풀의 가루를 뿌리고 밖으로 나와 안의 동정을 살폈다. 사리풀의 연기가 아지브 왕과 제후들의 코를 찌르니 견딜 수가 없어진 그들은 모두 죽은 사람처럼 바닥에 쓰러졌다. 사힘은 옥사로 쓰는 천막으로 가서 화톳불 기름 항아리에다 장작을 잔뜩 집어넣고 그 위에 사리풀을 뿌렸다. 그리고 불을 붙여가지고 천막 주위를 빙빙 돌았다. 연기가 콧속으로 들어가자 파수병들은 모두들 취해 나가떨어지고 말았다.

사힘은 인사불성이 된 가리브와 사단의 코에다 준비해온 식초를 담뿍 적신 해면을 대고 흔들어 깨웠다. 그리고 결박을 자르고 수갑과 차꼬를 벗기니 두 사람은 사힘을 알아보고 기뻐했다. 세 사람은 부랴부랴 밖으로 나가 파수병들의 무기를 모조리 빼앗았다. 사힘은 가리브와 사단을 먼저 보낸 뒤 아지브 왕을 겉옷으로 싸서 짊어지고 이슬람군의 진지로 돌아왔다.

향이 섞인 초를 끼웠자 아지브 왕이 눈을 번쩍 떴다. 자신의 몸이 결박당하고 수갑과 차꼬가 채워진 걸 본 그는 고개를 푹 숙이고 말았다. 가리브는 아지브 왕의 옷을 벗기고 사정없이 채찍으로 때리고

100명의 병사들로 하여금 감시하도록 했다.

때마침 열흘 늦게 백부인 알 다마그 왕이 군사를 이끌고 알 자지라를 떠나 한밤중에 아지브 왕의 진지를 습격하여 날카로운 언월도를 휘둘렀다. 군사들의 고함 소리에 놀란 가리브는 사태를 파악한 뒤 백부의 용감한 돌진을 지원하기 위해 말을 몰아 이단자들에게 달려들어 날카로운 칼날 세례를 퍼부었다. 그리하여 아침까지 이교도군 진영은 쑥대밭이 되었으며, 대부분의 병사들은 죽거나 사로잡혔고 나머지는 사방팔방으로 도망치고 말았다.

가리브는 백부와 얼싸안고 감격을 나눈 뒤 막사로 돌아왔는데, 이게 웬일인가. 아지브의 모습은 그림자도 보이지 않았다. 아지브의 충복 사이야르는 아지브를 구하러 천막에 은신하면서 기회를 엿보고 있었던 것이다. 마침 가리브가 백부의 진격을 도우러 출병하려 나가면서 "특별히 주의하여 아지브를 감시하라"는 명령을 내리지 않고 떠나는 바람에 감시병들은 모두 가리브를 따라 출병해버렸다. 그사이에 사이야르는 태형을 맞고 기절해 있는 아지브를 잽싸게 업고 들판으로 도망친 것이다. 그들은 샘물을 마시고 부싯돌로 불을 피워 잡은 타조를 구워 먹는 등 원기를 회복하고 바다위족 부락에서 말 두 필을 훔쳐 쿠파의 도성에 이르렀다.

아지브 왕은 태형으로 입은 상처를 치료한 후 이웃 각지의 총독들에게 서한을 보내 "병력을 모집하여 쿠파로 진군하라"고 명령했다.

한편 가리브는 아지브 왕의 행방을 수색하였으나 자취가 묘연하였다. 마침 사힘이 쿠파에 몰래 잠입하여 정탐한 후 돌아와 아지브 왕의 근황을 보고했다. 아지브의 상처도 완쾌되고 각지의 총독들과 제후들이 속속 쿠파로 군대를 파견하고 있다는 것이다.

가리브는 당장 출병하여 쿠파로 향했다. 도성 가까이에 이르니 엄청난 숫자의 병사들이 마치 굽이치는 파도처럼 주위를 둘러싸고 포진해 있었다. 가리브는 이들 이교도군의 정면에 진지를 구축하고 깃발을 휘날렸다.

아침이 밝자 전투가 시작되었다. 알 다미그 왕이 앞장서 일대일 결투를 벌여 이교도 기사들을 76명이나 무찌르자 이교도군은 겁에 질려 슬슬 꽁무니를 뺐다. 화가 치민 아지브 왕이 고함을 질러 진군을 재촉하니 그때에야 적군은 덤벼들었다. 이렇게 양군이 접전을 벌이는 가운데 올바른 심판을 내리시는 승부의 심판관이 싸움터에 군림하였다. 날이 저물어 어둠의 장막이 서서히 땅을 덮었다. 이교도군의 징이 물러서라는 신호를 울렸다. 하지만 가리브가 무기를 버리지 않고 이교도군에게 덤벼들자 이슬람군이 뒤따랐다. 얼마나 많은 머리를 베고, 손을 자르고, 목과 살을 끊고, 무릎과 등을 부수고, 적병을 때려 죽였는지 그 수를 헤아릴 수 없을 정도였다. 먼동이 틀 즈음, 이교도 군은 완전히 괴멸하여 도망치기에 바빴다. 이슬람군은 한낮까지 그 뒤를 추격하여 2만 여 군사를 사로잡아 끌고 왔다.

그길로 가리브는 쿠파의 도성 안으로 사람을 보내 유일신 알라에게 귀의하는 자는 누구나 용서하고 보호해준다고 알렸다. 도성 사람들은 상하 귀천 구별 없이 이슬람교로 개종하고 한 덩어리가 되어 성 밖으로 나와 가리브 앞에서 새롭게 신앙고백을 했다. 가리브는 너무 기뻐 마음이 가벼워지고 모든 시름과 괴로움도 깨끗이 사라졌다.

마르다스와 마디야의 행방을 수소문하니 '붉은 산'으로 거처를 옮겼다는 대답뿐이었다. 사힘은 지체 없이 추월하여 붉은 산에 당도하였으나 부친 일행을 찾지 못하고 그저 사막으로 갔다는 소식만 듣고 돌아왔다. 가리브는 가슴이 몹시 아팠다. 또 다른 한편으로 가리브는 아지브의 행방을 탐문하는 첩자를 사방에 파견하였다.

가리브는 쿠파의 왕이 되어 옥좌에 올랐다. 영내의 태수들은 가리브에게 충성을 맹세했다. 평화로운 나날이 계속되었다.

산적 자므르칸 일당을 체포한 가리브, 아지브가 숨은 오스만 도성을 점령하다

어느 날, 가리브는 사냥 길에 어느 풍요로운 골짜기에서 야영을 하게 되었다. 그런데 갑자기 한 목장에서 떠들썩한 소란이 일어나 알아보니 험상궂은 놈들이 재물을 약탈하고 아녀자들을 납치해가려 하고 있었다. 이들은 산적 자므르칸 일당으로, 이미 마르다스를 죽이고 재산을 약탈하였으며, 이젠 여자들마저 납치하려다가 가리브에게 들킨 것이었다.

불같이 화가 치민 가리브는 체통도 돌보지 않고 펄펄 뛰며 곧장 부하들을 이끌고 도둑 떼를 쫓아 호통을 치며 달려들어 순식간에 수십 명을 베어버렸다.

자므르칸은 악의 화신과도 같고 움직이는 산과도 같은 모습으로 갑옷과 투구로 무장을 갖추고 뛰쳐나왔다. 키가 장대만 한 거구의 아말렉인은 다짜고짜 가리브에게로 덤벼들었다. 피에 굶주린 사자처럼 힘껏 머리 위로 내리치는 산적의 일격을 가리브가 교묘하게 피하자, 힘이 남은 철퇴는 대지를 치고 반 척이나 땅속으로 박히고 말았다. 이

때를 노린 가리브가 쇠도리깨를 휘둘러 철퇴를 쥔 자므르칸의 손목을 으스러뜨렸다. 철퇴가 털썩 땅바닥에 떨어졌다. 가리브는 안장 위에서 몸을 굽혀 철퇴를 집어 들기가 무섭게 번개같이 날랜 솜씨로 상대방의 가슴팍을 후려갈겼다. 자므르칸은 큰 종려나무처럼 쿵 하고 땅위에 쓰러졌다. 가리브는 자므르칸을 결박하여 끌고 나왔다.

가리브가 무엇을 섬기냐고 묻자 자므르칸이 대답했다.

"나리, 저는 버터와 꿀을 섞어 반죽한 대추야자의 열매로 만든 신을 섬기며, 그걸 다 먹은 다음에는 또다시 새로 만듭니다."

가리브는 배를 움켜쥐고 뒤로 나자빠질 듯 크게 웃었다. 가리브가 유일신 알라에 대한 교의를 설파하자 자므르칸은 마음의 귀가 번쩍 뜨이고 온몸에 소름이 끼치는 것 같았다. 자므르칸은 그 즉시 신앙고백을 했다. 가리브는 자므르칸의 결박을 풀어주었다.

그때 자므르칸의 부하들 가운데 일부가 도망쳐서 또 다른 산적 일당인 바누 아미르족을 이끌고 복수하기 위해 달려왔다. 자므르칸은 자기 일족에게 다가가 유일신 알라를 외라고 명령했다. 부하들이 모두 복종하자 가리브의 주선으로 이들도 모두 이슬람교에 귀의하여 알라 앞에 무릎을 꿇고 영광과 승리를 기원했다.

이리하여 자므르칸과 산적 일행은 가족들까지 모두 개종시키고 가산을 정리하여 쿠파로 들어왔다.

이윽고 형 아지브가 알 야만 국 왕 쟈란드 빈 카르카르에게 의탁해 있다는 보고가 들어왔다. 가리브는 사흘 후 진군을 명령했다. 사로잡힌 이교도군 가운데 이슬람교로 개종한 군사들로 군세는 더욱 막강해졌다. 가리브는 산적 자므르칸에게 선봉대를 이끌고 먼저 알 야만 국으로 진군하라고 명령했다.

한밤중에 가리브는 후궁을 둘러보다 문득 여인들 틈에 마디야가 있는 걸 발견하고 그만 기절하고 말았다. 정신을 차린 가리브는 마디야를 안아 자기 방에 데려와 눕히고 그날 밤은 사랑을 나누지 않은 채 한 잠자리에서 나란히 잤다.

이튿날 가리브는 백부 알 다미그를 알 이라크의 영토를 다스리는 부왕으로 임명하고, 아지브 토벌에서 돌아올 때까지 마디야를 보호해달라고 당부했다. 그리고 군대를 이끌고 알 야만 국의 오만 도성을 향해 떠났다.

아지브 왕과 부하들은 패잔병 신세로 전락하여 오만 도성 가까이 당도하였다.

알 야만 국의 왕 쟈란드가 그들을 맞아들였다. 쟈란드의 아내가 아지브의 백부의 딸이므로 아지브와 쟈란드는 매부와 처남 사이였기 때문이다.

쟈란드 왕은 아지브 왕이 이슬람교도인 가리브에게 쿠파를 빼앗겼다는 말을 듣고 펄펄 뛰며 분노했다. 그는 곧장 대신 쟈와마르드에게 7만 기병을 내주며 쿠파의 이슬람교도들을 토벌하라고 명령했다.

행군을 계속한 지 이레째 되는 날, 쟈와마르드는 어느 골짜기에서 휴식을 취하게 되었다. 그때 갑자기 나무 그늘에서 번쩍번쩍 빛나는 갑옷으로 무장한 무시무시한 형상의 기사가 나타나 위협하였다. 바로 산적 대장 자므르칸이었다. 그는 미친 사자처럼 달려들어 단칼에 쟈와마르드의 몸을 두 동강내버렸다.

그날 밤, 자므르칸과 대장들은 작전을 세웠다. 자므르칸이 선봉에서 공격하면, 대장들은 사방에 흩어져 있다가 공격 신호가 떨어지자

마자 즉시 총공격을 하기로 했다.

이윽고 해가 뜨기 전 어슴푸레한 무렵이었다. 알 야만의 대군이 양 떼처럼 밀려와 들판과 골짜기를 뒤덮었다. 자므르칸과 바누 아미르족은 "알라호 아크바르!" 하고 큰 함성을 지르며 적군에게 덤벼들었다. 곧이어 이에 호응하듯 골짜기에 흩어져 몸을 숨기고 있던 이슬람군이 사방에서 함성을 질렀다. 그러자 구릉도 산등성이도 푸른 나무도 바위도 이에 호응하여 "알라호 아크바르!" 하고 메아리쳤다. 이교도군은 당황하여 자기편끼리 칼을 휘두르며 치고받는 아수라장이 벌어졌고, 이 기회를 놓칠세라 이슬람군은 활활 타오르는 불꽃처럼 덤벼들었다. 눈에 띄는 것이라곤 목이 떨어지고, 핏줄기가 솟고, 겁쟁이들이 우왕좌왕 도망치는 광경뿐이었다. 이교도군의 7할이 멸망하여 알라께서는 그 영혼을 영원히 쫓아버렸다. 살아남은 적은 사막으로 도망쳤고 이슬람군은 끝까지 추격하여 그들을 베어 죽이거나 사로잡았다. 한낮 무렵에 이교도군은 흔적도 없어졌으며, 이슬람군은 의기양양하게 개선하였다.

자므르칸은 포로들에게 구원의 신앙을 전도하였고 이들이 진정으로 개종을 맹세했으므로 곧 결박을 풀어주었다. 이들은 서로 얼싸안고 기뻐했다. 개종한 병사들까지 대거 합류한 자므르칸의 선봉대는 대군이 되었다.

자므르칸은 오만의 쟈란드 왕을 쳐부수기 위해 진군하기 시작했다. 자므르칸이 호위병에게 딸려 보낸 막대한 전리품을 받은 가리브 왕은 승전을 축하하고, 식인귀 사단과 그 아들들에게 2만의 기병을 거느리고 자므르칸을 뒤따르게 했다.

한편, 가까스로 도망친 이교도 패잔병들은 쟈란드 왕에게 자초지종을 보고하였다. 7만 기의 병력이 불과 2만 기의 병력에 참패했다는 소식에 왕은 노여움과 분을 참지 못하여 패잔병들을 남김없이 베어버렸다. 그리고 크라얀 왕자에게 10만 기병을 내주며, 알 이라크로 가서 마음껏 쳐부수라고 명령했다. 크라얀은 당대의 호걸로 혼자서도 능히 3,000명의 적을 무찌를 수 있는 일기당천의 용사였다.

이리하여 크라얀 왕자의 10만 대군과 자므르칸의 이슬람군은 광활한 들판에서 대치한 채 진지를 구축했다.

밤이 되자 크라얀은 부하들에게 날이 새기 전에 말을 몰아 적군을 공격할 것이니 무기를 들고 갑옷을 입은 채 자라고 명했다. 마침 적진에 잠입한 자므르칸의 첩자가 이 작전을 듣고 자므르칸에게 알렸다. 자므르칸은 낙타와 당나귀 2만 마리의 목에 방울과 소리나는 물건을 있는 대로 달아매고 모든 짐승 떼를 몰고 적의 진지로 쇄도했다. 방울과 그 밖의 온갖 물건들에서 나는 소리들이 땡그렁~ 땡그렁 ~ 울려대는 가운데 이슬람군이 외치는 "알라호 아크바르!" 함성이 사방에서 아우성치며 울려 퍼지자, 짐승들은 무서운 소리에 놀라 적진으로 뛰어들어 자고 있는 적을 사정없이 짓밟았다. 이교도군은 당황하여 허둥지둥 무기를 들고 자기편끼리 서로 치고받아 결국 이교도군의 대부분이 쓰러지고 말았다. 먼저 혼내주려다 도리어 당했으니, 보기 좋게 뒤통수를 얻어맞은 형상이었다.

화가 난 크라얀 왕자는 부하들에게 호통을 치고 재차 반격에 나섰다.

그때 자욱하게 피어오른 먼지가 지평선의 푸른 하늘을 가리고 바람에 휘날려 한층 더 높이 퍼지더니, 마치 큰 천막을 매달아놓은 것처럼 중천에 걸렸다. 얼마 뒤 그 아래로 나타난 것은 번쩍거리는 투구와 사슬 갑옷을 입은 눈부신 병사들이었다. 그들은 하나같이 벼리고 벼린 칼을 어깨에 메고, 날씬한 창을 겨드랑이에 끼고 있었다. 바로 식인귀 사단이 이끄는 병사들이었다.

원병까지 합세하여 막강한 대군으로 불어난 이슬람군은 불꽃같은 기세로 이교도군에게 달려들어 창칼을 휘둘렀다. 양군은 어둠의 장막이 내린 뒤에야 각자의 진지로 물러났다.

다음 날 크라얀이 나서더니 일대일로 맞서자고 외쳤다. 바누 아미르족 대장이 맹호처럼 덤벼들었다. 두 용사는 잠시 뿔로 맞받아치는 황소처럼 격렬하게 치고받았다. 이윽고 크라얀이 상대방을 움켜잡고 안장에서 끌어내려 땅바닥에 내동댕이쳤다. 그러자 날쌔게 달려든 크라얀의 부하들이 결박해 사로잡아버렸다. 크라얀은 계속 싸움터를 빙빙 돌면서 싸움을 걸었고, 그때마다 뛰어나온 장수들을 모두 차례차례 제압하여 한낮이 되기 전에 일곱 명의 장수를 사로잡았다.

이를 지켜보다 화가 머리끝까지 치민 자므르칸이 크라얀에게 덤벼들었다. 두 용사는 용호상박의 형세로 좀처럼 승부를 내지 못했다. 손에 땀을 쥐게 하는 일진일퇴의 접전이 계속되는 가운데 어느새 해가 저물고 말았다. 바로 그때였다. 자므르칸은 맹렬한 기세로 크라얀에게 육박하여 철퇴를 휘둘러 마치 종려나무 기둥처럼 대지 위에 때려눕혔다. 이슬람군은 밧줄로 결박한 크라얀을 낙타를 끌고 가듯 막 사로 끌고 갔다. 이교도군은 자기네 대장을 구출하기 위해 맹렬한 기세로 날뛰며 달려들었다. 그러나 이슬람군이 맞서 마구 베어 무찌르니, 적군은 우선 살고 볼 일이라며 도망치기 바빴다. 칼은 소리를 지르며 적의 등을 찌르고, 이슬람군의 악착같은 추격에 남은 적들은 숲으로 황야로 뿔뿔이 흩어지고 말았다.

막대한 전리품이 산처럼 쌓였다. 자므르칸은 크라얀에게 이슬람교 개종을 종용했으나 크라얀이 끝내 말을 듣지 않자 그의 목을 베어 창 끝에 꿰고 오만 도성을 향해 출발했다. 가까스로 도망친 패잔병들은 쟈란드 왕에게 "왕자는 피살되고 군대는 전멸했다"고 보고했다. 쟈란드 왕은 왕관을 땅바닥에 벗어던지고 코피가 날 때까지 자기 뺨을 때리고 기절해 쓰러지고 말았다.

정신이 든 왕은 총독들에게 모든 병력을 소집하라고 명하여 18만에 이르는 대군을 추가로 모병하였다. 그때 자므르칸과 식인귀 사단이 7만 기병을 이끌고 들이닥쳤다. 쟈란드 왕은 아들의 원수를 갚기 위해 알 이라크를 유린하겠다고 기염을 토했다. 그리고 아지브를 돌아보며 이를 갈며 욕을 퍼부었다.

"네놈 때문에 이런 재앙이 닥친 것 아닌가! 만약 이 분통을 적에게 풀지 못하는 날에는 반드시 네놈에게 처참한 죽음을 맛보여주겠다."

아지브는 몹시 불안했다. 자신의 왕궁에서 쫓겨나 형편없이 신분이 격하된 신세인 데다가, 쟈란드 왕까지 자기를 지켜줄 힘이 없다는 걸 알게 된 것이다. 야아르브 빈 카탄 왕에게 피신하기로 작정한 아지브는 부하들을 데리고 야음을 틈타 도망쳐버렸다.

날이 새자 쟈란드 왕은 머리 꼭대기에서 발끝까지 사슬 갑옷과 쇠 갑옷과 촘촘하게 짠 갑옷 등으로 중무장한 26만의 대군을 이끌고 말에 올랐다. 자므르칸과 사단도 7만 기병을 이끌고 덤벼들었다.

화강암 산과 같은 마신 중의 마신 사단이 맨 먼저 전투의 막을 열었다. 이교도군 용사 하나가 돌진해왔으나 사단은 대번에 베어버리더니, 시체를 구워 뼈까지 우둑우둑 씹어 먹었다. 이교도군은 온몸에 소름이 끼쳤다. 쟈란드 왕은 저 잔인무도한 짐승을 베어 죽이라고 추상같이 명령했다. 10명의 장수들이 덤벼들었으나 모두 사단의 제물이 되고 말았다. 적군은 기가 꺾여 이구동성으로 마신과 식인귀를 상대로 싸울 놈이 어디 있느냐고 신음하며 좀체 자진하여 나서려고 하지 않았다. 100명이 한꺼번에 덤벼도 견딜 재주가 없었다. 결국 1만 기의 군대가 한꺼번에 사단에게 달려들자 자므르칸이 나섰다. 그러나 자므르칸이 미처 다가가기도 전에 적병은 사단의 말을 때려 쓰러뜨려 사단을 생포하고 말았다.

이에 흥분한 이슬람군은 격렬하게 이교도군을 공격했다. 흙먼지 때문에 태양이 가리고 눈이 아릴 지경이었다. 이슬람군은 이교도군 한가운데서 검은 황소의 흰 반점처럼 두드러져 보였다. 양군은 어둠이 주위를 둘러쌀 즈음에서야 싸움을 멈췄다.

이슬람군이 적잖이 전사한 것도 문제였지만 무엇보다 사단의 안부가 걱정이었다. 자므르칸은 슬퍼서 견딜 수가 없었다. 한편 쟈란드 왕은 칼잡이에게 사단의 목을 치라고 명령했다. 그러나 칼잡이가 다가서는 순간 사단은 혼신의 힘을 짜내 몸을 쭉 비틀어 결박을 끊고 날쌔게 칼잡이의 손에서 칼을 빼앗아 상대방의 목을 힘껏 내리쳤다. 그런 다음 곧장 쟈란드 왕에게로 덤벼들자 왕은 옥좌에서 일어나 걸음아 날 살려라 하고 도망을 쳤다. 그사이에 사단은 신하들을 베어 죽인 뒤 막사를 뛰쳐나와 사방에서 육박해 달려드는 적병을 종횡무진으로 격파하며 혈로를 뚫고 탈출하여 마침내 아군 진지에 당도했다.

사단이 적진을 헤집고 살아 돌아오자 이슬람군의 사기는 하늘을 찌를 듯했으며, 특히 자므르칸은 기뻐서 어쩔 줄을 몰랐다. 이튿날 태양이 뜨자마자 양군은 일제히 말에 올랐다. 자므르칸이 싸움터를 돌아다니며 싸움을 걸자 이교도군이 도전하여 덤벼들었다.

그 순간 구름 같은 흙먼지가 삽시에 사방으로 퍼져 숲을 가리고 햇빛을 가로막았다. 먼지구름이 바람에 휘날려 흩어지자 가리브 왕이 이끄는 이슬람교군이 나타났다. 이를 본 양군은 모두 싸움을 멈추고 휴식을 취했다.

가리브 왕이 나타났다는 보고를 듣자 쟈란드 왕은 당장 아지브를 불러오라고 명령했다. 그러나 아지브가 이미 도망쳤다는 보고를 받은 쟈란드 왕은 이 세상의 종말이 온 것처럼 분했다. 그러면서 자기 손가락을 깨물며 '배신자' 아지브에게 욕을 퍼부었다. 이 싸움을 일으킨 장본인은 아지브인데, 장본인은 도망치고 제3자가 싸움에 나가 억울하게 죽게 생겼으니 어찌 화가 나지 않겠는가. 그렇다고 눈앞의 적을 보고 피할 수도 없는 일, 어쩔 수 없이 있는 힘을 다해 싸울 도리밖에 없었다.

이튿날 가리브 왕은 한 통의 서한을 아우 사힘에게 주어 적진에 보냈다. 서한에는 이슬람교로 개종할 것과 양친의 원한을 갚으려 하니 아지브를 내놓으라는 두 가지 요구 사항이 적혀 있었다. 쟈란드 왕은 아지브가 도망쳤다는 것과 신앙을 버리지 않겠다는 답신을 보냈다.

양군은 다시 북을 둥둥 울리며 전투를 개시했다. 선봉에 선 자므르칸의 활약 이후 양군은 굽이치는 파도와 같이 충돌하여 일대 난전을 벌였다. 창칼은 미쳐 날뛰고, 가슴은 깨지고, 배는 터지고, 흙먼지는 자욱하게 하늘 높이 떠올라 쌍방이 다 죽음의 천사를 눈앞에서 선명하게 바라보는 것만 같았다. 귀는 막히고, 혀는 굳어지고, 사방에서 멸망의 운명이 점점 다가오니 용맹한 자는 버티어 서고, 겁쟁이들은 일제히 도망쳤다. 이렇듯 하루 종일 난투가 계속되고 날이 저물자 후퇴의 북소리가 둥둥 울렸다. 양군은 각자의 진지로 돌아갔다.

가리브 왕은 아지브가 도망친 것이 너무나 분했다. 아지브에게 복수하지 않고선 원한이 골수에 사무쳐 숨이 막힐 지경이었다. 사힘은 정탐을 하기 위해 적진으로 숨어들었다. 마침 호위병 하나 없이 혼자 자고 있는 쟈란드 왕을 본 사힘은 마약 가루를 맡게 하여 기절시킨 다음 왕을 이불에 싸서 당나귀에 태운 뒤 멍석을 덮어 막사로 돌아왔다.

식초 냄새를 맡자 쟈란드 왕이 깨어났다. 쟈란드 왕은 가리브 왕에게 애원했다.

"아무쪼록 용서해주십시오. 사실 저는 대왕께 아무런 원한도 없습니다. 다만 저를 대왕과 싸우도록 꾸민 아지브의 농간에 속아 넘어갔을 뿐입니다. 그는 저와 대왕을 반목시켜 싸우게 해놓고 정작 자신은 도망쳤습니다."

가리브가 아지브의 행방을 대라고 다그쳤지만 쟈란드 왕은 아지브가 도망친 곳을 알지 못했다. 가리브는 쟈란드 왕을 죽이지는 않았으며, 다만 잘 감시하라고 일렀다.

한편 자므르칸은 가리브 왕을 기쁘게 해주기 위해 기발한 작전을 짰다.

날이 새기 직전 자므르칸의 부하들은 발소리를 죽여 개미도 기척을 못 느끼도록 조심하면서 가만히 이교도군 진지 주위로 흩어졌다. 순간 자므르칸이 "알라호 아크바르!"를 외쳤다. 이를 신호로 부하들도 한목소리로 골짜기와 산과 모래언덕이 메아리칠 만큼 큰 소리로 같은 주문을 외쳤다. 이교도군은 눈을 뜨자마자 서로 덤벼들어 자기편끼리 난투극을 벌였다. 그사이에 이슬람군은 성문 쪽으로 달려가 파수병들을 죽이고 도성 안으로 들어가 도성 안에 있는 재물과 노예를 모두 손에 넣었다.

그러는 동안 해가 떠올라 대지가 훤히 밝아왔다. 이교도군은 난투극을 벌이느라 있는 힘을 다 써버렸고, 그 틈을 노려 가리브 왕은 전군을 이끌고 덤벼들어 거짓 투성이인 위선자의 가슴팍에 날카로운 칼과 번쩍이는 창끝을 들이박았다. 적군이 앞다퉈 도망치자 이슬람군은 고삐를 늦추지 않고 바싹 추격하여 두 골짜기 사이에 몰아넣고 마구 무찔렀다. 적군은 대부분 전사하거나 사로잡혔으며, 나머지는 가까스로 사막과 숲으로 도망쳤다.

마침내 이슬람군은 개선하여 오만의 도성으로 들어갔다. 가리브 왕은 쟈란드 왕에게 이슬람교에 귀의할 것을 거듭 설득했으나 그는 끝까지 거부했다. 결국 쟈란드 왕은 성문에 매달린 채 군사들이 퍼부은 화살 세례를 받고 마치 고슴도치 꼴로 죽고 말았다.

가리브 왕은 자므르칸을 오만의 태수로 임명하였다. 도성의 성문을 연 것은 바로 자므르칸이었기 때문이다.

가리브를 납치한 마왕 무라아슈, 오히려 가리브에 의해 이슬람교로 귀의하다

어느 날, 가리브 왕은 악몽을 꾸고 부들부들 떨면서 눈을 떴다.

골짜기에서 별안간 괴물이 덤벼들었는데, 그렇게 몸집이 큰 괴물은 일찍이 본 적이 없었다. 사힘은 아마도 큰 적이 다가올지 모르니 절대 마음을 놓지 말고 주의하라고 당부했다.

마음이 울적해진 가리브 왕은 사힘과 단둘이 사냥을 떠났다. 그리하여 어느 산자수려한 골짜기에서 휴식을 취하다가 나무 그늘에서 잠이 들고 말았다. 그때 무시무시한 마신 둘이 날아와 가리브와 사힘을 하나씩 어깨에 짊어지고 그대로 하늘 높이 날아올라 구름 위로 올라왔다.

형제가 눈을 뜨니 몸이 하늘과 땅 사이의 허공에 있고 자기들을 짊어지고 있는 자는 마신이 아닌가. 한쪽은 개의 머리, 또 다른 쪽은 원숭이의 머리를 하고, 온몸은 말꼬리 같은 털로 덮여 있고, 발톱은 사자와 같고, 다 큰 종려나무 못지않은 거구들이었다.

여기에는 사연이 있었다. 마신의 왕 무라아슈의 아들 사이크 왕자는 마신의 딸 나지마와 사랑하는 사이였다. 두 연인은 곧잘 두 마리의 새로 둔갑하여 골짜기에서 밀애를 즐겼다. 그런데 가리브와 사힘이 사냥을 하다가 새인 줄 알고 활을 쏘았고, 불행하게도 사이크가 화살에 맞아 피를 흘리게 되었다. 나지마는 슬퍼하며 연인 사이크의 몸을 짊어지고 무라아슈 궁전 문 앞에 내려놓았다.

무라아슈는 아들의 겨드랑이에 꽂힌 화살을 보더니 분노하여 이런 짓을 한 놈의 숨통을 끊어놓겠다고 외쳤다. 그러자 사이크가 눈을 반짝 뜨더니 '샘의 골짜기'에 있던 인간이 쏘았다는 한마디를 남긴 채 숨을 거두었다. 무라아슈는 두 마신에게 '샘의 골짜기'에 가서 거기 있는 놈들을 모두 잡아오라고 호통을 쳤고, 그래서 가리브와 사힘을 납치한 것이다.

가리브와 사힘은 무라아슈 앞으로 끌려왔다.

무라아슈의 풍모는 마치 험한 산을 연상케 했다. 몸에는 네 개의 머리가 달려 있는데, 사자, 코끼리, 표범, 살쾡이의 모양이었다. 무라아슈는 노여움에 불타는 눈초리로 가리브와 사힘을 노려보면서 콧구멍에서 불을 토해냈다. 무라아슈가 죄를 물으니 펄펄 뛰자 두 형제는 알라를 두고 맹세한다며 계속 죄를 부인했다. 이 말에 마왕은 이들이 이슬람교도라는 걸 알았다.

마왕은 불을 숭배하는 배화교도였으므로 불의 여신을 불러냈다.

부하들이 황금 항아리를 마왕 앞에 놓고 그 안에 불을 피우고 그 위에 약을 뿌리자 초록색, 푸른색, 노란색의 불꽃이 확 타올랐다. 마왕과 신하들 모두가 화로 앞에 일제히 무릎을 꿇었다. 그들은 가리브와 사힘에게도 무릎을 꿇으라고 명령했으나 두 사람은 이를 거부하고 유일신 알라를 칭송했다. 왕은 분노로 눈이 뒤집혀 둘을 여신에게 재물로 바치라고 명령했다. 결박된 두 사람이 불 속으로 던져지려는 찰나, 이상하게 궁전의 난간이 화로 위로 떨어지면서 불을 꺼버려 불은 대번에 재가 되어 공중으로 흩어졌다. 왕은 마법사 가리브가 여신을 속여 이런 꼴이 되었다고 힐난했다. 가리브는 만약에 불에 영혼이나 인정이 있다면 자신에게 해가 되는 재앙쯤은 막을 수 있었을 것 아니냐고 말했다. 왕은 으르렁거리며 이번엔 두 사람을 옥에 가두고, 장작을 산더미처럼 쌓아놓고 불을 질렀다. 불은 맹렬한 기세로 타올랐다. 가리브와 사힘은 활활 타오르는 불을 바라보면서 신에게 구원을 요청하는 기도를 올렸다. 그러자 이상하게도 서쪽에서 동쪽으로 한 무더기의 구름이 솟아나왔나 싶더니 폭포와도 같은 소나기가 콸콸 쏟아져 불을 꺼버리고 말았다. 마왕도 부하들도 모두 이 광경에 놀랄 수밖에 없었다.

마왕은 대신들과 의논했다. 대신들은 이구동성으로 말했다.

"저 둘의 말이 옳지 않다면 불이 꺼질 리가 없습니다. 아무래도 저 두 사람은 진실을 말하는 참된 사람들임에 틀림없습니다."

마왕 역시 진실한 사람들 같다는 생각이 들었다.

"글쎄. 나 역시 불을 공경하는 것이 잘못이라는 생각이 든다. 왜냐하면 정말로 불이 여신이라면 불을 끈 소나기도, 화로를 깨뜨려 재로 만들어버린 돌도 막을 수 있었을 테니 말이다. 그러므로 나는 불과 빛과 그림자와 열을 만든 신을 믿기로 하겠다. 너희들은 어떠냐?"

대신들은 기꺼이 왕에게 복종했다. 마왕과 신하들은 앞다퉈 가리브와 사힘을 가슴에 껴안고 손과 이마에 입을 맞추었다. 그들이 모두 진정으로 이슬람교에 귀의할 뜻을 맹세했으므로 가리브와 사힘은 기도의 예식을 가르치며 얼마 동안 머물게 되었다. 그러나 시간이 흐르면서 고국에서 걱정할 백성들과 부하들을 생각하니 한숨이 절로 나왔다.

가리브는 무라아슈에게 모든 걸 솔직히 털어놓았다. 가리브의 얼굴을 닳도록 바라보고 싶은 마왕은 가리브를 보내기가 싫었다. 그래서 두 마신을 알 야만으로 보내 그곳 동정을 살펴보고 오라고 시켰다.

한편, 이슬람군은 가리브 왕과 사힘의 행방을 찾아 '샘의 골짜기'에도 가보고 천지 사방을 뒤졌지만 끝내 어떤 실마리도 찾지 못했다.

가리브 왕이 실종되었다는 첩보를 입수한 아지브는 기뻐하며 야아르브 빈 카탄 왕을 찾아가 원조를 요청했다. 왕은 20만 아말렉인을 모아 아지브에게 내주었다. 아지브는 20만 대군을 이끌고 알 야만 국으로 행진하여 마침내 오만 도성 정면에 진을 쳤다.

자므르칸과 사단이 군대를 이끌고 출격하여 아지브 군대와 격돌하였으나 사기가 떨어진 이슬람군은 수많은 전사자를 남긴 채 패퇴하여 도성으로 들어가 성문을 굳게 닫고 방비만 하기로 했다.

마신 카이라얀과 크라얀은 이슬람군이 적의 포위망 속에 갇힌 걸 알게 되었다. 마신은 날이 저물기를 기다려 이교도군 진영에 쳐들어가 칼을 휘둘렀다. 마신의 칼은 길이가 12척으로 한 번 내려치면 바위도 둘로 가를 수 있었다. 두 마신은 "알라호 아크바르!"를 외치며 적진을 마음껏 휘저으며 덤벼들어 입과 코로 불을 뿜어 수많은 적을 무찔렀다. 이교도군은 이 무시무시한 괴물들을 보자 너무 놀라 넋을 잃고 머리칼이 곤두서고 분별력을 잃고 말았다. 겨우 무기를 움켜쥐고 덤벼들었으나 마신은 농부가 벼를 베듯이 적들의 목을 내리쳤다. 칼은 쉴 새 없이 빙빙 돌아, 밤이 절반이 지날 무렵에는 이교도군은 산 그림자를 마신의 무리로 오인하고서 짐을 꾸려 낙타에 싣고서 허둥지둥 도망쳐버렸다. 그중에서도 아지브가 가장 먼저 도망쳤다.

두 마신은 끝까지 적을 추격하여 멀리 숲 속으로 몰아넣었고, 20만의 이교도 중 살아남은 5만의 패잔병들은 혼이 빠진 채 고국으로 도망쳤다. 이슬람군은 이교도군이 지리멸렬하여 도망치는 걸 보고 의아해했다.

두 마신은 가리브 왕과 사힘이 마왕 무라아슈의 손님으로 계시므로 곧 돌아올 것이라는 소식을 전해주었다. 부하들은 기뻐 어쩔 줄을 몰랐다.

두 마신은 곧장 돌아가 자초지종을 보고했다. 가리브는 두 마신에게 알라의 보답이 한껏 내리기를 기원했다.

무라야슈 마왕은 가리브와 사힘에게 "이 나라와 노아의 아들 쟈페트의 도성 쟈바르사를 구경시켜주고 싶다"고 했다. 두 사람도 흔쾌히 받아들이고, 일행은 1,000여 명의 마신을 거느리고 길을 떠났다.

쟈페트의 궁전에 오른 마왕은 가지각색의 비단을 늘어뜨리고 설화석고로 만든, 높이 열 자나 되는 황금 막대기로 난간을 두른 옥좌에 앉아 불을 섬기는 도성 사람들에게 이슬람 교리를 설파했다.

"불은 만물의 창조주이신 전능하신 알라께서 만든 것 중 하나에 지나지 않는다. 그래서 우리는 유일하고 만능하신, 밤낮으로 쉬지 않고 도는 천체를 만든 신에게 귀의한 터이다. 하지만 이 알라는 불가사의하고 전지하기 때문에 육안으로는 볼 수 없지만 그 자신께서는 모든 것을 보고 계신다. 그러니 그대들도 구원을 얻도록 하라. 그러면 전능하신 신의 노여움도 내세에 있어서의 업화의 숙명도 모면하게 될 것이다."

마왕의 설교를 들은 도성 사람들은 모두 마음속으로부터 이슬람교에 귀의했다.

마왕은 궁전의 여기저기를 돌아보며 견고한 구조와 희한한 것들을 구경시켜주고 무기고에 들어가 황금 못에 걸려 있는 한 자루의 칼을 꺼냈다. 이 칼은 야피스 빈 누가 인간과 마신을 상대로 싸울 때 휘두르던 명검이었다. 현자 샤르딘이 벼리고, 그 칼등에 권력자의 이름을 새겨넣었는데, 칼 이름은 알 마히크('적을 몰살시키는 자'의 뜻)로, 일단 덮치는 순간 인간을 죽이고 마신도 예외가 아니어서 단숨에 처단하고, 또 한칼에 능히 산도 무너뜨릴 수 있다는 뜻이었다. 길이가 열두 자에 폭이 석 자나 되는 칼을 뽑자 칼이 번쩍하면서 목덜미가 쭈뼛거릴 만큼 싸늘하게 빛났다. 가리브가 갖고 싶어 하자 마왕은 세상의 왕자들이 헛되이 바라며 한숨만 쉬는 보검을 선뜻 가리브에게 선물하였다.

이번엔 도성을 구경하러 모두 말에 올랐다. 가리브는 고국이 걱정되어 돌아가고 싶은 마음이 간절했으나 마왕은 자기 성이 풀릴 때까지 보고 싶으니 한 달만 더 머물라고 계속 붙잡았다.

쟈페트의 도성에 머문 지 또 한 달이 지나 이윽고 귀국이 허락되었다. 마왕은 가리브에게 보옥, 귀중한 광석, 취록옥, 홍보옥, 금강석, 그 밖의 보석과 금은 덩어리, 그리고 용연향, 사향, 비단 등 세상에서도 보기 드문 값비싼 진품을 산더미처럼 주었다. 그리고 금실을 섞어 짠 비단 어의를 입히고, 머리 위에 값을 따질 수 없을 만큼 비싼 진주와 금강석을 박은 왕관을 얹어주었다.

바르칸 성과 얼룩궁까지 평정한 가리브, 샛별 공주와 결혼하고 귀국길에 오르다

그런데 가리브 일행이 막 떠나려는 순간에 갑자기 말이 울어대고 북이 둥둥 울리면서 나팔 소리가 울려 퍼지더니 수많은 대군이 도성으로 몰려왔다. 하늘을 날고 땅속을 헤치고 구름처럼 쳐들어온 것은 바르칸 왕을 섬기는 7만의 마신이었다. 바르칸은 '홍옥수의 도성'과 '황금의 성'을 다스리는 지배자로서 다섯 산채를 갖고 있는데, 산채 하나에 마신이 50만씩 있었다. 바르칸은 본시 무라아슈의 사촌이다. 그런데 마왕 무라아슈의 신하 중에 이슬람교에 귀의한 척만 하고 여전히 불을 섬기는 이교도가 하나 있었다. 그 신하가 몰래 도망쳐 나와 '홍옥수의 도성'에 있는 바르칸에게 무라아슈의 개종 사실을 일러바쳤다. 이에 분노한 바르칸은 반드시 토벌하겠다며 7만의 마신을 선발하여 쳐들어온 것이다. 이를 본 무라아슈가 사촌 바르칸의 진지로 사람을 보내 알아보니 바르칸이 인사차 왔다는 것이다. 무라아슈는 친히 마중하려고 바르칸의 진지로 향했다. 그런데 이는 무라아슈를 유인하려는 바르칸의 계략에 말린 것이었다. 아무것도 모르는 마왕 무라아슈는 사촌 바르칸을 만나자 반가움에 덥석 껴안았다. 그 순간 마신들이 달려들어 쇠사슬로 무라아슈를 결박해 옥에 가두었다.

가까스로 도망쳐온 부하로부터 무라아슈가 붙잡혔다는 소식을 들은 가리브와 사힘은 말을 돌려 무라아슈를 구하러 달려갔다. 가리브가 쟈페트의 보검을 휘두르자 마신들은 눈이 부시고 간담이 서늘해졌다. 가리브는 "알라호 아크바르!"를 외치며 적진 한가운데로 돌진하였다. 한편 바르칸은 사촌을 구슬려 신앙을 버리게 한 장본인인 가리브의 숨통을 반드시 자기 손으로 끊어놓겠다고 외쳤다. 그리고 마치 석고를 바른 첨탑처럼 하얀 코끼리에 올라탔다. 강철 몽둥이를 몸 깊숙이 찔러넣으니 코끼리가 울부짖으며 마구 베고 찌를 전쟁터로 향할 태세를 갖추었다.

바르칸이 투창을 빼 한 손에 잡고 빙빙 돌리다가 가리브를 향해 힘껏 던졌다. 그러나 창은 허공을 날았다. 두 번째 날아온 창을 공중에서 잡은 가리브는 코끼리를 겨냥하여 되던졌다. 창은 어긋남 없이 코끼리의 옆구리에 정통으로 꽂혀 반대편으로 나왔다. 코끼리가 털썩 땅 위에 쓰러졌고 그 바람에 바르칸도 마치 종려나무처럼 땅바닥에 내동댕이쳐졌다. 가리브는 바르칸이 일어날 틈도 주지 않고 쟈페트의 칼을 그 목덜미에 힘껏 내리쳤다. 바르칸은 그대로 정신을 잃었으며, 그 즉시 결박당했다.

그사이 양군에서 훨훨 타오르는 유성을 마구 던져 싸움터에 연기가 자욱해졌다. 이교도군이 밀물처럼 퇴각하자 가리브는 왕의 막사로 돌진해 무라아슈의 사슬을 풀고 차꼬를 때려 부쉈다. 풀려난 무라아슈와 가리브는 날개 달린 말에 각자 올라타고 하늘을 날면서 적을 무찔 렀다.

마침내 이교도군이 전의를 상실하고 패주하자, 무라아슈 군대는 개선가를 부르며 쟈페트의 도성으로 돌아왔다. 그런데 바르칸의 모습이 오간 데 없었다. 전투가 한창일 때 바르칸을 추종하는 마신이 몰래 결박을 끊고 데려 가버린 것이다. 바르칸은 원한과 치욕을 풀기 위해, 총독들에게 사흘 안에 출병할 것을 명령했다. 무라아슈는 바르칸의 성질을 잘 알았다. 워낙 속이 검은 놈이라서 결코 복수를 단념하지 않을 것이고, 반드시 병력을 모아 역습해올 것이므로 미리 기선을 제압하여 바르칸이 원상회복할 틈을 주지 말아야 했다.

가리브는 신을 믿지 않는 마신을 모조리 멸망시킬 때까지는 절대로 떠나지 않겠다는 뜻을 굽히지 않았으므로 결국 사힘 혼자 오만의 도성으로 돌아가게 되었다.

무라아슈와 가리브는 마신 16만 대군을 모아 '홍옥수의 도성'과 '황금의 성'으로 출발하였다. 단 하루 만에 1년간의 여로를 돌파하고 골짜기에서 하룻밤 야영을 했다. 이튿날 아침 출발하려는 찰나, 바르칸의 선봉군이 나타났다. 마신들이 함성을 지르며 골짜기에서 격돌해 마치 지진이 대지를 흔드는 것 같은 격전이 벌어졌다. 긴 목숨도 일순간에 종말에 이르니 불신의 도배들은 오욕의 심연에 가라앉았다. 가리브는 섬겨야 할 신, 전능하신 유일신을 외치며 적에게 덤벼들어 목을 치고 머리를 날려 흙먼지 속에 뒹굴게 했다. 이교도군의 사상자는 7만인 데 비해 이슬람군의 사상자는 1만에 불과했다. 퇴각을 알리는 북이 둥둥 울리자 양군은 좌우로 갈라졌다.

절반에 가까운 용사를 잃은 바르칸은 계속 이런 식으로 싸우다간 전멸을 면치 못하리라는 위기감을 느꼈다. 그래서 야음을 타 적이 푹 잠든 사이에 기습하기로 했다. 몰래 엿들은 이슬람교도 부하 얀달은 무라아슈 진지로 달려가 바르칸의 계략을 알려주었다.

무라아슈와 가리브는 부하 100명씩을 미리 산중에 잠복시켜놓고 적군이 쳐들어왔을 때 사방에서 기습하기로 작전을 짰다. 마침내 적군이 이슬람군 진지로 쳐들어오자 이슬람군은 알라를 외치면서 사방에서 공격을 가했다. 이슬람군은 마치 잡초를 베듯 이교도군을 무찔러 날이 채 밝기도 전에 알라를 믿지 않는 무리는 혼이 빠진 껍데기가 되었고 겨우 살아남은 적병은 황야로 도망쳤다. 이슬람군은 그날 밤 휴식을 취하고 이튿날 아침 '홍옥수의 도성'과 '황금의 성'으로 떠났다. 간신히 궁전으로 도망쳐온 바르칸은 귀중품을 챙겨 아녀자만 데리고 카프카스 산맥으로 향했다. 카프 산 '얼룩궁'의 '푸른 왕' 말고는 원수를 갚아줄 사람이 없었기 때문이다.

무라아슈와 가리브가 '홍옥수의 도성'과 '황금의 성'에 도착하니 성문이 모두 열려 있었으나 인기척도 없고 누구 하나 소식을 전해주는 사람이 없었다. 결국 바르칸의 궁전과 옥좌는 마왕의 손에 넘어가게 되었다. 이들은 척후병들을 보내 바르칸의 행방을 알아냈다. 먼저 공격하지 않으면 공격당하는 법, 무라아슈와 가리브는 전군에게 출정 명령을 내렸다.

때마침 사힘을 수행해 오만에 갔던 마신이 돌아왔다. 그는 아지브가 인도의 대왕 야아르브 빈 카탄에게 도망쳐 구원군을 모집한다는 소식을 전했다.

가리브와 무라아슈는 함께 적을 물리치겠다는 결의를 굳게 다지고 이튿날 아침 카프카스를 향해 출발했다. 마침내 일행은 '설화석고의 도성'과 '얼룩궁'에 도착했다. 이 도성과 궁전을 세운 이는 마신의 조상 바리크 빈 파키였다. '얼룩궁'은 세계 어디에도 없는 유일무이한 성인데, 금 기와와 은 기와를 한 장씩 겹쳐 쌓아 만들었기 때문에 이런 이름이 붙었다. 척후병의 보고에 따르면, 도성 안에는 마신 용사들이 '나무의 잎사귀나 빗방울만큼 많이' 대기하고 있었다.

가리브의 전략대로 전군을 네 무리로 나누어 이교도군 진지를 사방에서 포위했다. 그러고 한밤중이 되어 "알라호 아크바르!"를 일제히 외치니, 이 함성에 깜짝 놀란 이교도군은 손에 무기를 움켜쥐고 자기편끼리 서로 싸우기 시작했다. 아침에는 대부분 시체로 나뒹굴었고 살아남은 자는 소수에 불과했다. 가리브는 이때를 놓치지 않고 이교도군 잔당을 소탕하였다. 보검 알 마히크를 뽑아들고 적의 코를 깎고, 머리를 백발로 만들어 남김없이 패주시킨 것이다. 마지막으로 바르칸을 쫓아가 보검을 휘두르니 그는 피범벅으로 쓰러져 그대로 숨을 거뒀다. 푸른 왕 역시 일격에 목숨을 잃으니, 한나절이 되기도 전에 이교도군은 전멸해버렸다.

얼룩궁 안으로 들어가보니, 화려함과 사치가 극에 달했고 보물은 산더미만큼 무진장으로 쌓여 있었다. 그런데 내궁에서 유독 아름다운 처녀 하나가 가리브의 눈에 띄었다. 본 순간 가슴이 덜컥 내려앉은 가리브는 파흐르 타지 공주도, 마디야도 까맣게 잊고 순식간에 미칠 듯한 연모의 정에 빠졌다. 처녀는 다름 아닌 푸른 왕의 딸 '샛별 공주'였다.

가리브는 마왕에게 샛별 공주와 결혼할 의사를 밝혔다.

"이 궁전과 이 안에 있는 것은 생물이든 무생물이든 모두 귀공의 오른손으로 차지한 귀공의 전리품이오. 귀공이 푸른 왕과 바르칸을 해치우지 않았다면 우리는 다 죽었을 것이기 때문이오. 그러니 샛별 공주도 당연히 귀공의 것이 아니겠소?"

원래 공주의 어머니는 중국 제왕의 딸이었는데 푸른 왕에게 납치되었다. 그녀는 푸른 왕에게 강제로 처녀성을 빼앗기고 딸 샛별 공주를 낳았으나 공주를 낳고 40일 만에 죽었다. 그래서 공주는 유모와 시녀 손에서 자라게 되었다. 공주는 부왕을 워낙 미워했기 때문에 부왕의 죽음을 오히려 기뻐했다. 그런 까닭에 가리브와 공주는 손을 마주잡고 당장 그날 밤으로 백년가약을 맺었다.

가리브는 얼룩궁을 허물어버리라고 이르고, 모든 전리품을 마신들에게 나누어주었다. 그 뒤 마왕은 가리브를 데리고 카프 산을 두루 구경한 다음 바르칸의 성채를 거쳐 마왕의 수도로 돌아왔다.

가리브는 다시 귀국 길에 올랐다. 가리브는 마신이 내어준 군대를 사양하고 마신 카이라얀과 크라얀 둘만 데리고 가겠다고 고집을 부렸다. 마왕은 해마 한 마리를 선물로 주고, 가리브를 가슴에 꺼안고 이별의 쓰라림을 토로했다.

"재앙이 닥치면 꼭 나를 불러주시오. 그때는 지상에 있는 모든 걸 쓸어버릴 만한 군대를 이끌고 귀공을 구하러 가리다."

가리브는 무라아슈의 뜨거운 우정과 참된 가르침에 대한 신앙에 감사하고 이별을 고했다. 그리고 마신의 도움으로 50년이 걸릴 여로를 불과 이틀 만에 날아 오만 도성 근처에 이르렀다.

타르카난 왕과 아지브를 평정한 가리브 왕, 마디야와 결혼하다

마신 카리아얀이 먼저 오만 도성으로 들어갔고, 돌아와 정찰 결과를 보고했다. 도성은 마치 노도와 같은 이교도 대군에게 포위되었으나 이슬람군은 그에 굴하지 않고 의연하게 맞서고 있다는 것이었다. 가리브 왕은 갑옷과 투구로 단단히 무장하고 알 마히크 보검을 어깨에 메고서 해마에 올랐다. 마신 카이라얀과 크라얀은 둘만으로도 충분히 이교도를 쫓아버릴 수 있다고 장담했으나 가리브 왕은 함께 출전하겠다고 고집을 부렸다.

그런데 적이 습격해온 데는 기가 막힌 사연이 있었다.

아지브는 야아르브 빈 카탄의 군대가 괴멸되자마자 도망을 쳤다. 되돌아가면 그의 손에 먼저 죽을 것이 뻔했기 때문이었다. 그래서 인도 왕 타르카난에게 가서 이슬람군에게 복수해달라고 청원했다.

"불의 힘에 의지해서라도 기필코 그대의 원수를 갚아 '불'의 여신 이외에는 그 무엇도 섬기지 못하게 하겠다."

타르카난 왕은 아들 라아드 샤를 불러 알 이라크를 황폐화시키고 불 이외의 것을 섬기는 놈들을 모조리 생포해오라고 명령했다. 친히 온갖 고문을 가해 오욕의 쓴맛을 핥게 하여 본보기로 삼겠다는 것이었다.

용맹무쌍한 용사 라아드 샤 왕자는 말 탄 기병 8만과 기린을 탄 용사 8만에 코끼리 1만 마리까지, 그리고 전차와 무기까지 장만해 출동하였다. 그리하여 두 달여의 행군 끝에 오만 도성에 도착해 도성을 포위하였다.

자므르칸과 사단이 부하들과 함께 뛰어나갔다. 때마침 가리브 왕이 마신 둘을 데리고 나타났다. 맨 먼저 식인귀 사단이 적진에 뛰어들어 혼자서 30여 명의 적을 때려눕혔다. 그에게 인도의 호걸 기사 밧타슈 알 아크란이 달려들었다. 사단이 철퇴로 일격을 가했으나 밧타슈가 날쌔게 몸을 피했고 그 바람에 사단은 땅바닥에 고꾸라졌다. 인도 군사들이 때를 놓치지 않고 달려들어 사단의 손을 묶어 끌고 갔다. 그러자 자므르칸이 밧타슈를 향해 달려갔다. 둘은 잠시 빙빙 돌며 탐색전을 벌였다. 이윽고 밧타슈가 자므르칸에게 달려들어 허리춤을 홱 잡아채니 자므르칸은 말 위에서 굴러떨어지고 말았다. 이번에도 인도 군사들이 달려들어 자므르칸을 결박해 끌고 갔다. 이렇듯 밧타슈는 차례차례 뛰어나오는 장수들을 격파하여 끝내 24명의 장수를 사로잡았다.

이슬람군 진영은 당황했다. 이때 가리브 왕이 무릎 아래에서 황금 철퇴를 뽑았다. 그것은 마왕 바르칸이 갖고 있던 것으로 무시무시한 위력을 자랑하였다.

가리브가 해마의 옆구리를 걷어차니 해마는 질풍처럼 싸움터의 한가운데로 뛰어나갔다. 가리브는 "알라호 아크바르!"를 외치며 밧타슈를 향해 질풍처럼 달려가 철퇴로 일격을 가했다. 밧타슈가 풀썩 땅 위에 쓰러졌다. 사힘이 달려와 밧타슈를 꽁꽁 묶어 끌고 갔다. 이후 가리브는 인도군 용사들을 52명이나 사로잡았다.

날이 저물고 퇴각의 북소리가 울렸다. 이슬람군 진지로 돌아온 가리브가 투구의 챙을 쳐들자 사힘은 가리브를 알아보고 기뻐 어쩔 줄 몰랐다. 가리브 왕이 마신의 나라에서 돌아왔다는 소문이 삽시간에 전 군에 퍼져 군의 사기가 하늘을 찌를 듯 높아졌다. 왕이 마신과 싸운 이야기를 들려주자 부하들은 왕의 무사 귀환을 알라께 감사했다.

가리브 왕은 쿠파의 후궁에서 자고 싶었다. 하지만 오만에서 쿠파 까지는 말을 타고 두 달을 달려야 하는 거리였다. 카이라얀과 크라얀 두 마신은 가리브 왕을 등에 태우고 오만을 출발한 지 두어 식경도 안 되어 쿠파 성에 도착했다. 가리브 왕은 쿠파 성의 왕이자 백부인 알 다미그에게 인사하고, 내궁으로 들어가 샛별 공주와 마디야에게 그동안의 자초지종을 들려주었다. 그리고 샛별 공주와 동침했다.

날이 밝기 전 가리브 왕은 마신 크라얀의 등에 타고 오만 도성으로 돌아왔다. 아침이 되어 막 전투 준비를 하려는데, 인도군 진영에서 한 기사가 자므르칸을 위시하여 사단과 그 밖의 포로들을 데려와 가 리브 왕에게 넘겨주었다. 이슬람군은 그들의 귀환을 기뻐하면서 다 시 전투 개시를 알리는 북을 울렸다.

가리브 왕은 명검 알 마히크를 뽑아들고 적진으로 쳐들어가서는 "나는 알 이라크와 알 야만의 왕 가리브이며 아지브 왕의 아우다"라 고 외쳤다.

이 말을 들은 인도 왕의 아들 라아드 샤는 아지브를 불러다 호통을 쳤다.

"원래 이 싸움은 그대의 싸움이며, 서로 목숨을 빼앗고 빼앗기게 된 원인도 따져보면 그대 탓이다. 자, 저기 천군만마의 싸움터 한가 운데 그대의 아우가 서 있다. 그대는 당당히 맞서 저놈을 사로잡아 끌고 오라. 그럼 내가 놈을 낙타 등에 거꾸로 매달아 구경거리로 삼 으며 인도까지 데리고 가겠다."

아지브는 몸 상태가 안 좋다는 둥 온갖 핑계를 대며 다른 사람을 보내라고 애원했다. 그러나 라아드 샤는 화가 나 코를 킁킁거리며 으르렁거렸다.

"번쩍이는 불과 빛과 그림자와 열의 도움으로 만일 그대가 아우를 사로잡아오지 않는다면 나는 그대의 목을 잘라 숨통을 끊어놓겠다."

할 수 없이 아지브는 용기를 내서 말을 몰고 싸움터로 나갔다.

"나는 네놈의 형이다! 오늘이야말로 네놈이 세상을 하직하는 날이 될 것이다."

틀림없는 형 아지브였다.

"부모님의 원수! 각오하라!"

가리브 왕은 목청을 돋우더니 아지브에게 다가가 부서져라 철퇴를 내리쳤다. 겨냥은 어긋남이 없었다. 철퇴는 아지브의 늑골에 정통으로 맞았다. 가리브는 이때다 하고 아지브의 멱살을 움켜쥐고서 아지브를 안장에서 끌어내려 땅바닥으로 내동댕이쳤다. 때맞춰 두 마신이 달려나와 아지브를 결박하여 질질 끌고 갔다.

아지브가 일격에 거꾸러지는 광경을 지켜본 라아드 샤는 갑옷으로 무장하고 곧장 싸움터로 돌진했다. 가리브는 인도 포로병들을 데려오라고 소리쳤다. 사힘이 인도 포로병들을 데려오자 가리브는 그 자리에서 모조리 목을 베어 죽였다.

부하들이 적장에 의해 무참히 살해되는 광경을 눈으로 직접 목격한 라아드 샤는 분노로 미칠 듯이 몸을 떨며 맹렬한 기세로 덤벼들었다. 칼 다루는 솜씨가 무도의 달인을 연상시켰으며, 그 과격함은 사나운 살육자를 방불케 했다. 두 용사는 막상막하였다. 비술을 다하여 싸웠지만 승부는 나지 않고 이윽고 해가 저물어 퇴각의 북소리가 둥둥 울려 퍼졌다.

진영으로 돌아온 가리브의 부하들이 수군거렸다. 가리브 왕이 싸움을 오래 끈 데에는 다른 속셈이 있는 것이라고 짐작했다. 과연 짐작대로 가리브 왕은 말했다.

"나는 이제껏 숱한 용사들과 싸웠지만 저 사내만큼 까다로운 상대는 처음이다. 물론 알 마히크를 뽑았다면 그놈을 뼈까지 자르고 숨통을 끊어놓았을 것이다. 그러나 나는 그놈을 생포하여 이슬람 신의 은총을 느끼게 해주고 싶었다."

라아드 샤 역시 진영에 돌아온 뒤 부하들이 싸움 상대에 대해 이것저것 묻자 큰소리를 쳤다.

"번쩍이는 불의 진실에 맹세코 나는 어머니 배에서 나온 이래로 저만큼 센 놈을 만난 적이 없다. 그러나 내일은 반드시 생포하여 무참한 꼴로 만들겠다."

이튿날 다시 개전의 북소리가 울렸다. 전투의 막을 연 것은 사자왕 가리브였다.

왕은 양 진영 사이로 말을 몰아 주위를 빙빙 돌며 상대할 놈은 나오라고 외쳤다. 그러자 라아드 샤가 코끼리를 타고 달려 나왔다. 그는 우러러보아야 할 첨탑과 같은 위용이 넘치는 코끼리 위, 커다란 두 귀 사이에 비단 끈의 복대를 놓은 안장에 앉아 손에 갈고리를 움켜쥐고 있었다. 이 갈고리로 코끼리를 찔러 좌우로 방향을 바꾸는 것이다. 코끼리가 가리브의 말 가까이 오자, 말은 처음 보는 괴물에 놀라 뒷걸음질쳤다. 그래서 가리브는 안장에서 내려 말을 카이라얀에게 맡기고, 보검 알 마히크를 뽑아 들고 두 다리로 달려가 코끼리 정면에 장승처럼 우뚝 섰다.

라아드 샤는 버거운 상대에게는 투망을 사용하곤 했다. 밑바닥이 넓고 꼭대기가 좁은 모양으로 밑바닥 끝에 달린 고리에는 비단 끈이 죽 꿰어져 있었다. 말 탄 용사를 습격할 때는 투망을 던지고 곧바로 비단 끈을 당기면 기수가 말에서 떨어져 생포할 수 있다. 가리브가 코끼리 옆으로 다가가자 라아드 샤는 한 손을 번쩍 높이 쳐드는가 싶더니 날쌔게 투망을 가리브 위로 던져 코끼리 등 쪽으로 끌어당긴 다음 코끼리를 몰아 인도 병사들의 진지로 돌아가려 했다. 가리브가 위험에 처한 걸 본 마신 카이라얀과 크라얀은 코끼리를 꼼짝 못하게 붙잡았고 그사이에 가리브는 혼신의 힘을 다해 몸을 비틀어 그물을 갈가리 찢어버렸다. 두 마신은 라아드 샤를 생포해 종려나무 껍질로 만든 밧줄로 결박했다.

그러자 양군은 마치 산더미 같은 큰 파도 두 개가 서로 물고 물리듯이 맹렬한 기세로 얽혀 싸웠다. 모래 먼지가 자욱이 하늘 끝까지 치솟아 피아를 막론하고 온 군사들의 눈이 멀 지경이었다. 싸움은 점점 가열되어 시체가 산을 이루고 피가 강을 이루어 흘렀다. 일진일퇴를 거듭하는 싸움은 언제 끝날지 알 수 없었다.

이윽고 날이 저물고 퇴각의 북소리가 둥둥 울리면서 양군은 좌우로 갈렸다. 이슬람군은 코끼리와 기린을 탄 인도군 때문에 사상자가 많았다. 코끼리와 기린을 어떻게 하면 좋을까 의논하고 있는데 쟈란드 왕의 고문이었던 오만 태생의 현자가 나섰다. 그는 장수 열 명을 뽑고, 병사 1만 명을 둘로 나누어 5,000명에게는 화승총, 나머지 5,000명에게는 석궁 사용법을 가르쳐주었다.

날이 새기가 무섭게 인도군은 코끼리와 기린 부대를 앞세워 출전하였다. 이슬람군도 이에 맞서 출전하였다. 오만 현자가 고래고래 소리를 지르며 사수와 총수에게 사격 개시 명령을 내렸다. 일동은 코끼리와 기린에게 화살과 총알 세례를 퍼부었다. 겨드랑이에 화살과 총알이 박히자 짐승들은 미친 듯이 날뛰더니 몸을 돌려 자기편 진지로 달려가면서 병사들을 발굽으로 짓밟았다. 그때 이슬람군이 좌우에서 적을 포위하자 달아날 곳을 잃은 짐승들은 자기편 병사들을 짓밟고 저편 언덕으로 몰아냈다. 이어 바로 뒤에서 이슬람군이 날카로운 칼을 휘두르며 달려들어 기린과 코끼리 대부분을 쓰러뜨렸다.

이리하여 대승을 거둔 가리브 왕은 승리를 축하하며 전리품을 나누고 닷새 동안 휴식을 취했다. 가리브 왕은 형 아지브에게 이슬람교도로 개종하면 죄를 용서하고 왕으로 모시겠다고 설득했으나 끝까지 거부하자 아지브를 쇠사슬로 묶어 감옥에 가두었다.

가리브 왕은 라아드 샤에게 이슬람교를 설파했다. 라아드 샤는 흔쾌히 승낙했다. 이슬람교가 훌륭한 신앙이 아니라면 이겼을 리가 없다고 판단했기 때문이다. 가리브 왕이 기뻐하며 라아드 샤의 손을 맞잡고 알라께 맹세를 올렸다.

그런데 라아드 샤는 귀국하면 신앙을 배반한 죄로 아버지 손에 죽을지도 몰랐다. 그래서 가리브 왕은 라아드 샤와 동행하기로 했다. 두 사람이 두 마신의 등에 오르니 단숨에 인도로 날아가 카슈미르에 있는 타르카난 왕의 궁전에 닿았다. 타르카난 왕은 부하로부터 왕자에게 닥친 불행한 재앙을 듣고는 번민으로 마음을 썩이고 있었다. 그런데 뜻밖에 가리브 왕 일행이 나타나 깜짝 놀랐다.

왕자 라아드 샤는 부왕에게 이슬람교에 귀의할 것을 주청했다. 화가 머리끝까지 치민 타르카난 왕은 펄펄 뛰며 왕자에게 철봉을 힘껏 던졌으나 다행히 빗나가 왕자는 화를 면했다. 그러자 가리브가 성큼

성큼 왕에게 걸어가 그의 목덜미를 손바닥으로 찰싹 때리고는 내동댕이쳤다. 마신들은 왕을 꽁꽁 묶었다. 가리브는 라아드 샤에게 왕을 심판하게 하였다. 그러나 라아드 샤가 아무리 설득해도 부왕은 막무가내로 개종을 거부했다. 가리브 왕은 알 마히크를 뽑아 그대로 후려쳤다. 타르카난 왕은 두 동강이 나 땅바닥에 쓰러지고, 알라는 그 영혼을 무서운 업화 속으로 쫓아버렸다. 왕의 시신은 궁전 양쪽 문에 반쪽씩 내걸렸다. 궁전으로 들어오던 고관대작들은 두 동강 난 왕의 시신을 보고 공포로 부들부들 떨었다. 두 마신은 이들을 결박하여 가리브 왕 앞으로 끌어냈다. 가리브 왕이 이슬람교로 개종하라고 명령하자 대신들은 즉시 신앙고백을 하고 신의 축복을 누리는 신실한 신자가 되었다. 가리브 왕이 부하들을 개종시키라고 명령하자, 대신들은 곧 부하들을 이슬람교에 귀의시켰다. 그러나 끝내 개종을 거부한 몇몇은 사형에 처해졌다.

이윽고 라아드 샤가 왕좌에 올랐다. 가리브 왕은 49일 동안 카슈미르에 체류하면서 국사를 정리했다. 불의 사당과 사원은 불태우고 이슬람 사원과 회당을 건립하였다.

가리브 왕은 오만의 도성을 거쳐 쿠파로 돌아왔다. 쿠파로 돌아오자마자 가리브는 형 아지브를 교수형에 처하라고 명했다. 사힘은 쇠갈고리를 아지브의 뒤꿈치 힘줄에 꿰어 그를 성문에 매달았다. 궁수들이 빗발치듯 화살을 쏘아대자 아지브는 마치 고슴도치 꼴이 되어 죽고 말았다.

가리브 왕은 그날 밤 샛별 공주와 동침하였다.

이튿날 가리브 왕은 마디야와의 결혼식을 준비했다. 성대한 이슬람교식 결혼은 사상 처음이었다. 결혼식이 끝나고 가리브 왕은 마디야와 첫날밤의 인연을 맺고 열흘 동안 함께 지내며 사랑의 열락을 누렸다. 그런 다음 백부 알 다미그에게 왕국을 맡기고 여행길에 올랐다. 바벨 도성에 당도한 가리브 왕은 사힘을 바벨 왕으로 임명했다.

페르시아군을 평정한 가리브, 사부르 왕을 생포하여 도성으로 개선하다

가리브는 '꽃의 골짜기'와 식인귀 사단의 사사 빈 샤이스 성채에 도착했다. 그리고 두 마신에게 이스바니르 알 마다인의 사부르 왕 궁전으로 날아가 파흐르 타지 공주의 소식을 알아오게 하였다. 두 마신이 천지 사이를 날아가는데 굽이치는 노도와 같은 대군이 눈에 띄었다. 지상으로 내려가 살펴보니 그들은 가리브 왕과 그의 국토와 군대를 무찌르기 위해 알 이라크로 출전하는 페르시아 군대였다.

모두 잠이 들었을 때를 기다렸다가 두 마신은 페르시아인 대장 루스탐을 어깨에 메고 가리브 왕에게 돌아왔다. 루스탐은 눈을 뜨고 깜짝 놀랐다. 100명의 마신들이 머리맡에 서서 활 모양으로 칼을 겨누고 있었다. 루스탐은 악몽을 꾸는 듯 다시 눈을 감았다.

"지금 네놈은 페르시아 왕의 사위인 가리브 왕의 어전에 있는 것이다."

루스탐은 자신을 여기까지 데리고 온 두 마신을 물끄러미 쳐다보다 자기도 모르게 바지에다 똥을 싸고 말았다. 구린내가 진동한 가운데 루스탐이 무릎을 꿇고서 불의 축복을 빌자 가리브 왕은 분노하여 외쳤다.

"이놈! 불은 유해한 것이며, 먹을 걸 익히는 일 외엔 아무 소용도 없는 것이니 숭배해서는 안 된다. 숭배할 가치가 있는 존재는 오직 알라, 한 분뿐이다. 너희를 만드시고 천지를 만드신 창조주시니라."

가리브 왕이 이슬람교를 설파하자 루스탐은 감동한 나머지 곧 신앙 고백을 하고 알라께 귀의하였다. 그러고 나서 페르시아군이 출격하기까지의 자초지종을 보고하였다.

"실은 임금님, 전하의 장인이신 사부르 왕이 전하의 목숨을 노리고 있습니다. 그래서 제게 10만 대군을 이끌고 이곳을 습격하여 전하의 군대를 몰살시키라고 명령했습니다."

가리브 왕은 분노했다.

"그의 딸 파흐르 타지 공주의 목숨까지 구하고 치욕에서 건져주었는데, 은혜를 원수로 갚는단 말이냐? 알라께서는 반드시 그 같은 사악한 자에게 마땅한 벌을 내리시리라."

가리브 왕은 공주의 근황이 궁금했다. 루스탐은 주춤하더니 불행한 소식을 전해주었다.

"실은 전하가 떠난 뒤 공주의 한 시녀가 사부르 왕에게 전하와 공주의 동침 사실을 고자질하고 말았습니다. 사부르 왕은 칼을 뽑아들고 공주의 방으로 들어가 지참금도 안 받고 결혼식도 안 올리고서 처녀의 몸을 맡긴 공주를 단칼에 베어버리려 했습니다만, 왕비께서 만류하는 바람에 죽이지는 못하고 감옥에 가두었습니다. 그러나 밤이 되자 왕은 두 신하를 시켜 공주를 쟈이픈 강에 던져버리라고 명령했습니다. 두 신하는 명령을 이행했다고 합니다. 하지만 함구령이 내려져서 그 뒤로는 모두 공주를 까맣게 잊고 지금까지 누구 하나 감히 공주 이름을 입 밖에 내는 사람이 없습니다."

공주의 소식을 들은 가리브 왕은 눈앞이 캄캄했다. 알라의 영검에 맹세코 반드시 사부르 왕을 토벌하여 왕국을 짓밟아버리리라 맹세했다.

가리브 왕의 명령으로 루스탐은 선발대로 파견되어 아라비아인 전사 1만을 이끌고 고향 페르시아를 향해 출발했다. 페르시아군 진지 근처에 이르자 루스탐은 병력을 네 무리로 나누어, 무방비 상태로 잠들어 있는 아자미인의 진지를 사방에서 포위하고 "알라호 아크바르!"를 외치며 칼을 뽑아들고 습격하였다. 벽력같은 함성에 놀란 페르시아 병사들은 허둥지둥 일어나 미끄러지고 뒹굴면서 자기편끼리 치고받기 시작했다. 이때를 놓칠세라 루스탐은 마른 장작에 붙은 불처럼 공격을 퍼부었다.

새벽이 되자 페르시아군은 완전히 붕괴되어 태반이 전사했으며, 나머지 패잔병들은 도망치기에 바빴다. 이슬람군은 대승을 거두고 막대한 전리품을 노획하였다.

마침 가리브 왕이 달려왔다. 루스탐의 승전 소식에 모두 환호성을 질렀다. 가리브 왕은 전리품을 모두 루스탐에게 주고 함께 사부르 왕의 도성으로 진격하였다. 가까스로 도망친 패잔병들은 이스바니르 도성에 도착하자마자 사부르 왕에게 참패 소식을 알렸다.

사부르 왕은 왕관을 마루에 던지고 왕자 와르드 샤에게 32만의 병력을 주어 가리브와 그 군대를 몰살시키라고 명령했다.

아침이 되어 와르드 샤 왕자가 막 출전하려는데, 뜻밖에 자욱하게 먼지가 떠올라 사방으로 퍼져 주위를 온통 뒤덮었다. 가리브 군대가 벌써 나타난 것이었다.

이로써 아라비아군과 페르시아군 사이에 일대 혈전이 벌어졌다. 피는 강처럼 흐르고, 용사들은 죽음을 눈앞에 보게 되었다. 격전에 격전을 거듭하던 전투는 마침내 퇴각 신호와 함께 멈췄다.

이튿날엔 루스탐이 선봉으로 나섰다. 루스탐이 우람한 철퇴로 일격을 가할 때마다 페르시아 용사들은 변변히 맞서보지도 못하고 머리가 박살난 채 땅바닥에 나뒹굴었다. 화가 치민 사부르 왕은 공격하라고 고함쳤다. 적군은 빛을 주는 태양의 도움을 기원하며 이슬람군에게 덤벼들었다. 그런데 아자미인은 아라비아인보다 병력도 우수하거니와 전술도 뛰어나 보기 좋게 아라비아군에게 파멸의 술잔을 마시게 하였다.

참다못한 가리브는 명검 알 마히크를 뽑아들고 두 마신을 양쪽에 거느리고 덤볐다. 닥치는 대로 페르시아군을 무찔러 진로를 열고, 칼등으로 기수의 머리 위에 일격을 가했다. 기수가 기절하여 쓰러지자 두 마신은 그 몸을 묶어 끌고 갔다.

군기가 쓰러지자 페르시아군은 방향을 돌려 성문 쪽으로 도망쳤다. 이슬람군이 칼을 뽑아들고 뒤를 추격하자 적군은 성문 안으로 서로 먼저 들어가려고 한꺼번에 밀어닥치는 통에 우왕좌왕 아수라장을 이루었다. 때마침 루스탐을 위시하여 사단, 자므르칸, 사힘, 알 다미그, 두 마신과 휘하 병졸들에 이르기까지 유일신을 믿는 용사들이 사자처럼 달려들어 페르시아군을 닥치는 대로 무찔렀다. 이교도군의 피가 냇물처럼 흐르고, 마침내 적군은 무기와 갑옷을 버리고 살려달라고 애원하는 지경에 이르렀다. 이슬람교군은 살육의 손을 멈추고 마치 양떼를 몰듯 적군을 아군 진지로 몰아넣었다.

막사로 돌아온 가리브 왕은 사부르 왕을 불러 꾸짖어 물었다.

"네 이놈, 어쩌자고 딸을 그 지경으로 만들었느냐?"

사부르 왕은 가리브 왕이 두려워 맞섰던 것이라며 진심으로 후회한다고 대답했다. 가리브 왕의 명령에 따라 부하들은 사부르 왕을 채찍으로 반죽음이 되도록 때린 다음 포로들 사이에 내던졌다.

가리브 왕이 페르시아군에게 이슬람교를 설파하자 12만 병사가 이에 귀의했다. 귀의에 반대하는 병사는 모두 베어버렸다. 도성 사람들도 모두 이슬람교에 귀의했으므로, 가리브 왕은 위풍당당하게 이스바니르 알 마다인의 도성으로 입성했다.

옥좌에 앉은 가리브 왕은 파흐르 타지 공주를 강에 던졌다는 두 신하를 불렀다. 신하들은 공주가 측은하여 차마 던지지 못하고 쟈이픈 강가에 그냥 두고 돌아왔으므로, 그 뒤는 아무것도 모른다고 대답했다. 그래서 점성가들을 불러 지점판으로 점을 쳐보았다.

"오, 임금님, 공주님은 살아계시며 아들을 낳았습니다. 지금은 마신의 일족에게 신세를 지고 있는데 전하와는 20년 동안 생이별할 괘입니다."

가리브가 계산해보니 고국을 떠난 지 아직 8년밖에 되지 않았다. 점괘대로라면 더 기다리는 수밖에 없었다.

어느 날, 가리브 왕이 궁전에 앉아 있으려니까 별안간 저 멀리서부터 자욱이 흙먼지가 떠올라 사방으로 퍼지더니 삽시에 사방 일대를 가리며 지평선을 어둡게 하였다. 마신이 정찰을 나가 기병 하나를 납치해왔다. 시라즈의 왕 히라드의 군대가 가리브 왕과 일전을 벌이기 위해 쳐들어온 것이었다. 이는 페르시아 사부르 왕의 아들 와르드 샤 왕자가 도주하여 시라즈의 왕 히라드에게 구원을 요청하여 이루어진 일이었다.

두 마신은 자기들이 해결할 테니 맡겨달라고 했다. 그리고 하늘 높이 날아올랐다가 적의 막사에 내려 막 작전 계획을 짜고 있던 히라드 왕과 와르드 샤 왕자를 납치해왔다. 가리브 왕은 두 포로를 실신할 때까지 때리라고 명령했다. 그길로 두 마신은 시라즈군 진지로 되돌아가, 사람의 힘으로는 도저히 휘두를 수 없는 큰 칼로 이교도군에게 달려들었다. 알라께서는 적병의 영혼을 차례차례로 업화와 무서운 지옥으로 쫓아버렸다. 적의 눈에는 사람은 보이지 않고 마치 농부가 벼를 베듯이 병사들의 목을 베어버리는 번쩍이는 칼 두 자루만 보일 뿐이었다. 겁에 질린 적군은 진지를 버리고 말에 안장도 얹지 못한 채 허겁지겁 도망치기에 바빴고, 두 마신은 이틀 동안이나 적을 쫓아다니며 피바람을 일으켰다.

가리브 왕은 두 마신의 공을 치하하고 전리품을 모두 하사하였다.

마술사 시란에 의해 쟈이픈 강에 버려진 가리브 왕, 마신에게 구조되다

시라즈의 패잔병들은 결사적으로 도망쳐 시라즈 도성에 도착했고, 울부짖으며 전사자들을 위한 추도식을 올렸다.

그런데 히라드 왕에게는 당대에 견줄 이가 없을 만큼 마술이 뛰어난 형제 시란이 있었다. 그는 히라드 왕의 궁전이 아니라 시라즈에서 반나절 거리 정도 떨어진 '과일의 보루'라는 성채에 칩거하고 있었다. 패잔병들은 그 성채로 달려가 마술사 시란에게 큰소리로 울부짖으며 히라드 왕이 납치된 경위를 설명했다.

마술사는 분노에 치를 떨며 복수를 다짐했다. 그리고 주문을 외어 '붉은 대왕'을 불러내고는 당장 이스바니르로 가서 가리브를 습격하라고 명령했다.

그러나 가리브가 먼저 적의 모습을 알아챘다. 가리브는 명검 알 마히크를 빼어들고 두 마신과 함께 붉은 대왕의 군대를 무찔렀다. 붉은 대왕에게도 깊은 상처를 입혔다. 적군은 뒤도 돌아보지 않고 걸음아 날 살려라 하고 도망쳐 '과일의 보루'에 당도했다. 그러고는 마술사 시란에게 패전 소식과 함께 가리브에 대한 여러 가지 정보를 전했다.

"오, 현자여. 가리브란 놈은 노아의 아들 쟈페트의 마검을 들고서는 닥치는 대로 둘로 갈라놓습니다. 또 그놈 곁에는 카프카스 산의 무라아슈 왕이 보낸 마신 둘이 따라다닙니다. 푸른 왕과 '홍옥수의 도성'의 바르칸 대왕을 죽이고 마족 일족을 여럿 죽인 것도 가리브란 놈입니다."

시란은 주문을 외어 마신 즈아지아를 불러냈다. 그리고 마약 가루 1드라크마(약 4그램)를 주면서 이스바니르로 가 참새로 둔갑하여 가리브가 잠들었을 때 가루를 흡입하게 해서 데리고 오라고 명령했다. 마신 즈아지아는 시란이 시킨 대로 참새로 둔갑하여 가리브 왕의 궁전에 숨어들어갔다. 왕의 측근이 다 떠나고 홀로 남은 가리브가 잠이 들었을 때 콧구멍에 마약 가루를 불어넣었다. 그리고 인사불성에 빠진 가리브를 이불로 싸서 짊어지고 바람처럼 날아왔다.

시란은 가리브를 보자마자 죽이려고 덤벼들었다. 그러자 옆의 부하가 말렸다.

"현자님, 저 녀석을 죽이면 그의 친구인 무라아슈 마왕이 마신 전부를 끌고 와 이 영토를 짓밟고 말 것입니다. 차라리 약 기운이 사라지기 전에 샤이픈 강에 던져버리십시오. 누가 던졌는지 아무도 모를 것입니다."

시란은 마신에게 가리브를 샤이픈 강에 던져버리라고 명령했다. 그러나 마신은 가리브를 물에 빠뜨려 죽이기가 너무 불쌍해, 뗏목을 만들어 그 위에 밧줄로 묶고는 그대로 강물 한가운데로 밀어넣었다. 뗏목은 강의 흐름을 따라 흘러내려갔다.

한편, 가리브 왕의 신하들은 모두가 백방으로 가리브 왕을 찾아봤지만 어떤 실마리도 찾지 못한 채 애만 태웠다. 백성들은 검은 상복을 입고 주께 왕을 잃은 불행을 호소했다.

가리브는 닷새 동안 뗏목을 타고 강을 흘러내려가 마침내 바다로 나갔다. 파도에 뗏목이 흔들려 가슴이 답답해진 가리브는 마약을 토했다. 그런 다음 눈을 뜨고 보니 뗏목이 바다 한복판에서 큰 파도에 휘말린 걸 알게 되었다.

알라께 기도를 드렸고, 근처를 지나던 배 한 척이 와서 가리브는 구조되었다. 그들은 카라지 태생으로, 민카시라는 우상을 숭배하고 있었다. 가리브가 알라의 전능하심을 설파하자 선원들은 화를 내며 가리브에게 덤벼들었다. 무기 하나 갖고 있지 않았지만 가리브는 닥치는 대로 때려 선원 40명을 쓰러뜨렸다. 하지만 중과부적이었다. 수를 믿고 달려드는 선원들은 급기야 가리브를 붙잡아 꽁꽁 묶었다. 배는 카라지의 도성에 도착했다.

원래 이 도시의 창건자는 천성이 잔인하고 광포한 아말렉인으로, 도성 내의 온갖 문마다 구리로 만든 마법 동상을 세워두었다. 이 동상은 이방인이 문을 통과하면 온 시내에서 들리도록 나팔을 불어대고는 이 방인을 덮쳐 그 목숨을 빼앗았다.

가리브가 도성 문을 통과하는데 동상이 무서운 기세로 나팔을 불어대기 시작했다. 입과 코와 눈에서 불을 토하며 연기를 내뿜는 모습에 가리브는 잔뜩 겁이 났다. 동상의 배 속으로 숨어든 악마가 마치 혀를 움직여 말하듯이 지껄였다.

"알 이라크의 왕 가리브가 왔다. 백성들에게 신앙을 버리고 주를 섬기라고 하는 놈이니 절대 용서하지 마라."

선원들은 가리브를 왕 앞에 끌고 가 이단자라고 고했다. 왕은 사당으로 데려가 신 앞에서 목을 베어 죽이라고 명령했다. 그러자 대신이 제안하길, 그건 너무 쉽게 죽이는 것이니 화형대를 준비할 동안 감옥에 가두었다가 장작을 산처럼 쌓아놓고 태워 죽이자고 했다. 장작을 산더미처럼 쌓아놓고 불을 붙이니 화염이 뭉게뭉게 타올랐다. 도성 사람들이 모두 모여들자 왕은 가리브를 끌고 오라고 명령했다.

그러나 가리브는 그림자도 보이지 않고 쇠사슬과 차꼬만 덩그러니 남아 있었다. 모두 경악했다. 왕은 사당으로 가서 우상 앞에 엎드렸다. 그런데 우상 또한 그림자도 보이지 않았다. 왕은 대신 때문에 이 모든 사고가 벌어졌다며 대신의 목을 쳐버렸다.

가리브가 우상을 가지고 도망친 데에는 이상한 연유가 있었다. 가리브가 감옥에 갇혀 전능하신 알라의 이름을 부르며 구원을 비는 기도를 올리고 있는데, 바로 감옥과 맞닿은 둥근 지붕의 사당 안에서 이 기도를 엿들은 마신은 겁이 났다. 마신은 알라가 보이지 않는데, 알라에겐 마신이 보인다니 도대체 그놈이 누굴까 궁금했다. 그래서 마신은 가리브에게 엎드려 가리브의 종문에 들어가려면 어떤 문구를 외어야 하는지 물었다. 가리브가 "알라 외에 신 없고, 아브라함은 신의 벗이니라" 하고 가르쳐주자 마신은 소리 높여 신앙고백을 했고 지복한 사람들의 무리에 끼게 되었다. 이 마신은 알 무자르지르의 아들 자르자르로서, 마왕 중의 하나였다. 자르자르는 가리브의 결박을 풀어주고 우상과 함께 가리브를 떠메고 하늘 높이 올라갔다.

한편 가리브와 우상이 사라진 것과 왕이 대신의 목을 베는 것을 본 카라지 도성의 장병들은, 우상숭배를 그만두고 칼을 뽑아 자기 왕의 목을 베어버렸다. 그리고 사흘 동안 자기편끼리 싸우는 난투극을 벌여 마침내 최후의 두 사람이 남았으나 그중 하나가 나머지 하나를 죽였다. 그러자 소년들이 살아남은 최후의 사내를 습격하여 죽이고 또다시 자기편끼리 싸움을 시작하여 끝내는 모두 목숨을 잃고 말았다. 이에 아낙네와 처녀 들이 부락과 보루가 있는 마을로 달아났으므로 도성은 텅텅 비고 올빼미밖에는 살지 않게 되었다.

가리브, 카라지 도성과 쟌 샤 여왕의 도성에서 많은 전리품을 얻어 귀국하다

마신 자르자르는 가리브를 짊어지고 '장뇌도' '수정성', '마법에 걸린 송아지의 나라'(부왕 알 무자르지르는 얼룩송아지에 순금 실로 옷을 지어 입히고는 신으로 섬겼다)라고 불리는 고향에 도착했다.

그런데 이 송아지가 부들부들 떨면서 자르자르가 이슬람교에 귀의했다고 소리쳤다. 부왕 무자르지르는 대신과 의논한 뒤 아들이 어전에 도착하자마자 체포하라고 명령했다. 자르자르가 카라지의 우상과 가리브를 데리고 부왕 앞으로 나아가 인사를 드리는 순간 대기하고 있던 마신들이 이들을 모두 체포하였다.

부왕은 진노하여 아들 자르자르는 옥에 가두고 가리브는 '불의 골짜기'에 던져 태워죽이라고 명했다. 이 골짜기는 '사막'에 있는데, 타오르는 불꽃과 무시무시한 고열 때문에 안으로 들어서기 무섭게 모두 죽었다. 주위는 험준한 산악이며 드나들 틈이라곤 하나도 없는 그런 곳이었다.

가리브를 짊어지고 '불의 골짜기'로 날아가던 마신은 피곤에 지친 나머지 향기로운 열매가 주렁주렁한 나무들이 우거지고 냇물이 졸졸 흐르는 골짜기에 내렸다. 잠시 쉰다는 것이 그만 잠이 들어버렸다. 그 사이에 가리브는 죽을힘을 다해 결박을 끊고 무거운 돌을 집어 들어 마신의 머리를 힘껏 내리쳤다. 마신은 꽥 소리도 못하고 죽고 말았다.

가리브는 골짜기 깊숙이 들어갔다.

정신을 차리고 보니 그곳은 바다 한가운데 떠 있는 큰 섬이었다. 가리브는 이 골짜기에서 혼자 살았다. 세월은 유수와 같이 흘러 어느덧 7년이 지났다.

어느 날, 인간을 하나씩 안은 마신 둘이 하늘에서 내려왔다. 그동안 머리칼이 자랄 대로 자라서 가리브는 마신처럼 보였다. 가리브는 자신은 마신이 아니라고 밝히고 그간의 일을 마신에게 들려주었다. 마신은 자기네 임금에게 인간 두 명을 날라다주고 이틀 후에 돌아왔다. 그러고는 가리브를 짊어지고 하늘로 날아올랐다. 하늘에서 천사들이 신을 칭송하는 목소리가 들렸다. 갑자기 불화살 하나가 마신을 향해 날아왔다. 마신은 화살을 피하려고 대지 쪽으로 향했으나 유성 같은 화살이 계속 쫓아왔다. 지상에서 투창을 던지면 닿을 높이까지 마신이 내려왔을 때, 가리브가 마신의 어깨에서 뛰어내렸다. 바로 그때 뒤따라온 불화살이 마신을 대번에 한줌 재로 만들고 말았다.

가리브는 바닷속 깊이 두 길이나 가라앉았다. 그리고 수면으로 떠올라 이틀을 계속 헤엄쳤다. 마침내 힘이 빠져 이젠 끝이로구나 하고 체념했다. 사흘째 날 완전히 단념했을 무렵 문득 깎아내린 듯한 암벽으로 둘러싸인 섬이 눈에 띄었다. 다시 기운을 차린 가리브는 헤엄쳐 섬에 올랐다. 숲으로 들어가 하루를 쉬고 산을 오르고 다시 내려 걷기를 이틀간 계속하니 성채가 있는 도시가 나타났다.

가리브는 성문 파수병에게 잡혀 잔 샤 여왕에게 끌려갔다. 나이가 오백 살인 여왕은 도성으로 들어온 자를 무조건 데려가 동침한 뒤 죽였는데 그런 수법으로 이제까지 많은 남자들의 생명을 빼앗은 사악한 여자였다. 여왕은 이슬람교를 버리고 자기와 결혼해 왕이 되라고 유혹했으나 가리브는 단박에 거절했다. 결국 가리브는 신상을 모신 신전에 갇히게 되었다.

둥근 지붕의 신전에는 홍옥수로 만든 우상이 있었는데, 목둘레에 진주와 보석으로 만든 목걸이가 걸려 있었다. 가리브가 우상을 집어 들어 힘껏 바닥에다 내동댕이치자 우상은 산산조각이 나버렸다.

이튿날 아침, 여왕은 당장 가리브를 체포하라고 명령했으나 가리브는 철권을 마구 휘둘러 여왕의 부하 25명의 목숨을 거두었다. 겨우 살아남은 부하들은 비명을 지르며 도망쳐 여왕에게 갔다. 여왕은 탄식하며 기병 1,000기를 거느리고 신전으로 말을 몰았다. 가다보니 가리브가 칼을 빼어들고 자기 부하들을 무참히 베어 죽이고 있었다. 그런데 가리브의 용맹무쌍한 모습을 보자 여왕은 심한 욕정을 느끼고 말았다.

'이제 신상 같은 건 아무 소용이 없다. 저 가리브 외에는 아무것도 소용없다. 지금부터 죽는 날까지 저 사내를 가슴에 품고 위해주리라.'

여왕은 부하들에게 가리브를 그대로 두라고 외치고는 가리브 옆으로 다가가 주문을 중얼거렸다. 곧바로 가리브는 팔이 저리면서 팔의 힘이 쑥 빠져 손에 들고 있던 칼을 툭 떨어뜨렸다. 깜짝 놀라 정신을 잃은 가리브는 붙잡혀 꽁꽁 묶이고 말았다.

단둘이 된 여왕은 또다시 가리브를 유혹하였다. 가리브는 단호하게 거절했다. 그러자 여왕은 물을 들고 중얼중얼 주문을 왼 다음 가리브의 몸에 끼얹었다. 가리브는 당장 원숭이로 변하였다.

그렇게 2년 동안 원숭이로 살던 어느 날이었다. 여왕이 이제 자기 말을 듣겠느냐고 물었다. 가리브는 고개를 끄덕였다. 여왕은 가슴을 두근거리며 가리브의 마법을 풀어주었다. 가리브는 여왕을 상대로 희롱도 하고 입도 맞추었다. 여왕은 감쪽같이 가리브를 믿었다.

이윽고 밤이 되자 여왕은 자리에 누워 가리브에게 안아달라고 졸랐다. 가리브는 여왕의 가슴에 올라타서는 목을 잡고 단숨에 꺾었다. 그러고는 여왕의 숨이 멎을 때까지 일어나지 않았다. 여왕의 숨이 끊어지자 가리브는 문이 열린 밀실 안으로 들어갔다. 거기엔 물결무늬가 있는 강철 칼과 중국 철로 만든 방패가 있었다. 온몸을 무장하고 날이 밝기를 기다렸다. 아침이 되어 가리브는 출입구를 가로막고 섰다. 태수들이 여왕을 알현하러 들어서자 가리브는 이슬람교로 귀의하라고 외쳤다. 이단의 도배들이 다짜고짜 달려들었고 가리브는 성난 사자처럼 이교도들을 베어 죽였다.

밤이 되자 많은 적들이 가리브를 체포하려고 필사적으로 덤벼들었다. 때마침 이단자들의 머리 위로 자르자르가 지휘하는 1,000명의 마신들이 날카로운 칼을 휘두르며 덤벼들어 파멸의 술잔을 안겼다. 결국 잔 샤 여왕의 일당 가운데는 살아남아 후세에 이야기를 전할 사람이 얼마 남지 않게 되었다. 남은 적들은 살려달라고 애원하고, 진심으로 마음에서 우러나 이슬람교에 귀의하였다. 자르자르는 부왕이 가리브를 '불의 골짜기'에 내던진 뒤 2년 반 동안 감옥에 갇혔다가 석방되자 1년 동안 부왕의 신임을 얻으며 기회를 엿보던 중 결국 부왕을 죽여버렸다. 군사들은 모두 자르자르를 섬겼으므로 왕위에 올라 1년간 나라를 다스렸다. 그런데 꿈속에서 가리브가 잔 샤의 부하들과 싸우는 걸 보고 즉시 달려온 것이다.

이렇듯 가리브는 위기일발의 고비에서 다행히 살아나 잔 샤 여왕의 도성에서 막대한 금은보화를 찾아 짊어지고 수정궁으로 돌아왔다. 그리고 여섯 달 동안 묵은 후 작별을 고하였다. 자르자르는 카라지 도성의 전리품과 잔 샤의 전리품을 마신들에게 짊어지게 하고, 자신은 가리브를 등에 지고, 이스바니르 알 마다인의 도성을 향해 하늘을 날았고, 밤중에 도성에 도착했다.

개종을 거부한 샤부르 왕이 죽고, 무라드 샤가 조부의 왕위를 계승하다

그런데 이스바니르 도성에 도착해보니 노도처럼 밀려온 적의 대군에 포위되어 있었다. 궁전 지붕에 내린 가리브는 큰소리로 샛별 공주와 마디야를 불렀다. 남편을 본 두 여자는 기뻐 어쩔 줄을 몰랐다. 이윽고 가리브 왕은 지상으로 내려갔다. 모두들 왕에게 몸을 던지고 기뻐 날뛰는 바람에 환호성이 온 궁전 안에 울려 퍼졌다.

왕의 귀환 소식에 백성들도, 신하들도 한결같이 기뻐했다.

가리브 왕은 좌정하자마자 성을 포위한 적군의 소식부터 물었다.

"오, 임금님. 저 군대는 사흘 전부터 진을 치고 있는데, 인간 외에 마신도 섞여 있습니다. 문제는 적이 무엇을 요구하는 건지 전혀 모르겠다는 것입니다. 왜냐하면 아직 말도 싸움도 나누지 않았으니까요. 적군의 총수는 무라드 샤라고 합니다."

무라드 샤가 습격하게 된 데에는 곡절이 있었다.

오래전, 파흐르 타지 공주는 부친 사부르 왕에게 쫓겨나 쟈이푼 강에 내던져질 뻔했다. 그러나 두 신하의 도움으로 숲 속으로 도망쳐 이 골짜기 저 골짜기 이 나라 저 나라를 헤매다 마침내 어느 골짜기에 이르러 낙원의 누각처럼 하늘 높이 솟은 성채를 발견했다.

성안에는 비단이 깔려 있고 금은 그릇이 놓여 있었다. 100여 명이나 되는 아름다운 처녀들이 다가와 인사했다. 공주가 당한 재앙을 들려주자 처녀들은 공주를 따뜻하게 위로하였다.

이 성의 왕은 다르의 아들 사르사르였는데, 한 달에 하룻밤을 묵고 아침이 되면 마신족을 다스리기 위해 돌아갔다. 공주는 궁전에 머물면서 옥동자를 낳아 이름을 무라드 샤라고 지었다. 얼마 후 사르사르 왕이 마신의 군대를 이끌고 눈처럼 흰 코끼리를 타고 왔다. 마치 석회를 바른 탑과 같았다. 왕은 낯선 여자가 눈에 띄어 누구냐고 물었다. 공주가 신상 이야기를 털어놓자 왕은 공주의 신세를 측은히 여기고 걱정 말라고 위로했다.

"한탄하지 말고 그대의 아이가 장성할 때까지 꾹 참으라. 아이가 장성하면 내가 아자미인의 나라로 가서 그대의 부친 사부르 왕의 목을 베어버리고 이 아이를 옥좌에 앉혀주겠노라."

이렇게 하여 무라드 샤는 어머니와 함께 사르사르 왕의 성에서 자랐다. 용모가 준수한 그는 사냥을 즐겨 심신이 바위보다 더 단단해졌고 기골은 더욱 튼튼해졌다.

어느 날, 무라드 샤는 어머니에게 아버지가 누구냐고 물었다. 공주가 자초지종을 들려주자 무라드 샤는 언젠가 조부의 도성으로 쳐들어가 조부의 목을 베어 어머니 은혜에 보답하겠다고 약속했다.

그런데 평소 무라드 샤는 마신 200명을 데리고 멀리 사냥을 나가는 버릇이 있었다. 성인이 된 그는 부하들과 함께 약탈과 도둑질을 일삼더니, 공략의 규모가 점점 커져 마침내 시라즈 도성을 습격하여 점령하고 왕의 목을 베고 병사들을 무찔렀다. 이번엔 시라즈 도성의 산하 병력 1만 기를 이끌고 바르후로 쳐들어가 왕을 베고 병사들을 내쫓고 재보를 모두 빼앗았다. 이어서 3만 기병을 이끌고 누라인으로 진격하자 누라인 왕은 스스로 공물을 바치고 충성을 표했다. 여세를 몰아 페르시아인의 사마르칸트로 진군하여 도성을 함락시킨 다음 아흘라트로 군대를 몰아 이곳 또한 점령해버렸다.

이렇게 승리를 거듭하는 사이에 무라드 샤의 군대는 더욱 강대해졌으며, 전리품이 골고루 돌아갔으므로 병사들의 사기도 충천했다.

무라드 샤가 마지막으로 간 곳은 바로 이 이스바니르 알 마이단이었다. 그는 도성 정면에 진을 치고 기다렸다가 후속 부대가 오면 그때 합세하여 조부를 붙잡아 어머니 앞에서 그 목을 자른 다음 어머니 마음을 위로해드릴 참이었다. 그래서 무라드 샤는 모친을 모셔올 때까지 사흘간 싸움을 쉬었던 것인데, 그때 마침 가리브와 자르자르가 도착한 것이다.

이윽고 파흐르 타지 공주가 도착하자 무라드 샤는 어머니를 가슴에 끌어안고 위로하면서 조부를 붙잡아올 때까지 천막 안에서 기다리라고 하고는 말에 올랐다.

싸움 시작을 알리는 북소리가 둥둥 울렸다. 가리브도 북소리를 듣자 출정을 명령하고 말에 올랐다.

무라드 샤가 선봉에 나서니 이에 맞서 가리브가 덤벼들었다. 서로 창을 겨누고 몹시 후려치는 바람에 둘 다 창이 부러졌다. 이번엔 칼을 들고 칼날이 무디어질 때까지 격렬히 치고받았다. 일진일퇴의 공방이 팽팽하게 이어지는 동안 어느새 한낮이 되었다. 급기야는 말이 먼저 지쳐 발밑에 쓰러지니 두 사람은 땅 위로 내려와 격투를 벌였다. 무라드 샤가 가리브를 두 손으로 붙잡아 높이 쳐들어 땅 위로 내동댕이치려고 했지만 가리브가 무라드 샤의 두 귀를 잡고 힘껏 잡아낚아챘다. 장사 무라드 샤는 하늘이 무너질 것만 같은 기분이 들어 자비를 베풀어달라고 비명을 질렀다. 가리브는 지체 없이 무라드 샤를 결박했다.

가리브 왕 앞에 끌려나온 무라드 샤는 수치심에 고개를 숙였다. 가리브 왕이 군대를 일으켜 싸움을 일삼는 이유가 뭔지 묻자 무라드 샤는 부모의 한을 풀기 위해서 왔다고 대답했다. 사부르 왕이 부모를 죽이려고 했기 때문이라는 것이었다. 가리브 왕은 부모가 누구냐고 물었고, 무라드 샤가 대답했다.

"나의 아버지는 알 이라크의 왕 가리브이며, 어머니는 페르시아 사부르 왕의 딸 파흐르 타지 공주다."

가리브는 이 말을 듣자마자 외마디 비명을 지르며 실신하여 쓰러졌다. 얼굴에 장미수를 끼얹자 가리브가 겨우 정신을 차리고서 아들을 끌어안고 눈물을 흘렸다. 이윽고 공주가 나타났다. 가리브는 공주를 와락 부둥켜안고 기쁨의 눈물에 젖었다.

파흐르 타지 공주와 무라드 샤는 이슬람교에 귀의했다. 그의 부하들도 왕을 따라 모두 진심으로 개종하였다. 가리브 왕은 감옥에 갇힌 사부르 왕과 그 아들 와르드 샤를 불러내 그들이 저지른 악행을 질타하고 이슬람의 교의를 들려주었다. 그런데도 두 사람이 끝까지 귀의를 거부하여 가리브는 두 사람을 도성 문에 못 박아 죽였다.

가리브는 무라드 샤에게 왕관을 주고 페르시아인과 터키인과 메디아인의 황제로 즉위시켰다. 그리고 백부 알 다미그를 알 이라크의 왕으로 임명했다. 가리브 왕이 널리 정의를 행하고 덕을 베풀었으므로 백성들은 진심으로 왕을 따르고 그 위덕을 경모했다. ☽

오트바와 라이야의 가슴 아픈 사랑

아브즐라 빈 마이마르 알 카이시가 들려준 이야기다.

언젠가 나는 알라의 성전 순례를 마치고, 예언자의 묘를 참배하러 되돌아갔다.

그날 밤, 마당 앞 묘와 설교단 사이에 앉아 있는데 낮은 목소리로 구슬프게 참회하는 목소리가 들려왔다.

> 그대 가슴 가득한 슬픔, 연꽃 사이 우는 비둘기 때문이런가,
>
> 아니면 비단옷 입은 처녀 사모하다 생긴 의심과 절망이런가.
>
> 연정에 애태우다 병든 마음엔 홀로 있는 밤이 너무 길어라.
>
> 잠 못 이루는 밤, 사랑의 불꽃에 재가 되도록 이 몸 태우니

보름달처럼 환한 그대 모습에 내 가슴 온통 포로가 되었네.

내 어찌 알았으랴, 애욕의 노예가 되어 이리도 애달플 줄을.

그러더니 노랫소리가 뚝 그쳤다. 어디서 누가 부르는지 몰라 어리둥절해하고 있으려니 또다시 구슬픈 가락을 타고 노래가 이어졌다.

칠흑 같은 밤, 라이야의 모습 나타나 그대 눈을 아리게 하네.

잠을 앗아간 건 사랑이런가, 애간장을 끓이는 건 환영이런가.

사나운 파도 일렁이는 바다처럼 어두운 밤을 향해 외치노라,

먼동이 트기까진 구원할 길 없는 연인에게 너는 너무 길구나.

밤이 가로되, 밤이 지루한 까닭은 사랑 때문이니 원망치 마라.

유심히 들어보니 처녀 라이야를 애모하는 노래였다. 노래를 부른 사람은 세상에 보기 드문 아름다운 청년으로, 아직 수염도 나지 않은 볼을 타고 두 줄기 눈물이 흘러내리고 있었다. 청년의 이름은 오트바 (무함마드의 벗 알 야무의 증손자)였다.

어느 날, 청년은 알 아자브 사원에 참배하던 중 아름다운 처녀 일행을 만났다. 그 가운데 가장 빼어난 미인이 오트바에게 다가와 말했다.

"만약 당신과 백년가약을 맺고 싶다는 여자가 있다면 어떻게 하시겠어요?"

여자는 이 한 마디를 남기고 바람처럼 사라져버렸다. 그 바람에 그는 그녀가 어디 사는 누구인지도 모른 채 사랑의 포로가 되어 미친 듯이 여자를 찾아 이리저리 방황하고 있는 중이었다. 청년은 절대로 사랑을 단념하지 않겠다고 맹세했다.

나는 청년과 함께 밤을 새우고 날이 밝아오자 알 아자브 사원에 참배하고 기도를 드렸다.

때마침 이상하게도 그때 그 여자 일행이 우리 두 사람 쪽으로 다가왔다. 그러나 오트바의 마음을 빼앗은 그 미인은 보이지 않았다.

"당신과 백년가약을 맺고 싶다고 한 그 여자 분을 어떻게 생각하세요?"

처녀들이 묻자 청년은 그녀는 어디 사는 누구고, 그날 이후 어떻게 되었느냐고 물었다. 그때에야 처녀들은 그 여자에 대해 알려주었다.

"그녀의 이름은 라이야인데, 아버지 알 기트리프 알 술라미가 딸을 데리고 알 사마와로 떠났습니다."

나는 경제적 여유도 있고, 또 심덕이 넓은 청년을 도와주고 싶은 마음에 청년의 중매를 서기로 작정했다. 그래서 우선 신도들의 집회장으로 가서 오트바를 아느냐고 물었더니, 모두들 오트바와 그 부친이 아라비아의 귀족임을 알고 있었다. 나는 오트바가 불행한 사랑 때문에 고민하고 있는 사정을 설명하고 알 사마와까지 동행하게 해달라고 간청했다. 사람들은 기꺼이 승낙했다.

이리하여 나는 오트바와 동행하여 신도 일행을 따라갔다. 어느덧 바누 술라임족이 살고 있는 알 사마와 근처에 다다랐다.

라이야의 아버지 기트리프는 순례자 일행이 근처에 왔다는 소문을 듣고 급히 마중을 나왔다. 신도들은 기트리프에게 명문 출신인 오트바가 딸 라이야를 아내로 맞고 싶어 한다고 전했다. 그는 딸에게 물어보겠다고 일어서더니 노기를 띠고 라이야에게 달려갔다.

"신도들이 찾아와 오트바가 널 아내로 맞이하고 싶어 한다던데, 어찌된 영문이냐?"

라이야는 오트바를 두둔하며 치켜세웠다.

"오트바는 자기 약속을 꼭 지키고, 찾고 있는 건 반드시 찾아내고 야 마는 사람이랍니다."

아버지는 화를 내며 버럭 소리를 질렀다.

"죽어도 그놈에게 널 주지 않을 테다. 그전부터 너희 둘이 사귄다 는 말을 소문으로 듣고 있었다."

"아버지, 그게 무슨 말씀이세요? 그렇다고 무턱대고 신도들의 청혼 을 거절해선 안 됩니다. 제발 좋은 구실을 찾아보세요. 지참금을 많 이 내라고 하면 저쪽에서 손을 들고 말 거예요."

아버지는 딸의 말에 고개를 끄덕이고는 우리에게 와서 딸이 청혼에 는 동의했으나 요구하는 지참금이 엄청나다고 말했다.

"순금 팔찌 1,000개, 하쟈르 은화로 5,000디르함, 알 야만제 모직 천과 얼룩무늬 천 100필, 용연향 다섯 부대를 요구하겠소."

나는 흔쾌히 치르겠다고 약속하고 신도 일행을 '광명의 도시' 알 메디나로 보내 나를 보증인으로 세우고 기트리프가 지참금으로 요구 한 물건을 모조리 갖춰 왔다.

기트리프도 더 이상 거절할 명분이 없었던지 딸을 주기로 했다.

양과 소를 잡고 부족 사람 전체가 맛있는 음식을 먹으러 모여들었 다. 이렇게 40일 동안 결혼 잔치를 벌이고 나자 기트리프는 오트바에 게 이제 신부를 데려가라고 했다. 일행은 가마에 라이야를 태우고 혼 수품은 낙타에 싣고 여행을 계속한 끝에 '광명의 도시' 알 메디나를 하루 거리 앞둔 곳까지 왔다.

그때 갑자기 말을 탄 도적 떼가 덤벼들었다. 내 생각에는 아무래도 바누 술라임족 일당인 것만 같았다. 오트바는 적에게 달려들어 많은 적을 베었으나 불행하게도 적의 창끝에 찔려 부상을 입고 비틀거리다 이내 땅바닥에 쓰러지고 말았다. 다행히 사람들이 구하러 달려와 도둑 일당은 격퇴했으나, 오트바는 끝내 숨지고 말았다. 우리는 모두 가엾은 오트바의 죽음을 슬퍼하고 있는데, 라이야가 오트바의 죽음을 알고 낙타 등에서 구르듯 땅바닥으로 뛰어내리더니 오트바의 몸 위로 자기 몸을 던지며 비통하게 울부짖었다. 그러곤 그대로 숨이 넘어가고 말았다. 우리는 무덤 하나를 파고 두 시신을 나란히 묻어주었다.

7년 뒤, 나는 또다시 성지 참배를 하러 가는 길에 '광명의 도시' 알 메디나로 들어서게 되었다. 문득 오트바의 무덤을 참배하고 싶은 마음이 들었다. 그래서 무덤으로 갔더니, 희한하게도 무덤 위에 큰 나무 한 그루가 자라고 있고 빨강, 노랑, 초록 색 헝겊 끈이 매달려 있었다. 그곳 마을 사람은 그 나무의 이름을 '천생배필의 나무'라고 불렀다.

미인 힌드에게 모욕당한 알 하자즈의 사랑

알 누만의 딸 힌드는 당대의 절세미인이었다. 그 소문을 들은 알 하자즈는 힌드를 아내로 맞기 위해 막대한 재물을 아낌없이 썼다. 그는 만일 부부가 헤어질 경우 20만 디르함의 지참금을 주기로 약속하고 마침내 힌드와 결혼하였다. 그리고 오랫동안 금실 좋게 살았다.

그러던 어느 날, 남편은 아내가 혼자 거울을 보며 흥얼거리는 노래를 들었다.

힌드는 세상에 다시없는 순종 아라비아 말,

하지만 힌드는 혼혈 당나귀와 신방을 차렸네.

좋은 망아지를 낳는다면 참으로 다행이련만,

당나귈 낳는다면 당나귀 씨를 받은 때문이지.

남편은 몹시 마음이 상해 그길로 이혼을 결심하고, 아브즐라를 사자로 보내 약속대로 '이혼 지참금' 20만 디르함을 주었다. 아내는 기꺼이 이혼을 받아들였다.

"하루인들 그 사람과 재미있게 지낸 줄 아세요? 헤어졌다 해도 결코 후회 따위는 하지 않아요. 이 20만 디르함은 타가피족의 개에게서 해방된 기쁜 소식을 전해준 사례로 당신에게 드리겠어요."

그리고 심부름을 온 아브즐라에게 20만 디르함을 주어버렸다.

그 후 칼리프 아브드 알 말리크 이븐 마르완도 재색이 뛰어난 힌드의 소문을 듣게 되었다. 황홀한 맵시와 고상한 모습, 게다가 구슬을 굴리는 듯한 음성과 아양을 머금은 눈매의 힌드를 측실로 삼고 싶었다. 그래서 사자를 힌드에게 보내 칼리프의 뜻을 전했다.

힌드는 곧 한 통의 답장을 보내왔다.

"이미 들개가 항아리 속을 두루 핥고 난 뒤인지라 이 사실을 미리 양지하기 바랍니다."

칼리프는 웃으며 무함마드의 말을 인용하여 답장을 보냈다.

"그대의 항아리 속에 개가 들어가 핥았다면 물로 일곱 번 씻고, 한 번은 모래로 깨끗이 씻어내는 것이 좋으리라. 그리고 오묘한 곳으로부터 오욕을 씻어버릴 지어다."

힌드도 더 이상 거절할 수 없어서 한 가지 조건을 내걸었다.

"알 하자즈에게 평상복을 입은 채 맨발로 제가 탄 낙타를 끌고 전하가 계시는 도성까지 가게 해주십시오."

칼리프는 배를 움켜쥐고 웃으며 승낙했다. 왕명을 받은 알 하자즈는 차마 왕명을 어길 수 없어 시키는 대로 했다. 힌드는 낙타 등에 마련된 가마에 올라탔고, 알 하자즈는 낙타의 고삐를 잡고 맨발로 끌고 갔다. 힌드도 시녀도 노예도 모두 알 하자즈를 조소하며 놀려댔다.

힌드는 가마 휘장을 열고 일부러 금화 1디나르를 땅바닥에 던지고는, 알 하자즈에게 은화 1디나르함을 떨어뜨렸으니 주워오라고 명령했다. 알 하자즈는 은화는 보이지 않고 금화밖에 없다고 대답했다. 그러자 힌드가 웃었다.

"보잘것없는 은화 대신 금화를 주신 알라를 칭송할지어다!"

은화는 알 하자즈, 금화는 칼리프를 빗댐으로써 알 하자즈를 아주 심하게 모욕한 것이다.

그 후 힌드는 칼리프와 백년해로를 맹세하고 그의 애첩이 되었다.

후자이마와 이크리마의 아름다운 우정

칼리프 술레이만 빈 압드 알 말리크(우마이야왕조 7대 칼리프, 재위 715~717) 치세의 이야기다.

바누 아사드족 출신의 후자이마 빈 비슈르는 재산은 많았으나 너무 인심이 후한 나머지 재산을 헤프게 써버렸다. 그래서 가산이 기울어 그만 가난뱅이로 전락하고 말았다. 그에게 은혜와 온정을 받았던 친구들은 얼마 동안은 후자이마를 도와주었지만 갈수록 점차 싫증을 내기 시작했다. 본인도 친구들의 태도가 변한 걸 눈치채고 집에만 틀어박혀 두문불출하며 지냈다.

한편 메소포타미아 알 자지라의 총독 이크리마 알 라바(별명은 '알 화이야즈')는 일찍이 후자이마의 후덕함을 잘 알고 있던 터라, 어려운 처지에 놓인 그의 소문을 듣고 한밤중에 혼자 그의 집을 찾아가 선뜻 4,000디나르를 내놓았다. 후자이마는 깜짝 놀랐다. 이런 거금을 선뜻 내놓는 그가 누구인지 궁금하기 짝이 없었다.

"이름을 밝히고 싶었으면 이런 시각에 찾아뵙지는 않았을 것입니다."

이름을 알기 전에는 보내줄 수 없다고 후자이마가 떼를 썼으나 끝내 총독은 이름을 밝히지 않았다.

"나는 '쟈비르 아타라트 알 키람'(선심 잘 쓰는 사람을 뒷바라지하는 자)이라고 합니다."

이렇게 딱 잘라 말하고 총독은 총총히 자리를 떴다.

총독이 집에 돌아가자마자, 한밤중에 남편이 외출한 걸 수상히 여긴 부인이 남편을 닦달했다. 시종도 안 데리고 몰래 나간 건 틀림없이 애인의 집에 다녀온 것이라 짐작해 따진 것이다. 아무리 아니라고 해도, 알라도 알고 계실 것이라고 맹세를 해도, 아내는 다짜고짜 다그쳤다. 총독은 누구에게도 알리지 않고 그냥 넘어가려 했으나 아내가 하도 다그치는 바람에 비밀을 지키겠다는 맹세를 들은 다음에 사실대로 이야기해주었다.

한편 후자이마는 그 돈으로 채권자들과 타협하여 모든 걸 원만하게 처리하고 여행을 떠나 마침 팔레스타인에 머물고 있던 칼리프 술레이만의 궁전으로 갔다. 칼리프도 후자이마의 너그러움을 익히 알고 있던 터라 후자이마와 이런저런 이야기를 나누던 중에 후자이마가 뜻밖의 은인으로부터 도움을 받았다는 이야기를 듣게 되었다. 칼리프는 연신 감탄을 아끼지 않았다.

"어떻게든 그 사내의 정체를 알아내 그 후덕한 행동에 보답을 해주고 싶구나."

그리고 칼리프는 후자이마를 메소포타미아 알 자지라의 새 총독으로 임명했다. 후자이마가 알 자지라 도성에 도착하자 전임 총독 이크리마를 위시하여 주민들이 마중을 나왔다.

총독 관저로 들어가자마자 후자이마는 인수인계 절차에 따라 이크리마의 보증금을 몰수하고 그 결재를 명령했다. 그런데 결재를 하려고 보니 돈이 적잖이 부족하다는 것이 밝혀졌다. 후자이마가 빨리 결재하라고 요구하자 이크리마는 지불 능력이 없으니 법대로 처분해달라고 했다. 결국 후자이마는 이크리마를 옥에 가두었다. 그 뒤로도 후자이마는 계속 사람을 보내 빚을 독촉했으나 그때마다 이크리마는 무대책으로 일관할 뿐이었다.

"나는 남자의 체면을 손상시키면서까지 부를 축적할 그런 사람은 아닙니다. 제발 마음대로 처분해주십시오."

감옥에 갇힌 지 거의 한 달이 지나자 이크리마는 지치고 몸이 쇠약해져갔다. 아내는 남편의 일로 몹시 마음이 상심하였다.

참다못한 아내는 한 여자를 찾아갔다. 이 여자는 노예의 몸에서 해방된 여자로, 분별력도 있고 견문도 넓었다. 총독 부인은 여자에게 부탁했다.

"지금 당장 후자이마 신임 총독 댁에 가서 이렇게 해다오. '총독님에게 직접 전할 말씀이 있습니다' 하고 청하거라. 총독님을 뵙게 되거든 다른 사람들을 다 물리치고 단 둘이만 있게 해달라고 부탁하여, 총독과 단둘이 있게 되거든 '어떻게 이럴 수가 있습니까? 당신은 '선심 잘 쓰는 사람을 뒷바라지하는 자'를 쇠사슬로 꽁꽁 묶어 옥에 가두는 것밖에 보답할 길이 없습니까' 하고 말하란 말이야."

여자는 이크리마의 부인이 시키는 대로 후자이마 총독을 찾아가 그대로를 전달했다.

'선심 잘 쓰는 사람을 뒷바라지하는 자'라는 말을 듣자마자 후자이마 총독은 너무나 부끄러워 어쩔 줄을 몰랐다. 총독은 도성 내의 모든 명사를 불러 함께 옥사로 갔다. 이크리마가 얼굴을 붉히며 고개를 숙이자, 후자이마는 그의 얼굴에 입을 맞추었다.

"당신의 대범한 행동에 비해 나는 얼마나 천한 보답을 했는지 모릅니다."

후자이마는 알라께 진심으로 용서를 구하고 나서, 옥사에게 이크리마의 차꼬를 끊고 그 차꼬를 자기 발에 채우라고 명령했다. 이크리마가 당한 고통을 자기도 겪어보겠다는 것이었다. 이크리마가 간곡히 말리는 통에 결국 그만두고 말았다. 이크리마는 석방되자 집으로 돌아가려 했다. 후자이마는 그를 끌고 목욕탕으로 데리고 가서 손수 목욕을 시키고 화려한 새 옷을 갈아입힌 다음 함께 그의 집으로 가서 그의 아내에게도 사과하고 용서를 빌었다.

이윽고 후자이마와 이크리마는 함께 람라에 체류 중인 칼리프 술레이만을 찾아갔다. 칼리프는 중대한 용건이라도 있어서 찾아온 줄 알고 깜짝 놀랐다.

"폐하, 반가운 소식입니다. 실은 '쟈비르 아타라트 알 키람'의 정체를 알아냈습니다. 폐하께서 그 인물을 만나보고 싶어 하셨기에 기쁘게 해드리려고 그 사람을 데리고 왔습니다. 그는 바로 이크리마 알화이야즈입니다."

칼리프는 남에게 온정을 베풀고도 모진 고생을 겪은 이크리마를 위로하고, 후자이마를 도와준 액수의 몇 배나 되는 상금과 갖가지 선물을 후하게 내려주었다. 그리고 아르메니아, 아제르바이잔, 메소포타미아를 총괄하는 총독으로 이크리마를 임명했다. 그리고 후자이마의 후임 문제는 이크리마가 알아서 처리하도록 하였다. 이크리마는 후자이마를 계속 메소포타미아 총독에 머물게 했다. 그 후 두 사람은 칼리프의 재위가 끝날 때까지 총독의 자리를 지켰다.

왕자와의 외상 거래로 출세한 학자 유누스

칼리프 아브드 알 말리크의 아들인 칼리프 히샴(왕조의 마지막 번영기를 이끈 10대 칼리프. 무아이야 1세 아브드 알 말리크와 더불어 우마이야왕조 3대 칼리프로 꼽힘. 재위 724~743) 치세의 이야기다.

당시 유누스라는 저명한 학자가 있었다. 그는 세상에서도 보기 드문 미모를 타고난 한 노예 처녀를 데리고 대상 일행과 함께 다마스쿠스로 여행을 떠났다. 이 노예 처녀는 기예와 학문에도 뛰어나 몸값이 자그마치 10만 디르함이나 되었다.

일행은 다마스쿠스 근처에 오자 어느 호숫가에서 쉬며 식사를 했다.

때마침 한 젊은이가 합석을 청했다. 이목구비가 수려하고 풍채가 훌륭한 젊은이로, 밤색 말을 타고 두 명의 내시를 거느리고 있었다. 함께 식사하고 술 마시며 노래 부르다 보니 어느새 날이 저물었다. 저녁 기도를 올린 뒤 젊은이가 유누스에게 여행 목적을 물었다.

"빚도 갚고 살아갈 길도 찾아볼까 해서요."

그러자 젊은이는 노예 처녀를 자기에게 팔라고 제안했다. 이렇게 하여 흥정이 시작되어 5만 디르함에 낙찰을 봤다.

"저를 믿으시지요? 그럼 내일 돈을 드리기로 하고 우선 이 여자를 데리고 가고 싶은데요. 아니면 돈을 지불할 때까지 옆에 두시렵니까?"

유누스는 취기도 오르고 부끄럽기도 하고 젊은이가 두렵기도 해 자기도 모르게 대답했다.

"당신을 믿고말고요. 어서 데리고 가시오."

젊은이가 노예 처녀를 데리고 떠나버리자 그때에야 유누스는 정신이 번쩍 들었다.

'내가 어리석은 짓을 하고 말았구나. 생면부지의 애송이 놈한테 그런 보물단지를 넘겨주다니. 비록 구면이라 해도 무슨 수로 그놈을 잡을 수 있겠나?'

유누스는 자신의 어리석음을 후회하며 탄식했다. 날이 밝자 유누스는 일행이 모두 다마스쿠스 도성으로 들어간 뒤에도 어쩔 줄 몰라 혼자 넋을 잃고 가만히 한자리에 앉아 있었다. 지글지글 내리쬐는 햇볕 아래 가만히 앉아 있는 것도 지겹기 짝이 없었다. 시내로 들어갈까도 생각했지만 혹시 심부름꾼이 왔다가 못 찾으면 일이 그릇될까 염려되어 하루 종일 근처 벽에 기대앉아 있었다.

해가 저물 무렵이 되어서야 어제의 그 젊은이와 함께 왔던 내시가 나타났다. 그때처럼 내시가 반가웠던 적은 없었다. 내시는 학자를 젊은이의 대저택으로 안내했다. 젊은 주인은 침상 위에 앉아 그를 맞았다. 젊은이는 다름 아닌 왕위를 이을 왈리드 빈 샤르 왕자였다.

왕자는 유누스에게 사과하고 그를 위로했다.

"난 그대에게서 여자를 서둘러 데리고 온 것을 후회했소. 나는 당신에게 생면부지의 사람인데, 성급하게 처녀를 손안에 넣으려는 마음에 그만 당신에게 염려를 끼치고 말았구려."

왕자는 5만 디르함 외에 왕자를 나쁘게 생각하지 않은 사례금으로 1,000디나르, 여비와 가족에게 줄 선물 값으로 500디나르를 더 얹어 주었다. 그리고 자기가 왕위에 오르거든 꼭 찾아오라고 말했다.

그 후 왕자가 칼리프(알 왈리드 2세, 우마이야왕조 11대 칼리프, 재위 743~744)에 올랐다는 소식이 들렸다. 유누스는 곧장 달려갔다. 칼리프는 약속을 지켜 공손히 유누스를 맞아 높은 지위를 주었다. 그 후 유누스는 칼리프 왈리드 곁에서 지위와 신분도 높아지고 재산도 늘어 유복하게 지냈다. 그러던 중 칼리프 왈리드*는 마침내 남의 손에 허무하게 세상을 떠나고 말았다.

*알 왈리드 이븐 야지드, 일명 알 왈리드 2세는 우마이야왕조 9대 칼리프 야지드 2세(재위 720~724)의 아들이다. 10대 칼리프 히삼은 그의 친아들을 후계자로 지목하려 뜻을 이루지 못해 결국 9대 칼리프 야지드 2세가 후계자로 지목한 알 왈리드에게 칼리프 자리를 물려주었다. 왈리드는 순례 여행 때 메카의 이슬람교 성전인 카바 지붕에서 술을 마시려 했다는 등의 스캔들을 일으킨 방탕한 칼리프로, 분노한 사람들이 궁전으로 쳐들어와 그를 죽였다. 744년 4월 16일로 추정되는 그의 죽음에는 그의 사촌이자 후계자인 야지드 3세가 관여되었다고 한다. 야지드 3세는 자린고비라는 별명으로 불린다. 이 책의 이야기는 왈리드를 좋게 말하는데, 아랍인들은 관대함과 아량으로 수많은 죄를 덮어주면서, "인색한 성자보다는 인색하지 않은 죄인이 더 낫다"고 말하곤 한다.

칼리프 하룬 알 라시드와
총명한 아라비아 처녀

칼리프 하룬 알 라시드는 어느 날 바르마크 집안의 자파르를 데리고 산책을 하다가, 뜻밖에 물 긷는 처녀들을 만났다. 물을 마시고 싶어 옆으로 다가갔더니 그 가운데 기품 있는 한 처녀가 노래를 불렀다.

> 그대여, 내 누운 침상에서 그대의 환영 사라지라 하시면,
>
> 비로소 마음 놓고 육신을 태우며 타오르는 불을 끄리라.
>
> 쉼 없는 '사랑'의 손길은 사랑에 병든 이 몸을 애무하네.
>
> 그대 아시는가, 이별의 불행에 눈물짓는 고뇌의 긴 세월.

칼리프는 처녀의 아름다운 용모와 상쾌한 목소리, 그리고 노래를 짓는 재능에 놀랐다. 그 노래를 손수 지은 것인지 칼리프가 묻자 처녀는 그렇다고 대답했다. 그러자 칼리프는 장난기가 발동하여 짐짓 "정말이라면 뜻은 그대로 두고 가락만 바꿔 불러보라"고 했다. 처녀가 바꿔 부른 노래는 칼리프의 뜻에 한 치의 어긋남도 없이 절묘했다. 흥이 난 칼리프는 그렇게 두 번을 더 희롱하였다. 처녀는 그때마다 칼리프를 더없이 기쁘게 했다.

노래가 모두 끝나자 칼리프는 처녀가 사는 집을 물었다.

"마을 한가운데 천막 기둥이 가장 높은 집에 삽니다."

칼리프는 처녀가 마을 족장의 딸이라는 걸 알았다. 처녀가 칼리프

에게 말을 어느 나무에 묶어놓았느냐고 묻자 칼리프가 대답했다.

"나무라면 가장 높고, 과일이라면 가장 잘 익은 데지."

처녀는 금세 그가 칼리프임을 알아차리고 바닥에 엎드려 하늘의 축복을 빌었다. 칼리프는 자파르를 시켜 처녀에게 청혼하여 백년가약을 맺고, 처첩들 가운데 가장 총애하였다.

어느 날 갑자기 그 애첩의 아버지가 세상을 떠났다는 소식을 맨 먼저 전해들은 칼리프는 몹시 상심하여 애첩의 방으로 갔다. 애첩은 수심에 잠긴 칼리프 얼굴을 보더니, 입고 있던 화려한 옷을 모두 벗어버리고 상복으로 갈아입고 부친을 애도하며 울었다.

칼리프는 깜짝 놀라 누구한테 부음을 들었느냐고 물었다.

"오, 임금님. 폐하의 얼굴에서 알았습니다. 폐하를 모신 이후 일찍이 그렇게 침울한 모습을 본 적은 한 번도 없었습니다. 게다가 연세가 연세니만큼 늘 아버지 일이 근심거리였거든요. 그래서 아버지가 돌아가신 걸 알았습니다."

이렇듯 총명하기 짝이 없는 애첩의 슬픔에 칼리프도 함께 슬퍼하며 위로했다. 그 뒤 애첩은 너무 슬퍼한 나머지 병을 얻어 아버지의 뒤를 좇아 덧없이 세상을 떠나고 말았다.

세 처녀의 시 짓기 놀이와 시인 알 야스마이

잠이 오지 않아 이 방 저 방을 돌아다니던 칼리프 하룬 알 라시드는 그렇게 꼬박 밤을 지새우고 말았다. 날이 밝아오자 칼리프는 시인 알

아스마이를 불러오도록 하여 말을 건넸다.

"여봐라, 여자 이야기와 여자가 지은 시에 관하여 가장 재미있다고 여기는 이야기를 들려달라."

"그 옛날 세 명의 처녀한테 들은 세 편의 시만큼 훌륭한 시를 들은 적이 없습니다."

"그렇다면 그 이야기를 해다오."

시인은 세 명의 처녀에게서 들은 세 편의 시 이야기를 들려주었다.

내가 바스라에 살 때였다. 어느 날 하도 날이 무더워 어느 집 현관 앞에 놓인 의자에 앉아 쉬고 있으려니, 안에서 처녀들의 아름다운 목소리가 들렸다. 가만히 들어보니, 세 자매가 100디나르씩 추렴하여 300디나르를 모아서, 가장 시를 잘 지은 사람에게 상금으로 주기로 하고, 시 짓기 시합을 벌이려던 참이었다.

이윽고 맨 먼저 맏이가 노래를 불렀다.

내 잠든 사이에 임께서 침실을 찾으신다면 참 기쁘리.

하지만 내가 눈 뜨고 있을 때 찾으시면 더욱 반가우리.

그러자 이번엔 둘째가 노래를 불렀다.

잠든 날 찾아온 것은 다만 임의 환영뿐이어라.

그럴망정 나는 잘 오셨다, 반가이 맞이했다네.

끝으로 막내가 노래를 불렀다.

내 여린 몸도 애잔한 영혼도 밤마다 침실로 스미는

사향 향기도 그윽한 내 님에게 아낌없이 바치리라.

나는 세 처녀의 시를 노래를 듣고서 '지금 들은 노래만큼이나 처녀들도 아름답다면 더 바랄 게 없겠다'고 중얼거리면서 그 자리를 뜨려고 했다. 바로 그때 노예 처녀 하나가 뛰어 들어와 제발 그대로 앉아 있으라면서 내게 두루마리 편지 하나를 건넸다. 그 편지에는 시 짓기 시합에 관한 경위와 나를 심판관으로 모시고 싶으니, 가장 잘된 시를 골라달라고 부탁하는 내용이 적혀 있었다.

나는 노예 처녀에게 필기도구를 가져오라 하여, 세 처녀의 시를 감상한 소감과 평가 결과를 시로 적어주었다. 나는 여기서 막내의 시가 가장 뛰어나다고 꼽았다. 막내 처녀는 상금 300디나르를 심판을 본 수고비라며 내게 주었다.

칼리프는 막내 처녀의 시를 으뜸으로 뽑은 이유를 물었다.

"맏이는 '내 잠든 사이에 임께서 침실을 찾으신다면 참 기쁘리' 하고 노래했는데 이것은 실제로 일어날지 모르는 일이므로 한계가 있습니다. 둘째는 '잠든 날 찾아온 것은 다만 임의 환영뿐이어라' 하고 노래했는데, 이는 꿈속에서의 일이니 너무 비현실적입니다. 그러나 막내는 '내 여린 몸도 애잔한 영혼도 밤마다 침실로 스미는 사향 향기도 그윽한 내 님에게 아낌없이 바치리라'고 노래했습니다. 만일 자신의 영혼보다도 연인이 사랑스럽지 않다면 그러지는 못할 것입니다. 따라서 가장 사실에 가까운 막내 처녀의 시를 뽑게 되었습니다."

칼리프는 알 아스마이의 심미안에 감복하여 후한 상금을 내렸다.

마신이 가르쳐준 노래와 이브라힘

아브 이샤크 이브라힘 알 마우시리가 들려준 이야기다.

그는 칼리프 하룬 알 라시드에게 안식일인 토요일 하루 휴가를 얻어, 아무도 들이지 말라 이르고 혼자 집에서 쉬고 있었다. 그런데 웬 고상한 풍채를 한 노인이 들어왔다. 그는 화가 나서 속으로 문지기를 내쫓아버릴까 생각했다. 그런데 노인이 어찌나 정중하게 인사를 하는지 어쩔 수 없이 답례하고 자리에 앉으라고 권했다. 노인은 아라비아인과 시를 화제 삼아 이런저런 이야기를 해주어 어느새 화도 다 풀어지고 말았다.

음료수를 마시던 중에 노인이 아브 이샤크에게 비파 연주를 부탁했다. 한 곡을 연주한 뒤 또 한 곡을 청하는 바람에 그는 두 곡을 연달아 연주하게 되었다.

그런데 이번엔 노인이 자청하여 연주해보겠다고 나섰다. 그는 약간 기분이 상해서 속으로 중얼거렸다.

'감히 내 노래를 들은 직후에 내 앞에서 노래를 부르겠다니, 분수도 모르는 바보로군.'

노인은 아름답고 낮은 목소리로 아리비아 말을 중얼거리듯 노래를 부르기 시작했다. 그러자 건물과 집안 모든 가구들이 노인의 아름다운 노랫소리에 화답하여 함께 노래 부르는 것만 같았다. 심지어 손발과 입고 있는 옷마저 노랫소리에 화답하여 떨리는 것이었다. 그는 깜짝 놀라 마음은 어지러워지고, 입을 뗄 수도, 손발을 움직일 수조차 없었다.

노래를 마치자 노인이 말했다.

"여보시오, 이브라힘. 나중에 이 노래를 불러보시오. 내가 노래한 대로 가락을 고치지 말고 다른 사람들에게 가르쳐주시오."

그는 다시 한 번 불러달라고 청했다.

"다시 불러줄 것도 없소. 벌써 당신은 다 기억했을 것이오."

이 말을 끝으로 노인은 갑자기 모습을 감추어버렸다. 후궁 쪽으로 달려갔으나 문은 닫혀 있었고 여자들은 아름다운 노랫소리만 들었다고 대답했다. 현관 쪽 문도 모두 닫혀 있었고, 문지기는 누구 하나 집 안으로 들어간 사람은 없다고 대답했다. 희한한 일이었다. 고개를 갸웃거리며 그는 다시 거실로 돌아왔다. 그때 갑자기 한 귀퉁이에서 목소리가 들려왔다.

"여봐라, 아브 이샤크여, 오늘 네 술친구 노릇을 한 건 나 아브 물라(마신이란 뜻)다."

그길로 그는 말을 몰아 궁전으로 달려가 칼리프 알 라시드에게 자초지종을 알렸다. 칼리프는 노인에게 들은 노래를 한 번 불러보라고 했다. 그래서 비파를 손에 들고 뜯으며 노래를 불렀다. 그런데 뜻밖에도 가사며 가락이 모두 기억나 하나도 틀리지 않고 부를 수 있었다.

칼리프는 황홀해하며 평소에 마시지 않던 술까지 따르며 즐거워했다.

"그 마신이 그대를 즐겁게 해준 것처럼 언젠가는 나를 상대로 즐겁게 해주면 좋겠는걸!" ☾

우즈라족 연인들의 슬픈 연가

칼리프 하룬 알 라시드는 잠이 오지 않자 검사 마스룰에게 시인 쟈미르 마아마르 알 우즈리를 불러들이라고 분부하였다. 시인 쟈미르가 어전에 엎드리자 칼리프는 재미있는 이야기를 들려달라고 청했다. 쟈미르가 이야기를 시작했다.

나는 언젠가 한 처녀에게 홀딱 반해 죽자사자 쫓아다닌 적이 있었다. 내게는 그 처녀가 세상의 유일한 소망이며 기쁨이었다. 그런데 여자의 부족이 가축의 목초지를 따라 거처를 옮기면서 얼마 동안 여자를 만날 수 없게 되었다.

나는 그녀를 향한 그리움과 욕정을 참다못해 어느 날 밤 낙타를 몰아 길을 떠났다.

한밤중이 되자 주위는 한 치 앞도 보이지 않을 만큼 캄캄해졌다. 나는 어둠을 헤치고 계곡을 지나고 언덕을 올라 길을 재촉했다. 사위는 쥐죽은 듯 고요한 가운데 간간이 사자의 포효, 늑대의 울부짖음만 간담을 서늘하게 했다. 으스스한 마음에 불안하고 어지럽고 울적해진 나는 전능하신 알라의 이름을 외면서 앞으로 나아갔다. 그러다가 그만 졸음이 와 꾸벅꾸벅 졸다가 나도 모르는 사이에 옆길로 들어서고 말았다. 그런데 무엇엔가 머리를 부딪치는 바람에 깜짝 놀라 눈을 떴다. 나는 어느새 나무가 우거진 초원 안에 와 있는 게 아닌가. 그 초원을 지나고 보니 넓게 펼쳐진 사막이 나왔다.

어디로 가야 할지 몰라 두리번거리고 있는데 사막 한가운데서 등불이 깜박거렸다. 그 등불을 향해 낙타를 몰고 가까이 가보니 천막이 하나 있었다. 정면에는 한 자루의 창이 꽂혀 있고 창 꼭대기에 긴 깃발이 펄럭였다. 말들은 가지런히 매어 있고 낙타들은 풀을 뜯고 있었다.

사막 한가운데 있는 천막이라면 분명 사연이 있을 것이었다.

마침 천막 안에서 열아홉 살쯤 된 미청년이 나와 친절하게 인사하며 들어오라고 말했다.

"이곳은 사자가 득실거리는 위험한 곳입니다. 더욱이 밤이면 춥고 음산하기 이를 데 없습니다. 야수에게 물어뜯기기라도 하면 큰일이니, 오늘 밤은 예서 편안히 쉬십시오. 날이 밝으면 제가 길을 안내해 드리겠습니다."

젊은이는 양 한 마리를 잡아 소금과 향료를 넣고 불에 구워 권하는 등 극진히 대접해주었다. 젊은이는 한편으로 한숨도 쉬고 울기도 하며 노래를 불렀다.

그대에게 남은 건 가녀린 숨결과 흔들리는 눈동자뿐,

온몸 구석구석 병들어 눈물이 야윈 뺨을 타고 흐르네.

혀가 있어도 타는 가슴에 슬픔이 복받쳐 말을 못하네.

비록 원수라도 그대의 불행을 탄식하며 눈시울 붉히리.

이 노래를 듣고 보니, 젊은이는 아마도 사랑의 열병을 단단히 앓고 있는 모양이었다. 나도 연모의 정을 맛본 경험이 있는 터라 젊은이의 심정을 잘 알았다. 나는 사연이 궁금했으나 꾹 참은 채 배불리 먹고, 젊은이가 순금 단을 두른 비단 수건과 사향이 든 장미수 병을 내오자 그 물로 손을 씻었다. 나는 젊은이의 우아한 마음씨가 담긴 세심하고 점잖은 행동에 놀라고, 사막 한가운데서 이렇게 우아한 생활을 하는 것에 감탄했다. 더욱이 젊은이는 비단 천으로 칸을 막고서 초록색 비단 침상에 잠자리를 마련해주었다. 그날 밤, 나는 아직껏 맛보지 못한 가장 편안한 밤을 보냈다.

나는 비몽사몽간에 나지막이 두런거리는 사람의 목소리를 듣고 문득 잠이 깼다. 살짝 휘장을 들쳐보니 젊은이와 아름다운 처녀가 나란히 앉아 있었다. 두 사람은 사랑과 욕정과 백년가약을 간구하는 애끓는 심정으로 눈물에 젖어 있었다. 베일을 벗은 처녀의 얼굴은 빛나는 태양도 무색할 지경으로 아름다웠다. 처녀는 젊은이의 애인임이 분명했다.

다음 날, 젊은이는 사흘 동안 손님을 대접하는 게 예의라며 떠나려는 나를 붙잡았다. 그 바람에 나는 사흘 동안 천막에 더 머물게 되었다.

나흘째 되는 날이었다. 젊은이와 이런저런 세상 이야기를 나누다가

통성명을 하게 되었는데, 뜻밖에도 젊은이는 내 백부의 아들, 다시 말해 사촌동생이었다. 우리 집안은 우즈라족 제일 가는 명문가였다.

그가 왜 세상을 피해 사막에 은둔하는지, 훌륭한 신분과 가족과 부유한 생활마저 버리고 사는 이유가 뭔지 궁금해 물어보았다. 그는 눈에 눈물을 가득 담고 사연을 들려주었다.

"실은 사촌 누이동생을 사랑하게 되었어요. 마치 마신에게 홀린 듯 영혼을 빼앗기고 마음이 흩어져 한시라도 얼굴을 보지 못하면 죽을 것 같은 심정이었습니다. 그래서 용기를 내어 백부에게 청혼을 넣었습니다만, 백부는 다짜고짜 거절하고 누이동생을 우즈라족 한 사내에게 시집보내고 말았습니다. 나는 사랑의 쓰라린 고통과 애틋한 사모의 정을 못 견뎌 모든 것을 버리고 사막으로 옮겨와 살기로 작정했습니다. 이럭저럭 사막 생활도 몸에 익었는지 완전히 혼자 사는 쓸쓸함이 몸에 밴 것 같습니다. 그런데 누이가 시집간 데는 이 사막 근처, 바로 저 언덕 마을입니다. 누이는 사람들이 깊이 잠든 한밤중마다 몰래 저를 찾아오곤 합니다. 서로 마음껏 보는 것만으로도 족합니다. 이렇듯 밤의 한때를 사랑하는 사람과 함께 보내면서 스스로 위안을 삼곤 합니다만, 조만간 이마저도 알라의 뜻대로 결판이 나겠지요. 제 소망이 이뤄지든 아니면 이 목숨이 끊어지든 알라께서 정하신 대로 되겠지요. 알라는 가장 훌륭한 심판관이시니까요."

나는 동생이 측은해서 마음이 아프고, 그 체면도 걱정되었다.

"아우여, 좋은 방법을 하나 알려줄까? 자네도 행복해지고 만사형통할 수 있을, 올바른 길 말일세. 아마 알라께서도 좋아하실 거야. 잘 듣게. 밤에 누이가 찾아오거든 발 빠른 암낙타에 태우고 자네는 말을 타게. 나는 저기 있는 단봉낙타를 탈 테니까. 밤새도록 재촉하면 여길 빠져나갈 수 있을 거고, 자네 소망이 이루어질 걸세. 알라께 맹세코, 내가 목숨을 걸고 자네를 지켜줌세."

내가 두 연인이 도망치는 걸 도와주겠다고 나서자, 동생은 누이가 오면 의논해보겠다고 대답했다. 그러나 그날 밤, 늘 오는 시간이 지나도록 누이는 나타나지 않았다.

동생은 누이에게 무슨 좋지 않은 일이 생긴 것 같은 불길한 예감에 걱정이 되어 안절부절못하고 밤 깊도록 서성거렸다. 동생은 동정을 살피고 오겠다며 칼과 방패를 집어 들고 밖으로 나갔다. 잠시 후 동생은 한 손에 뭔가를 움켜쥐고 돌아왔다.

"형님, 무슨 일이 일어났는지 아십니까? 누이 때문에 미칠 것만 같습니다. 글쎄 아무래도 저를 찾아오다가 사자에게 화를 입었나 봅니다. 남은 거라곤 이것뿐입니다."

그러면서 동생은 손에 들고 있던 것을 던졌다. 그것은 처녀의 두건과 사자가 먹다 남은 뼈 부스러기였다. 동생은 하염없이 눈물을 흘리며 통곡했다. 그리곤 문득 다시 밖으로 나갔다가 얼마 후에 돌아온 동생의 손에는 사자의 머리가 들려 있었다. 동생은 한참을 통곡하며 슬피 울고 나서 말했다.

"형님, 알라께 맹세코 부탁하겠습니다. 꼭 제 부탁을 들어주세요. 이제 곧 저는 주검이 되어 누울 것입니다. 그러면 제 주검을 씻은 다음 누이의 뼈를 제 옷에 함께 싸서 한 무덤에 묻어주세요."

그리고 동생은 천막 안으로 들어가 잠시 모습을 감추었다. 신음과 절규가 새어나온 것도 잠시, 흐느껴 울면서 비틀비틀 밖으로 나온 동생은 그길로 이 세상을 떠나고 말았다.

나는 동생이 부탁한 대로 처녀의 뼈를 동생의 시신과 함께 한 옷에 싸서 한 무덤에 묻었다. 그리고 사흘 동안 무덤가에 머물다가 그곳을 떠났다.

쟈미르가 이야기를 마치자 칼리프는 쟈미르에게 어의와 선물을 하사하였다.

여진 아버 스아드의 한결같은 사랑

칼리프 무아이야는 다마스쿠스 궁전에서 창이란 창은 모두 열어젖히고 앉아 있었다. 그날은 찌는 듯이 무더운 날이었다. 바람 한줄기 없는 한낮에는 모든 것이 다 타버릴 것만 같았다.

그때 대지의 열기에 타서, 절뚝거리며 맨발로 터덜터덜 걸어오는 한 사내의 모습이 보였다. 사내를 가리키며 칼리프가 신하들에게 말했다.

"이런 무더운 시간에 밖을 걸어 다녀야 하는 저 사내 이상으로 비참한 인간은 없을 것이다. 만일 저 사내가 나를 만나러 오는 것이라면 열 일을 제쳐놓고 만나줘야겠구나. 또 수치를 당하고 있다면 반드시 구해주리라. 여봐라, 시동! 문간에 나가 있다가, 만일 저 사막의 아라비아인이 나를 만나겠다고 하거든 거절하지 말고 즉시 데려오너라."

마침 그 아라비아인이 궁전에 이르러 임금님을 뵙고 싶다고 청했다. 시동은 즉시 그를 칼리프 앞으로 데려왔다. 그는 칼리프에게 사연을 호소했다.

"저는 바누 타밈족 사람입니다. 딱한 사정을 아뢰고 폐하께 도움을 받고자 왔습니다. 폐하의 신하인 마르완 빈 알 하캄 때문입니다. 저는 아내 스아드를 목숨보다 아끼고 사랑해왔습니다. 아내는 제 눈을 서늘하게 해주는 마음의 기쁨이었습니다. 저는 낙타를 길러 생계를 이어가고 있었는데, 어느 해 지독한 재앙을 만나 한 필의 낙타도 남김없이 모두 죽게 되었습니다. 저는 하루아침에 땡전 한 푼 없는 가난뱅이가 되어 불행의 밑바닥으로 가라앉게 되었습니다. 장인은 제게서 아내를 빼앗고 인정사정없이 저를 내쫓았습니다. 저는 마르완 빈 알 하킴 총독을 찾아가 도움을 청했습니다. 총독은 곧 장인을 불러 따졌으나, 장인은 알지도 못하는 사내라면서 딱 잡아뗐습니다. 저는 총독에게 아내를 불러 사실 여부를 따져보면 진상이 드러날 거라고 말했습니다. 총독은 아내를 불렀는데, 그게 바로 불행의 씨앗이 되고 말았습니다. 총독은 제 아내를 보자마자 홀딱 반해서는 저의 연적으로 돌변하여 저를 감옥에 가두었습니다. 저는 마치 하늘에서 떨어져 바람에 휘날려 무인도로 내동댕이쳐진 심정이었습니다. 총독은 장인에게 엄청난 지참금을 내놓고 딸을 아내로 달라고 요구했고, 뇌물에 눈이 먼 장인은 당장 승낙했습니다. 총독은 이번엔 제게 이혼을 요구했습니다. 제가 거절하자 총독은 미쳐 날뛰는 사자처럼 호통을 치며 온갖 고문을 가했고 마침내 고통을 못 이긴 저는 이혼에 동의할 수밖에 없었습니다. 그러나 이혼하자마자 총독은 다시 저를 옥에 가두더니 혼례식이 끝난 뒤에야 풀어주었습니다. 그길로 저는 임금님을 뵈려고 한달음에 달려온 것입니다."

말을 마치자 아라비아인은 손발에 경련을 일으키고 이를 딱딱 마주치면서, 몰매를 맞아 죽어가는 뱀처럼 몸부림을 치다가 기절하여 쓰러지고 말았다.

칼리프는 마르완 총독 앞으로 서신을 써 보냈다.

"소문에 따르건대, 그대가 백성에 대한 신앙의 법도를 어겼다니 안타까운 일이로다. 무릇 백성을 다스리는 총독이란 자는 자신의 욕망에는 눈을 감아야 하고, 육욕의 즐거움을 멀리하는 걸 의무로 삼아야 하느니라. 그대 만일 내 명을 거역한다면 그대의 시체를 독수리 먹이로 던져주리라. 당장 스아드와 이혼하고 그녀를 내 앞으로 돌려보내라."

칼리프는 가장 믿을 만한 두 신하(알 크마이트와 나스르 빈 지반)에게 서신을 맡겨, 알 메디나로 가서 마르완 총독에게 전하도록 일렀다.

편지를 받아본 마르완 총독은 눈물을 흘리면서 미인과의 이별을 아쉬워했다. 하지만 칼리프의 추상같은 명령을 받은 총독은 즉시 스아드와 이혼한 뒤, 그녀를 치장시켜 다마스쿠스로 보내면서 편지에 이렇게 적었다.

"저는 여자를 사랑했을 뿐, 불의를 저지른 적은 없었나이다. 아마도 이 여자만 한 가인은 마신에게서도 볼 수 없으리니, 세상에서도 보기 드문 희한한 태양을 전하께 보내드리옵니다."

칼리프는 서한을 읽고 흡족해하면서도 여자를 칭찬하는 품이 좀 도를 지나쳤다고 웃었다. 그러나 여자를 본 순간 칼리프는 난생 처음 보는 미색에 넋을 잃고 말았다. 우아한 눈썹, 고상한 용모, 아리따운 맵시, 세련된 말솜씨까지 어디 하나 흠잡을 데 없이 아름다운 스아드에게 홀딱 반해버리고 만 것이다.

칼리프는 아라비아인을 불러 "스아드를 내게 준다면 지금 당장 그만큼 아름다운 노예 처녀 셋에다 3,000디나르를 주고 평생 부귀영화를 누리며 살 수 있도록 해주겠다"고 제안했다. 칼리프의 말을 들은 아라비아인은, 늑대를 피하려다 사자를 만난 듯한 충격으로 비명을 지르더니 그만 기절하고 말았다. 정신이 들자 땅이 꺼지도록 한숨을 내쉬며 탄식했다.

"총독의 무도한 처사를 어찌할 수 없어 임금님께 달려와 하소연했는데, 임금님마저 저를 이리 비참한 지경으로 몰아세우신다면 저는 이제 누구한테 호소해야 합니까? 임금님께서 제게 어떤 부귀영화를 내리신다 해도 결코 제 사랑하는 아내하고는 바꿀 수 없습니다. 그래도 끝내 제 아내를 원하신다면 차라리 저를 죽여주시기 바랍니다."

아라비아인이 단호히 거절하자 칼리프가 제안했다.

"그대는 스스로 여자와 인연을 끊었다고 말했고, 마르완 총독도 이혼했으니 이번엔 여자 맘대로 택하도록 하지. 본인이 다른 사람을 택한다면 그와 연분을 맺게 하고, 만일 그대를 택한다면 돌려주리라."

칼리프는 스아드를 불러 어느 쪽을 선택하겠느냐고 물었다.

"명예와 영광, 영토와 왕궁, 재보와 모든 걸 손에 쥐고 있는 칼리프인가, 아니면 무도한 폭군 마르완 총독인가, 아니면 굶주린 배를 움켜쥔 빈털터리 아라비아인인가. 어느 쪽을 택할 것인가?"

그러자 스아드는 그 자리에서 노래를 지어 불렀다.

> 궁핍과 배반에 울고 누더기를 걸친 이야말로
> 내 뜨거운 핏줄이 닿은 누구보다 그리운 사람.
> 왕관을 쓰신 임금님보다도, 총독 마르완보다도,
> 세상의 권세나 재물을 차지한 어떤 사람보다도.

스아드는 이어서 말했다.

"저는 무상한 운명의 놀림거리가 되고 부실한 운명에 시달릴지라도 결코 남편을 버리지 않겠습니다. 우리 사이는 오래된 애틋한 정과 서로에 대한 믿음으로 엉켜 있고, 더욱이 마음에서부터 우러나오는 사랑이 충만하기 때문입니다. 행복한 시절에 기쁨을 나눴듯이, 부디 불행한 시절의 고난도 함께 나누도록 허락해주십시오."

칼리프는 여자의 총명함과 두터운 애정, 굳은 절개에 감탄하여 1만 디르함을 하사하고, 스아드를 아라비아인에게 돌려주었다. 아라비아인은 아내의 손을 잡고 총총히 사라졌다.

여자의 동성애와 사랑의 줄다리기

칼리프 하룬 알 라시드는 잠이 오지 않아 알 아스마이와 후사인 알 하리아를 불러 이야기를 들려달라고 청했다. 그러자 후사인 알 하리아가 이야기를 시작했다.

수년 전, 나는 바스라의 총독 무함마드 빈 술라이만 알 라비에게 송시를 바친 다음, 총독의 후의를 입어 며칠 바스라에 머물게 되었다.

어느 날, 거리를 걷던 나는 지독한 더위를 참다못해 큰 대문이 열린 집으로 들어가 물을 한 잔 청했다. 그때 한 처녀가 눈에 띄었다. 산들바람에 하늘거리는 버들개지 같은 모습이었다. 눈은 수심에 잠긴 듯하고 눈썹은 초승달을 닮았으며, 반들반들한 볼은 통통하고, 몸에는 석류꽃 빛깔의 속옷을 입고 있으며, 사나아 모직 베일을 걸치고 있었다. 속옷 아래로는 놀랍도록 흰 살결과 볼록하게 솟은 유방이 비치고, 아름다운 콥트산 아마포를 두른 허리는 사향을 뿌린 새하얀 두루마리처럼 물결치고 있었다. 게다가 목에는 두 유방 사이로 축 늘어진 순금 부적이 걸려 있고, 넓은 이마에는 칠흑 같은 고수머리가 몇 개씩 고리를 이루고 있었다. 두 눈썹은 붙은 듯 이어져 있고, 눈은 호수처럼 맑게 가라앉아 있었다. 코는 매부리코이며, 조개껍질을 닮은 입술 사이로는 진주 같은 이가 드러났다. 처녀는 어느 것 하나 나무랄데 없는 천하절색이었다.

하지만 잔뜩 풀 죽고 깊은 수심에 잠긴 모습으로 문 앞을 서성거리고 있었다. 마치 연인의 심장을 딛고 걷는 것 같은 그 하늘하늘한 걸음걸이에는 발목의 방울조차도 숨을 죽이고 소리를 내지 않았다. 나는 한눈에 반해 처녀의 옆으로 다가갔다. 집 앞은 물론 큰길까지도 사향 향기가 그윽이 풍겼다. 인사를 건네자 여자는 정열을 다 불태워버린 사람처럼 축 늘어져 힘없는 목소리로 답례했다.

여자의 사연은 이러했다.

"저는 어떤 분을 뜨겁게 사랑하고 있는데, 그분은 저한테 아주 매정하게 군답니다. 저 혼자 짝사랑하는 셈이지요."

이렇게 아름다운 여자의 사랑을 아무렇지도 않게 생각하는 벌 받은 사내가 있다니, 나는 도대체 그가 누구냐고 물었다.

"그분은 하늘에서 주신 세상에 다시없는 미모의 소유자입니다. 제가 문 앞을 서성대는 이유는 그분이 이곳을 지나갈 시간이 됐기 때문입니다."

말도 못 꺼내고 짝사랑에 애만 태우는 여자의 사연은 계속되었다.

"3년 전, 바스라 성내의 귀공자란 귀공자는 모두 제게 넋을 잃었던 때였습니다. 그분도 제게 반해서 우리는 서로 사랑하는 사이가 되었습니다. 그런데 정월 초하룻날, 제가 바스라의 처녀들을 초대했는데 그 가운데는 시란이라는 사내가 오만에서 8만 디르함을 주고 산 노예 처녀도 있었습니다. 그 처녀와 저는 서로 좋아하는 사이였으므로 별실로 들어서기 무섭게 깨물고 꼬집고 부둥켜안고 희롱하면서 엎치락 뒤치락 야단법석을 떨었습니다. 그러다 취중에 그만 속바지 끈을 잡아당기는 바람에 둘 다 알몸이 되고 말았습니다. 때마침 그분이 발소리를 죽이고 별실로 들어서다가 이런 망측한 꼴을 보고는 화를 벌컥 내고 바람처럼 나가버렸습니다. 그뒤 저는 계속 그분에게 사과하고, 달래고, 어르며, 용서를 빌었으나 그분은 본체만체 소식을 뚝 끊고 말았습니다."

사연을 듣고 난 나는 그 남자에게 접근하여 두 연인 사이를 원상회복시켜주겠다고 장담했다. 여자는 그때에야 남자의 이름은 자므라 빈 알무가이라며, 별명은 아브 알 사하, 집은 미르바드에 있다고 말해주었다. 그리고 한 번만이라도 만나달라는 편지 한 통을 써주었다.

다음 날 아침, 나는 총독의 저택에 갔다. 바스라 명사들이 다 모였는데, 그 가운데 한층 뛰어난 미남이 눈에 띄었다. 바로 자므라였다. 나는 먼저 나와 미르바드에 있는 자므라의 집 문 앞에서 그를 기다렸다가 편지를 전해주었다. 그는 편지를 읽고 나서 자기는 이미 다른 여자를 맞았다고 하였다. 그가 애인을 부르자, 태양도 무색하게 할 미인이 탐스러운 가슴을 내밀고 시원스러운 걸음걸이로 나타났다. 남자는 애인더러 편지를 읽어보고 답장을 써주라고 말했다. 그녀는 편지를 읽자마자 얼굴이 하얗게 질리더니 나를 원망했다.

나는 무거운 발걸음을 이끌고 절망에 휩싸여 여자에게 돌아와 일이 잘 안 풀렸다고 알렸다.

　며칠 후, 여자의 집 앞을 지나던 길에 가보니 대문간에 말 탄 사람과 행인 들이 몰려 있었다. 가까이 가보니 자므라의 친구들이 여자에게 연신 돌아와 달라고 간청하고 있고, 여자는 싫다고 거절하고 있었다. 나는 자므라가 항복한 것을 기뻐하며 알라께 감사했다. 여자에게 그동안의 경위를 물었더니, 자므라가 보낸 편지를 보여주었다.

　"사랑하는 이여, 그대는 분명 맹세를 저버리고 순결을 잃었으며 나이외의 사람을 선택했으니 분명히 그대 자신과 내게 죄를 저지른 것이오. 알라께 맹세코, 나의 사랑을 배신한 것은 바로 그대였소. 하지만 이제 나는 당신을 용서하기로 했소."

　여자는 편지와 함께 자므라가 보낸 선물과 진귀하고 값비싼 물건들을 보여주었다. 얼마 후 또다시 여자를 만났더니 그때는 벌써 자므라와 결혼한 후였다.

　"자므라에게 선수를 빼앗기지 않았더라면 반드시 내가 그 처녀를 차지했을 텐데."

　얘기를 듣고 나서 칼리프 알 라시드가 껄껄 웃었다.

마신이 맺어준 동화 같은 사랑

이샤크 빈 이브라힘 알 마우시리가 들려준 이야기다.

어느 겨울 밤, 하늘이 갑자기 흐려지더니 마치 물주머니 주둥이가 열린 것처럼 폭우가 쏟아지기 시작했다. 거리는 삽시간에 빗물이 넘쳐 진창으로 변하고 길 가는 행인들의 모습도 끊어지고 말았다. 친구 하나 찾아오지 않고, 나갈 수도 없어서 심심하기 짝이 없었다.

문득 알 마디(아바스왕조 3대 칼리프로 하룬 알 라시드의 아버지. 재위 775~785)의 아들이 소유한 노예 처녀 생각이 간절해졌다. 실은 마음속으로 그 처녀를 사랑하고 있었다. 처녀는 악기도 잘 타고 노래도 잘 불렀다. 그래서 더욱 더 그 처녀가 오늘 밤 옆에 있어준다면 얼마나 좋을까 생각하고 있었다. 그때 난데없이 문을 똑똑 두드리는 소리가 들려 나가보니 바로 그 처녀가 와 있는 게 아닌가. 비를 피하기 위해 긴 초록색 바지로 몸을 싸고 머리엔 비단 두건을 쓰고 있었으나 온몸이 흠뻑 젖어 보기에 딱할 정도였다. 일부러 이 진창 속을 걸어 어쩐 일로 왔는지 궁금하기 짝이 없었다.

"당신의 심부름꾼이 와서는 당신이 날 보고 싶어 안절부절못하고 계시다기에 만사 제쳐놓고 달려왔습니다."

참으로 의아하기 짝이 없었다. 심부름꾼을 보낸 적이 없으니, 어찌 이상하지 않겠는가. 하지만 한 시간만 더 지체했으면 보고 싶어서 먼저 달려갔을지 모른다는 생각이 들어서 아무 말도 하지 않았다.

옷을 갈아입은 뒤 나와 여자는 주거니 받거니 술을 마셨다. 그런데 여자가 노래를 듣고 싶다고 했다. 내 노래가 아니라 다른 사람의 노래를 듣고 싶으니 밖에 나가서 노래 부를 사람을 찾아오라는 것이었다. 이런 날씨에 누구를 찾을 수 있겠느냐고 의아해하면서도 난 잠자코 밖으로 나갔다.

큰길까지 왔는데 뜻밖에 맹인 하나를 만났다. 마침 맹인의 직업이 소리꾼이라기에 반가운 마음에 그를 데리고 집에 들어왔다.

"나는 이샤크 빈 이브라힘 알 마우시리라는 사람입니다."

내 소개를 하자 맹인 소리꾼은 내 소문을 어디서 들었는지 노래를 불러달라고 청했다. 나는 비파를 집어 들고 노래를 불렀다. 노래가 끝나자 맹인이 말했다.

"당신도 노래 꽤나 부를 줄 아네."

정면으로 나를 우롱하는 맹인의 한마디에 화가 난 나는 비파를 내던졌다. 맹인은 이번에 여자에게 노래를 청하고, 여자가 노래를 부르면 자기도 부르겠다고 했다. 여자가 노래를 불렀다. 그러자 맹인이 이렇게 말하는 게 아닌가.

"어이구, 당신 노래는 아직 멀었구면."

처녀는 화가 나서 비파를 내던지며 그럼 당신이 한 번 불러보라고 했다.

맹인은 아무도 아직 만져보지 못한 비파를 갖다달라고 했다. 그래서 새 비파를 갖다주었다. 맹인은 새 비파의 줄을 죄고 나서 아직껏 들어본 적이 없는 서곡을 타더니 즉흥시를 지어 불렀다. 그런데 노래 가사 내용은 오늘 밤 나와 처녀가 이심전심으로 통해서 만나게 된 과정을 그대로 노래로 지은 것이었다.

> 폭풍우 거세게 몰아치는 밤도 마다않고
> 어둠 속을 헤치며 그리운 임 찾아오셨네.
> 오늘 밤 그대와 밀회를 나눌 줄 알았노라.
> 뜻밖의 일은 그대가 맨 먼저 건넨 인사,
> 문간의 어여쁜 여자 들어가도 될까요?

마치 우리 사이를 꿰뚫어본 듯한 노래를 듣자 처녀는 금세 우리 사이의 비밀을 누설했다고 나를 힐난했다. 나는 결코 그런 적이 없노라고 변명하며, 처녀의 손에 입을 맞추고 뺨을 깨물고 젖꼭지를 간질이고 엉덩이를 쓰다듬기도 했다. 그러자 처녀는 간드러지게 웃으며 맹인에게 노래 한 곡을 더 청했다. 그러자 맹인은 경쾌한 가락으로 비파를 타면서 노래를 불렀다.

아, 얼마나 간절히 그리던 임이시던가.
기쁨으로 마구 떨리는 나의 두 손으로
오색 가냘픈 손가락 얼마나 애무했던가.
잘 여문 석류 같은 젖가슴 간질여대고
사과 빛 볼 깨물어 입맞춤 몇 번이런가.

노래를 듣고 나서 우리 사이의 비밀스러운 짓을 어쩌면 이렇게 속속들이 알고 있을까, 의아해하고 있는데 맹인은 화장실에 다녀오겠다고 나가선 영영 돌아오지 않았다. 아무리 찾아봐도 그림자도 보이지 않았다. 문은 닫힌 채였고 열쇠도 벽장 속에 감춰져 있었다. 하늘로 날아갔는지 땅으로 꺼졌는지 알 길이 없었다.

그때에야 비로소 나는 맹인이 바로 마신의 화신이며, 그 마신이 나와 처녀 사이를 이어주었음을 깨달았다.

소문 때문에 위기에 처한 사랑

이샤크의 아버지 이브라힘이 들려준 이야기다.

나는 평생 바르마크 집안을 위해 이 한 몸을 바쳐왔다.

어느 날 누가 문을 똑똑 두드렸다. 잘생긴 젊은이였는데 얼굴에 병색이 짙어보였다.

"오래전부터 당신을 만나고 싶었습니다. 도움을 받고 싶어서요."

젊은이는 300디나르를 내놓으며 자신이 지은 시에 곡을 붙여달라고 했다.

나는 사랑에 상처받은 그의 시에다가 만가와 같은 슬픈 곡을 붙여 노래를 불러주었다.

> 임이여, 그대 때문에 내 가슴 산산이 흩어졌네.
>
> 이젠 내 가슴속 활활 타오르는 불꽃을 꺼주오.
>
> 사람들은 날 나무랐네, 그대 맘에 내가 있기에.
>
> 하지만 무덤에 들 때까지 그대 없인 살 수 없네.

젊은이는 노래를 듣고 실신해버렸다. 그리고 정신이 들자마자 한 번 더 불러달라고 했다. 노래를 듣던 젊은이는 또다시 실신했다가 깨어났다.

세 번째로 노래를 불러달라기에 나는 세 가지 조건을 내걸었다. 원기를 회복할 때까지 내 집에 머물 것, 기분이 명랑해질 때까지 술을 실컷 마실 것, 신세 이야기를 들려줄 것을 요구했다. 젊은이는 승낙하고 사연을 들려주었다.

"나는 알 메디나 사람입니다. 어느 날 친구들과 바람을 쐬러 나갔다가 알 아귀크로 나가는 골짜기에서 한 무리의 처녀들을 만나 함께 해 질 녘까지 놀았어요. 나는 그들 가운데서 아침 이슬을 머금은 풀잎 같은 처녀에게 넋을 잃어 마음을 사로잡히고 말았지요. 다음 날 처녀의 행방을 찾아보았으나 그림자도 잡지 못했어요. 마침 누군가, 비가 오면 그 여자도 외출할 테니 기다려보라고 위로하더군요. 기다리고 기다리던 비가 억수같이 쏟아지는 날, 나는 친구들과 알 아귀크로 가보았습니다. 처녀들이 앞을 다투어 달리는 경주마들처럼 달려왔어요. 나와 처녀는 서로 마음을 주고받으며 사랑을 통하게 되었고, 헤어진 뒤 뒤를 쫓아 집까지 알아놓았습니다. 그러나 둘이 서로 내왕하며 빈번히 밀회를 거듭하는 사이에 소문이 세상에 널리 퍼져 마침내 처녀의 아버지 귀에도 들어가고 말았습니다. 나는 부친에게 처녀에 대한 사랑을 호소했습니다. 아버지는 일가친척을 불러놓고 처녀의 아버지에게 청혼을 했으나 처녀의 아버지는 일언지하에 거절하고 말았어요. 소문이 나기 전에 청혼했더라면 승낙했겠지만, 이미 소문이 퍼져 위신이 땅에 떨어진 데다가 남의 똥 눈 뒤나 닦는 식으로 일을 처리하고 싶지 않다는 것이었습니다."

나는 젊은이를 위로하고 힘닿는 데까지 도와주기로 약속했다.

나는 바르마크 집안과 친한 사이였다. 그래서 쟈파르 빈 야아야가 사람들을 접견하는 날 평소 관습대로 참석하여 젊은이의 사랑을 내용으로 한 노래를 불렀다. 쟈파르는 아주 좋아하며 누구의 노래냐고 물

었다. 젊은이의 사연을 들려주자 자파르는 젊은이를 불러 사연을 확
인한 다음 이번엔 칼리프 알 라시드에게 사연을 들려주었다. 칼리프
는 젊은이와 나를 불러 노래를 들으면서 술잔을 기울였다.

칼리프는 알 메디나 총독에게 서한을 보내 처녀의 부친과 집안 식
구들을 정중하게 대우하여 칼리프에게 보내되 그 여행 비용도 아낌없
이 부담하라고 명했다.

일행이 도착하자 칼리프는 처녀의 아버지에게 10만 디나르의 하사
품을 내리고 젊은이와 딸을 결혼시키라고 분부했다.

이리하여 젊은이는 처녀와 결혼하고 바르마크 집안이 망할 때까지
쟈파르의 심복으로 지냈다.

애욕을 다스려 위기를 모면한 재상 마르완

재상 아브 아미르 빈 마르완(술탄 살라흐 앗딘 — '정복왕 알 말리크 알 나
시르' —치세의 위대한 재상)은 용모가 수려한 기독교도 소년 하나를 선사
받았다. 정복왕 알 나시르(쿠르드족으로서, 로마의 비르길리우스나 호라티우
스처럼 소년을 좋아했다. 이런 동성애적 기질에도 불구하고 그는 매우 고상한 사
람으로, 다마스쿠스의 아마위 모스크에 잠들어 있다)는 재상에게 어디서 그
소년을 얻었느냐고 물었다.

재상이 알라께서 주셨다고 대답하자 왕은 호통을 쳤다.

"아름다운 소년을 손에 넣은 것을 인간의 힘이 미치지 못하는 별이
나 달의 탓으로 돌려 내 소원을 꺾을 셈이냐?"

재상은 우물쭈물 변명하고 나서 할 수 없이 다른 선물과 함께 소년을 왕에게 바치면서 충성을 맹세하는 시를 곁들여 올렸다.

왕은 이만저만 좋아하지 않았다. 그래서 재상에게 금은보화를 하사하여 보답했다. 이후 재상은 국왕의 두터운 총애를 독차지하게 되었다.

얼마 뒤 재상은 세상에서 보기 드문 미인 노예 처녀를 선물로 받았다. 혹시 소문이 왕의 귀에 들어가 소년의 경우와 똑같은 일이 생기면 큰일이라고 생각한 재상은 분부가 있기 전에 미리 노예 처녀를 왕에게 바치면서 역시 충성을 맹세하는 시를 곁들여 올렸다.

재상에 대한 왕의 신임은 더욱 두터워졌다.

그런데 신하들 가운데 재상을 시기 질투하는 정적이 한 사람 있어, 왕에게 참소했다.

"재상의 가슴속에는 아직도 소년에 대한 사모의 정이 식지 않아 서늘한 북풍이 불 때마다 색정의 충동을 이기지 못하고 소년을 보낸 것을 이를 갈며 분해한다고 합니다."

왕은 버럭 화를 냈다.

"내 앞에서 재상에 관한 일을 왈가왈부하지 마라. 안 그러면 네놈의 목을 치겠다."

그러나 왕의 마음 한구석에는 반신반의하는 의혹의 싹이 돋기 시작했다. 왕은 "아직도 옛 주인님을 그리워하며, 차라리 주인님 곁에서 사랑받고 싶지만 임금님의 권력이 두려워 마음대로 할 수 없으니, 무슨 수를 써서라도 임금님의 수중에서 저를 빼내주십시오" 하는 내용의 편지를 마치 소년이 쓴 것처럼 꾸며서 몰래 시동을 시켜 재상에게 보냈다.

재상은 아무래도 편지 내용이 수상쩍었다. 그래서 편지 뒷면에 이런 시를 적어 보냈다.

세상 물정을 아는 이라면 어리석은 자를 흉내 내어
사자 굴에 머릴 들이밀 바보가 세상 어디에 있으랴.
난 애욕 때문에 분별을 잃고 나낼 멍청이는 아너니,
어찌 적이 파놓은 함정으로 덥석 걸어들어 가겠는가.
그대 만일 내 맘과 같다면 내 몸을 대왕께 바치리라.
몸은 찢겨 바숴지고 어찌 마음만 온전히 돌아오리까.

왕은 재상의 날카로운 기지에 감탄하고 그 후 다시는 재상에 대한 모함에 귀를 기울이지 않았다.

뒷날 왕은 재상에게 어떻게 함정에 빠지는 걸 모면했냐고 물었다. 재상이 대답했다.

"저의 사리 분별은 색욕에 눈이 어두워 흐려질 지경은 아니기 때문입니다." ☽

칼리프 하룬 알 라시드 치세의 일이다.

아마드 알 다나흐와 하산 슈만은 남을 속이고 사기 치는 데 이름난 명인으로, 한때는 세상을 소란하게 한 적이 있었으나, 칼리프는 두 사람에게 은혜를 베풀어 바그다드의 경비대장 바로 아래 직책인 경비장(아마드는 우대장, 하산은 좌대장)으로 삼고, 매달 봉급 1,000디나르씩에 부하 40명을 배당했다. 또한 아마드에게는 성 밖 영지의 경비도 맡겼다. 총독 하리드와 경비대장은 이들을 데리고 시내로 돌아다니며 조리꾼에게 왕명을 알리고 복종할 것을 큰소리로 외치고 다니게 하였다.

한편 도성에는 협잡꾼 노파 다리라와 '토끼잡이 자이나브'라는 별명이 붙은 노처녀 딸이 살고 있었다. 조리꾼이 외치는 소리를 들은 두 모녀는 카이로에서 흘러들어온 전과자 아마드와 옴쟁이 하산이 벼락출세하여 호의호식한다는 사실에 샘이 나서 견딜 수가 없었다.

원래 다리라의 죽은 남편은 바그다드 구청장으로서 봉급 1,000디나르를 받으며 칼리프의 직속 전서 비둘기 관리자로 근무했다. 비둘기를 훈련시켜 편지와 밀서를 운반케 하는 일이었다. 큰딸은 시집가서 아마드 알 라키트, 즉 얼간이 아마드라는 아들을 두었다.

다리라는 온갖 종류의 나쁜 짓이라면 모르는 것이 없는 엉터리 속임수의 명수로, 용이라도 속임수를 써서 동굴에서 유인해낼 수 있으며, 마신도 이 여자에게서 사람 속이는 법을 배웠다고 말할 정도였다.

조리꾼이 지나간 뒤 딸 자이나브는 어머니를 부추겼다. 세상을 들었다 놨다 할 만큼 떠들썩한 사기를 치면 아마드나 하산처럼 될 수도 있고, 그 능력을 인정받으면 예전에 아버지가 받았던 그 정도 봉급쯤은 능히 벌 수 있을 거라고 장담했다.

딸의 꾐에 다리라는 귀가 솔깃했다. 그래서 사기꾼 아마드나 옴쟁이 하산이 아직 한번도 시도해본 적이 없는 굉장한 사기를 한번 쳐보리라 작정했다.

다리라의 첫 번째 사기극

다리라는 베일을 걸치고 가난한 슈피교도의 옷차림에 바지를 뒤꿈치까지 내린 다음, 폭이 넓은 띠가 달린 흰 모직 두건을 썼다. 또 물을 담은 물주전자에다 금화 3디나르를 넣고 종려 섬유로 만든 마개를 주둥이에 끼웠다. 거기에다 나뭇짐 한 바리쯤이나 될 큰 염주를 전대처럼 어깨에 메고서 한 손에는 빨강, 노랑, 초록 등 가지각색 넝마로 만든 깃발 하나를 들고 알라를 외치며 시내를 돌아다녔다. 이윽고 다리라는 대리석을 깐 골목으로 들어가 설화석고의 문지방이 달린 아치형 출입구로 다가갔다. 놋쇠로 씌운 백단목 대문에는 문추 대신 은고리가 달려 있었고, 무어인 문지기가 지키고 서 있었다.

이 저택은 칼리프의 시종장 하산 샤르르 알 타리크('여로의 악귀'란 뜻으로, 입보다 손이 더 빨라 붙여진 이름)의 집이었다. 그는 땅과 집과 하사품으로 톡톡히 재산을 모은 부자였다. 시종장은 아내 하툰을 마음으로부터 사랑하였으나 불행하게도 이들에게는 자식이 없었다. 이 일로 부부는 대판 싸움을 벌였다. 결혼 첫날밤에 아내는 "첩을 두지 않을 것과 하룻밤도 외박하지 않겠다"는 맹세를 하도록 했다. 남편은 이 맹세 때문에 아직껏 자식을 두지 못했다고 아내에게 욕을 하며 불평했다.

"다른 태수들은 모두 아들 한둘씩 두고 있다는데, 나는 뭐야? 아들은 고사하고 딸 하나도 없으니. 내 위세가 여기서 끊어진다고 생각하면 죽고 싶은 심정이 든다고. 내가 화가 안 나게 생겼어? 이 모든 건 다 네가 돌계집이기 때문이야. 너하고 하는 건 마치 바위 구멍을 쑤시는 거나 다름이 없다는 말이야."

아내도 지지 않고 대들었다.

"애를 못 낳는 건 오히려 당신 탓이에요. 당신 연장은 들창코 당나귀만 한 데다 정액은 멀겋고 구석까지 깊이 들어가지 못하니까 아이 만들 힘도 없단 말이에요."

아내의 독설에 화가 뻗친 남편은 이번 여행에서 돌아오면 반드시 다른 여자를 맞겠다는 최후통첩을 남기고 문을 꽝 닫고 나가버렸다. 이 일로 아내 하툰은 하루 종일 마음이 상해 있었다. 그래서 아름답게 보옥으로 몸치장을 하고 우수에 찬 신부 같은 자태를 뽐내며 격자

창 밖을 내다보면서 시름에 잠겨 있었다. 때마침 이 모습을 본 다리라가 속으로 중얼거렸다.

'저 젊은 아씨를 꾀어서 값나가는 패물이며 옷가지를 모조리 빼앗아서 도망칠 수 있다면 그야말로 천하제일의 재주꾼이라 할 수 있을 거야.'

그래서 다리라는 그 집 창문 밑에서 멈춰 서서 알라의 이름을 소리 높이 외었다. 새하얀 모직 법의를 입고 빛의 사원처럼 우뚝 서 있는 노파의 모습을 본 부인들은 저마다 격자창에 얼굴을 내밀고 이구동성으로 노파에게 부디 축복을 내려달라고 외쳤다. 그 소리에 하툰은 설움이 복받쳐 울음을 터뜨렸다. 그리고 시녀를 시켜 노파를 모셔오게 하였다.

때마침 무어인 문지기도 거룩한 수도사 다리라의 손에 입을 맞추고 있었다. 다리라는 그 손을 뿌리치고 말했다.

"가까이 오지 마시오. 모처럼 목욕했는데 부정 탈까 두렵소. 하지만 당신도 신의 가호를 받는 사람이니, 알라의 도움으로 이 고역에서 벗어나도록 기도를 올려주겠소."

사실 문지기는 그때까지 3개월분의 봉급을 받지 못해 꽤 옹색한 처지였다. 그래서 노파를 통해 축복을 받고 싶은 마음에 한 가지 핑계를 생각해냈다.

"할머니, 할머니 물병에서 물 한 모금만 신세질 수 없을까요?"

다리라는 어깨에서 물병을 내리면서 허공에서 흔들었다. 그러자 병의 주둥이 마개가 빠지면서 금화 3디나르가 땅바닥으로 굴러 떨어졌다. 금화를 본 문지기는 이 노파야말로 보물을 맘대로 다루는 성인 가운데 한 사람이라고 생각했다. 용돈이 없어 쩔쩔 매는 걸 알고 마술을 걸어 공중에서 금화를 꺼내주었다고 짐작한 것이다.

"할머니 물병에서 이 금화 3디나르가 나왔어요. 받으세요."

문지기가 금화를 집어 다리라에게 건네자 다리라는 거절하며 말했다.

"그건 당신 가지시구려. 난 돈 같은 것에 마음을 썩이는 그런 인간이 아니라오. 당신 드릴 테니 밀린 월급 대신 쓰시구려."

문지기는 분명 이것은 알라의 계시라고 생각했다.

때마침 마님의 시녀가 노파를 부르러 나왔다. 노파에게 홀린 문지기는 아무 의심 없이 노파를 집 안으로 들여보내 주었다.

다리라에게는 하툰이 마치 수호신의 부적을 활짝 열어놓은 보물과도 같았다. 다리라는 내놓은 음식도 거절하고 단식 중이라고 그럴듯하게 속였다.

"아씨, 안색이 몹시 나쁘네요. 뭔가 근심거리가 있나 본데, 속 시원히 말씀해주실 수 없겠어요?"

하툰은 긴 한숨을 내쉬며 부부 싸움의 내막을 털어놓았다. 다리라가 말했다.

"우리 집 주인 양반을 모르시던가요? 압 알 함라트라는 영감인데, 바로 그런 문제를 해결해주는 사람입니다. 애기 못 낳는 여자가 찾아오면 당장 아기를 배게 해준답니다."

노파의 말에 혹한 하툰은 한달음에 노파를 따라 밖으로 나왔다. 문지기는 주인마님이 성녀를 따라가므로 의심 없이 문을 열어주었다. 다리라는 하툰에게 멀찍이 떨어져 뒤따라오라고 했다. 사람들이 성녀에게 다가와 손에 입을 맞추기 때문이라고 둘러댔다.

이윽고 두 사람은 상가로 왔다. 시디 하산이라는, 얼굴이 수려하고 볼에는 한 올의 수염도 나지 않은 젊은이의 가게에 다다랐을 때였다. 시디 하산은 젊고 예쁜 부인이 다가오자 살며시 추파를 던졌다. 노파는 재빨리 이를 눈치채고 하툰에게 가게 앞에서 기다리라고 이르고 어느 가게 안으로 들어갔다. 그리고 젊은이에게 인사했다.

"당신의 이름이 시디 하산 아닌가요? 모신이라는 상인의 자제분이 맞죠?"

젊은이는 깜짝 놀랐다. 다리라는 가게 앞에서 기다리고 있는 하툰을 가리키며 말했다.

"실은 저 젊은 여자는 내 딸인데 한번도 외출해본 적도 없는 숫처녀랍니다. 이제 혼기가 닥쳐 시집보낼 때가 됐는데 신의 가르침과 계시가 있었습니다. 당신에게 시집보내라는 말씀이었습니다. 저 애 아버지는 상인이어서 유산을 많이 남기고 돌아가셨어요. 만약 당신이 가난하다면 자본도 대줄 수도 있고, 가게도 한두 채가 아니라 세 채라도 사줄 수 있답니다."

젊은이는 평소 알라께 신부 하나를 얻게 해달라고 기도를 드렸는데, 돈과 옷과 여자 세 가지를 한꺼번에 내려주셨다고 생각했다. 젊은이는 뛸 듯이 기뻐하며 단박에 승낙했다.

"안 그래도 어머니가 매일 장가가라고 성화를 했지만 저는 입버릇처럼 내 눈으로 똑똑히 살펴보지 않고선 안 가겠다고 반대해왔습니다."

다리라는 좋다고 말했다.

"그럼 날 따라오시오. 저 애를 발가벗겨 보여드릴 테니까."

젊은이는 혹시 뭘 사거나 아니면 혼인 계약서 대금을 낼 경우를 대비해 1,000디나르를 지갑에 넣고 가게를 나섰다. 시디 하산은 노파가 주의를 준 대로 젊은 여자 뒤에 조금 떨어져서 행여 놓칠세라 부지런히 뒤따라 걸었다.

이렇게 다리라는 하툰과 시디 하산을 나란히 뒤세우고 한참을 걸어가다가 이번엔 어느 염색 가게 앞에 다다랐다. 주인 무함마드는 평판이 좋지 못한 사내로서 토란 장수의 칼처럼 암꽃 수꽃 가리지 않고 닥치는 대로 요절을 냈고, 무화과(남자의 항문을 가리킴)든 석류(여자의 생식기를 가리킴)든 곱상하기만 하면 좋아하는 호색가였다.

다리라는 주인에게 다가가 가게 밖에 세워둔 하툰과 시디 하산을 가리키면서 말했다.

"당신은 염색 가게 주인 하지 무함마드가 맞죠? 저 아름다운 처녀와 수염도 나지 않은 젊은이는 제 딸과 아들입니다. 우리 집은 오래되고 낡은 집이어서 버팀목을 괴기는 했어도 목수 말이 언제 쓰러질지 모른다는 겁니다. 그래서 집수리가 끝날 때까지 임시로 묵을 집을 찾고 있는 중입니다. 사람들이 당신 댁을 가르쳐주며 찾아가보라고 하더군요."

무함마드는 속으로 신선한 버터를 새로 바른 과자를 통째로 잡수시오 하는 것처럼 호박이 넝쿨째로 굴러들어왔다고 좋아했다. 그러나 겉으로는 일체 내색을 하지 않고 말했다.

"집이 한 채 있긴 있습니다. 거실이 있는 이층집이죠. 하지만 단골 손님들에게 빌려주어서 남은 방이 하나도 없습니다."

이런 말에 물러설 다리라가 아니었다.

"기껏해야 집수리 끝날 때까지 한두 달 정도만 사용할 건데 뭘 그러세요? 게다가 우리는 이 지방 사람도 아니니까 손님들과 객실을 나눠 쓰면 되잖아요. 같이 어울려 식사도 하고 잠도 함께 자면 되니까 상관없어요."

다리라가 하도 간곡히 부탁하자 결국 무함마드는 집 열쇠를 다리라에게 넘겨주었다. 염색 가게 주인의 집에 들어선 다리라는 하툰에게 이층에 올라가 베일을 벗고 기다리라고 이르고, 시디 하산은 아래층 거실로 안내한 다음, 딸을 데리고 올 테니 조금만 기다리라고 말했다.

다리라는 이층으로 올라가 하툰에게 말했다.

"아씨, 실은 걱정이 되어서 죽겠네요. 이 집에는 내 아들이 하나 있어요. 여름, 겨울도 구별 못하는 바보 녀석인데 늘 알몸으로 지낸답니다. 가끔 영감의 대리 노릇을 할 때도 있는데, 당신 같은 젊은 여자가 찾아오면 귀걸이를 뺏거나 비단옷을 찢는 등 미친 짓을 하고도 남을 그런 위인이거든요. 그러니까 보석은 끌러놓고 옷도 벗어서 나를 주세요. 볼일 끝날 때까지 잘 맡아두었다가 드릴 테니까요."

하툰은 다리라의 말에 속아 넘어가 속옷만 입은 채 겉옷과 보석을 다리라에게 넘겨주었다. 다리라는 이걸 받아 계단 한구석에 감춰두었다.

다리라가 거실로 내려가니 시디 하산이 조바심을 치며 처녀를 빨리 만나고 싶다고 재촉했다. 다리라는 대답 대신 연신 자기 가슴을 두드렸다. 어디가 아프냐고 묻자 다리라가 말했다.

"이웃 사람들 때문에 정말 못 살겠어요. 여간 심술궂고 샘이 많은지 몰라요. 아 글쎄, 내가 당신과 함께 들어가는 걸 보고는 당신에 대해 어찌나 귀찮게 묻는지, 하도 성가셔서 사윗감이라고 말했죠. 그러자 이웃 사람들이 당신을 시기하고 샘을 낸 나머지 우리 딸에게 달려가서 네 어머니가 문둥병자에게 너를 시집보내려 한다고 거짓말을 했지 뭐예요. 그래서 딸이 싫다고 난리를 치니 어쩌겠습니까? 당신에겐 미안하지만 문둥병 환자가 아니란 걸 보여주기 위해선 할 수 없었어요. 딸에게 남자를 발가벗겨 보여주겠다고 맹세하고 말았지요."

다리라는 어쩌면 좋으냐고 계속 탄식했다. 시디 하산은 두 팔을 걷어 올리고 은 같은 살결을 내보였다.

"오, 신이시여. 시기심 많은 이웃으로부터 저를 구해주소서."

다리라는 이렇게 덧붙였다.

"걱정할 것 없어요. 당신을 발가벗겨 딸에게 보여주는 이상, 제 딸도 발가벗겨서 보여드릴 테니까요."

이렇게 하여 시디 하산도 웃옷과 검은 양가죽 옷을 벗고 허리띠를 풀고 단검과 그 밖의 모든 물건들을 벗고 속옷과 속바지 차림이 되었다. 지갑과 함께 벗은 옷들을 바닥에 내려놓자 다리라는 자기가 맡아두겠다며 들고 나와 여자의 옷과 보석과 함께 몽땅 어깨에 둘러멨다. 그리고는 둘을 집에 가둔 채 문에는 자물쇠를 채우고 한달음에 도망쳐버렸다.

다리라는 그렇게 뺏은 물건을 아는 약방에 맡긴 다음 염색 가게로 되돌아가 무함마드에게 말했다.

"집이 아주 맘에 듭니다. 이제부터 짐꾼을 불러다 살림과 세간을 옮겨야겠는데, 아이들이 배가 고프다며 고기가 든 빵죽을 사달라고 하는군요. 저는 지금 짐꾼도 부르러 가야 되고 살림이나 세간도 옮겨야하고 바쁘거든요. 미안하지만 이 돈으로 아이들에게 빵죽을 사다주고 가서 함께 식사라도 하시면 어떨까요?"

무함마드는 젊은 여자를 만난다는 생각에만 골몰하여 아무 의심 없이 가게를 젊은 사환에게 맡겨놓고 빵죽을 사러 나갔다. 다리라는 약방에 가서 맡긴 옷과 보석을 찾아 염색 가게로 되돌아왔다. 그리고 젊은 사환에게 빨리 주인의 뒤를 쫓아가라고 말했다. 그동안은 자기가 가게를 봐주겠다고 속였다. 사환이 나가자 다리라는 단골손님들의 옷과 피륙을 모조리 끌어내 담았다.

잠시 후 당나귀 몰이꾼이 왔다. 그는 아편쟁이로 일주일 동안 일거리를 구하지 못해 형편이 말이 아니었다. 다리라는 당나귀 몰이꾼에게 염색 가게 주인 무함마드의 어머니인 척 행세했다.

"당나귀 몰이 양반, 이리 와봐요. 우리 아들인 이 염색 가게 주인 알고 있죠? 불쌍하게도 그 애가 빚을 잔뜩 져서 감옥에 갇혔지 뭐유? 전에도 여러 번 빚을 져서 감옥에 갇힌 걸 내가 보증을 서서 빼주곤 했으나 이번엔 차라리 그 애를 파산시키기로 했어요. 그래서 지불 불능 서류까지 다 마쳤고, 여기 이 물건들은 주인을 찾아 돌려보내려던 참이었다오. 이 짐을 나를 당나귀를 빌려주면 삯으로 1디나르 드리겠소. 내가 간 뒤에 여기 남은 큰 통은 톱으로 잘라버리고 독은 안에 들은 걸 꺼낸 뒤 깨뜨려버리시오. 그러면 재판소 관리나 집달리가 와도 가게엔 아무것도 돈 될 만한 걸 찾지 못할 거요."

당나귀 몰이꾼은 선선히 승낙했다. 일전에 염색 가게 주인에게 신세를 진 적도 있어서 그에게 도움을 주고 싶었다. 그래서 삯 같은 것도 받지 않겠다고 거절했다.

이렇게 해서 다리라는 당나귀에 잔뜩 옷과 짐을 싣고 자기 집으로 돌아와 딸 자이나브에게 네 사람을 속여먹었다며 자랑을 늘어놓았다. 딸은 이제부터 밖에 나가지 말라고 당부했다.

염색 가게 주인 무함마드는 빵죽을 사갖고 자기 가게 앞을 지나다가 당나귀 몰이꾼이 나무통과 큰 독을 때려 부수는 걸 보고 깜짝 놀라 뛰어들었다.

염색 가게 주인의 어머니라는 것에서부터 빚 때문에 파산당한 일이며 하나에서 열까지 모두가 새빨간 거짓말임이 밝혀졌다. 당나귀 몰이꾼은 무함마드에게 덤벼들어 당신 어머니가 훔쳐간 당나귀를 내놓으라고 멱살을 잡았고, 무함마드는 당나귀 몰이꾼의 멱살을 잡고 그 노파를 데려오라고 소리를 지르며 철썩철썩 때렸다. 이렇듯 서로 때리며 욕설을 퍼붓자 구경꾼들이 몰려들었다.

자초지종을 듣고 가까스로 싸움을 뜯어 말린 다음 구경꾼들은 무함마드에게 말했다.

"노파를 당신 집에 불러들인 건 당신이니까 당신이 당나귀 값을 물어줘야겠소."

사람들은 모두가 무함마드의 집으로 우르르 몰려갔다.

한편 무함마드의 집에서는 시디 하산이 노파를 기다리며 안절부절못하고 있었다. 아무리 기다려도 노파도 그 딸도 나타나지 않았다. 하툰 역시 노파가 오기를 이제나저제나 기다리다가 너무 시간이 지체되자 노파를 찾아 조심조심 혼자 객실로 내려왔다.

시디 하산은 하툰에게 당신 어머니는 어디 있느냐, 나하고 결혼시켜주겠다더니 어찌 된 영문이냐고 물었고 하툰은 시디 하산에게 당신은 노파의 아들이고 압 알 함라트 노인의 대리가 아니냐고 물었다. 이렇게 저렇게 말을 맞추는 사이에 두 사람 모두가 감쪽같이 노파에게 속았다는 것이 밝혀지게 되었다.

때마침 무함마드와 당나귀 몰이꾼 그리고 구경꾼들이 우르르 집으로 몰려 들어왔다.

하툰과 시디 하산이 그간의 사연을 털어놓자, 이 모든 것이 다리라의 속임수라는 게 밝혀졌다. 사람들은 우선 하툰에게 옷을 빌려 입혀 집으로 돌려보낸 다음, 무함마드와 시디 하산은 당나귀 몰이꾼과 함께 경비대장을 찾아가 사정을 호소했다. 하지만 이름도 집도 모르는 노파를 어디 가서 잡아온단 말인가. 경비대장은 피해자들이 노파를 잡아오면 그때 고문을 해서라도 자백을 받아내겠다고 약속했다. 세 남자는 노파를 찾아 시내 여기저기를 돌아다녔다.

다리라의 두 번째 사기극

다리라는 한 번 더 사기를 치겠다고 나섰다. 딸이 위험하다고 극구 말렸지만 듣지 않았다.

"나는 말라서 떨어진 콩 껍데기 같은 사람이야. 불에도 타지 않고 물에도 젖지 않아."

다리라는 큰소리를 뻥뻥 쳤다.

이번에는 신분 높은 상전을 섬기는 노예의 옷을 입고 밖으로 나갔다. 어느 골목에선지 한창 잔치가 벌어지고 있었다. 양탄자가 깔리고, 가로등이 휘황찬란하게 빛나고, 가희들의 흥겨운 웃음소리와 떠드는 소리, 둥둥 울리는 북소리로 주위가 요란했다.

때마침 등에 사내아이를 업고 있는 한 시녀가 보였다. 아이는 바그다드 상인 총수의 아들이었다. 은 레이스 달린 바지에 귀여운 비로드 저고리를 입고 머리엔 진주로 단을 두른 모자를 쓰고 목에는 보석 박힌 황금 목걸이를 걸고 있었다. 아이 어머니는 딸의 약혼식 손님들을 접대하느라 위아래 층으로 바쁘게 오르내렸다. 그런데 아이가 달라붙어 떨어지지 않자 시녀 등에 아이를 업히고 잔치가 끝날 때까지 돌보라고 이른 것이다. 다리라는 이 아이를 훔치기로 작정했다.

다리라는 금화 비슷하게 생긴 놋쇠 조각을 꺼내 머리 나쁜 시녀에게 주었다.

"자, 이 돈을 줄 테니 너희 마님에게 가서 이렇게 전해다오. 움 알하이르님이 오늘은 축의금으로 이것만 전하지만, 그동안 신세진 걸 생각해서 결혼식 날은 꼭 딸을 데리고 와서 관례대로 축하 선물을 드리겠다고 말이야."

시녀는 아기 때문에 그럴 수 없다고 거절했다. 다리라는 그동안 아기는 자기가 맡아 돌보겠다고 말했다. 시녀는 아이를 다리라에게 맡기고 금화인 줄만 알고 돈을 받아들고 집 안으로 들어갔다. 다리라는 얼른 아이를 납치하여 골목으로 뛰어가 옷과 보석을 빼앗았다.

그런데 문득 더 큰 욕심이 생겼다.

'이왕 일을 벌인 이상, 아이를 인질로 삼아 1,000디나르쯤 우려내면 더 근사한 벌이가 되지 않을까?'

다리라는 궁리 끝에 그길로 보석 시장으로 갔다. 유대인 은쟁이가 앉아 있는 걸 본 다리라는 이 유대인을 속여 아이를 담보로 1,000디나르 어치의 보석을 우려내는 사기를 쳐보기로 작정하였다.

마침 유대인은 자기 가게는 손님이 없는데 이웃 가게는 장사가 잘되는 것에 잔뜩 샘이 나 있었다. 그때 한 노파가 상인 총수의 아이를 데리고 오는 게 눈에 띄었다. 유대인은 얼른 일어나 먼저 인사를 했다. 그러자 노파가 자연스럽게 말을 건넸다.

"유대인 아자리아 나리시죠? 이 아이의 누나이자 상인의 총수 따님이 약혼식 날에 쓸 보석이 필요해서요. 황금 발찌 두 짝에다 금팔찌와 진주 귀걸이 한 벌씩, 그리고 띠와 비수와 도장 반지를 하나씩 주세요."

노파가 주문한 물건을 상인이 내놓았다. 1,000디나르 어치의 보석을 받아들고 다리라가 말했다.

"먼저 이 보석들을 보여드린 다음에 살게요. 모두 마음에 들어하시면 살 테니까, 그때 대금을 가지고 오지요. 그때까지 이 아이를 맡아 두시겠어요?"

유대인은 상인 총수 아이를 담보로 잡았으므로 마음 놓고 얼마든지 그러라고 승낙했다. 다리라는 보석을 낚아채듯이 받아들고는 그길로 횡하니 자기 집으로 도망쳐버렸다.

한편 시녀는 주인 마님에게 금화를 내밀면서, 움 알 하이르 님이 가희들에게 주는 선물이라고 전했다. 마님이 자세히 보니 그것은 금화가 아니라 놋쇠 조각이었다. 그 순간 어린아이가 걱정되었다. 마님과 시녀가 몸이 달아 달려가 보니 이미 노파도 아이도 오간 데 없었다. 집안 식구가 총출동하여 아이를 찾아 여기저기를 헤매기 시작했다.

아들을 잃은 상인 총수는 독수리 같은 눈을 번득이며 저잣거리를 찾아 헤맸다. 그리고 마침내 유대인 가게 앞에 알몸으로 앉아 있는 자기 아들을 발견했다. 총수는 반가운 마음에 한달음에 달려가 아들을 빼앗듯 껴안고, 데려가려 했다.

그러자 유대인이 보석 대금을 내놓으라고 달려들었다. 총수는 오히려 아이 옷을 내놓으라고 으름장을 놓았다. 상인 총수와 유대인이 옥신각신하는 사이에 무함마드, 시디 하산, 당나귀 몰이꾼이 지나가다 멈추어 싸움의 내막을 듣게 되었다. 모두 다 하나같이 다리라에게 속은 걸 안 다섯 사람은 기가 막혔다. 나중에 무어인 이발사 하지 마스우드 가게에서 함께 만나기로 약속한 다음, 먼저 각자 뿔뿔이 흩어져

다리라를 찾아보기로 했다.

그런데 다리라는 겁도 없이 또다시 사기를 치러 거리로 나왔다가 그만 당나귀 몰이꾼과 정면으로 마주치고 말았다. 대번에 노파를 알아본 당나귀 몰이꾼은 죽일 듯 덤벼들어 당나귀를 내놓으라고 난리법석을 떨었다.

다리라는 당나귀를 무어인의 이발소에 맡겼으니 같이 가자고 했다. 이발소에 도착하자 다리라는 들어가서 당나귀를 돌려달라고 말하고 올 테니 밖에서 잠시 기다리라고 했다. 이발소로 들어간 다리라는 무어인의 손에 입을 맞추고 눈물을 뚝뚝 흘리면서 밖에 서 있는 당나귀 몰이꾼을 가리키면서 말했다.

"저기 서 있는 내 아들놈 좀 보세요. 몸이 약해서 허구한 날 골골대더니 그만 머리가 돌아버렸지 뭐예요. 그래서 입버릇처럼 당나귀를 사고 싶어 안절부절못하고 '내 당나귀! 내 당나귀!' 하는 소리를 입에 달고 다닌답니다. 의사 선생님 말씀이, 실성한 거니까 이를 두 개 뽑고 양쪽 관자놀이에 두 번씩 뜸을 뜨면 효험이 있다는 거예요. 1디나르를 드릴 테니 저 애를 불러서 '네 당나귀는 여기 있다' 고 불러들인 다음 치료 좀 해주세요."

"그러지요. 제 놈이 바로 당나귀라는 걸 똑똑히 가르쳐주지 못한다면 난 1년이라도 단식하겠어요."

이발사는 흔쾌히 승낙하면서, 직공에게 인두를 달구라고 이르고 밖으로 나가 당나귀 몰이꾼에게 말했다.

"당신 당나귀는 내게 있소. 줄 테니 이리 들어와서 데리고 가시오."

당나귀 몰이꾼이 안으로 들어오자 이발사는 그를 어두컴컴한 방 안으로 데리고 들어와 당장 그 자리에 때려눕히고 직공을 시켜 손발을 묶은 다음, 이를 두 개 뽑고 좌우 관자놀이에 뜸을 뜨고는 놓아주었다. 당나귀 몰이꾼은 일어나자마자 화를 버럭 냈다.

"이 엉터리 이발사 놈아. 이게 무슨 짓이냐?"

이발사는 노파가 한 말을 그대로 전해주었다. 이발사의 말을 듣고 난 당나귀 몰이꾼은 기가 막혀 하늘을 우러르며 울부짖었다.

"알라여, 부디 저 노파에게 업보를 맛보게 해주십시오!"

두 사람은 계속 말다툼을 하면서 가게 밖으로 나갔다.

그런데 이발사가 가게로 돌아와 보니 가게 안은 텅 비어 있었다. 주인이 가게를 비우고 방으로 들어간 사이에 다리라가 모든 걸 훔쳐 간 것이다. 다리라는 딸에게 자기의 솜씨를 의기양양하게 자랑했다.

이발사와 당나귀 몰이꾼이 한참 실랑이를 벌이는 동안 무함마드, 시디 하산, 유대인, 상인 총수가 다가왔다. 일동은 또다시 다리라에게 속은 걸 알고 모두 함께 경비대장에게로 갔다. 당나귀 몰이꾼이 노파를 알고 있었으므로, 피해자들은 열 명의 관리들과 함께 시내를 이 잡듯이 뒤진 끝에 거리에서 노파를 붙잡아 경비청으로 끌고 왔다.

그런데 하필 그때 경비대장이 자리를 비워 모두들 경비대장이 나오기를 기다리게 되었는데, 기다리다 지친 나머지 경비원들이 깜빡 잠이 들고 말았다. 다리라도 일부러 경비원들이 하는 대로 잠이 든 척했다. 다리라가 잠든 걸 본 당나귀 몰이꾼을 비롯한 다섯 명의 피해자들도 긴장이 풀린 나머지 그만 잠이 들고 말았다.

그사이에 다리라는 몰래 경비청 바로 옆에 붙어 있는 경비대장 집으로 들어갔다.

부인의 방으로 들어간 다리라는 부인의 손에 입 맞추고 경비대장을 찾았다. 경비대장이 자고 있다는 말에 다리라는 옳다구나 하며 사기를 치기 시작했다.

"제 남편은 노예상인데 여행을 떠나면서 제게 백인 노예 다섯 명을 팔라고 맡겨놓았습니다. 그런데 경비대장이 1,000디나르에 모두 다 사기로 하고 수고비로 200디나르 줄 테니 집으로 데려오라고 분부했습니다. 그래서 백인 노예 다섯 명을 데리고 왔습니다."

부인은 그 말에 감쪽같이 속아 그 백인 노예들이 어디 있느냐고 물었다. 지금 경비청에서 졸고 있다는 말에 부인이 밖을 내다보니, 과연 다섯 명의 백인 남자들이 자고 있었다. 무어인 이발사, 잘생긴 상인, 까까중 유대인, 염색 가게 주인, 당나귀 몰이꾼을 차례차례 둘러본 부인은 어림짐작으로 적어도 한 사람당 1,000디나르 이상의 값어치가 나가겠다는 계산을 했다. 그래서 선뜻 1,000디나르를 내주고 수고비는 나중에 받으러 오라고 말했다. 다리라는 1,000디나르를 받아들고 나더니, 한술 더 떠서 수고비 중 반은 부인이 셔벗 물을 사는 데 보태라고 인심까지 쓰고, 여유 있게 뒷문으로 나왔다.

집에 돌아온 다리라는 자신의 사기 행각을 자랑스럽게 늘어놓았다. 딸은 원숭이도 나무에서 떨어진다는 말도 있으니 당분간 나가지 말라고 신신당부했다.

한편 경비대장이 잠에서 깨어 일어나자 부인은 왜 노예를 산 사실을 숨겼느냐고 따져 물었다. 부인으로부터 자초지종을 들은 경비대장은 경악했다.

화가 난 경비대장은 피해자들에게 노파를 안내한 건 너희들이니 1인당 200디나르씩 받고 노예선에 팔아버리겠다고 으르렁거렸고, 피해자들은 자신들은 자유의 몸이니 매매란 당치도 않다, 직접 칼리프에게 가서 고소하겠다고 대항했다.

이런 와중에 시종장 알 타리크가 나타났다. 아내가 옷과 보석을 모두 도둑맞은 책임을 경비대장에게 묻기 위해 달려온 것이다. 모든 진상을 파악한 피해자들은 열 명의 관리들과 함께 다리라를 체포하러 나섰다. 그런데 때마침 뒷골목에서 막 나오던 다리라와 마주쳐 결국 다리라를 붙들었다.

경비대장의 심문에 다리라는 시치미를 뚝 떼며 본 적도 없다고 부인했다. 일단 감옥에 가두기로 했으나 간수들마다 손을 내저으며 버텼다.

"안 됩니다. 이 계집에게 속아 넘어갔다가 그 책임을 지게 되면 큰일이니까, 동행도 투옥도 하지 않겠습니다."

할 수 없이 경비대장은 티그리스 강가에 나가 횃불잡이에게 노파의 머리채를 매달라고 명했다. 횃불잡이는 고패로 노파를 달아 올려 형틀에다 십자형으로 묶었다. 경비대장은 열 명의 경비병들에게 잘 감시하라고 명령하고 돌아갔다. 밤이 되자 파수꾼들은 졸음을 견디지 못해 그만 잠이 들었다.

한편 한 바다위인 사내가 우연히 어떤 사람이 하는 이야기를 엿듣게 되었다. 바그다드에서는 매일 아침 꿀 튀김만 먹었다는 이야기였다. 바그다드에 가본 적도 없을 뿐 아니라 튀김도 입에 대본 적이 없던 이 사내는, 무슨 일이 있어도 바그다드에 가서 그곳 꿀 튀김을 꼭 먹어보리라 작정하고 종마를 타고 바그다드를 향해 말을 몰았다.

그는 계속 꿀 튀김을 먹고 싶다는 말을 중얼거리면서 마침내 다리라가 열십자로 매달린 곳까지 오게 되었다. 다리라는 바다위인이 혼자 중얼거리는 소리를 듣고 사내에게 살려달라고 소리쳤다.

"여보시오, 아라비아 장로님! 제발 살려주세요. 내겐 원수 같은 적이 하나 있어요. 기름집인데, 튀김을 만드는 사내지요. 내가 그 가게로 튀김을 사러 갔다가 그만 실수로 내가 뱉은 침이 튀김에 튀고 말았어요. 그러자 기름 장수 놈이 나를 총독에게 고소해 이렇게 형틀에 매달았지 뭡니까? 10파운드의 꿀 튀김을 내가 다 먹으면 석방하고 먹지 못하면 매단 채로 내버려두라는 판결이 났기 때문이에요. 하지만 내 위장은 단것을 절대 받아들이지 못하니 이를 어쩌겠습니까?"

노파의 하소연을 들은 바다위인은 기쁨에 넘쳤다. 그는 다짜고짜 자기가 대신 그걸 다 먹어주겠노라고 외쳤다.

"하지만 나 대신에 십자가 형틀에 매달리지 않으면 먹을 수 없어요."

노파의 말에 사내는 노파의 결박을 풀어주었고, 다리라는 바다위인을 십자가 형틀에 매달고 두건이 달린 남자용 옷을 입고 그의 말을 타고 집으로 뺑소니를 쳐버렸다.

날이 밝자 파수꾼들은 잠에서 깨어나 형틀을 올려다보았다. 그런데 형틀에 웬 사내가 매달려 있는 게 아닌가. 파수꾼을 보자 사내는 난데없이 꿀 튀김을 가져왔느냐고 물었다. 파수꾼들은 바다위인이 노파에게 속아 아무것도 모르고 있다는 걸 알았다. 파수꾼들이 노파를 놓친 죄로 처벌받을 것이 두려워 도망칠까, 알라의 뜻에 맡기고 가만히 있을까 하는 의논으로 야단법석을 떨고 있는데 경비대장이 피해자들을 데리고 나타났다. 바다위인은 그들에게도 똑같이 꿀 튀김을 가져왔느냐고 물었다. 경비대장 역시 다리라가 바다위인을 속여 도망친 걸 알고 바다위인의 결박을 풀어주었다. 그러자 바다위인은 옷과 말을 찾아달라고 경비대장에게 달려들었고 다른 피해자들도 경비대장에게 경비의 책임을 물었다. 이제 남은 방법은 칼리프를 알현하여 호소하는 도리밖에 없었다. 그래서 모두 칼리프에게로 몰려갔다.

사건의 전말을 듣고 난 칼리프는 자신이 모든 피해를 변상해주겠다고 모두를 안심시킨 다음 경비대장에게 반드시 책임지고 노파를 체포할 것을 명령했다. 그러나 경비대장은 도저히 감당할 수 없다며 고개를 설레설레 저었다. 결국 다리라를 체포하는 임무는 우대장 아마드에게 넘겨졌다.

아마드는 하산 슈만에게 좋은 수가 없느냐고 의논했다. 옆에 있던 아마드의 부하 알리는 하산이 뭘 안다고 저런 놈과 의논하느냐고 하산을 헐뜯었다. 화가 난 하산은 이번 일에서 빠지겠다고 나가버렸다. 결국 아마드는 조장 한 명에 열 명씩의 부하를 묶어 4개조의 수색대를 조직하고 다리라 체포 작전에 돌입했다.

자이나브의 사기극

아마드가 다리라를 체포하러 나섰다는 소문으로 온 바그다드 시내가 들끓는 가운데 자이나브는 이번엔 자기가 나서서 아마드와 부하 40명의 옷을 벗기겠다고 호언장담했다.

자이나브는 베일을 걸치고 출입구가 두 개 있는 거실 약방의 주인에게 방세를 선불로 주고 저녁때까지 쓸 방을 빌렸다. 열쇠를 받자 자이나브는 그 즉시 어머니가 훔친 당나귀에다 양탄자와 그 밖의 물건들을 싣고 와서 방을 장식하고 음식과 술까지 준비한 뒤, 문간에 얼굴을 드러내놓고 앉았다.

때마침 아마드의 부하 알리가 부하들을 데리고 나타났다. 맵시 좋은 자이나브가 알리의 손에 입을 맞추자 알리는 대번에 반했다. 자이나브는 거짓말을 술술 늘어놓았다.

"제 아버지는 모술에서 선술집을 경영하고 계셨는데, 막대한 유산을 남기고 돌아가셨어요. 저는 관가의 눈이 무서워 이곳으로 피해 와 술집을 차리고 나서 누군가 저를 지켜줄 사람이 필요해서 알아보니 모두들 아마드 알 다나흐 대장님이 적임자라고 말해주었어요. 그래서 꼭 그분을 만나고 싶었습니다."

알리는 당장 대장을 만나게 해줄 테니 걱정 말라며 설쳐댔다. 자이나브는 그들을 방으로 끌어들여 술에 취하게 만든 뒤 마약을 마시게 하고 옷과 무기를 모두 빼앗았다. 다음 수색대도, 그다음 수색대도 모두 자이나브의 속임수에 말려들어 알몸이 되고 말았다.

이윽고 우대장 아마드가 이끄는 수색대가 자이나브 앞을 지나게 되었다. 자이나브의 아름다운 맵시에 반한 아마드는 자이나브의 부탁을 듣자마자 자기가 지켜줄 테니 안심하라고 큰소리를 쳤다. 그리고 자이나브가 이끄는 대로 방으로 들어가 술에 취한 뒤 마약을 마시고 옷과 무기를 몽땅 빼앗겼다. 자이나브는 다리라가 훔쳐온 바다위인의 말과 당나귀에 옷과 무기를 몽땅 싣고, 알리 하나만 흔들어 깨워놓고 뺑소니를 쳐버렸다. 마약에서 깨어난 알리는 모두가 알몸으로 누워 있는 걸 보자 해독제를 먹여 깨웠다.

한편, 우대장 하산은 날이 저물었는데도 경비 숙소가 텅 비어 있는 걸 보고 문지기에게 모두들 어딜 갔느냐고 물었다. 그러고 있는데 모두가 알몸으로 우르르 몰려왔다. 자초지종을 들은 하산은 하도 기가 막혀 자기도 모르게 노래를 불렀다.

사람들 저마다 가슴속 생각은 비슷해도

정작 그 하는 일은 저마다 천지차이라네.

개중에 현자가 있으면 바보도 있으려니,

빛을 잃어 뿌옇게 흐린 별이 있는가 하면

밤 깊을수록 영롱하게 빛나는 별도 있네.

마침내 체포된 다리라와 자이나브, 칼리프의 은혜로 뜻을 이루다

아마드 일행이 다리라에게 속아 넘어간 걸 안 하산 슈만은 아마드에게 칼리프 앞에 보고할 때의 요령 몇 가지를 조언해주었다. 아마드는 칼리프 앞에 나아가서 노파를 잡았느냐는 칼리프의 물음에 머리를 가로저었다. 그리고 하산이 일러준 대로 이렇게 말했다.

"저는 그 여자를 모릅니다. 제발 하산 슈만에게 잡아오라고 명령해보십시오. 그 사람은 범인 모녀를 모두 잘 알고 있으니까요."

칼리프는 하산을 불렀다. 하산은 칼리프 앞에 엎드렸다. 그리고 다리라와 자이나브를 두둔하여 변명해주었다.

"실은 그 두 모녀는 남의 물건이 탐나서 사기를 친 것이 아닙니다. 다만 자기들 모녀가 머리가 좋다는 걸 세상에 널리 알려서 죽은 남편, 즉 딸의 아버지의 유산을 상속받으려는 의도에서 저지른 짓입니다. 만약 칼리프께서 모녀의 목숨을 살려주신다면 제가 모녀를 어전으로 끌고 오겠습니다."

칼리프는 사기 친 물품을 되돌려준다면 목숨만은 살려주겠다고 약속했다. 하산은 증거를 보여달라고 했다. 칼리프는 하산에게 손수건을 하사했다.

하산은 다리라의 집으로 찾아가 칼리프의 손수건을 내보이고 훔친 물건을 갖고 칼리프에게 함께 가자고 설득했다. 다리라는 유일하게 하산을 두려워하고 있던 터라 순순히 훔친 물건들을 챙겨 하산을 따라 칼리프 앞에 엎드렸다.

칼리프는 보자마자 사형에 처하라고 명했으나 하산이 손수건을 내보이자 용서해주었다. 다리라는 칼리프에게 하산이 말한 그대로 자신의 죄를 변명했다.

"남의 물건이 탐이 나서 이런 짓을 한 것은 아닙니다. 아마드 알 다나흐와 하산 슈만이 바그다드에서 자행한 못된 짓을 듣고서 경쟁심이 나서 그들과 똑같이 못된 짓을 해보였을 뿐입니다."

훔친 물건을 되찾은 사람들은 모두 돌아갔으나 당나귀 몰이꾼과 염색가게 주인은 가지 않았다. 당나귀 몰이꾼은 이발사에게 이를 두 개나 뽑힌 데다가 두 관자놀이에 뜸까지 떴기 때문이고, 염색 가게 주인은 염색 장비와 시설 모두가 망가졌기 때문이었다. 칼리프는 이들에게 100디나르씩을 하사하고, 돌아가서 다시 한 번 장사를 일으켜보라고 격려하였다.

이번엔 다리라의 소원을 들어주기로 했다. 그래서 다리라에게 남편이 담당했던 전서 비둘기 관장 업무를 맡기고 아울러 남편이 받았던 봉록을 상속받게 해주었다.

또한 칼리프가 상인들의 숙박용으로 지은 삼층 여관도 관리하도록 배려하였다. 이 여관에는 술라이마니야인(아프칸인)의 왕이 왕위에서 쫓겨났을 때 데리고 온 40명의 노비와 40마리의 개, 그리고 이들의 시중을 드는 요리사가 있었는데, 그들 모두를 다리라의 관리로 맡겼다. 자이나브에게는 평지붕이 얹어진 여관 맞은편 수각에 살면서 전서 비둘기를 기르도록 명령하였다. ☽

바그다드로 떠난 카이로의 도둑 귀신 알리, 사자와 도둑을 물리치다

이집트 카이로의 경비대장 사라는 오래전부터 알리를 체포하기 위해 수사망을 촘촘하게 좁혀놓고 이번만은 꼭 잡겠다고 잔뜩 벼르곤했으나, 막상 범인을 잡으려고 하면 마치 자이바크(수은)처럼 그림자도 없이 사라지곤 해서, 세상에서는 알리를 가리켜 카이로의 알리 자이바크, 즉 '도둑 귀신 알리'라고 불렀다.

어느 날, 알리는 소굴에서 부하들과 함께 앉아 있었다. 그런데 기분이 울적하고 가슴이 답답해 견딜 수가 없었다. 부하들은 우거지상을한 두목의 얼굴을 보고 시내에 나가 돌아다니며 바람이라도 쐬고 오라고 권했다. 그래서 시내를 돌아다녀봤지만 기분은 풀리지 않았다. 술집에 들어갔더니 손님이 너무 많았다. 알리는 조용히 마시고 싶어

주인이 안내한 별실에서 혼자 질 좋은 독한 술을 마시고 인사불성으로 만취하였다. 술집을 나와 붉은 거리를 걸어가니 행인들마다 무서워 슬슬 길을 비켜갔다.

때마침 길모퉁이에서 물장수가 가죽 부대와 오지병을 들고 다가왔다. 알리는 물 한 잔을 청했다. 물장수가 병을 주자 알리는 병을 아래위로 흔들더니 물을 땅바닥에 쏟아버렸다. 또 한 잔 달라고 하곤 또 물을 땅바닥에 쏟기를 세 번이나 거듭했다. 네 번째로 물을 받은 알리는 물을 다 마시고 금화 1디나르를 주었다. 물장수는 경멸하는 눈초리로 알리를 뚫어지게 쳐다보더니 깔보는 말투로 중얼거렸다.

"옹졸한 인간과 대범한 인간은 사뭇 다르구먼."

화가 난 알리는 물장수의 먹살을 잡고 시퍼런 칼을 뽑아들며 호통을 쳤다.

"이 늙다리 놈아! 물 부대를 통째로 쳐도 3디르함밖에 안 되고, 쏟아버린 물도 서 홉이 될까 말까 하다. 근데도 금화 1디나르를 주지 않았더냐? 그런데도 네놈이 감히 나를 깔볼 셈이냐? 나보다 배짱이 크고 도량이 넓은 사람이 있으면 나와보라고 해라."

알리가 억지를 부리자 물장수가 대답했다.

"당신보다 배짱이 크고 도량이 넓은 분을 한 번 만난 적이 있소. 글쎄, 천지개벽한 이래 이 땅에서 용기가 있으면서도 인색한 사내란 하나도 없지요."

알리는 자기보다 더 배짱이 크고 도량이 넓은 사람이 누구냐고 물었다. 물장수는 자기가 겪은 일을 털어놓았다.

"내 선친은 카이로의 물장수 두목으로 세상을 떠날 때 다섯 필의 수낙타와 한 필의 암낙타, 가게와 집을 유산으로 남겼소. 그런데 가난뱅

이란 일평생 가난을 면하지 못하는 법, 즉 살만 하면 죽게 되는 법이라오. 아버지 역시 그만한 재산을 남겼으니 만족하고 돌아가셨을지 모르지만 나로선 그 정도 재산으로는 만족할 수가 없었지요. 그래서 장사를 해보려고 한 떼의 낙타에 외상으로 상품을 싣고 성지 순례를 떠났소. 하지만 순례 중에 낙타와 물건은 몽땅 날려버리고 끝내 500디나르의 빚만 지고 말았지 뭐요. 이 꼴로 카이로에 돌아가면 외상 빚 때문에 감옥에 갈 게 뻔하고 그래서 다마스쿠스 순례 대열에 끼어 함께 아레포로 갔다가 거기서 다시 바그다드로 들어와 창피를 무릅쓰고 도성의 물장수 두목 집을 찾아가 도움을 청했소. 그래서 가게를 얻고 가죽 부대와 여러 도구를 빌려서 물장수를 시작한 것이오. 그런데 어느 날 돈 한 푼 못 벌고 죽어라 한낮까지 걸어 다니고 있었는데, 갑자기 말을 탄 경비병들이 지나가더군요. 강철 투구로 무장하고 목걸이를 두 줄이나 목에 걸고 허리띠에 모자까지 있는 망토 같은 외투를 입고 손에는 칼과 둥근 방패를 들고 있었소. 사람들 말이 경비대장 아마드 알 다나흐와 그 부하들이라고 하더군요. 그런데 뜻밖에 아마드가 물 한 잔을 달라고 해서 물그릇에 따라주니 쫙 땅바닥에 쏟아버리지 않겠소? 두 번째도 그러더니 세 번째는 꿀꺽 단숨에 마셔버렸소. 그러고는 어디서 왔느냐는 둥 사연을 묻기에 빚과 가난에 몰려 도망치는 중이라고 대답하자 아마드는 5디나르를 주었소. 부하들에게도 후하게 대접하라고 명령하더군요. 그러자 부하들도 1디나르씩을 주었소. 아마드는 바그다드에 있는 동안 매번 이 정도의 돈을 주었고, 돈에 맛이 들어 가끔 찾아가 과분한 신세를 지게 되었고, 어느새 1,000디나르나 되는 돈이 모였소. 그래서 이집트로 돌아가기로 하고 작별 인사를 하러 갔더니 아마드는 암탕나귀 한 마리와 100디나르를 주면서 카이로의 도둑 알리에게 편지를 전해달라고 부탁하더군요. 카이로에 돌아와 빚도 갚고 다시 물장사를 시작했지만 도둑 귀신 알리를 찾을 수가 있어야지요? 그래서 아직도 편지를 전하지 못하고 있다오."

알리는 자신이 바로 그 도둑 알리라고 신분을 밝히고 아마드의 편지를 받아 펼쳤다. 거기에는 예전의 두목 아마드가 이제는 칼리프를 섬기는 경비대장이 되었다는 소식과 함께 바그다드로 와달라는 내용이 적혀 있었다. 알리는 물장수에게 10디나르를 주고 숙소로 돌아와 부하들에게 뒷일을 맡기고, 여행용 겉옷과 터키모자로 차려입고 자루를 집어 들었다. 자루 안에는 이어 맞추면 24척이나 되는 강철 도끼 세트가 들어 있었다. 참모 격인 부하가 "지금 금고가 텅 비어 있는데 어찌 한가롭게 여행을 떠날 수 있느냐"며 볼멘소리를 했지만 알리는 "다마스쿠스에 도착하면 얼마든지 보내주겠다"는 말만 남기고 길을 떠났다.

알리는 바그다드로 향하는 대상을 수소문해보았다. 마침 상인 총감독과 40여 명의 상인이 막 떠나려 한다는 걸 알게 되었다. 이미 다른 상인의 짐은 당나귀 등에 다 실어놓았고 총감독의 짐만 땅바닥에 그대로 널려 있는 상태였다. 시리아인 안내자가 마부들을 향해 짐 싣는 걸 도와달라고 외쳤다. 그러나 아무도 나서기는커녕 상소리를 해가며 안내자를 욕했다. 안내자는 수염도 나지 않은 얼굴에 수려한 용모의 젊은이였다. 알리는 성큼 다가가 인사를 했다. 조수를 두 명 데리고 있었으나 중간에 모두 도망쳤다고 했다. 아레포까지 간다고 하기에 알리는 그를 도와 함께 짐을 날라주었다. 마침내 대상 일행은 여행길에 올랐다.

시리아인 안내자는 알리가 맘에 들었는지 이것저것 시중을 들어주었다. 첫날 밤 잠자리에 들 시각이 되었다. 알리가 자리에 누워 잠이 든 체하자, 그가 다가와 알리 옆에 누웠다. 얼마 후 알리는 가만히 자리에서 일어나 천막 입구에 앉았다. 한밤중에 시리아인은 잠결에 알리를 두 팔로 껴안으려 했다. 그런데 알리는 오간 데 없었다. 알리는 새벽녘이 되어서야 천막 안으로 들어와 시리아인 옆에 누워 잤다. 아침이 되어 시리아인이 눈을 떠보니 옆에 틀림없이 알리가 자고 있는 게 아닌가. 밤중에 어디 갔었느냐고 묻고 싶었으나 알리가 혹시 싫어할까 봐 짐짓 모른 체했다.

일행은 어느새 숲에 당도했다. 숲에는 사자 동굴이 있어서 이곳을 지날 때마다 대상들은 제비로 제물이 될 사람을 뽑아 야수 앞에 던지는 것이 관례였다. 그런데 공교롭게도 총감독이 뽑히고 말았다. 사자는 일행 앞에 버티고 앉아 이제나저제나 먹이를 던져주기를 기다리고 있었다. 총감독은 슬퍼하며 시리아인 안내자에게 죽은 뒤 가족에게 짐을 보내주라고 부탁했다.

머리 좋은 알리는 이 기회를 활용하기로 마음먹었다. 그래서 자기가 사자를 죽이겠다고 제안했다. 총감독은 기뻐하며 만일 알리가 사자를 해치워만 준다면 1,000디나르를 내겠다고 약속했다. 다른 상인들도 모두 약간의 사례를 하겠다고 나섰다.

알리는 겉옷을 벗고 강철제 사슬 갑옷으로 무장한 다음, 자루 안에서 조립식 강철 도끼를 꺼내 나사를 돌려 끼워 맞췄다. 만반의 준비를 마친 뒤 알리는 사자 앞에 나가 고함을 질렀다. 사자가 정면으로 돌진해왔다. 담대하기 짝이 없는 알리는 도끼를 번쩍 쳐들고 힘껏 사자의 미간을 내리쳤다. 사자의 몸뚱어리는 대번에 두 동강 나버렸다.

시리아인 안내자는 알리를 위해서라면 무엇이든 해주겠다고 약속했고, 총감독은 알리를 껴안고 이마에 입을 맞추었다. 그리고 약속대로 1,000디나르를 주었고 다른 상인들도 각각 20디나르씩 내놓았다. 알리는 그 돈을 모두 총감독에게 맡겼다.

다시 길을 떠나 이럭저럭하는 사이에 일행은 '사자의 덤불'이며 '개의 골짜기'에 당도했다. 근처에 잠복해 있던 불한당 바다위족 일당이 별안간 대상을 덮쳤다. 일행은 혼비백산 뿔뿔이 도망쳤고 총감독도 이젠 끝이라며 탄식했다.

그 순간 알리가 방울이 달린 가죽 겉옷을 입고 그 긴 도끼를 꺼내 연결하더니 아라비아 말에 올라탄 채 바다위족 두목을 향해 덤비라고 고함쳤다. 알리가 방울을 흔들자 아라비아 말은 질겁하며 날뛰었고 대번에 알리는 두목의 창을 꺾어 놓고 곧장 적의 목을 한칼에 날려버렸다. 두목이 쓰러지자 부하들이 한꺼번에 알리에게 덤벼들었다. 알리는 "알라호 아크바르!"를 외치며 마구 베어 그들을 쫓아버렸다.

알리가 도둑 두목의 목을 창끝에 꽂아 돌아오자 일행은 아낌없이 알리에게 사례금을 내놓았다. 다시 길을 재촉한 일행은 마침내 목적지인 바그다드에 도착했다.

알리는 총감독에게 맡긴 돈을 찾아 시리아인 안내자에게 주었다.

"카이로로 돌아가거든 내 본거지를 찾아가 이 돈을 부하들에게 전해주시오."

아마드의 거처를 찾아낸 알리,
자이나브에게 속아 옷을 빼앗기다

이튿날 알리는 바그다드 시내로 들어가 아마드의 거처를 찾았다. 그러나 누구 하나 그곳을 말해주려고 하지 않았다. 계속 걷던 알리는 알 나후즈 광장으로 나왔다. 광장에는 많은 아이들이 놀고 있었는데, 그 가운데 아마드 알 라키트라는 '얼간이 아마드'도 끼어 있었다. 이 아이는 다리라의 맏딸의 아들, 그러니까 다리라의 외손자였다.

알리는 아이들에게 물어볼 요량으로 과자를 사들고 다가가서 말을 걸었다. 얼간이 아마드는 다른 애들을 모조리 쫓아버리고 알리 옆으로 다가와 용건을 물었다. 알리는 죽은 아들이 꿈에 과자를 달라고 조르기에 과자를 샀다며 소년에게 과자 하나를 내밀었다. 소년은 과자를 빤히 바라보았다. 그런데 과자에 금화 1디나르가 붙어 있는 게 아닌가.

"어서 꺼져! 난 고자질꾼이 아냐. 다른 놈한테나 가보시지."

소년이 거절하자 알리는 어르고 달래어 간신히 소년을 설득했다.

"먼저 앞서서 뛰어갈 테니까 뒤처지지 않도록 따라와요. 내가 어느 집 대문에 돌을 던지면 그 집인 줄 아세요."

소년이 뛰어가자 알리는 그 뒤를 쫓았다. 어느 집 앞에서 소년은 발가락 사이에 잔돌을 끼워서 문짝을 향해 날렸다. 이 집이 아마드 알 다나흐의 집이라는 신호였다.

집을 알아낸 순간 알리는 금화를 빼앗으려고 소년을 덥석 움켜잡았다. 그러나 어찌나 세게 움켜잡고 안 놓는지 도저히 뺏을 수가 없었다.

"이제 가라. 그 돈은 상금으로 주마. 보통내기가 아니구나. 머리도 좋고 배짱도 이만저만 두둑한 게 아냐. 알라의 뜻으로 만일 칼리프께서 나를 두목으로 삼게 되면 너를 부하로 써주마."

알리 자이바크는 대문을 쾅쾅 두드렸다. 아마드는 알리가 온 걸 직감했다. 알리가 아마드에게 허리를 굽혀 인사하자 아마드는 알리를 껴안으며 맞았다. 40명의 부하들도 모두 인사했다. 아마드는 알리에게 어의를 입혀주었다.

"칼리프께서 나를 경비대장에 임명했을 때 부하들에게도 어의를 하사하셨는데 널 위해 이 한 벌을 간직해두었지."

알리에 대한 아마드의 관심과 사랑은 각별했다. 그래서 축하연을 베풀고 이튿날 아침 아마드는 알리에게 각별히 주의를 당부했다.

"만일을 생각해서 말인데, 바그다드 시내를 돌아다니지 말고 이 숙소에 가만히 엎드려 있어야겠다."

알리는 구경도 하고 바람도 쐬고 싶었다. 모처럼 왔는데 틀어박혀 있으라니 불만이 아닐 수 없었다.

"바그다드는 카이로와 달라. 칼리프께서 계시는 곳이야. 온갖 도둑, 사기꾼, 망나니 들이 얼마나 득실거리는지 몰라."

그런데 사흘이 지나도 아마드는 칼리프를 알현하지 못했다. 알리를 정식으로 발령받도록 하고 봉록도 정해주고 싶었는데 그럴 수가 없어 여간 미안하지 않았다.

어느 날, 알리는 숙소에만 틀어박혀 있는 게 갑갑해서 견딜 수가 없었다. 그래서 바람이라도 쐴 요량으로 시내로 나왔다. 이리저리 배회하다가 중앙시장에서 점심을 먹은 후 손을 씻고 밖으로 나오는데 다리라 일행과 마주쳤다.

40명의 노예들은 각기 펠트 모자를 쓰고 강철 단검을 차고 두 줄로 행진하고 있었다. 행렬 맨 끝에는 다리라가 암탕나귀를 타고서 윤이 나는 강철 구슬이 달린 금박 투구를 쓰고 사슬 갑옷을 입고 지나갔다. 다리라는 알현실에 나갔다가 막 여관으로 돌아오는 길이었다.

그런데 다리라는 문득 알리에게 눈길이 갔다. 자세히 보니 키며 풍채며 아마드를 빼다박은 것처럼 닮은 게 아닌가. 게다가 바둑무늬 모직 천 겉옷을 걸치고 허리에는 강철제 단검과 연장을 찬 알리의 두 눈에는 늠름한 기상이 넘쳐흘러 한층 더 돋보였다.

다리라는 집에 돌아오자마자 모래 점을 쳐보았다. 그 낯선 젊은이는 바로 유명한 카이로의 알리였고, 그의 운세는 자기나 딸보다 더 강했다. 다리라는 딸에게 말했다.

"실은 말이다. 오늘 아마드를 닮은 젊은이를 만났어. 우리가 아마드와 그 부하들에게 한 짓을 알게 되면 가만 안 있을걸. 당장 이 여관으로 달려와 한바탕 난리를 칠지 몰라. 그러니 조심해라. 그 작자는 아마드 숙소에 머물고 있을 거야."

자이나브는 알리에게 호기심도 생기고, 또 선수를 쳐보고 싶었다. 그래서 나들이옷을 입고 거리로 나섰다. 자이나브를 본 남자들은 애를 태우며 지분거렸다. 자이나브는 건성으로 약속도 하고 맹세도 하고 그럴싸하게 귀를 기울이는 척 애교를 떨면서 시장 이곳저곳을 기웃거렸다. 마침내 알리가 다가오는 걸 본 자이나브는 일부러 어깨를 부딪치고는 슬쩍 돌아보며 수작을 걸었다.

"훌륭한 분! 장수를 빌겠어요."

알리도 마음이 동해 말을 걸어왔다.

"당신은 정말 아름답군요, 대관절 어느 댁의 누구십니까?"

자이나브는 술술 거짓말을 늘어놓았다.

"저는 유부녀예요. 상인의 딸이고 상인의 아내죠. 이제까지 한 번도 외출해본 적이 없어요. 오늘 처음으로 외출을 나온 건 같이 식사할 상대를 찾기 위해서예요. 그런데 문득 당신을 보니 가슴이 약간 들뜨지 않겠어요? 제발 저와 함께 식사를 하면서 제 마음을 위로해주세요."

여자의 유혹에 넘어간 알리는 여자 뒤를 성큼성큼 따라갔다. 그런데 도중에 문득 알리는 "타국에서 여자를 사는 자는 실망을 안고 고국으로 돌려보내진다"는 알라의 말씀을 떠올렸다.

알리는 뭔가 거절할 구실을 찾아보았다. 그래서 여자에게 돈을 주면서 오늘은 사정이 있어 못 가겠으니 다음 날로 미루자고 말했다. 그러나 여자는 막무가내로 우겼고 할 수 없이 알리는 뒤따라 갈 수밖에 없었다.

마침내 큰 문이 달린 집 앞에 당도했다. 문에는 나무 빗장이 걸려 있었다. 여자는 열쇠를 잃어버렸으니 빗장을 빼달라고 말했다.

"그건 악당이나 하는 짓이오. 그런 짓을 하다간 벌을 받게 될 거요. 난 열쇠 없이 문 여는 방법을 모르오."

알리가 거절하자 여자는 베일을 쳐들어 얼굴을 드러냈다. 여자의 고혹적인 눈초리를 본 순간 알리는 한숨을 내쉬었다. 여자는 베일을 빗장 위에 펼치고 모세 어머니 이름을 반복해 불렀다. 그러자 거짓말처럼 빗장이 저절로 열렸다.

두 사람은 집 안으로 들어갔다. 벽에는 칼과 강철 무기가 걸려 있었다. 사실 이 집은 총독의 집이었다. 그것도 모르고 알리는 여자가 이끄는 대로 들어가 함께 앉았다. 알리가 여자 위로 몸을 숙이고 볼에 입을 맞추려 하자 여자는 손바닥으로 막으며 그런 짓은 밤에나 하자며 거절했다. 술과 안주를 다 먹고 마신 다음 여자는 우물에 가서 물을 길어다 알리의 손에 부어주며 씻게 해주었다.

이럭저럭 쉬고 있는데 갑자기 여자가 자기 가슴을 치더니 큰소리로 울부짖었다.

"남편이 사준 500디나르짜리 홍옥 도장 반지를 잃어버렸어요. 아까 물을 긷느라고 두레박을 우물 속에 넣었을 때 물속에 빠졌나 봐요. 잠깐 대문 쪽에 서서 망을 봐주시겠어요? 옷을 벗고 우물 속에 들어가서 찾아봐야겠어요."

명색이 남자인데 여자가 옷을 벗고 우물에 들어가는 걸 가만히 두고 볼 수는 없었다. 내게 맡기라며 알리는 옷을 벗고 밧줄로 몸을 감고 우물 속으로 내려갔다. 그런데 줄이 짧아 밧줄을 풀고 내려갔는데 우물에 물이 가득 고인 탓에 알리는 풍덩 하고 물 속에 빠지고 말았다. 그사이에 자이나브는 알리의 옷을 훔쳐 도망쳐버렸다.

자이나브는 집으로 돌아가 어머니에게 알리를 골탕 먹인 자랑을 늘어놓았다.

한편 알리가 우물에 빠져 허우적대는 사이에, 집주인인 하산 총독이 돌아왔다. 대문이 활짝 열려 있기에 마부에게 물어보니 분명 빗장을 잠갔다고 말하는 게 아닌가. 틀림없이 도둑이 들었다고 생각한 총독은 집 안을 샅샅이 살폈으나 도둑의 흔적을 찾을 수가 없었다. 목욕이나 해야겠다고 생각한 총독은 마부에게 물을 떠오라고 분부했다. 마부가 우물에 두레박을 던져 끌어올리는데 두레박이 너무 무거웠다.

그래서 안을 들여다보니 뭔가가 들어 있지 않은가. 기겁을 한 마부는 두레박을 내던지고 총독에게 달려와 마신이 나타났다고 소리쳤다. 총독은 율법학자들을 불렀다. 학자들은 우물 주위에 앉아 주문을 외면서 마신을 쫓는 의식을 올린 다음 두레박을 우물 속으로 내려보냈다. 알리는 두레박에 죽어라 매달려 우물 가장자리까지 올라오자 몸을 날려 느닷없이 학자들 한복판으로 뛰어나왔다. 사람들은 "마신이다! 마신이다!" 하고 비명과 아우성을 쳤다.

총독은 상대방이 마신이 아닌 젊은 사내임을 알아보고 우물에 들어간 까닭을 물었다. 알리가 순순히 사실을 털어놓자 총독은 겉옷 한 벌을 입혀서 알리를 보내주었다.

요리사로 분장한 알리, 잃어버린 옷을 되찾고 전서 비둘기를 빼앗아 복수하다

알리는 숙소에 돌아가 아마드에게 자초지종을 털어놓았다. 아마드는 그렇게 주의를 주었는데도 듣지 않았다며 알리를 탓했다. 알리 역시 아마드의 충고를 듣지 않은 걸 후회했다. 어쨌든 천하의 도둑이자 카이로의 도둑 귀신이 여자에게 속아 벌거숭이가 되다니, 분통 터지는 일이 아닐 수 없었다. 옆에서 듣고 있던 하산 슈만은 자이나브와 그의 어머니 다리라의 정체를 알려주고, 아마드와 그의 부하들이 당한 사건도 들려주었다.

놀랍게도 알리는 자이나브와 결혼하고 싶으니 좋은 방법을 일러달라고 졸랐다.

"그럼 그 대신 내 부하가 되어주게. 그럼 자네 소원을 이뤄주지."

이렇게 해서 하산과 알리의 작전이 시작되었다.

하산은 가마솥에 송진 같은 걸 넣어 끓인 다음 이것을 알리의 알몸 전체와 입술과 볼에까지 흠뻑 바르고 두 눈에는 빨간 물감을 발라 흑인 노예로 만들었다. 다리라의 여관에서 일하는 흑인 요리사에게 접근하기 위해서였다.

알리는 하산이 일러준 대로 실행에 옮겼다. 노예 옷을 입고 포도주와 구운 고기를 담은 쟁반을 들고, 고기 사러 시장에 온 요리사에게 말을 걸어 굽실거리며 친한 척 접근해서, 술 한잔 하자고 이끌었다. 요리사는 처음에는 바쁜 척하다가 술이 두어 잔 들어가니까 자기가 얼마나 바쁘고 중요한 사람인지를 자랑하고 싶어 이것저것 하는 일들을 늘어놓았다. 요리사는 알리가 꼬치꼬치 캐묻는 대로 다 털어놓았다. 음식은 몇 사람분을 만들며, 그 내용은 무엇인지, 심지어 개 먹이는 뭐라는 것까지 다 들었는데, 그만 부엌과 고기 창고 열쇠가 어디 있는지 물어보는 걸 깜박 잊고 말았다.

알리는 작전대로 요리사에게 마약을 먹이고 그의 옷을 뺏어 입고 바구니를 들고 시장에 가서 고기와 채소를 사갖고 대상들의 숙소인 여관으로 들어왔다.

출입을 감시하는 노예들은 아무런 의심도 없이 그를 통과시켰으나 다리라는 뭔가 낌새를 채고 알리를 불러세웠다.

"물러서라! 도둑의 두목! 날 속일 셈이냐?"

알리는 노예의 말투를 흉내 내며 딴청을 부렸다.

"네? 관리인 양반, 뭐라고요?"

다리라는 악착같이 추궁했다.

"우리 집 요리사를 어떻게 했어? 죽였느냐? 아니면 약을 먹였느냐?"

알리는 교묘하게 추궁을 피해갔다.

"어느 요리사 말입니까요? 저 외에 또 다른 요리사가 있었나요?"

다리라는 마침내 정곡을 찔렀다.

"거짓말 마라. 너는 카이로의 도둑 귀신 알리지?"

"도대체 카이로인이라는 족속은 검습니까, 아니면 흽니까? 이제 정나미가 떨어져서 더 이상 당신 밑에서 일하기가 싫군요. 그만두겠습니다."

알리가 돌아서자 다른 노예들이 일제히 참견하여 "우리의 진짜 요리사 사즈라가 맞다"며 거들고 나섰다.

그래도 다리라는 끝내 알리임을 믿어 의심치 않았다. 아무리 알리가 별별 말로 시치미를 떼고 둘러대도 소용이 없었다. 다리라는 끝내 검사용 고약을 가지고 왔다. 혹시나 검둥이로 염색한 것은 아닐까 의심하여 검사하려는 심산이었다. 다리라는 고약을 알리의 두 팔에 바르고 문질렀다. 그러나 좀처럼 검은색은 벗겨지지 않았다.

노예들은 이구동성으로 그것 봐라 하며 알리를 더욱 두둔하였다. 하지만 다리라는 의심을 거두지 않았다. 어제 주문한 요리는 무엇인지, 매일 몇 접시의 음식을 만드는지 등등을 물었고, 알리는 하나하나 거침없이 대답했다.

"나는 날마다 아침저녁으로 다섯 접시씩을 만들고 있소. 렌즈콩에 쌀에 고깃국에 스튜 그리고 장미 셔벗을 말이오. 어젯밤에는 그밖에도 두 접시의 주문이 있었지요, 꿀과 사프란으로 요리한 쌀밥과 석류씨 요리."

"맞았어!"

다리라는 마지막으로 덧붙였다.

"통과시켜. 그 작자가 정말 부엌과 고기 창고를 알고 있다면 진짜 너희들의 형제지만, 그렇지 않으면 죽여버려."

요리사에게 미처 부엌과 고기 창고의 위치를 물어보지 못한 것이 후회막심이었다.

그런데 마침 요리사는 고양이를 한 마리 기르고 있었다. 고양이는 그가 부엌에 들어갈 때마다 문간에서 기다리고 있다가 그의 어깨에 뛰어오르곤 했다. 알리는 어느 문간 앞에 앉아 있는 고양이를 보고 그리로 들어갔다. 고양이가 뛰어오르자 고양이를 내던졌다. 고양이는 먼저 부엌으로 뛰어가 거기 가만히 기다리고 있었다. 알리는 그곳이 부엌 입구임을 알아차리고 열쇠 꾸러미를 꺼냈다. 열쇠 꾸러미 가운데는 깃털 자국이 난 열쇠가 있었다. 아마도 그것이 부엌 열쇠인 듯싶었다. 그래서 그 열쇠로 문을 열었다.

부엌에다 짐을 내려놓고 이번엔 고기 창고로 가기 위해 부엌을 나섰다. 그러자 고양이가 앞장서서 뛰어가 다른 입구 앞에 섰다. 알리는 그곳이 고기 창고임을 알아차리고 기름이 묻은 열쇠를 찾아 문을 열었다.

노예들은 알리가 진짜 사즈라가 틀림없다고 확신했다. 그러나 다리라는 여전히 의심의 눈초리를 거두지 않았다.

"고양이한테 방의 소재를 알아냈고 열쇠도 짐작으로 알아챘을 거야. 아무리 교활해도 날 속일 수는 없고말고."

어쨌든 다른 노예들이 두둔해준 덕분에 알리는 무사히 아침 준비를 마치고, 요리사가 말한 대로 맨 먼저 자이나브의 밥상을 들고 이층으로 올라갔다. 방 안에는 도둑맞은 자기 옷이 모두 걸려 있었다. 다음엔 다리라와 노예들에게 밥상을 갖다 주었다. 물론 계획대로 모든 음식에는 마취약을 섞어넣었다. 원래 이 여관은 일몰과 함께 모든 문을 닫는 게 일과였다. 알리는 밖에 대고 큰소리로 외쳤다.

"손님 여러분! 파수꾼도 세웠고 개도 풀어놓았으니 이제부터 밖에 나갔다 사고를 내도 나는 책임지지 않겠소!"

알리가 개들에게 늦은 저녁밥을 주면서 그 안에 독을 넣었기 때문에 대번에 모두 죽고 말았다. 또한 노예들과 다리라와 자이나브 역시 벌써 마약에 취해 인사불성이 되어 있었다. 알리는 이층 자이나브의 방에서 옷과 전서 비둘기를 모두 훔쳐내 아마드의 숙소로 돌아왔다.

하산은 알리의 수완을 칭찬하고 풀잎을 삶은 물에 몸을 씻어주었다. 그러자 알리의 피부는 본래대로 새하얘졌다. 알리는 마약 해독제로 요리사를 깨웠다. 눈을 뜬 요리사는 일어나 서둘러 여관으로 돌아갔다.

외출했던 손님들이 여관으로 돌아와 보니 모두 마약에 취해 쓰러져 있었다. 다리라의 머리맡에 놓인 마취 중화제인 당근 해면을 코에 대자 다리라가 깨어났다. 목 위에 놓인 두루마리에는 이집트의 알리가 저질렀다고 써 있었다. 다리라는 마취에서 깨어난 자이나브에게 이렇게 말했다.

"내가 몇 번씩 말했지? 알리는 복수를 단념할 인간이 아니라고. 너한테 당했기 때문에 복수를 한 거지만, 더 심한 복수도 할 수 있었는데도 하지 않았어. 그건 그가 의리가 있는 사람이기 때문이야. 또 우리와 친해지고 싶은 생각도 있는 게야."

다리라는 남장을 벗어버리고 여자의 옷으로 갈아입은 다음, 화해의 뜻을 표시한 머리띠를 하고서 아마드의 숙소로 향했다.

한편 하산 슈만은 문지기에게 40마리 비둘기 대금을 주고 알리가 가져온 전서 비둘기를 모두 사도록 했다. 문지기는 그 비둘기로 요리를 만들었다.

그런데 얼마 후 문 두드리는 소리가 들리더니 다리라가 문 앞에 모습을 나타냈다. 문지기는 다리라를 안으로 들여보내 주었다.

다리라는 하산을 보자 우선 사과부터 했다. 그리고 전서 비둘기를 돌려받고 싶다는 뜻을 전했다. 하산은 전서 비둘기인 줄 모르고 문지기에게 요리하라고 시켰다고 말했다. 문지기가 비둘기 고기를 가지고 들어왔다. 다리라는 고기를 한 점 뜯어 맛을 보았다.

"이건 전서 비둘기 고기가 아니야. 전서 비둘기는 사향 꽈리 열매를 먹여 기르기 때문에 그 냄새가 스며들어 있어야 하는데, 이건 그렇지 않거든."

그때에야 하산 슈만이 끼어들었다.

"당신이 정녕 비둘기를 원한다면 알리와 타협해보시오. 알리는 당신의 딸 자이나브와 결혼하고 싶어 하니까."

다리라는 딸의 생각을 물어본 다음에 알려주겠다고 대답했다.

하산은 알리에게 전서 비둘기를 다리라에게 돌려주라고 말했다. 알리가 비둘기를 돌려주자 다리라는 기뻐 어쩔 줄을 몰랐다. 하산은 다리라에게 대답이 탐탁치 않으면 좋지 못한 일이 생길 거라고 은근히 협박했다.

"진정으로 내 딸년과 결혼할 마음이 있다면, 딸애의 후견인이자 외숙부인 즈라이크 영감에게 부탁하는 게 나을걸. 생선 한 근을 단돈 두 푼에 파는 인심 후한 영감이기도 하지만, 가게 앞에 2,000디나르가 들어 있는 돈주머니를 매달아두기도 하는 한량이거든."

이 말을 듣자마자 부하들은 와글와글 떠들어댔다.

"이 협잡꾼 노파가 무슨 소리를 하는 거야? 네년이 우리 형제 '카이로의 알리'를 없애려고 흉계를 부리는 수작이지?"

다리라는 이들을 뒤로한 채 집으로 돌아와 딸에게 알리의 청혼 소식을 전했다. 자이나브는 속으로 은근히 기뻤다. 알리를 마음에 들어하고 있었기 때문이었다. 그러나 다리라는 은근히 속으로 고소해하며 이렇게 덧붙였다.

"난 네 외숙부의 허락이 없으면 안 된다는 조건을 붙였다. 그 영감의 허락을 얻으려면 아마 알리란 녀석 몸깨나 망치고 말걸."

즈라이크 영감의 돈주머니 훔치기에 도전한 알리, 칠전팔기 끝에 성공하다

동료들은 즈라이크 영감에 대해 구구절절이 얘기하며 알리의 무모한 도전을 한사코 말렸다.

"그 영감은 알 이라크의 사기꾼 두목으로, 산을 꿰뚫고 별을 움켜잡는 짓도 능히 해낼 작자라니까요. 곧잘 남의 눈에서 코르 분까지 훔쳐내는 위인으로, 한마디로 천하에 보기 드문 대도예요. 지금은 죄를 뉘우치고 도둑질에서 손을 뗀 뒤 생선 가게를 차려 2,000디나르나 모았다는군요. 그 영감은 그 돈을 비단 끈이 달린 돈주머니에 넣고, 끈에다 놋쇠 방울이 달린 고리와 종을 매달아 달그락거리도록 끈을 출입문 안쪽 못에다 걸어두었지 뭡니까. 그리고 가게 문을 열 때마다 이렇게 외친다는 거예요. '이집트의 사기꾼들아, 알 이라크의 도둑놈들아, 아자미 나라의 협잡꾼들아, 생선 가게 주인 스라이크가 가게 앞에다 돈주머니를 매달아놓았다. 최고라고 생각하는 놈들은 와서 재주껏 훔쳐가라. 선선히 내줄 테니.' 그래서 손재주깨나 있다는 놈들이 죄다 몰려와 훔치려고 했지만 어림 반 푼어치도 없었어요. 제아무리 난다 하는 도둑들도 두 손 들었대요. 왜냐하면 생선을 튀기거나 불 상태를 살필 때조차 영감은 발밑에 보리과자만 한 둥근 납덩이를 여러 개 준비해놓았다가 누군가 돈주머니를 낚아채려고 할 때마다 이 납덩이를 던져 죽이거나 중상을 입히곤 한다는군요. 만약 형님이 그 영감과 상대한다면 누군지도 모르는 남의 장례 행렬에 끼어드는 거나 다름없는 짓이라니까요. 아무리 형님이라도 그 영감 놈을 당해낼 수는 없어요. 어떤 화를 입을지 걱정이네요. 정말이지 형님, 긁어부스럼 만들지 말고 자이나브 같은 나쁜 계집과는 결혼할 생각일랑 접으세요."

이런저런 말로 아무리 동료들이 말려도 알리는 체면 문제라며 고집을 부렸다.

알리는 여자 옷을 입고 헤나 잎사귀로 손을 물들인 다음, 보기 좋게 베일까지 썼다. 그리고 새끼 양을 잡아 긴 창자를 잘라내 깨끗이 씻고 밑쪽을 끈으로 묶은 다음, 새끼 양의 피를 잔뜩 채워갖고 양쪽 넓적다리 사이에 비끄러매곤 그 위에 속옷을 입고 굽이 높은 신을 신었다. 또한 새의 위주머니로 가짜 유방을 만들어 안에 진한 우유를 넣고 허리둘레와 배 위에 솜을 둔 리넨 천을 두르고, 다시 그 위에 풀을 먹인 비단 천을 둘둘 감았다.

이렇게 알리는 감쪽같이 여자로 변장했다. 암사슴 같은 알리의 예쁜 볼에 동료들은 감탄을 금치 못했다.

알리는 당나귀에 올라타고 즈라이크 영감의 가게 앞으로 갔다. 마침 영감은 생선을 튀기고 있었다. 알리는 생선 튀기는 냄새가 역겨워 죽겠다면서 당나귀 몰이꾼더러 생선 한 토막을 사다달라고 부탁했다. 당나귀 몰이꾼은 영감에게 말했다.

"내가 태우고 온 분은 하산 총독의 부인 마님인데, 지금 홀몸이 아냐. 아침부터 생선을 튀기고 있으니 아이 밴 여자가 비위가 뒤집힌다지 않소? 냄새가 역겨워 죽겠으니 빨리 생선 한 토막만 주쇼."

영감은 생선 한 마리를 들고 튀기려고 했으나 공교롭게도 불이 꺼졌으므로 불을 지피기 위해 집 안으로 들어갔다. 알리는 당나귀에서 내려 땅바닥에 쭈그려 앉아 새끼 양의 창자를 힘껏 눌렀다. 창자가 터지면서 다리 사이에서 피가 뚝뚝 흘렀다. 알리는 비명을 질렀다.

"아유, 배가! 유산이야."

마부가 돌아보니 피가 뚝뚝 흘렀다. 때마침 즈라이크 영감도 피를 보자 겁이 나서 집 안으로 뛰어 들어갔다. 당나귀 몰이꾼은 소리를 버럭 질렀다.

"즈라이크 이놈! 네놈은 천벌을 받을 거다. 아씨가 유산을 하셨어. 다 네놈 탓이야."

당나귀 몰이꾼이 욕설을 퍼붓고 그 자리를 떠난 뒤에도 즈라이크는 나오지 않았다. 그 틈에 알리는 손을 뻗쳐 돈주머니를 떼어내려고 했다. 하지만 손이 닿는 순간 방울과 종과 고리가 요란하게 울리며 금화마저 짤랑짤랑 소리를 냈다. 이 소리에 영감이 가게 앞으로 뛰어나왔다.

"이놈! 네놈 속임수는 이제 다 드러났다. 여자 옷을 입고 날 속이려고? 이거나 먹어라!"

영감은 납덩이를 들어 휙 던졌으나 다행히 알리를 비껴나가 다른 사람을 맞혔다. 돈주머니 때문에 엉뚱한 사람이 다치거나 죽을 뻔한 위험에 처할지 모르는 상황이었다. 구경꾼들은 일제히 영감에게 욕을 퍼부었다.

"네놈은 장사치냐, 아니면 깡패냐? 장사치면 장사치답게 돈주머니 같은 건 떼어내 남에게 폐를 끼치지 않도록 해!"

영감은 결국 사과하지 않을 수 없었다.

알리는 숙소로 돌아와 하산 슈만과 다시 의논한 다음, 이번엔 신랑옷으로 갈아입고 큰 접시 하나와 은화 5디르함을 들고 가게로 가 익은 고기를 달라고 했다. 스라이크가 오지 냄비에 생선을 넣었으나 공교롭게 불이 꺼져 영감은 불을 지피러 집 안으로 들어갔다. 그 틈에 알리는 돈주머니에 손을 뻗쳤다. 그러나 또다시 방울 소리에 영감이 뛰쳐나왔다.

그런데 이번엔 영감이 던진 납덩이가 생선이 가득 든 오지 냄비 속으로 떨어져 냄비는 산산조각이 나고 기름과 내용물이 지나가던 재판관의 어깨와 가슴에 온통 튀고 말았다. 더구나 기름이 재판관의 옷 속으로 흘러들어가 생식기 있는 데까지 이르렀으므로 재판관은 비명을 지르며 대굴대굴 굴렀다. 재판관 일행과 구경꾼들은 영감에게 일제히 비난의 포문을 열었다. 돈주머니를 당장 떼버리지 않으면 혼을 낼 거라고 으르렁거리자 영감은 연신 굽실거리며 사과하고 당장 떼어버리겠다고 대답했다.

알리에게서 자초지종을 들은 동료들은 영감의 잔꾀를 5분의 1쯤은 깎아내린 셈이라며 좋아했다. 알리는 상인으로 변장하고 뱀을 넣은 부대와 여행 보따리를 짊어진 뱀 놀이꾼에게 가서 숙소의 젊은이들에게 뱀 재주를 보여주면 사례하겠다고 꾀어 집으로 데려왔다. 그리고 음식에 마취약을 섞어 먹인 뒤, 그의 옷을 빼앗아 입고 뱀 놀이꾼으로 가장하고 영감의 가게 앞에서 갈대 피리를 불어댔다. 영감은 저리 가라며 내쫓았다.

"알라께 먹여살려 달라고 해!"

영감이 매정하게 거절하자 알리는 뱀을 꺼내 영감 앞에 던졌다. 뱀을 싫어하는 영감이 혼비백산하여 가게 안으로 도망쳤다. 그 틈에 알리는 뱀을 붙잡아 자루 속에 넣고 얼른 돈주머니 한끝을 움켜쥐었다. 하지만 이번에도 방울 소리에 영감이 뛰쳐나와 납덩이를 던졌다. 납덩이는 말 탄 기병을 모시고 가던 마부의 머리에 맞았고 마부는 땅바닥에 벌렁 쓰러지고 말았다.

"지붕에서 돌이 떨어졌습니다."

사람들이 둘러댄 말을 진짜인 줄 알고 기병은 그대로 가버렸다. 그러나 마부 옆에 납덩이가 눈에 띄자 사람들은 일제히 영감에게 몰려가 돈주머니를 떼라고 윽박질렀다.

이렇듯 알리는 하루 새에 일곱 번이나 온갖 수법을 다 써보았지만 하나같이 허사로 돌아갔다. 영감은 가게 문을 닫으면서 아무래도 돈주머니를 여기 뒀다간 오늘 밤 가게 벽이라도 뚫고 훔쳐갈지 모른다고 겁을 먹고는 돈주머니를 집으로 가지고 갔다.

영감의 아내는 재상 자파르를 섬기다 자유의 몸이 된 여자로 둘 사이엔 압달라라는 어린 아들이 하나 있었다. 영감은 이 아들의 할례식과 결혼식 때 돈주머니에 든 돈을 쓰기로 아내와 약속했다. 영감은 아내에게 돈주머니를 맡기고 이웃집 결혼 잔치에 참석하려 했으나 아내는 피곤해 보이니 한숨 자고 나가라고 남편을 만류했다. 아내의 권고에 따라 영감은 얼핏 잠이 들었다.

알리는 그동안 죽 영감의 뒤를 밟고 있었으므로 영감이 잠든 사이에 돈주머니를 집어 들고 시치미를 떼고서 혼인집 잔치를 구경했다. 영감은 꿈속에서 새 한 마리가 돈주머니를 훔쳐 날아가는 걸 보고 깜짝 놀라 눈을 떴다. 돈주머니를 찾아봤으나 아무 데서도 눈에 띄지 않았다. 영감은 아내에게 욕을 퍼붓다가 문득 하루 종일 돈주머니를 훔치기 위해 자기를 괴롭히던 알리가 범인임을 깨달았다. 아내는 영감에게 돈주머니를 찾아오지 못하면 내쫓아 버리겠다고 호통을 쳤다. 그런데 영감이 잔칫집에 가보니 알리가 서서 구경을 하고 있었다.

영감은 알리가 숙소로 돌아오기 전에 미리 숙소의 담을 넘어 안에 들어가 숨어서 기다렸다. 그리고 알리가 문을 두드리자 하산 슈만의 흉내를 내며 말했다.

"돈주머니를 보기 전에는 문을 열 수 없어. 왜냐하면 두목 아마드와 내기를 했거든."

영감이 옆문 틈으로 손을 내밀자 알리는 돈주머니를 그 손 위에 올려놓았다. 영감은 받은 즉시 담을 넘어 도망쳐버렸다.

한참을 문 밖에서 기다려도 문을 열어주지 않자 화가 난 알리는 더욱 세게 문을 두드렸다. 그 바람에 모두들 깨어 일어나 문을 열어주었다.

하산 슈만은 돈주머니는 어떻게 됐느냐고 물었다. 아까 받지 않았느냐고 하자 하산 슈만은 어안이 벙벙했다. 알리는 영감에게 속았음을 알고 즉시 잔칫집으로 달려갔다. 영감이 거기 있는 걸 확인한 알리는 이번엔 영감네 뒷담을 넘어 방 안으로 들어가 영감의 잠든 아내를 마취약으로 혼절시켜 구석으로 숨긴 뒤 아내의 옷을 입고 아들을 팔에 안았다. 방 안에는 영감이 대제일로부터 소중하게 간직해둔 과자가 든 종려나무 바구니가 보였다. 얼마 뒤 영감이 문을 두들겼다. 알리는 여자의 목소리를 흉내 내어 말했다.

"돈주머니를 먼저 보기 전에는 문을 열어주지 않겠어요."

영감은 바구니를 내려달라고 말했다. 알리가 바구니를 내려주자 영감은 돈주머니를 바구니에 넣었다. 알리는 바구니와 돈주머니 그리고 아들을 데리고 뒷담을 넘어 숙소로 도망쳐왔다.

40명의 동료들과 하산은 알리의 솜씨에 혀를 내둘렀다. 하산 슈만은 아기를 감춘 뒤 문지기에게 새끼 양 한 마리를 주었다. 문지기는 양을 통째로 구워 천으로 싼 후 마치 아기 시신을 싼 것처럼 수의를 걸쳐 뉘어놓았다.

돈주머니와 바구니는 물론 아들까지 없어진 걸 안 영감은 화해의 뜻을 표시한 헝겊을 목에 감고 경비 숙소 문을 두드렸다. 문지기가 문을 열어주자 영감은 풀이 죽은 목소리로 하산에게 제안했다.

"카이로의 알리를 만나 담판하여 내 아이를 돌려받으러 왔소. 그러면 돈주머니는 알리에게 주겠소."

하산 슈만은 시치미를 뚝 떼고 말했다.

"건포도를 먹었는데, 그만 목에 걸려 죽었어. 저기 눕혀둔 게 그 애야."

영감은 눈앞이 캄캄했다. 그런데 가까이 다가가 수의를 들쳐보니 통째로 구운 새끼 양이었다. 영감에게 아이를 돌려주며 하산이 말했다.

"당신은 돈주머니를 매달아놓고 누구든 그걸 훔쳐간 자에게 주겠다고 그랬겠다. 알리가 멋지게 훔쳐냈으니까 이건 '카이로의 알리' 것이다."

영감은 그러겠다고 승낙했으나 알리는 자이나브를 봐서 도로 돌려주었다. 동료들은 영감에게 자이나브와 알리를 짝지을 테니 자이나브를 데려오라고 했다. 그러자 영감은 지참금을 내면 이의가 없다고 했다. 지참금이 얼마냐고 물으니 영감은 뜻밖의 조건을 제시했다.

"자이나브가 제시한 지참금은 다름이 아니오. 유대인 아자리아의 딸 카마르의 옷과 그 소지품 일체를 갖고 오라는 것이오. 그런 사내가 아니면 자기 배에 태우지 않겠다고 맹세했다오."

카마르의 옷 훔치기에 도전한 알리, 세 여자들의 사랑까지 얻다

알리가 오늘 밤 안으로 가져오겠다고 큰소리를 치자 영감은 목숨도 내놓아야 하는 위험한 일이라고 경고했다.

"카마르의 애비인 유대인 아자리아라는 작자는 마신을 자유자재로 다루는 마술사로, 음흉하고 망측하기 짝이 없는 놈이지. 교외에다 성을 짓고 살아. 성은 금벽돌 은벽돌을 번갈아 담을 쌓았는데 그게 안쪽에선 보이지만 바깥쪽에선 보이지 않으니 신기하지. 게다가 성에서 밖으로 나오면 감쪽같이 그 성이 사라져 보이지 않게 된단 말이야. 아자리아는 딸을 위해 보물 창고에서 옷을 꺼냈는데, 그 옷을 금으로 만든 접시에 담아놓고 날마다 성벽의 창문을 열어젖히고 이렇게 떠드는 거야. '카이로의 협잡꾼들아, 알 아리크의 사기꾼들아, 아자미 나라의 도둑놈들아, 다들 어디로 사라졌느냐? 누구든 재주껏 이 옷을 훔쳐내는 놈에게 이 옷을 주겠다' 고 말이야. 재주깨나 있다는 사내라면 죄다 사생결단으로 덤벼들었지만 모두 실패했지. 아자리아는 일단 도전했다가 실패하는 녀석을 가만두는 법이 없지. 마법의 힘으로 원숭이나 당나귀로 둔갑시켜버리고 만단 말이야."

알리는 반드시 그 옷을 훔쳐내서 결혼식 날 자이나브에게 입히겠다고 다짐하며 유대인 가게로 향했다.

유대인은 저울과 돌추, 금은과 서랍 달린 궤짝을 주위에 늘어놓고 앉아 있었다. 이윽고 해가 저물자 그는 가게를 닫고, 금은을 돈주머니에 넣어 다시 안장 주머니에 넣은 다음 그걸 암탕나귀에 싣고 교외로 나왔다. 알리가 미행하는 걸 모르는 모양인지 그는 돈지갑에서 먼지 부스러기를 꺼내 주문을 중얼거리며 공중에 뿌렸다. 그러자 난데없이 세상에서 유례가 없는 굉장한 성이 나타났다. 그가 계단을 올라간 뒤 암탕나귀는 갑자기 모습을 감춰버렸다.

유대인은 성안으로 들어가 격자창을 열고 황금 지팡이로 받쳐놓았다. 그리고 창가에 큼직한 황금쟁반을 황금 줄로 매달고, 그 위에 옷을 걸쳐놓았다. 알리는 숨어서 이 모든 것들을 보고 있었다. 유대인이 큰소리로 외치는 소리가 들렸다. 즈라이크 영감이 말한 대로 "누구든 재주껏 이 옷을 훔쳐가라"고 외치는 소리였다.

얼마 후 유대인은 주문을 외어 음식을 먹고 술을 마시더니 취해버렸다.

알리는 이때다 하고 단도를 움켜쥐고 유대인 등 뒤로 다가섰다. 유대인은 느닷없이 뒤돌아보면서 "칼을 든 채 꼼짝 마라"고 주문을 외었다. 그 순간 알리의 오른쪽 팔은 단도를 움켜쥔 채 꼼짝도 못했고 오른쪽 발도 마찬가지여서 결국 한 발로 서 있는 꼴이 되고 말았다. 유대인이 재빨리 모래 점을 쳐보니 '카이로의 도둑 귀신 알리'라는 점괘가 나왔다.

알리는 아자리아에게 자초지종을 들려주었다.

"그러니 목숨이 아깝다면 순순히 그 옷을 주고 이슬람교도가 되시오."

아자리아는 코웃음을 쳤다.

"그 전에 네 목이 달아날걸! 저쪽에서 옷을 빼앗아오라는 조건을 내건 것은 널 없애려는 수작이야, 실은 네놈의 운수가 나보다 좋다고 점괘에 나와 있더라고. 안 그랬으면 벌써 네 목을 쳤을 거야."

그래도 알리는 계속 똑같은 말을 되풀이했다.

"난 반드시 그 옷을 차지하고 널 참된 이슬람교도로 만들고 말 거야!"

그러자 유대인은 컵에 물을 담고 주문을 외고 나서 그 물을 알리에게 끼얹었다. 당장에 알리는 당나귀로 변해버렸다. 알리 주위에 동그라미를 그리자 동그라미는 곧장 벽으로 변해 알리를 그 속에 가두었다.

아침이 되자 유대인은 황금 쟁반, 옷, 지팡이와 부적을 벽장에 넣고 자물쇠로 잠근 다음 당나귀로 변한 알리의 등에 짐을 싣고 성 밖으로 나갔다. 성은 순식간에 시야에서 사라졌다. 바그다드 시내의 가게에 당도하자 아자리아는 알리를 출입구 옆에 묶었다.

얼마 뒤 한 상인이 다가왔다.

"물장수를 해서 입에 풀칠이라도 해야겠습니다. 그런데 가진 것이라곤 아내의 반지뿐입니다. 이걸 드릴 테니 당나귀 한 마리를 살 만한 돈으로 바꿔주실 수 없겠어요?"

유대인은 반지 값으로 당나귀로 변한 알리를 넘겨주었다. 알리는 앞으로 꼼짝없이 하루에도 몇 번씩 등에다 무거운 물 부대를 짊어지고 다녀야 할 판이었다. 그렇게 되면 몸은 엉망진창으로 녹초가 되고 말 터였다. 알리는 한 가지 꾀를 냈다. 물장수 아내가 여물을 가지고 다가오자 머리로 여자를 받아 쓰러뜨리고는 여자 위로 덤벼들어 입으로 여자의 이마를 핥으면서 연장을 벌떡 드러냈다. 여자가 비명을 지르자 이웃이 달려와 당나귀를 때리고 여자로부터 떼어놓았다. 아내에게 이 사실을 듣게 된 남편은 화를 벌컥 내고 한달음에 유대인에게 달려가 망측한 짓을 한 당나귀를 물리고 돈을 받아가버렸다.

유대인은 알리가 일부러 못된 짓을 한 걸 알아챘다. 그래서 성에 데리고 들어간 다음 알리를 다시 인간의 모습으로 돌려주고는 포기하라고 타일렀다.

"이봐, 알리. 네게 해로운 소리는 안 해. 이번 일로 충분히 혼이 났을 거야. 그러니까 앞으로는 욕심을 부리지 마. 자이나브와 결혼할 생각만 버리면 내 딸애 옷을 훔치지 않아도 될 거 아냐? 그러니까 앞으론 욕심 부리지 말란 말이야. 안 그러면 이번엔 곰이나 원숭이로 바꾸거나 아니면 마신에게 시켜 네놈을 카프 산 저쪽에다 버리게 할 테야."

그러나 알리는 한 치도 물러서지 않고 여전히 고집을 부렸다. 아자리아는 이번엔 알리를 곰으로 둔갑시켜 몸에 고리를 두르고 입에 재갈을 물린 다음 쇠 말뚝에 쇠사슬로 매어놓았다. 다음 날 알리가 가게 앞에 묶여 있는데, 또 다른 상인이 오더니 자기 아내가 병이 들었는데 곰고기를 먹고 기름을 몸에 바르면 좋다고 하니 곰을 팔라고 했다. 유대인은 좋아하며 당장에 알리를 팔았다. 상인은 푸줏간 주인을 데리고 집으로 왔다. 푸줏간 주인은 식칼을 갈아서는 곰을 죽이려고 다가왔다. 그러자 곰은 휙 상대의 손에서 빠져나와 하늘 높이 날아오르더니 구름 사이로 모습을 감추었다. 계속 날고 날아 곰은 마침내 유대인 성에 내렸다.

여기에는 곡절이 있었다. 유대인은 알리를 팔고 나서 집으로 돌아가 알리의 소식을 묻는 딸 카마르에게 자초지종을 알려주었다. 딸이 말했다.

"아버지, 마신을 불러 물어보세요. 저 젊은이가 진짜 알리인지 아니면 다른 사내가 아버님을 곯려주려는 건지요."

아자리아가 주문을 외어 마신을 불러내 물어보았다.

"틀림없이 카이로의 알리입니다. 푸줏간 주인이 발을 묶어놓고, 죽이려고 식칼을 갈고 있습니다."

유대인은 마신에게 당장 날아가 알리를 납치해오라고 했다. 마신이 알리를 납치해 성으로 데려와 유대인 앞에 내려놓았다. 유대인은 주문을 외어 알리를 다시 원래 모습으로 바꾸었다. 카마르는 첫눈에 알리에게 반하고 말았다. 남자답고 잘생긴 알리의 용모에 자기도 모르게 마음이 설렌 것이다. 그래서 카마르 역시 알리에게 포기하라고 권하며 설득했다. 그러나 알리는 요지부동이었다. 유대인이 끼어들었다.

"그것 봐라. 내가 뭐라 하든? 불쌍하게도 이놈은 스스로 무덤을 파고 있다니까."

아자리아는 이번엔 알리를 개로 바꾸어버렸다.

다음 날 아침 알리는 유대인을 따라 시내로 들어왔다. 그런데 알리가 지날 때마다 개란 개는 모두 짖어댔다. 고물상 앞에 이르자 주인이 가게에서 나와 다른 개들을 쫓아주었다. 알리는 고마운 마음에 그 주인 앞에 쭈그리고 앉았다.

한편 유대인은 아무리 여기저기 알리를 찾아봐도 보이지 않았으므로 그냥 가버렸다.

고물상 주인은 가게 문을 닫고 개를 데리고 집으로 돌아왔다. 그런데 딸이 개를 보더니 얼굴을 가리며 말했다.

"아버지. 왜 생전 처음 보는 남자를 집에 데리고 들어오세요? 이것은 개가 아니에요. 카이로인 알리예요. 유대인 아자리아가 마법을 건 거예요."

딸은 아버지에게 알리의 사연을 들려주었다. 그리고 자신의 힘으로 개의 마법을 풀어줄 수 있다고 말했다.

"이분이 나와 결혼해준다면 풀어드리겠어요."

그 말에 알리가 고개를 끄덕여주었다.

딸은 물 잔에 물을 따라 주문을 외고 알리의 몸에 뿌리려 했다.

그 순간 째지는 듯한 비명소리가 들렸다. 부친의 시녀가 달려들었다. 이 시녀는 원래 유대인 아자리아의 시녀로 있었을 때 몰래 그의 마술을 빼놓지 않고 배웠고, 또 그의 책을 탐독하여 끝내 밀교의 요술 비법을 터득한 여자였다. 아자리아가 동침을 요구했을 때, 시녀는 이슬람교도가 아니면 안 된다고 저항했고 이 때문에 노예시장에 끌려나갔다가 고물상 주인에게 팔려온 것이다. 그 뒤 시녀는 딸에게 마술을 가르쳐주면서 한 가지 맹세를 약속했다. 시녀는 딸에게 그 약속의 다짐을 환기시켰다.

"아가씨, 저하고 하신 약속을 잊어버리진 않으셨겠죠? 모든 걸 저하고 의논하기 전에는 아무것도 하지 않을 것이라는 것, 그리고 아가씨와 결혼하는 분은 저하고도 결혼하여 하룻밤은 저와 지내고 다음 날 밤은 아가씨와 지내기로 약속하지 않으셨나요?"

딸은 시녀와의 약속을 인정하고 알리도 그 약속을 받아들이기로 했다.

시녀가 주문을 외고 물을 끼얹자 알리는 인간의 본모습으로 돌아왔다. 알리는 주인에게 마술에 걸린 사연을 털어놓았다. 자이나브와 결혼하기 위해 무모한 모험을 계속하는 알리를 주인은 이해할 수 없었다.

"내 딸애와 시녀만으로는 마음에 차지 않소?"

"무슨 일이 있어도 자이나브를 아내로 만들고 말 겁니다."

그때 마침 문 두드리는 소리가 들렸다. 아자리아의 딸 카마르였다.

"알라 외에 신 없고 무함마드는 신의 사도임을 증명합니다."

카마르는 이렇게 우선 이슬람교에 귀의하고 나서 알리에게 물었다.

"이슬람교의 신앙에 따라 나는 이 몸을 당신에게 드리겠어요. 지참금으로는 저의 옷을 비롯하여 황금 지팡이, 황금 사슬, 황금 접시 등도 모두 드리겠어요. 그리고 당신의 원수이며 알라의 적인 부친의 목도 가져왔어요."

그리고 카마르는 아자리아의 목을 알리 앞에 내던졌다. 알리가 개로 둔갑한 날 밤 카마르는 꿈에 이슬람교도가 되라는 계시를 받고 이튿날 아버지에게 개종을 설득했으나 끝내 아버지가 거절하자 마취약을 먹여 죽인 것이다.

알리는 내일 칼리프의 알현실에서 모두 함께 만나기로 약속하고 받은 물건을 들고 의기양양하게 경비 숙소로 향했다.

네 명의 아버를 얻은 알리,
경호대장이 되어 칼리프의 총애를 받다

알리는 돌아오는 길에 과자 장수를 만났다. 과자 하나를 먹어보라기에 알리는 아무 생각 없이 하나를 집어 먹었다. 알리는 그대로 실신하여 쓰러지고 말았다. 과자 안에는 마취약이 들어 있었다. 과자 장수는 쓰러진 알리를 내버려둔 채 옷과 황금 접시, 그 밖의 물건들만 빼앗아 과자 궤짝에 넣고 도망쳐버렸다.

얼마 후 과자 장수는 재판관 한 사람을 만났다.

"이봐, 과자 장수! 이리 오게."

재판관은 설탕 과자를 달라고 했다. 그리고 몇 개를 집어 들고 한참 살펴보더니 말했다.

"이건 모두 진짜가 아니군."

재판관은 자기 호주머니에서 과자를 꺼내 과자 장수에게 내밀었다.

"이 과자 만든 맵시 좀 보라고. 근사하지! 자, 하나를 먹어보고 앞으로 이런 과자를 만들어보게나."

과자를 입에 넣자 과자 장수는 즉시 기절하여 쓰러지고 말았다. 이 과자 속에도 마취제가 들어 있었다. 재판관은 과자 장수를 부대 속에 처넣고, 궤짝을 짊어지고 경비 숙소로 돌아왔다. 재판관은 다름 아닌 하산 슈만이었다.

알리가 며칠이 지나도 돌아오지 않자 아마드의 부탁으로 하산 슈만은 알리의 행방을 수소문해보기 위해 재판관으로 변장하고 나섰다.

과자 장수는 바로 다리라의 외손자이자 큰딸의 아들인 아마드 알 라키트였다. 하산은 분명 이놈이 알리에게 무슨 해를 끼친 게 아닌가 하는 의심이 들어 수면제를 먹인 것이다.

한편 다른 40명의 동료들도 알리의 행방을 찾아 사방팔방으로 거리를 돌아다녔다. 아마드의 부하 한 사람은 구경꾼들이 몰려 떠들고 있는 걸 발견하고 그곳으로 다가갔다. 그런데 알리가 정신을 잃고 쓰러져 누워 있는 게 아닌가.

마취에서 깨어난 알리는 과자 장수에게 모든 걸 다 뺏겼다고 말했다. 하산 슈만은 정신을 잃은 과자 장수를 가리켰다. 알리는 정신이 든 과자 장수에게 죽일 듯 달려들어 단숨에 숨통을 끊어놓으려 했다. 하산이 제지하며 타일렀다.

"손찌검은 하지 말게. 이 꼬마 녀석은 자네 친척이 될 테니까 말이야."

하산은 알리에게 아마드 알 라키트의 정체를 알려주었다.

"이놈 라키트, 왜 그런 짓을 했어?"

라키트는 협잡꾼 다리라와 즈라이크 영감이 시킨 지시라고 자백하자 알리는 라키트에게 말했다.

"네 할멈과 즈라이크 영감에게 가서 이렇게 말해. 알리는 옷과 유대인의 목도 가지고 왔다고 말이다. 그리고 내일 임금님 알현실에서 만나 자이나브의 지참금을 받아주기 바란다고 전해! 알았지?"

이튿날 아침, 마침내 알리는 아마드와 하산, 부하들 40명과 함께 알현실로 나가 칼리프 앞에 엎드렸다.

칼리프는 알리의 더할 나위 없이 늠름한 모습이 맘에 들었다. 아마드로부터 알리의 모든 걸 전해들은 칼리프는 이마에 넘쳐흐르는 씩씩한 기상 때문에 더욱 알리를 사랑하게 되었다. 알리의 인품은 더할 나위 없이 훌륭했다.

칼리프는 알리의 소원대로 알리를 칼리프 밑에서 일하는 경비대장으로 임명하고 카이로에 있는 알리의 부하 40명도 데려오게 하였다. 그리고 재무관을 불러 궁전 전속 목수에게 1만 디나르를 주고 침실 40개와 큰 거실을 갖춘 알리의 전용 숙소를 짓도록 명했다.

알리는 다리라와 즈라이크 영감과 화해하고 칼리프에게 자이나브와의 결혼을 주선해달라고 부탁했다. 카마르 역시 칼리프에게 다시한 번 신앙고백을 하고 알리와의 결혼에 후견인이 되어달라고 청했다. 칼리프는 이 모든 부탁을 기꺼이 승낙하고 알리와 네 명의 신부와의 혼인 계약서를 작성해주었다. 카이로 부하들 40명과 함께 성대한 축하연이 베풀어졌다.

알리는 숫처녀 네 명과 각기 동침하였다.

그 후 칼리프는 아침저녁으로 알리를 초청하는 등 각별히 총애하였고, 알리가 겪은 모험담은 영원히 기록되고 보관되었다. ☽

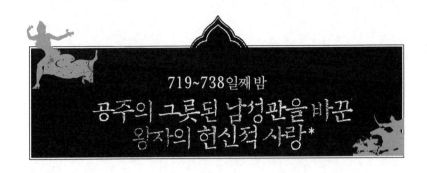

공주의 그릇된 남성관을 바꾼 왕자의 헌신적 사랑*

청혼을 거절당한 아르다시르 왕자, 공주에게 직접 구혼하러 길을 떠나다

옛날 옛적, 시라즈(현재 이란 남쪽 페르시아 만 연안 부근) 도성의 대왕 사이후 알 아잠은 후사가 없어 걱정이 이만저만 아니었다. 학자와 의사를 불러 의논하자 그들은 약을 조제하여 왕에게 바쳤고, 그 약을 먹고 왕과 동침한 왕비는 알라의 뜻에 의해 그날로 잉태하였다. 마침내 아들이 태어나니, 왕실은 물론이고 온 도성의 백성들이 기쁨으로 환호하였다.

---

* 이 이야기는 《아라비안나이트》 앞부분에 나오는 한 이야기와 내용이 비슷하다. 45~145일째 밤 이야기(우마르 빈 알 누우만 왕과 두 아들)에 끼어 있는 〈타지 알 무르크와 듀냐 공주 이야기〉가 바로 그 것이다. 샤르칸 왕이 죽은 뒤 알 마칸 왕의 슬픔을 위로하기 위해 재상 단단이 들려주는 이야기다. 이 부분을 참고하면 흥미로울 것이다. 이 이야기는 구조도 탄탄할 뿐 아니라 장면이 눈에 보이듯 생생하고 노파의 대사 역시 일품이다.

왕자의 이름은 '아르다시르'로 지어졌으며, 건강하게 쑥쑥 자라 학문에 정진하는 가운데 어느새 열다섯 살 봄을 맞이했다.

한편 알 이라크의 왕 압드 알 카디르에게는 딸이 하나 있는데, 하야트 알 누푸스 공주다. 공주는 떠오르는 보름달처럼 아름다운 자태와 다방면에 뛰어난 재주를 지녔지만 한 가지 문제가 있었다. 원체 남자를 싫어해서 청혼 얘기만 들어도 경기를 일으켰다. 만약 부왕이 억지로 혼인시키면 죽어버리겠다고 신경질을 부릴 정도였다.

알 누푸스 공주의 소문을 들은 아르다시르 왕자는 공주를 열렬히 사모하게 되었고, 시라즈 왕은 왕자의 소원을 이루어주기 위해 대신을 이라크에 청혼 사절로 보냈다. 그러나 청혼이 거절당하자 화가 난 시라즈 왕은 전군에 출전 명령을 내렸다. 이에 놀란 아르다시르 왕자가 부왕 앞에 무릎을 꿇었다.

"아버님, 이런 일로 군사를 일으켜 국력을 낭비해서는 안 됩니다. 아버님께서는 이라크 왕보다 훨씬 더 강대하십니다. 아버님께서 군대를 일으켜 이라크를 치신다면 그 나라는 분명 잿더미가 될 게 뻔합니다. 자존심이 강한 공주는 자기 때문에 부모님이 죽고 조국이 멸망하는 비운을 견디지 못하고 자결해버릴 것이고, 그러면 저 역시 살아 있을 수가 없습니다."

부왕은 왕자의 설득에 고개를 끄덕였다. 그러자 왕자는 스스로 문제를 해결해보겠다고 말했다.

"제가 어떻게든 꾀를 써서 공주에게 접근해 소원을 이루겠습니다."

왕은 여행을 허락하고, 금화 30만 디나르 외에 적잖은 금은보화를 왕자에게 내렸으며, 대신으로 하여금 왕자를 보필하도록 분부했다. 왕자 일행은 상단으로 위장하고 여행길에 나섰다.

왕자의 편지 심부름을 해주던 유모, 공주에게 매를 맞고 궁전 밖으로 쫓겨나다

밤낮 없이 산을 넘고 황야를 건너 길을 재촉한 왕자 일행은 마침내 이라크의 수도 '하얀 도성'에 도착했다. 그리고 부유한 상인들이 묵는 대상 여관에 짐을 풀고 유숙하였다.

대신과 왕자는 부자지간으로 위장하고, 궁리 끝에 번화한 시장 한복판 거리에 고급 피륙 가게를 내기로 했다. 그래서 가게 자리를 보러 거리를 돌아다녔다. 호화로운 옷을 입은 왕자의 수려한 용모에 사람들은 눈이 휘둥그레졌다.

"'부정한 물로써 저런 젊은이를 만든 알라께 영광 있을지어다!"

"저런 젊은이가 나타나다니, 낙원의 문지기 리즈완은 천국의 문을 지키지 않고 뭘 하고 있었나?"

왕자를 보는 사람마다 한마디씩 감탄사를 연발하며 이구동성으로 침이 마르게 칭송했다.

왕자와 대신은 시장 감독을 찾아가 가장 목이 좋은 점포를 얻었다. 깨끗이 청소한 다음, 타조 솜털을 넣은 두꺼운 깔개를 구해 깔고, 그 위에 작은 기도용 양탄자를 편 다음 금실로 단을 두른 방석을 놓았다. 그 밖에 고국에서 가져온 값비싼 상품과 피륙들로 가득 채워, 고급 피륙 가게의 모습을 갖췄다.

다음 날 상점이 열렸다. 왕자는 보름달을 연상시키는 수려한 모습으로 해 질 녘까지 가게에 앉아 있었다. 소문을 들은 사람들이 딱히

볼일도 없었지만 왕자의 고상한 이목구비며 세상에 다시없이 준수한 풍채를 보기 위해 가게로 구름처럼 모여들었다. 왕자는 혹시 공주의 동정을 들려줄 만한 사람을 만날 수 있을까 싶어 날마다 왕궁을 출입하는 사람들을 유심히 살피고 말도 걸어보았지만 원하는 사람을 좀처럼 만나지 못해 초조해했다. 대신은 그런 왕자를 위로하고 격려하며 성심껏 보살폈다.

그러던 어느 날, 눈처럼 흰 독신자 옷을 입은 고상하고 위엄 있는 노파가 달처럼 잘생긴 노예 처녀를 데리고 나타났다. 노파는 바로 공주의 유모였다. 왕자의 수려한 모습에 한동안 넋을 잃은 노파는 알누푸스 공주에게 어울릴 만한 최고급 상품을 보여달라고 했다. 공주의 이름을 듣는 순간 벌써 왕자의 마음은 들뜨고 가슴은 두근거렸다. 그래서 100디나르를 주면서 세탁비에 보태 쓰라고 후한 인심을 썼다. 그리고 1만 디나르 이상이나 하는 옷을 꺼내 보여주었다. 노파가 아무리 가격을 물어도 왕자는 공주에게 주는 선물이라며 결코 돈을 받을 수 없다고 우겼다. 노파는 대범한 마음씨와 공손한 태도에 탄복하여 왕자에 관해 이것저것을 물었다. 왕자가 끝내 옷값을 거절하자 노파가 말했다.

"젊은 나리, 주제넘은 이야기지만, 진실이라는 것은 여러 가지 물건 중에서 가장 중요한 거랍니다. 그 무슨 특별한 사유가 없다면 내게 이렇게 비싼 물건을 선물할 리가 없지 않겠어요? 아무래도 무슨 부탁이 있는 것 같은데, 내가 도와줄 수 있는 거라면 들어줄 수도 있을 텐데요."

왕자는 절대 비밀을 지키겠다는 맹세를 하게 한 다음, 공주에 대한 불같은 사랑으로 고통스러운 절절한 심정을 고백했다. 노파는 고개를 가로저으며 안타까워했다.

"젊은 나리, '만일 너의 말을 남이 받아주길 원한다면 불가능한 일을 시키지 말라'는 속담을 아시지요? 나리께서 아무리 큰 부자라 해도 상인은 상인입니다. 그런 신분이라면 재판관 아니면 기껏 태수의 딸 정도로 아내를 맞는 편이 이치에 닿을 듯싶습니다. 그 정도라면 얼마든지 몸을 아끼지 않고 도와드릴 수 있습니다만, 임금님의 금지옥엽 공주님이라뇨? 땅바닥에서 단번에 하늘로 날아오르려는 그런 무모한 일에는 제가 보태드릴 힘이 하나도 없군요."

왕자는 노파의 말을 듣고 정중하고도 애절하게 호소했다.

"할머니처럼 사물의 이치를 잘 깨닫고 있는 분이 어찌 그리 말씀을 하십니까? 저더러 머리가 아픈데 손을 묶으라고 그러시는 겁니까? 제 마음은 일편단심 공주님뿐입니다. 알라께 맹세코 공주님이 아니면 이 몸은 죽은 거나 다름없으니, 제발 타향 하늘 밑에서 눈물에 젖어 사는 저를 불쌍히 여겨주십시오."

왕자가 눈물을 흘리자 노파도 가슴이 아프고 괴로웠다. 왕자가 거듭 호소했다.

"제발 부탁이니, 제 편지를 전해드리고 저 대신 공주님 손에 입을 맞춰주시지 않겠습니까?"

인정 많은 노파는 측은한 생각에 왕자의 청을 그만 승낙하고 말았다. 왕자는 하늘이라도 날듯 기뻐하며 단숨에 하야트 알 누푸스 공주를 향한 애타는 그리움과 사모의 마음을 시로 써내려갔다.

오! 공주여, 오직 한 사랑 그댈 애타도록 그리워하며
사랑의 열병으로 신음하는 이에게 그 맘 열어주시라.

일찍이 세상의 기쁨이란 모두 맛보며 살아온 몸이련만
사랑의 고뇌에 붙들려 지나온 일 부질없으니 가련하다.
온밤을 그대 생각으로 뒤척이다가 쓸쓸히 아침을 맞고
슬픔으로 젖은 몸 마를세라 해 질 녘 다시 슬픔에 젖네.
이렇게 날마다 슬픔에 젖는데 가슴은 타서 재가 되고
벌겋게 눈알이 짓무르도록 눈물로 탄식하는 몸이어라.
지루한 밤을 헤아리다가 날이 밝아 겨우 정신이 들면
사랑의 술에 취하여 미쳐버린 내 모습을 보게 되리라.

노파는 궁전에 돌아오자마자 득달같이 공주에게로 달려갔다. 그리고 왕자에게 받은 옷을 좍 펼쳐보였다. 온 궁전이 그 빛으로 환히 빛났다. 진주와 보옥이 무수하게 박힌 휘황찬란한 옷을 본 사람들은 모두 놀라서 벌린 입을 다물 줄 몰랐다.

공주 역시 찬탄의 눈으로 옷을 바라보았다. 부왕의 영토에서 나오는 한 해의 세입을 다 바쳐도 이런 옷을 살 수 없을 정도였으니, 그럴 만도 했다.

"할멈, 이 옷을 그 상인에게서 샀다는 게 정말인가?"

노파는 침이 마르도록 상인을 칭찬했다. 젊은이는 엄청난 부자인데다가 보는 사람들은 누구나 쳐다볼 정도로 수려한 용모를 지녔으며, 예의바르고 대범하고 도량이 바다처럼 넓다고 극구 칭찬하였다.

"이런 옷은 돈을 산처럼 가지고 있어도 살 수 없는 물건인데 한낱 상인이 갖고 있다는 건 전대미문의 희한한 일이야. 그런데 할멈, 이 옷값을 얼마나 달라는 거지?"

"그게 말입니다, 공주님. 그분은 한 푼도 값을 부르지 않는 거예요.

공주님께 바치는 진상물이랍니다. 이 옷이 어울리는 사람은 오직 공주님뿐이니까요."

공주는 젊은이의 넓은 마음에 한층 감동되었다.

"근데 나중 일이 걱정 돼. 그 때문에 만일 그분이 난처하게 되지나 않을까, 그게 걱정이구려. 할멈, 혹시 그분에게 무슨 소원이 있다면 들어주고 싶은데."

그때에야 노파는 슬며시 편지를 내밀었다.

"이 편지를 공주님께 전해달라고 하더군요."

편지를 끝까지 다 읽어 내려간 공주는 사랑을 고백하는 내용을 보자 시퍼렇게 질린 낯빛으로 버럭 화를 내며 노파를 심하게 꾸짖었다.

"할멈에게 재앙이 오면 좋겠어! 신분도 생각지 않고 감히 왕녀인 내게 이런 편지를 보내다니."

자존심이 상할 대로 상한 공주는 당장 죽여버리겠다고 씩씩댔다. 노파는 얼굴이 노랗게 질리고 옆구리 근육이 떨리고 혀가 굳어져 입도 떨어지지 않았다.

"공주님, 고정하십시오. 편지에 무슨 마음을 어지럽히는 내용이라도 적혀 있습니까? 아니면 혹시 무슨 버르장머리 없이 구걸하는 부탁이나 억울함을 호소라도 한 거 아닙니까?"

노파가 능청스럽게 묻자 공주는 그저 노래와 부끄러운 말뿐이라고 했다.

"저 불한당 같은 놈은 셋 가운데 하나일 거야. 마귀에 홀려 분별력을 완전히 잃었거나, 손수 자신의 무덤을 파고 있거나, 어떤 왕이나 세도가의 힘을 빌려 내 마음을 사보려는 수작일 거야."

"무식한 건달 놈이 무슨 소리를 하건 마음 쓰실 거 없습니다. 아무래도 실성한 사람 같으니까 공주님께서 답장을 써서 따끔하게 나무라고 단단히 혼을 내주고 으름장을 놓으세요. 만일 정신 못 차리고 미친 수작을 그만두지 않으면 네놈 가게가 있는 시장거리 문 앞에다 너를 못 박아 죽이겠노라라고 쓰세요."

답장을 쓰면 상대방 남자가 점점 더 뻔뻔스러워지지 않을까 공주는 은근히 걱정했다. 그러나 노파의 그럴싸한 설득이 거듭되자 결국 공주는 필기구를 가져오라 하여 이런 시를 써주었다.

> 제 주제를 잊고서 눈먼 사랑에 사로잡힌 그대여,
>
> 들끓는 욕정에 밤새도록 눈물로 탄식하는 그대여,
>
> 하늘 높이 걸린 달더러 그 품에 안기라 할 셈인가.
>
> 아무리 미쳤기로서니 어찌 달을 거저 얻으려는가.
>
> 목이 달아나기 전에 근신하여 헛된 언행을 삼가라.
>
> 다시 헛된 욕망을 탐한다면 새 아침을 못 보리니,
>
> 사리를 분별하여 스스로 단념하고 물러설지어다.
>
> 만물을 지으신 신께 맹세코, 나를 업신여겨 다시
>
> 그 무례한 입을 놀린다면 나무 기둥에 못 박으리라.

노파는 편지를 들고 한달음에 달려가 왕자에게 전해주었다.

왕자는 기뻐 어쩔 줄 몰랐다. 두근대는 가슴으로 편지를 펼쳐본 그는 가슴이 무너지는 듯하였다. "두 번 다시 그따위 편지를 보내면 기둥에 못 박겠다"는 공주의 싸늘한 경고가 사랑으로 들끓는 여린 가슴에 대못을 박았다. 왕자는 눈물을 죽죽 흘리며 이렇게 절망하느니 죽어버리는 편이 나을 거라고 탄식했다.

"공주가 답장을 보낸 것만도 어디에요?"

노파가 위로하자 왕자는 다시 한 번 편지를 전해달라고 애걸했다. 측은한 마음이 앞선 노파는 설령 자신이 죽을 자리로 떨어지는 한이 있어도 '가련한 젊은이'의 소원을 이루어주기로 작정했다. 그래서 또 왕자의 편지를 받아들고 가서 알 누푸스 공주에게 전했다.

"할멈, 이건 뭐지? 할멈이 편지 심부름하는 사람이야? 정말 걱정돼서 죽겠네. 편지를 주고받은 사실이 세상에 알려지기라도 하면 아버님이나 내 체면이 뭐가 되겠어요?"

노파는 아무도 그런 걸 소문내고 다니지 않는다고 안심시켰다. 공주는 편지를 읽고 나서 더욱 화를 냈다. 노파는 공주에게 다시 한 번 따끔하게 답장을 보내라고 부추겼다.

"할멈, 그래 봤자 끝이 없을 것만 같아. 차라리 편지를 주고받지 않는 편이 나을 거 같아."

공주가 답장을 쓰지 않으려 하자 노파는 이번엔 목을 베어 죽이겠다고 분명히 쓰라며 끈질기게 설득해 결국 답장을 쓰게 했다.

공주의 편지를 읽은 왕자는 고개를 푹 숙이고 아무 말도 하지 않았다. 공주의 위협과 증오는 점점 더 깊어가는 것 같았다. 노파는 왕자를 위로하고 격려를 아끼지 않았다.

"나는 당신 편이니까 절대 실망하면 안 돼요. 어떤 일이 있어도 두 분을 짝지어드릴 테니까요."

왕자는 노파의 온정에 감사하며 그 손에 입을 맞추고 다시 한 번 편지를 썼다. 노파는 다시 공주에게 왕자의 편지를 전해주었다.

공주는 편지를 마룻바닥에 집어던지고 벌떡 일어나 부왕이 있는 궁전으로 달려갔다. 하지만 마침 부왕이 사냥에 나간 걸 알고는 암사자처럼 펄펄 뛰면서 자기 방으로 돌아와 세 시간 동안이나 아무와도 말 한마디 하지 않았다. 그러고서야 겨우 이마의 그늘도 걷히고 노여움도 스르르 가라앉았다.

그때에야 노파는 살금살금 공주에게 다가가 어딜 다녀왔느냐고 물었다. 공주는 여전히 분이 안 풀리는 듯 씩씩거리며 말했다.

"내가 상인 놈에게 톡톡히 당했다는 걸 아버님께 낱낱이 알려서 본인은 물론 시장 상인들도 모두 체포해 각자 가게 앞에다 매달아놓고서, 외국 상인을 이 나라에 발붙이지 못하게 하려고 했지요."

노파는 고개를 절레절레 흔들었다.

"더할 나위 없이 분별이 있으신 분이 그런 일을 하시다니요? 만약 그리되면 어떤 일이 일어날지 생각해보셨는지요? 세상 사람들 모두가 못 박힌 상인을 보고서 그 까닭을 물을 것이고, 그러면 공주를 유혹하려 했다고 대답할 게 분명하지요. 그러면 세상 사람들은 있는 소문 없는 소문 죄 끌어다가 부풀려서 퍼뜨릴 거고, 그러다 보면 나중에는 '공주가 궁전 밖에서 그자와 열흘이나 같이 보내며 동침했다'는 소문까지 나돌게 될 겁니다. 원래 여자의 정조라는 건 우유와도 같아서 먼지가 조금만 들어가도 썩어버립니다. 또 유리와 같아서 한 번 깨지면 그만입니다. 원래대로는 되지 않는 겁니다. 그러니 공주님의 깨끗한 명예가 진창에 빠지는 걸 원치 않으신다면 임금님은 물론이려니와 누구에게도 절대로 발설해서는 안 됩니다. 이것은 다른 사람이 알아서 좋을 게 하나도 없기 때문입니다."

노파의 말을 곰곰이 생각해보니 자기를 위한 충정이라는 생각도 들고, 또 사리에도 들어맞는 것 같았다.

"할멈, 당신 말은 지당해. 너무 분해서 그만 사리 분별할 겨를이 없었지 뭐야."

노파는 공주에게 답장 쓰기를 설득했다. 거친 말투로 정신이 번쩍 들게 해주라고 말했다.

"공주님. 이렇게 쓰세요. '이 뻔뻔한 놈아, 아버님이 출타만 하지 않으셨더라면 당장 네놈을 붙잡아다 교수형에 처했을 것이다. 두 번 다시 잠꼬대 같은 수작으로 입을 놀린다면 세상에서 네놈의 존재를 흔적도 없이 지워버릴 작정이다!' 거친 말투로 정신을 차리게 해주면 앞으로 그 사내도 실망하여 무모하고 미련한 짓은 그만둘 것입니다."

공주는 편지를 써서 노파에게 주면서 신신당부했다.

"할멈, 그 사내를 잘 타일러서 알아듣도록 해줘. 혹시 목을 베는 일이라도 생겨 그 때문에 죄를 저지르기는 싫단 말이야."

공주의 편지를 본 왕자는 또다시 온몸에서 힘이 빠져나가며 절망했다.

"젊은 나리, 조금만 더 참아보십시오. 어쩌면 이제부터 알라의 뜻에 의해 무슨 좋은 소식이 있을 테니까요."

노파의 격려로 왕자는 간신히 힘을 내 다시 한 번 연모의 시를 적어 보냈다. 공주는 불같이 화를 냈다.

"할멈이 약속한 건 아무 효과도 없잖아?"

노파는 능청을 떨었다.

"공주님, 상인이 뭐라고 썼는데요? 잘못을 뉘우치고 다시는 그런 짓을 하지 않겠으니 지난 잘못은 용서해달라고 쓰지 않았습니까?"

"천만에! 그런 건 고사하고 증세가 갈수록 심해지고 있다니까."

노파는 그럼 또 한 번 혼을 내주는 답장을 쓰라고 했다. 호되게 나무라는 답장을 쓰는 것만이 그자의 소원을 단념케 하는 길이라고 끈질기게 설득했다.

왕자는 공주의 편지를 읽고, 공주의 노여움이 풀리기는커녕 점점 더해가고 있다는 걸 깨닫고 절망에 휩싸였다. 하지만 편지를 쓰는 것밖에 달리 길이 없으니 어쩌겠는가. 다시 왕자의 편지를 읽은 공주는 마침내 분노가 폭발하여 노파에게 화살을 날렸다.

"이 괘씸한 할멈! 낱낱이 고백해봐. 할멈 때문에, 할멈이 잔꾀를 부리며 그 사내 편을 들었기 때문에, 이런 성가신 일이 닥친 거 아냐? 할멈은 나한테 몇 번씩 편지를 쓰게 하고, 이걸 들고 두 사람 사이를 오가면서 끝내는 내 체면을 여지없이 짓밟아버릴 작정이었던 거야. 괘씸하기 짝이 없는 할멈 같으니라고! 여봐라, 이 계집을 묶고 매우 쳐라!"

공주의 명령으로 내시들은 노파에게 철썩철썩 매질을 해댔다. 노파는 온몸이 피투성이가 되도록 매를 맞고 궁전 밖으로 내쫓기고 말았다.

벽화를 본 공주, 남자에 대한 생각을 바꿔 왕자의 구애를 받아들이다

웬만큼 몸을 추스르자 노파는 아르다시르 왕자의 가게를 찾아갔다.

한동안 노파가 보이지 않아 안절부절못하고 조바심치던 왕자는 반가워 어쩔 줄 몰랐다. 하지만 노파가 공주에게 당한 이야기를 듣고는 몹시 비통해하며 눈물을 흘렸다.

노파는 공주가 남자를 그토록 싫어하게 된 사연을 들려주었다.

공주가 어느 날 꿈을 꾸었는데, 새 몰이꾼이 그물을 쳐서 주위에 낟알을 뿌려놓고 멀찌감치 숨어 새들이 그물에 걸리기를 기다리고 있는 게 보였다. 마침 수비둘기 하나가 그물에 걸려 몸부림을 쳤다. 다른 새들은 다 휙 날아가버렸으나 암비둘기만은 다시 날아와 수비둘기 발에 걸린 그물코를 주둥이로 쪼아 그물을 찢고 마침내 수비둘기를 구해 함께 날아갔다. 새 몰이꾼은 찢긴 그물코를 고친 다음 다시 모이를 뿌려놓고 숨어서 기다렸다. 이번엔 암비둘기가 그물에 걸려 도망치려고 몸부림을 쳤다. 그런데 수비둘기는 다른 새들과 함께 도망쳐 날아갔다가 다시는 돌아오지 않았다. 결국 암비둘기는 새 몰이꾼에게 잡혀 목이 잘리고 말았다.

공주는 이 꿈을 꾸고 깜짝 놀라 깨어나서 이렇게 말했다.

"여자는 남자를 불쌍히 여기고 위험한 때는 자기 목숨마저 내던지지. 그러나 주께서 정해진 바에 따라 여자가 불행해지고 재앙에 빠져도 남편은 아내를 버리고 도와주지 않아. 결국 여자의 친절은 수포로 돌아가고 말거든. 신께서는 남자를 신용하는 여자를 저주하는 모양이야. 왜냐하면 여자가 아무리 남자를 잘 섬기고 시중을 들어줘도 남자는 은혜를 원수로 갚기 때문이야."

그날부터 공주는 무턱대고 남자를 미워하게 되었다.

노파는 왕자에게 한 가지 좋은 방책을 귀띔했다.

"공주님께는 아주 훌륭한 정원이 있는데, 나무 열매가 무르익을 때쯤엔 해마다 한 번씩 그 정원에 나가 바람을 쐬고 별장에서 하룻밤 주무시곤 한답니다. 앞으로 한 달 후면 정원에 나가는 날이 돌아온다오. 그러니 그전에 정원지기와 잘 사귀어 환심을 사두세요. 그 정원은 공주님 궁전의 정원과 뒷문으로 통하고 있으므로 정원지기는 아무도 다른 사람은 들여놓지 않는답니다. 내가 공주의 행차 이틀 전에 미리 알려줄 테니까, 그전에 어떻게든 정원 안으로 들어와 몸을 숨길 방도를 궁리해보시구려. 정원에 숨어서 기다리고 있다가 공주님이 모습을 보이거든 그 앞으로 나와 당신의 얼굴을 보이란 말입니다. 공주님은 당신의 얼굴을 한 번만 보면 대번에 반하여 가슴을 두근거리게 될 것입니다. 왜냐하면 당신은 아주 잘생긴 데다가 모든 일은 사람하기 나름이니까요."

왕자는 자기를 사심 없이 돕고 싶어 하는 노파의 진심을 느끼고 사례금을 듬뿍 내주었다.

의논 끝에 왕자와 대신은 다음 날, 1,000디나르를 갖고 정원으로 갔다. 그리고 정원지기 노인에게 접근하여 금화 2디나르를 수고비로 주면서 먹을 것을 사다달라고 부탁했다.

칠십 평생 이렇게 큰돈을 처음 만져본 노인은 하늘에라도 오를 듯 기뻐하면서 이방인 두 사람을 정원으로 안내하여 서늘한 개울가 그늘에서 바람을 쐬며 기다리게 했다. 다만 정원 구석의 작은 문은 공주의 궁전으로 통하는 문이니 그쪽으론 절대 가지 말라고 당부했다. 노인이 통구이 새끼 양과 빵을 사갖고 짐꾼을 대동하고 돌아오자 세 사람은 함께 먹고 마시면서 얘기를 나누었다.

그사이에 대신은 정원 한구석에 높이 솟은 정자 하나를 유심히 살펴보았다. 지은 지 오래된 정자의 벽은 회칠이 떨어져나가고, 기둥도 썩어가고 있었다. 대신은 정원지기에게 넌지시 말했다.

"영감님, 이 정원은 참 훌륭한데 저기 보이는 저 정자는 낡아서 쓰러질 것 같구려. 내가 저 정자를 수리하여 회도 새로 바르고 벽화도 깨끗하게 고쳐 그려서 정원 내에서 가장 훌륭한 정자로 바꾸어볼까 합니다. 혹시 주인이 정자가 수리된 걸 보면 틀림없이 그 돈이 어디서 났느냐고 물을 겁니다. 그러거든 '주인님을 기쁘게 할 마음으로 제 밑천을 털어서 수리했다'고 말하세요. 반드시 자비로 수리했다고 말해야 합니다. 그러면 주인도 가상히 여겨 당신이 들인 비용 이상을 내놓을 겁니다."

그리고 나서 대신은 정원지기에게 생활비에 보태 쓰라면서 500디나르를 주었다.

노인은 평생 처음 만져보는 큰돈에 깜짝 놀라 대신의 발밑에 엎드려 두 발에 입을 맞추고 대신과 아들에게 신의 축복이 내리기를 기도했다.

이튿날 대신은 도편수와 일꾼을 데리고 정원으로 갔다. 미리 삯을 지불하고 재료도 넉넉히 사주었으므로 일꾼들은 곧장 수리에 들어가 회칠을 하고 장식을 했다. 대신은 화공을 불러 정자의 벽 사면에 그림을 그리도록 하고, 그림의 내용을 말해주었다. 그림의 내용은 공주가 꾼 꿈의 내용과 같은 것이었다. 다만 마지막에 수비둘기가 다른 새들과 함께 날아가다가 매에게 잡혀 먹히는 장면을 그려넣도록 하였다. 대신은 특별히 도공에게 정원의 아름다운 경치를 배경으로 하되 새 몰이꾼과 매를 강한 필치로 그려넣으라고 주문하고 마음에 들면 품삯 외에 사례금을 듬뿍 주겠다고 부추겼다. 화공들은 절묘한 기량을 맘껏 발휘하여 완성하였고, 박진감 넘치는 필치에 감복한 대신은 수고에 후히 보답하였다.

이튿날 왕자는 정원에 들어갔다가 정자에 그려진 벽화를 보고 깜짝 놀랐다. 왕자는 대신에게 벽화에 대해 전해주었다.

"난 오늘 희한한 걸 보았소. 전에 그대에게 공주가 꾼 꿈 이야기와 공주가 남자를 싫어하게 된 사연을 이야기하지 않았던가요? 그런데 그 꿈이 그대로 그림으로 나타나 있습디다. 다만 한 가지 공주가 보지 못한 것, 미처 깨닫지 못한 그림이 그려져 있더군요. 내가 소원을 성취할 수 있는 열쇠는 바로 이 한 가지에 달려 있다고 생각합니다. 그 한 가지가 무엇이냐 하면, 그물에 걸린 암비둘기를 내버려두고 도망친 수비둘기가 사실은 매에게 잡혀 살을 뜯어 먹히고 피를 빨리는 장면입니다. 공주가 끝까지 꿈을 꾸었다면 수놈이 돌아와서 암놈을 구출하지 못한 이유가 분명해졌을 텐데 말이오!"

대신이 빙그레 웃으며 말했다.

"왕자님, 실은 제가 그 벽화를 그리게 했습니다. 화공에게 공주의 꿈 이야기를 그리게 하고, 수놈이 매에게 걸려 살을 뜯어 먹히고 피를 빨리는 장면을 덧붙이게 한 것입니다. 공주가 정원에 나왔다가 정자의 벽화를 보고 자기 꿈 이야기가 그려져 있고 게다가 수놈이 죽게 된 사연을 알면, 그동안 억울한 죄를 수놈에게 뒤집어씌웠던 걸 뉘우치고, 남자를 싫어하는 버릇도 고치게 될 거라고 생각합니다."

왕자는 대신의 놀라운 기지와 묘책에 거듭거듭 탄복하며 대신의 두 손에 입을 맞추며 감사했다.

한편 공주는 편지도 끊기고 노파도 나타나지 않았으므로 틀림없이 그 상인이 고국으로 돌아갔을 것으로 생각하고 안심했다.

어느 날, 부왕이 과일을 보내와 먹고 있는데 문득 과일이 익을 철이 되었다는 생각이 났다. 공주는 시녀들에게 정원으로 외출할 준비를 명했다. 그 순간 해마다 정원으로 안내하여 나무와 풀을 설명해주던 유모, 즉 노파 생각이 떠올랐다. 길러준 은혜도 모르고 노파에게 매질을 하고 출입을 금한 자신의 경솔함을 뉘우치고 있는데, 옆에 있던 시녀들까지 한입으로 노파를 용서하고 다시 불러들이자고 졸랐다. 공주는 시녀들에게 옷 한 벌을 주고 노파를 데려오라고 말했다.

시녀들이 찾아와 공주의 청을 전했지만 노파는 첫마디에 거절했다.

"그건 안 돼, 비록 파멸의 술잔을 마시는 일이 있더라도! 많은 사람들이 보는 앞에서 창피를 당한 그 수모를 벌써 잊을 수는 없어! 절대로 난 공주님에게 돌아가지 않을 것이고 두 번 다시 만나뵙고 싶지도 않아."

노파가 짐짓 버티자 시녀들은 계속 공주의 진심을 들어 설득했다.

"당신들이 찾아와 수고하지 않았다면 난 두 번 다시 공주님을 만나뵙지 않았을 거야."

노파는 이렇듯 못 이기는 척 승낙하고 궁전으로 들어갔다. 공주는 노파에게 사과하고 그동안 길러준 은공에 거듭 감사했다.

"내가 나빴어. 용서해주는 건 유모야. 비록 신분은 낮지만 당신은 나를 길러준 어머니야. 그리고 유모도 알다시피 알라께서는 당신이 만드신 것들에게 네 가지 것, 즉 천성과 목숨과 나날의 양식과 죽음을 주셨어. 이렇게 정하신 바를 피한다는 건 인간으로서 불가능한 일이야. 정말 나는 나를 잊고 본성을 잃었던 거야. 그러니까 유모, 나는 내가 한 짓을 후회하고 있어. 그러니 용서해줘."

노파의 노여움은 당장 사라지고, 노파는 공주 앞에 무릎을 꿇었다. 두 사람은 화해하고 주위 사람들은 더할 나위 없는 기쁨에 젖었다.

"유모, 요즘 화원의 과일과 초목은 어떻게 되었을까?"

"공주님. 일단 알아본 후에 오늘 안으로 당장 대답해 올리겠습니다."

노파는 그길로 곧장 궁전을 나와 아르다시르 왕자에게 공주의 화원 행차 날짜를 일러주었다.

"젊은 나리, 공주님이 정원에 나와 계실 때는 비록 황금이 잔뜩 묻혀 있는 땅을 준다 해도 아무도 안으로 들어올 수는 없어요. 반드시 누구의 눈에도 띄지 않게 몸을 숨기고 있어야 해요. 그러다가 내가 '오, 은혜를 간직한 자여, 우리가 두려워하는 것으로부터 구해주소서!' 하고 외치거든 그때 나타나서 나무 사이를 돌아다니세요. 공주님이 당신을 보고 홀딱 반하도록, 달도 무색할 만큼 멋진 당신의 맵시를 뽐내는 겁니다."

아르다시르 왕자는 목욕한 후 화려한 옷으로 갈아입고서 한껏 치장을 했다. 두 볼은 장밋빛으로 빛나고, 입술은 새빨갛게 타오르고, 눈동자는 영양의 그것처럼 앳되고, 발걸음은 술에 취한 듯 약간 비틀거리고 있었다. 한마디로 그윽한 미에 싸인 그의 맵시는 가냘픈 나뭇가지조차도 부끄러워할 정도였다.

정원지기는 왕자를 반갑게 맞아주었다. 그런데 왕자의 안색이 좋지 못한 걸 보자 웬일이냐고 물었다. 왕자는 걱정스럽게 대답했다.

"실은 말입니다. 영감님. 오늘 아버지와 말다툼 끝에 아버지에게서 욕을 먹으며 얼굴을 얻어맞고 내쫓기고 말았어요. 생전 처음 손찌검을 당한 터라 너무 충격이 컸나 봐요. 친구도 없고, 또 마침 영감님은 저희 부친을 알고 있으니까, 상관없다면 저녁까지, 아니면 오늘 하룻밤만 정원 안에 머물게 해주세요. 알라의 뜻으로 아버지의 노여움이 가라앉아 우리 두 부자 사이가 원만하게 해결될 때까지 기다리면 좋겠어요."

노인은 자기가 나서서 중재해주겠다고 했다.

"아녜요, 영감님. 아버지는 화를 잘 내며 완고하세요. 하루 이틀 기다렸다가 마음이 풀리면 그때 가주세요."

정원지기는 차마 젊은이를 한데서 밤을 새게 할 수가 없었다. 그래서 자기 집으로 가자고 청했다. 그러나 왕자는 계속 혼자 있고 싶다고 고집을 부렸다.

"제게 생각이 있어요. 쓸쓸한 정원에서 혼자 자다 보면 마음의 시름이 풀릴지 모르니까요. 또 아버지의 비위를 돌리게 하고 마음을 부드럽게 할 방도가 생각날지도 모르고요."

할 수 없이 노인은 양탄자와 이불을 갖다주었다.

한편 노파는 공주에게 나무마다 과일이 주렁주렁 달렸다고 전했다. 공주는 당장 내일 정원으로 나가자고 말했다. 노파는 정원지기에게 내일 공주가 행차할 것이라고 알렸다.

노인은 당황하며 왕자에게 서둘러 달려갔다.

"젊은 나리, 당신에게 용서를 구해야겠소. 내일 아침 공주가 납신다는 기별이 왔소. 만에 하나 남자 그림자 하나라도 눈에 띄는 날이면 내 목이 달아납니다. 그러니 미안한 말씀이지만 오늘은 이 정원에서 나가주셔야겠습니다."

왕자는 서운한 체하면서 걱정 말라고 안심시켰다.

"어떤 일이 있어도 눈에 띄는 실수를 저지르지 않을 겁니다. 절대 몸을 숨기고 들키지 않겠습니다."

왕자는 거듭 약속하고 맹세했다. 그리고 슬그머니 생활비도 떨어졌을 테니 받으라며 500디나르를 내놓았다. 돈을 본 노인은 인간 세상도 근심 걱정 없는 즐거운 것으로 생각되어 왕자를 그냥 두기로 했다. 다만 절대 나타나지 말라는 신신당부만을 남긴 채 그 자리를 떠나버렸다.

공주는 쪽문을 열고 화원으로 나섰다. 하얀 살갗은 한 번만 보아도 마음이 흐트러져 겁쟁이조차 용기가 솟아나 뿌리치고 일어설 지경이었다. 내시와 시종 들은 공주 뒤를 줄줄이 따라다니며 나무 열매를 따먹기도 하고 개울에서 물장난을 하며 놀았다. 시끄러우니 저들을 내치고 호젓하게 노예 계집 둘만 남겨놓자는 노파의 제안에 공주는 승낙했다. 공주는 호젓한 화원에서 오랜만에 마음 놓고 즐기게 되었다.

이윽고 공주는 정자로 다가왔다. 그런데 정자가 말쑥하게 수리되어 있는 게 아닌가. 공주는 깜짝 놀랐다. 노파는 정원지기가 상인에게 외상으로 피륙을 사다가 판 대금으로 정자를 수리했다고 했다. 공주가 보고 마음에 들어 하면 비용을 주실 테니 상인들에게는 그때까지 기다리라고 연기해놓았다는 것이다. 공주는 정원지기의 기특한 마음에 감탄하여 당장 재무관을 불러 2,000디나르를 지불하도록 분부하고 정원지기를 불렀다. 공주의 부름을 받은 정원지기는 맥이 탁 풀리고 손발이 부들부들 떨렸다. 젊은이가 발각된 걸로 지레짐작하고 이젠 죽었구나 하고 가족들과 작별 인사를 한 뒤 정원으로 왔다. 정원지기의 얼굴은 강황 뿌리처럼 황갈색이고, 이제라도 곧 쓰러져 숨이 꺼질 것만 같았다. 노파는 영감이 겁에 질려 모든 걸 털어놓을지 모른다는 걱정이 들었다. 그래서 영감이 무슨 말을 꺼내기도 전에 먼저 공주가 2,000디나르를 하사했다는 소식부터 전하고 어서 공주에게 감사하라고 재촉했다. 그때에야 정원지기는 안심하고, 급히 돈을 받아들더니 공주 앞에 무릎 꿇고 축복을 빈 후 가족들에게 돌아갔다.

공주 일행은 정자 안으로 들어갔다. 좌우를 둘러보던 공주의 눈이 벽화에 고정되었다. 그 벽화는 바로 자기가 꾼 꿈 그대로였다. 그것도 이상한 일이었지만 더욱 놀라운 것은 마지막 벽면에 그려진 그림이었다. 수비둘기가 매의 발톱에 잡혀 피를 흘리고 살을 뜯어 먹히는 그림이 그려져 있지 않은가. 수비둘기는 그 때문에 암비둘기를 그물에서 구해낼 수 없었던 것이다. 수비둘기가 암비둘기를 구하러 오지 못한 이유가 드러난 그림을 보고 난 공주는 그동안 수비둘기를 오해한 자신의 경솔함을 후회했다.

"할멈, 정말 불행한 운명의 장난으로, 저 수비둘기에게는 미안한 짓을 했어."

노파는 이런 공주의 심정을 알아채고 한술 더 떠서 남자들을 한껏 치켜세웠다.

"전능하신 알라께서 만드신 온갖 생물 중에서도 수놈이 암놈에게 보이는 저 알뜰한 마음씨는 어디서도 찾아볼 수 없습니다. 특히 인간 세상의 사내가 그렇습니다. 왜냐하면 사내들은 아내를 먹여 살리기 위해 자기는 배가 고파도 참으며, 또한 아내에게 옷을 입히기 위해서 자기는 벌거벗는 것을 마다하지 않습니다. 또 아내의 비위를 맞추기 위해 친척들을 노하게 하기도 하며, 아내에게 잘해주기 위해 어버이도 거역하고 거부하기 때문입니다."

노파는 왕이 죽자 왕을 뒤따라 죽은 왕비의 사례를 들어 부부의 애정에 관해 전해 내려오는 이야기들을 열심히 들려주었다. 마침내 공주의 가슴속에 숨어 있던 남자에 대한 미움은 어디론가 사라져버렸다. 공주의 가슴에 남자에게 기우는 여자 본연의 감정이 소생한 것을 눈치챈 유모는 정자를 떠나 나무들 사이로 공주를 안내했다. 나무 사이에 숨어서 공주를 바라보던 왕자는 공주의 자태가 바로 눈앞에 나타나자 불같은 정열에 불타 사려분별도 잊고 온몸이 공주의 몸을 사로잡고 싶은 생각으로 가득 찼다. 가슴은 슬픔의 불꽃으로 활활 타올라 끝내 머리가 어찔해지더니 쓰러지고 말았다. 하지만 정신이 들었을 때는 이미 공주의 모습은 저 멀리 가버리고 없었다.

그때 노파와 약속한 신호의 말이 들려왔다.

"오, 자비를 감추신 신이시여. 우리들이 두려워하는 것으로부터 구해주소서!"

이 신호를 듣자 왕자는 숨은 곳에서 나와 나뭇가지 사이를 걷기 시작했다. 공주는 아르다시르 왕자를 보자 잠시 동안 말없이 지켜보기만 했다. 수려한 미남자의 풍채와 용모에 마음은 흐트러지고 넋은 혼미해졌으며 가슴은 화살에 찔려 미칠 것만 같았다. 공주는 젊은 미남자의 정체가 궁금해서 미칠 지경이었다.

노파는 짐짓 모른 체하다가 그가 바로 편지를 건넨 장본인이라고 대답했다. 공주는 이미 완전히 욕정의 바다에 빠져 불같은 사모의 정에 활활 타오르고 있었다.

"할멈, 왕녀들은 세상 사람과 별로 교섭이 없기 때문에 세상 물정을 잘 모르는 법이거든."

공주는 노파에게 미처 젊은이의 진가를 알아보지 못한 실수를 사과하고는 느닷없이 한번 만나고 싶어 죽겠으니 좋은 방법이 없느냐고 유모를 졸랐다.

공주와 유모는 왕자에게 다가갔다. 유모는 왕자에게 공주님이시니 예를 다하라고 말했다. 왕자가 우뚝 일어섰다. 두 사람의 눈이 서로 엉키자 둘은 마치 술에 취한 듯 어찌할 바를 몰랐다.

이윽고 공주가 사모의 정이 부풀대로 부풀어 자기도 모르게 두 팔을 벌리자, 왕자도 두 팔을 벌리고, 서로 꽉 껴안은 채 기절하고 말았다. 노파는 남의 눈에 띄지 않도록 둘을 정자 안으로 밀어넣고서 입구를 지키고 앉았다. 두 시녀가 화원에서 놀고 있는 사이에 정자 안의 두 연인은 서로 부둥켜안은 채 서로에게 취해버렸다. 정신을 차린 왕자는 품에 안겨 있는 공주를 보더니, 꿈인 듯 믿기지가 않아 시를 지어 읊었다.

눈부신 그대 이마에서 아침 해 말갛게 떠오르고
장밋빛 붉은 볼에 저녁놀 비추며 빛나누나.
그대 환한 얼굴에 별들도 부끄러워 몸을 감추고
미소 짓는 입가에 번갯불 일면 어둠도 걷힌다네.
나긋한 자태 사뿐한 걸음걸이, 버들도 질투하리.
그대 이제 내 품안에 있으니 무얼 더 바랄 건가.
신이시여, 부디 공주를 원수들로부터 지켜주소서.
보름달도 그 맵시를 빌리고 태양도 무릎 꿇으리라.
아리따운 그대 모습에 나는 애달픈 사랑의 포로.

왕자가 노래를 마치자 공주는 왕자를 가슴에 더욱 꼭 껴안고 키스를 퍼부었다. 그러면서 두 사람은 지난 일을 속삭이며 마음의 옷을 모두 벗어버렸다. 공주는 헤어지는 일이 없기를 알라께 기도하면서, 왕자의 노래에 화답하여 눈물 젖은 목소리로 노래를 불렀다.

인정사정 없이 나를 쓰러뜨린 그대는 얄미운 사람
한 번의 날카로운 칼로 내 마음 무참히 베었노라.
거센 연모의 화살을 이 몸이 무슨 수로 막으리오.
풍요로운 당신의 볼에 나의 천국이 있음을 알았네.

만발한 가지에 여문 열매 어찌 따지 않고 배기리.

짐짓 새침했을지언정 당신 때문에 잠 못 이루다가

비로소 알몸으로 품에 안겨 부끄러움도 잊었어라.

알라여, 광명을 주시어 영원한 사랑 맹세케 하시고

목숨 걸고 임을 사모하는 마음을 가엾이 여기소서.

노래를 마친 공주는 연모하는 마음을 주체할 길 없어 비 오듯 눈물을 흘리며 울었다. 이에 왕자도 눈물을 흘리며 공주를 뜨겁게 보듬어 안고 뺨을 부비고 입을 맞추고 온몸을 애무하면서 위로하였다.

공주와 밀회를 나누다 발각된 왕자, 사형당할 위기에 처하다

정오의 기도 시간을 알리는 소리를 듣고서야 두 사람은 이별의 시간이 다가왔음을 알았다. 공주는 정자를 나서면서, 바위도 녹일 만큼 깊은 한숨을 쉬고 닭똥 같은 눈물을 흘렸다. 그 모습을 본 왕자는 애끓는 슬픔의 바다에 빠졌고, 이걸 본 공주가 되돌아와 다시 서로 끌어안았다. 이별의 쓰라림으로 타오른 불꽃은 꺼질 줄을 몰랐다.

집에 돌아오자 왕자는 연모의 정에 몸이 타는 것 같아 한잠도 이룰 수 없었다. 또한 공주 역시 자기 방으로 돌아온 뒤부터 음식이 목구멍을 넘어가지 않았다. 공주는 노파를 불러 어서 빨리 그분을 만나게 해달라고 졸랐다.

노파는 눈물로 성화를 해대는 공주를 달래 간신히 사흘간의 말미를 얻어낸 뒤 왕자를 여자로 분장시켰다. 족집게로 얼굴의 털을 뽑고, 코르 가루로 눈을 그리고, 발가벗긴 뒤 손톱 끝에서 어깨 끝까지, 발뒤꿈치에서 넓적다리까지 헤나로 물들이고, 사방에 문신을 새겼다. 그러곤 속옷에서부터 겉옷까지 여자 옷을 입히고, 여자의 걸음걸이까지 연습시켰다. 준비를 마치자 노파는 왕자를 데리고 궁전으로 들어섰다. 내시장은 노파를 알아보고 뒤따라온 요염한 처녀가 과연 누굴까 궁금했다. 어쩌면 공주일지 모른다는 생각이 들었다. 그래서 뭔가 트집을 잡아 시간을 끌 양으로 벌떡 일어섰다. 그러자 30여 명의 내시들이 덩달아 우르르 뒤따라왔다. 노파는 겁에 질렸다. 내시장은 불같이 거친 공주의 행실을 알고 있었다. 또한 부왕마저 딸이 하는 대로 움직인다는 것도 알았다. 생각이 거기에 미치자 더럭 겁이 났다.

'혹시 진짜 공주라면 몰래 외출한 사실을 들킨 것에 앙심을 품고 나를 없애려고 할지 몰라. 이런 일은 그저 모른 척하는 게 상책이야.'

내시장은 다시 돌아섰다. 그러자 30여 명의 내시들도 뒤를 따랐다. 이때다 싶어 노파는 재빨리 문 안으로 들어가 가볍게 머리를 숙였다. 이렇게 하여 차례차례 출입문을 통과하여 일곱 번째 출입문까지 갔다. 그곳은 옥좌가 놓여 있는 널따랗고 웅장한 건물의 출입구였다. 거기에 처첩의 방과 후궁의 큰 홀이 있고 공주의 궁전으로도 통해 있었다. 노파는 왕자를 문 뒤에 있는 뚜껑이 달린 컴컴하고 깊은 물통 속에 숨기고 혼자 들어갔다가, 해가 저물자 다시 왕자를 데리고 공주의 궁전으로 안내했다.

공주가 그분은 어디 있느냐고 물었다. 노파는 누이동생을 데리고 왔다고 대답했다. 공주가 화를 내자, 일단 보고 나서 마음에 들면 옆에 두라며 베일을 벗겼다. 아르다시르를 알아본 공주는 탄성을 질렀다. 두 사람은 서로 달려들어 으스러져라 끌어안았다. 꿈만 같은 재회에 기뻐서 어쩔 줄 모른 공주는 자기 자신도 잊어버릴 지경이 되어 사랑의 기쁨으로 빛나는 노래를 불렀다.

> 일각이 여삼추로 그대를 기다려 애태운 몸이기에
> 어둠을 틈타 찾아온 당신 때문에 목숨도 바치리.
> 그대 애달프게 흐느껴 우는 소리에 꿈을 깨고서
> 나는 속삭였네, 임이여 발소리 죽여 어서 오시라.
> 수백 번 그대 볼에 입 맞추고 어두운 방에 숨어
> 넓은 가슴에 얼굴을 파묻고 기쁨의 눈물 흘리네.
> 이제야말로 꿈에도 그리던 내 사랑을 얻었으니
> 신의 베푸신 은총에 맞춰 칭송하고 기도하리라.
> 우리는 껴안은 채 꿈길을 더듬으며 잠들었노라,
> 밤을 지운 햇살이 찬란하게 대지를 비칠 때까지.

두 연인은 밤새 격렬한 사랑의 열락을 만끽했다. 아침이 되면 왕자를 깊숙한 방에 숨겼다가 날이 저물면 다시 공주의 침실에서 만나 사랑을 불태웠다. 그렇게 며칠이 흘렀다. 왕자는 고국으로 돌아가 정식으로 청혼하겠다고 말했으나, 공주는 마음이 변할지 모르고, 또 부왕이 반대할지도 모르니 이대로 밤에라도 만나며 지내자고 졸랐다. 그래서 할 수 없이 밤에만 만나 사랑을 나누는 생활을 계속했다.

그러던 어느 날, 유난히 술맛이 좋아 두 사람은 새벽까지 술잔을 나누다 그만 잠이 들어 그대로 늦잠을 자고 말았다. 그런데 하필이면 그날, 부왕은 외국의 왕으로부터 선물받은 29개의 큰 진주알을 꿴 목걸이를 공주에게 갖다주라고 한 이빨 빠진 내시에게 분부하였다. 내시가 공주의 궁전으로 가보니 입구에 노파가 인상불성으로 잠에 빠져 있는 게 아닌가. 노파가 눈을 떠보니 내시가 눈을 부릅뜨고 내려다보고 있었다. 노파는 열쇠를 가지러 가는 척하고 그대로 도망치고 말았다. 아무리 기다려도 노파가 돌아오지 않자 내시는 문을 덜컹덜컹 흔들어보았다. 빗장이 빠지면서 한쪽 문이 활짝 열렸다. 내시는 일곱 번째 문을 지나 공주의 방으로 들어갔다. 술병이 놓여 있고 촛불이 그대로 켜진 걸 본 내시는 이상하게 생각하고 비단 휘장을 걷었다.

침상 위에는 공주가 한 아름다운 젊은이의 목에 두 팔을 감고서 자고 있었다. 때마침 눈을 뜬 공주는 내시를 불러 세웠다.

"알라께서 감추신 비밀을 입 밖에 내지 마라!"

공주가 엄히 타일렀으나 내시는 절대 그럴 수 없다며 버텼다.

"알라시여, 공주님도 또 공주님께서 숨겨주고 싶으신 그 젊은이도 아무쪼록 숨겨주지 마옵소서! 언젠가 공주님께서는 제 어금니를 부러뜨려놓지 않으셨나요? 그때 공주님께서는 뭐라고 하셨지요? '남자에 관한 것과 남자들이 하는 짓에 대해 아무도 내게 한마디도 해서는 안 돼!' 하고 말씀하지 않으셨던가요?"

내시는 어금니를 부러뜨린 지난 일을 상기하면서 공주의 손을 뿌리치고 문을 꽝 닫고 나갔다. 그리고 다른 내시에게 문을 지키게 하고 어전으로 달려갔다. 내시가 은밀하게 말하겠다고 하자 왕은 모두가 듣는 앞에서 공개적으로 말하라고 명령했다. 그러자 내시가 말했다.

"그렇다면 어떤 무례한 말씀도 용서하신다는 표식을 주십시오."

왕이 용서해준다는 표식으로 흰 천을 던져주자, 내시는 비로소 입을 열었다.

"황공한 말씀이오나 공주님께서는 양탄자를 깐 침상에서 젊은 사내를 가슴에 껴안고 주무시고 계셨습니다."

내시가 공주의 방에서 보고 들은 이야기를 왕에게 그대로 고자질하자, 왕은 벌떡 일어나 한 손에 칼을 움켜쥐고 외쳤다.

"내시장! 당장 현장을 덮쳐 둘을 함께 끌고 오라!"

내시들은 공주와 왕자를 아까처럼 침상 위에 눕힌 뒤 보에 씌워 어전으로 옮겨왔다. 왕이 덮개를 벗기자 공주가 벌떡 일어섰다. 왕이 당장 공주의 목을 베려 하자, 그 기세에 놀란 왕자가 왕에게 몸을 던지며 호소했다.

"죄를 지은 것은 공주님이 아니라 바로 접니다. 그러니 저를 먼저 죽여주십시오."

왕이 왕자를 향해 칼을 내려치려 하니 이번에는 공주가 몸을 던져 자기를 먼저 죽여 달라고 호소했다.

"이분은 안 됩니다. 차라리 저를 죽여주세요. 이분은 광활한 영토를 통치하는 어느 대왕의 후손이니까요."

공주가 왕자의 신분을 밝혔음에도 불구하고 재상은 둘 다 사정없이 극형에 처하라고 간언했다. 왕은 사형 집행인을 불러 두 사람의 목을 베라고 명령했다.

처형 장면을 구경하러 사람들이 구름처럼 몰려들었다. 사람들은 눈물을 흘리며 중재자가 도우러 나타나기를 기원했다. 마지막으로 사형 집행인은 세 번 날카로운 칼을 공중으로 휘젓더니, 아르다시르의 머리 위로 내리치기 위해 힘껏 팔을 높이 쳐들었다.

부왕의 구원을 받은 왕자, 소원대로 공주와 결혼하다

그 순간, 멀리 뭉게뭉게 모래 먼지가 떠오르는가 싶더니 이내 사방으로 흩어져 시야를 가렸다. 공주의 부왕은 메뚜기 떼를 연상시키는 모래 먼지의 정체를 알아오게 하였다. 재상은 산과 들과 골짜기를 메우고 있는 대군의 정체를 알아보기 위해 야영지로 가 이곳저곳을 살펴보고 마침내 왕의 막사로 다가갔다. 시라즈의 대왕 사이후 알 아잠은 말했다.

"그대의 임금에게 돌아가 이렇게 전하라. 나는 시라즈의 대왕 사이후 알 아잠이다. 내 아들 아르다시르 왕자의 행방을 찾아 이곳까지 오게 되었다. 만약 아들에게 좋지 못한 일이 있으면 이 나라의 영토를 폐허로 만들고, 재산을 약탈하고, 군대를 전멸시키고 아녀자들을 포로로 삼고 말겠다. 어서 이 길로 급히 돌아가 재앙이 떨어지기 전에 내 뜻을 전하라."

재상은 혼비백산하여 돌아와 어전에 엎드렸다. 그리고 공포에 질려 옆구리 근육을 부들부들 떨면서 정찰 결과를 보고했다. 아르다시르 왕자가 바로 목을 베어 죽이라고 명령한 그 젊은이라는 걸 알아차린 왕의 등줄기에 식은땀이 흘렀다. 왕은 당장 사형 집행인을 불러들여 알라께 행운을 비는 심정으로 사형을 집행했느냐고 물었다. 사형 집행인은 어물어물하다가 왕이 무서워서 이미 사형을 집행했다고 대답했다. 눈앞이 캄캄해진 왕은 혹시나 하여 사실대로 말하라고 재차 다

그쳤다. 사형 집행인은 그때에야 아직 처형하지 않았노라고 기어들어가는 목소리로 실토했다.

왕은 안도의 한숨을 내쉬었다. 그리고 왕자를 불러 사과했다.

"부디 그대의 부왕이신 대왕께 내 체통이 깎일 이야기는 절대 하지 말아주길 바라네."

"전하께서 의심하신 저와 공주님의 체면이 설 때까지 저는 죽어도 여기서 한 걸음도 물러서지 않겠습니다. 왜냐하면 공주님은 아직 더럽혀지지 않은 숫처녀이기 때문입니다. 산파를 불러 전하의 눈앞에서 조사해보십시오."

왕은 당장 산파를 불러 조사해보았다. 공주가 아직도 숫처녀임이 밝혀지자 왕은 왕자의 어깨를 두 팔에 껴안고 온갖 정성을 다해 예우했다. 왕자는 목욕을 하고 좋은 옷으로 갈아입은 뒤 부왕을 만나러 나섰다.

한편 공주는 아직도 감금된 채 애를 태우고 있었다. 아르다시르 왕자의 부왕이 군대를 거느리고 몰려왔다는 소식을 들은 공주는 궁전의 평지붕에서 아래쪽을 내려다보았다. 저 멀리 무장을 갖춘 병마가 온통 산을 뒤덮고 있었다. 공주는 왕자가 부왕 때문에 자기를 잊고, 그로 인해 자기는 부친의 손에 의해 속절없이 세상을 떠나게 되는 게 아닌가 걱정이 되었다. 그래서 시녀를 불러 왕자에게 자신의 말을 전하게 하였다.

"왕자님께 이렇게 전해라. '제발 저를 잊거나 버리지 말아주십시오. 아직도 저를 사랑하신다면 빨리 저를 구출하여 함께 데려가주십시오. 만일 왕자님의 열정이 식어 그럴 수 없다면 왕자님의 부왕에게 부탁하여 제 부친에게 중재를 넣어달라고 해주세요. 제 부친에게 잘 말해서 저를 죽이거나 위해를 가하지 않겠다는 서약을 받아주세요. 부디 그렇게 하기 전에는 출발을 연기해주기 바랍니다' 하고 말이다."

시녀로부터 공주의 부탁을 전해들은 왕자는 하염없이 눈물을 흘렸다.

"내가 어찌 공주님을 잊겠느냐. 공주님은 나의 연인이며, 나는 공주님의 종이며 사랑의 포로니라. 둘의 사랑을 잊지 않고 있으며 헤어질 날의 쓰라림도 잘 알고 있다. 그러니 그대는 공주님께 돌아가 이렇게 전하라. '부왕을 만나면 공주님과의 관계를 숨김없이 털어놓고 정식으로 사신을 보내 공주님의 부왕에게 청혼할 것입니다. 만약 공주님의 부친께서 그 청혼을 의논해오거든 절대 반대하지 마십시오. 나는 공주님을 아내로 삼아 동행하기 전에는 절대 고국으로 돌아가지 않을 것입니다' 하고 말이다."

왕자의 변함없는 사랑을 전해들은 공주는 알라께 감사의 눈물을 흘리며 기뻐했다.

한편 왕자로부터 자초지종을 들은 부왕은 많은 선물과 함께 대신을 사신으로 보내 공주에게 청혼했다. 공주의 부친이 청혼의 뜻을 전하자 공주는 기쁘게 이를 받아들였다.

이리하여 두 왕이 합석하고 수많은 증인이 참석한 가운데 공주와 왕자의 혼인 계약서가 작성되고 결혼 축하연이 베풀어졌다. 마침내 왕자와 공주는 첫날밤을 맞아 거리낌 없이 뜨겁게 사랑을 나누었다. ☽

바드르 바심 왕자, 아자미국 샤리만 왕과 쥬르나르 사이에서 태어나다

옛날 아주 먼 옛날, 아자미국 샤리만 왕은 호라산에 궁전을 갖고 있었다. 왕은 100명이나 되는 비첩을 거느렸지만 자식을 두지 못해 깊은 시름에 빠져 있었다.

어느 날 노예 상인이 마치 백합꽃처럼 눈부신 맵시의 노예 처녀를 데려왔다. 왕은 아름다운 처녀의 모습을 보자마자 한눈에 반해 상인에게 1만 디나르의 거금을 하사하였다. '하얀 도성'이라 불리는 도성은 해변에 자리 잡고 있었다. 왕은 격자창이 바다 쪽으로 난 방을 처녀의 거처로 마련해주고 출입구는 밖에서 자물쇠로 채워놓았다.

그런데 이 처녀는 왕이 무엇을 물어도 꿀 먹은 벙어리처럼 한마디도 대답하지 않았다. 그러고도 왕의 노여움을 모면할 수 있었던 것은 순전히 그 비할 데 없는 미모와 요염한 자태 때문이었다. 왕은 사람들이 이 처녀에게 예의범절을 가르쳐주지 않았기 때문이라고 생각했다. 그래서 세상에서 보기 드문 진귀한 음식을 베풀고 시녀와 비첩들로 하여금 온갖 악기를 연주하고 노래를 부르도록 하는가 하면 유쾌한 놀이로 연회의 흥을 돋우도록 했다. 그러나 여전히 처녀는 웃지도 않고 꿔다놓은 보릿자루처럼 한쪽 구석에 앉아 사람들이 먹고 마시고 노는 광경을 묵묵히 바라볼 뿐 입을 여는 법이 없었다.

왕은 슬픔에 잠겼다. 그래서 주위를 물리치고 단둘이 남게 되자 자기도 옷을 벗고 처녀의 옷도 벗겼다. 백옥처럼 매끄럽고 눈처럼 흰 살결을 본 왕은 불같은 욕정이 치밀어 처녀의 알몸을 희롱하다가 관계를 맺었는데, 아직 한 번도 사내의 손길을 타지 않은 숫처녀였다. 왕은 기적 같은 일이라 여기며 속으로 무척 기뻐하였다.

첫날밤 이후 왕은 완전히 처녀에게 빠져 다른 여자는 쳐다보지도 않고, 꼬박 1년을 하루처럼 처녀와 함께 지냈다. 그래도 처녀는 여전히 입을 떼지 않았다. 이름을 물어봐도 어떤 말을 건네도 묵묵부답이었다. 어느 날, 왕은 참다못해 하소연하듯이 말했다.

"여봐라, 내 마음과 동경의 과녁이여. 나는 그대가 좋아서 죽을 지경이다. 그대를 위해 그 많은 측실들도 왕비도 모두 외면하고 오로지 그대만을 보물로 삼아 총애하며 1년을 꾹 참아왔다. 그런데도 그대는 한마디 말도 하지 않으니 답답해서 미칠 노릇이다. 만일 그대가 벙어리라면 손짓으로라도 대답해다오. 그러면 내 굳이 그대에게 억지로 말을 시키지 않겠다. 내가 간절히 바라며 기도하는 건 오직 하나 내가 이 세상을 떠난 후 이 왕국을 이어줄 아들 하나만 그대가 낳아주는 것이다. 그러니 날 사랑한다면 대답 좀 해다오."

처녀는 잠시 고개를 숙이고 있다가 이윽고 고개를 쳐들고 미소를 지었다. 왕은 마치 천둥 번개의 섬광이 번쩍 비친 것만 같았다. 마침내 처녀가 입을 떼어 말을 했다.

"오, 도량도 넓으시고 사자처럼 용감무쌍하신 임금님, 알라께서는 벌써 전하의 기도를 들어주셨습니다. 저는 일찍이 임금님의 아이를 잉태하여 분만할 날을 기다리고 있습니다. 전하께서도 제가 전하의 아이를 낳는 걸 소망하셨다니, 이제 비로소 안심하고 입을 열어 말씀을 여쭙는 것입니다."

왕은 겹경사를 맞아 기뻐서 어쩔 줄 몰랐다. 처녀가 말문만 연 것만으로 더없는 기쁨이겠는데, 아이까지 잉태했다니 그 기쁨을 어찌 말로 다 형용할 수 있겠는가. 왕은 처녀의 머리와 손에 입을 맞추고 모두에게 이 사실을 알렸다. 그리고 다시 처녀를 가슴에 꼭 껴안고 지금까지 입을 다문 이유를 물었다.

"저는 비참한 방랑자로 부모 형제와 친척들로부터 멀리 떨어져 비탄에 빠져 있는 몸입니다."

왕은 처녀가 부모 형제, 혈족들과 생이별했다는 뜻으로 알아듣고 그들의 거처를 말하면 당장 사자를 보내 데려오겠다고 했다. 처녀는 고개를 저었다.

"저는 바다에서 태어난 쥬르나르라고 합니다. 아버지는 바다의 왕자 가운데 한 분이었습니다. 부친이 돌아가신 뒤 저희들이 주권을 계승하기로 되어 있었으나 혼란을 틈타 다른 왕자 하나가 반기를 들고 저희들의 영토를 빼앗아버렸습니다. 제겐 '사리'라고 하는 오라버니가 하나 있고 어머니도 바다의 여자였습니다. 저는 독신주의자인 오라버니와 말다툼 끝에 육지 사람들 손에 이 몸을 던져버리겠다는 한 마디를 남기고 바다를 뛰쳐나왔습니다. 그리고 달빛이 비치는 어느 섬 해변에 앉아 있었습니다. 그러다 지나던 한 사내에게 이끌려 그의 집으로 갔습니다. 저의 미모에 음욕이 동한 사내가 동침을 요구하자 저는 사내의 머리를 세게 때려 상처를 입히고 말았습니다. 그러자 잔뜩 화가 난 그 사내는 저를 노예 상인에게 팔아버렸습니다. 다행히 그 노예 상인은 사람 좋고 품행이 단정한 데다 신앙심이 깊고 마음씨도 넓어 저를 전하께 데려온 것입니다. 전하께서는 저를 처음 보신 이후로 저의 무례에도 불구하고 한결같이 사랑해주셨습니다. 그렇지 않았다면 저는 이 창 밖 바다로 몸을 던져 어머니와 친척에게도 돌아갔을 것입니다. 그러나 임금님의 아이를 잉태한 지금으로서는 차마 부끄러워서 가족에게 돌아갈 수가 없습니다. 아무리 전하께서 저를 보배처럼 총애하신다 해도 아무도 제 말을 믿지 않을 것입니다."

처녀가 솔직하게 자신의 신상을 고백하자 왕은 처녀에게 감사하며 이마에 입을 맞췄다.

"오, 내 눈의 빛이여. 나는 그대와 헤어져서는 한시도 견딜 수가 없다. 그대에게 버림을 당하는 날에는 당장 죽고 말 것이다. 그러니 도대체 난 어떻게 하면 좋단 말이냐?"

쥬르나르가 대답했다.

"오, 임금님. 분만할 날이 가까워졌으니 가족을 이리로 오라고 해야겠어요. 그들의 시중을 받아야 하니까요. 육지 여자는 바다 여자의 해산법을 모르고, 바다 여자는 육지 여자의 해산법을 모르거든요. 집안 식구들이 온다면 서로 화해할 수 있을 것으로 생각합니다."

왕은 물속에서 사는 바다의 사람들이 어떻게 육지로 올라와 살 수 있는지 의아해했다.

"저희들은 마치 육지를 걸어 다니듯 눈을 뜨고 바닷속을 걸어 다닙니다. 그것은 오직 다윗의 아들 솔로몬의 도장 반지에 새겨진 신의 이름의 영험에 의한 것입니다. 저희들은 바닷속을 돌아다니며 바닷속에서도 태양이나 달, 별이나 하늘도 바라봅니다. 모두 대지의 표면에서 보는 것과 마찬가지입니다. 게다가 바닷속에도 많은 사람들이 살고 있고 육지에 있는 여러 가지 모양의 온갖 생물들도 있습니다. 육지에 있는 것은 바다의 것에 도저히 비교가 안 될 정도입니다."

왕은 처녀의 말에 몹시 놀랐다. 이윽고 쥬르나르는 주머니에서 코모린 침향 두 조각을 꺼내 향로에 불을 피우고 그걸 불 속에 던졌다. 그리고 날카롭게 휘파람을 불고 주문을 외었다. 그러자 뭉게뭉게 연기가 솟아올랐다. 그동안 왕은 쥬르나르가 지시한 대로 작은 방에 들어가 몸을 숨기고 사태를 지켜보았다.

이윽고 바다에 거품이 생기고 흐려지는가 싶더니 얼굴이 맑게 빛나는 미청년이 나타났다. 이마는 꽃처럼 희고 볼은 분홍색으로 빛나며, 들국화처럼 청신하고 보름달같이 밝았다. 그 뒤를 이어 백발의 노파가 나타났다. 그들은 바다 위를 걸어 창가로 다가오더니 쥬르나르를 보자 곧 방 안으로 들어왔다. 오라버니 사리 왕과 어머니 화라샤는 쥬르나르를 끌어안고 눈물을 흘렸다. 네 해 만의 해후였다.

오라버니는 쥬르나르를 데리고 바다로 돌아가고 싶다고 말했다.

"오라버니, 저를 사신 분은 이 도시를 다스리는 대왕이신데, 슬기롭고 착하시며 바다처럼 도량이 넓은 분이에요. 게다가 풍채도 뛰어나고 재산도 많은 큰 인물이십니다. 그런데 불행하게도 아직껏 자식을 하나도 두지 못하고 계십니다. 임금님께서는 저를 총애하시고 온갖 은혜를 베풀어주셨어요. 만에 하나 제가 떠나면 임금님께서는 그대로 계시지 못할 거예요. 저 역시 임금님 곁을 떠나 살 수 없을 것 같아요. 그리고 무엇보다 저는 곧 임금님의 아이를 낳을 것이랍니다."

오라버니와 어머니, 그리고 나중에 온 사촌들은 쥬르나르가 행복하게 살고 있다는 말에 안도하였다.

"네가 여기서 유유자적 왕의 사랑을 받고 뭇사람들의 존경을 받으며 행복하게 살 수 있다면 그것도 괜찮다. 그것이야말로 우리들이 바라는 바다. 우리는 네 행복 외에는 아무것도 바라지 않으니까."

쥬르나르는 성대한 식사를 차려 가족들을 대접하였다. 가족들은 임금님을 직접 알현하고 인사를 나누고 싶어 했다. 심지어 가족들 앞에 나오지 않는 왕의 행동은 가족들을 무시하고 홀대하는 무례함이라고 몰아붙이며 화를 내기도 했다.

쥬르나르는 직접 왕을 모시고 나와 가족들 앞에 소개했다. 초대면을 마치자 왕은 예를 다해 대접하였다. 가족들은 한 달 동안이나 궁전에 머물며 왕의 환대를 받다가 작별을 고하고 바다로 돌아갔다.

얼마 후 쥬르나르는 아들을 낳았다. 왕실은 물론 온 도성 안이 모두 들썩거리며 경사를 축하했다. 쥬르나르의 어머니, 오라버니, 사촌들도 다시 찾아와 출산을 축하해주었다.

아들의 이름은 바드르 바심('미소 짓는 만월')이라고 지었다.

왕자의 외삼촌 사리는 갓난아기를 안고 바닷속으로 들어가 모습을 감추었다. 샤리만 왕은 간이 콩알만 해졌다. 그러나 채 한 시간도 안 되어 바다 표면이 부글부글 끓는가 싶더니 사리 외삼촌이 모습을 드러냈다. 사리는 뛰어나와 보름달과 같은 얼굴을 내보이며 순하게 자고 있는 왕자를 껴안고 왕 앞에 돌아와 말했다.

"육지의 임금님, 우리들은 갓난아기의 눈꺼풀에 어떤 가루로 장식한 다음 다윗 아들 솔로몬 왕의 도장 반지에 새겨진 신의 이름을 외웠습니다. 이것은 아이가 태어날 때 하는 우리들의 풍습입니다. 이제 앞으로 이 아이는 어떤 바다에 빠져도 절대 익사하지 않고 육지를 걸어 다니듯 바다 위에서도 걸을 수 있을 것입니다."

그리고 사리는 에메랄드 300알, 태양과 달빛도 능가할 만큼 휘황찬란한 타조 알만 한 크기의 속이 빈 보옥 300알, 그 밖에 온갖 종류의 풍신자석과 보석을 염주처럼 꿴 선물을 왕에게 선물했다. 누이동생을 사랑해주고, 또 아기가 태어난 것을 축하하는 선물이었다. 쥬르나르의 가족들은 40일 동안 궁전에 머물다 바다로 떠났다.

바드르 왕자는 무럭무럭 자라났다. 왕은 쥬르나르를 한층 다정하고 정중하게 대해주었고, 바다 가족들도 자주 찾아와 한두 달씩 머물다 가곤 했다.

바드르 왕자는 성장하면서 점차 미남자가 되었고, 왕자로서의 품위를 갖추어 학문과 무예, 종교에 이르기까지 두루 통달하였다. 왕은 왕위를 계승하기 위한 훈련으로 왕자에게 정사를 돌보게 했다. 백성들 사이에서 왕자는 당대 비할 바 없는 영예와 용맹과 정의를 간직한 왕이 될 것으로 소문이 자자했다.

어느 날, 왕은 노환으로 병석에 눕게 되었다. 영원의 집으로 길을 떠날 날이 다가오면서 위독한 상태에 이르렀다. 왕은 아들을 머리맡에 불러 어머니와 신하들을 잘 돌봐줄 것을 부탁했다. 그리고 태수와 대공 들에게는 신왕에 대한 충성을 맹세케 하였다. 그런 사흘 후에 샤리만 왕은 알라의 부름을 받고 저세상으로 떠났다.

야우하라 공주를 연모한 바드르 왕, 공주의 마술에 걸려 새가 되다

신왕 바드르는 백성들을 지극히 사랑하고 국사를 공명정대하게 시행하는 왕으로, 백성들의 존경과 사랑을 한 몸에 받았다.

1년이 지난 어느 날, 외삼촌 사리가 쥬르나르를 찾아와 바드르 왕의 혼사 문제를 의논하였다. 왕은 어머니와 외삼촌 옆에서 팔베개를 하고 잠든 척 두 사람의 이야기에 귀를 기울였다. 외삼촌은 바드르 왕을 바다의 공주 가운데 하나와 짝지어주고 싶었다. 그래서 100명도 넘는 처녀들을 일일이 살펴보았으나 하나도 맘에 들지 않았다. 오직 조카와 어울릴 만한 처녀는 단 한 사람, 알 사만다르 왕의 딸 야우하라 공주뿐이었다.

외삼촌이 공주의 맵시를 칭찬하는 걸 낱낱이 들은 바드르 왕은 말만 듣고도 대번에 공주에게 반해 연모의 정으로 가슴을 태우고 괴로워하며 밑도 끝도 없는 욕정의 바다에 빠지고 말았다.

외삼촌 사리는 공주의 아버지 알 사만다르 왕이 분별력이 모자라고 옹고집쟁이라 청혼이 쉽지 않은 게 문제라고 걱정했다. 따라서 승낙을 얻을 때까지는 조카에게 비밀로 하자고 약속했다.

바드르 왕은 겉으로 내색은 하지 않았으나 가슴속은 이미 공주에 대한 연모의 정으로 불타올랐다. 이튿날 바드르 왕은 외삼촌과 함께 산책 도중 야우하라 공주를 향한 연정을 실토하였다. 이제 공주 없이는 한시도 살 수 없게 되었으니 외삼촌과 함께 바다로 들어가 공주를 만나야겠다고 우겼다. 어머니와 의논해보자고 달랬으나 어머니는 허락하지 않을 게 뻔하니 알리지 말고 이대로 떠나자고 계속 졸랐다. 왕의 단호한 결의를 꺾을 수 없어 외삼촌은 자기 손가락에서 도장 반지를 뽑아 왕에게 끼워주었다. 이 반지를 끼면 익사하거나 위험을 당하거나 바다짐승이나 큰 물고기의 해악을 모면할 수 있었다.

바드르 왕과 외삼촌 사리는 바닷속으로 들어가 사리의 궁전에 당도했다. 외할머니 화라샤는 쥬르나르에게 알리지 않고 왕을 데려왔다고 사리를 꾸짖었다. 더욱이 사만다르 왕이 난폭하고 사나운 데다 현명하지도 못해 무조건 청혼하면 거절하는 위인이라 더 큰 걱정이었다. 청혼해봤자 거절당할 게 뻔했지만 상사병에 걸려 괴로워하는 바드르 왕의 처지를 생각하면 청혼을 서둘지 않을 수도 없는 노릇이었다.

어쨌든 바드르 왕은 페르시아의 대왕으로서 영토로 보나 병력으로 보나 알 사만다르와는 비교도 안 될 만큼 막강하니 우선은 부딪쳐보는 수밖에 없었다. 외삼촌 사리는 온갖 값비싼 보석과 선물을 최대한 준비해서 사만다르 왕의 궁전으로 들어가 왕을 배알하고 선물을 내놓았다. 사리는 정중하게 페르시아 국왕 바드르 왕의 인품과 국력을 낱낱이 설파하고 공주와의 결혼을 청했다.

사만다르 왕은 불꽃처럼 화를 낸 나머지 정신을 잃고 영혼마저 육체를 떠날 만큼 서슬이 퍼렇게 욕설을 퍼붓더니 당장 베어 죽이라고 외쳤다. 사리는 재빨리 도망쳐 성문까지 뛰었다. 성문 앞에는 외할머니 화라샤가 만일의 사태에 대비하여 지시한 대로, 기병 1,000여 명과 일족이 촘촘한 사슬 갑옷과 창칼로 빈틈없이 무장한 채 대기하고 있었다. 사리 왕의 이야기를 들은 기병들은 일제히 칼을 빼들고 사만다르 왕의 궁전으로 쳐들어갔다. 불의의 습격에 속수무책으로 당한 궁전은 삽시간에 풍비박산이 났고, 모두들 도망치기에 바빴다. 사리와 일족은 사만다르 왕을 체포하여 손발을 꽁꽁 묶었다.

야우하라 공주는 부친이 체포되고 호위병들이 모두 살해되었다는 소식을 듣고, 몰래 궁전을 빠져나와 어느 섬으로 피신하여 높은 나무 꼭대기에 몸을 감췄다.

바드르 왕은 사만다르 왕이 체포되었다는 소식에 후환이 닥칠 게 두려웠다. 그래서 정처 없이 도망치다 운명의 장난처럼 공주가 숨은 그 섬의 바로 그 나무 아래까지 오게 되었다.

무심코 나무 위를 올려다본 왕은 공주와 눈이 마주쳤다. 떠오르는 보름달과 같은 아름다운 모습에 왕은 틀림없이 야우하라 공주라는 예감이 들었다. 공주 역시 새까만 구름 사이에 나타난 보름달처럼 아름답고 상냥한 모습에 달콤한 미소를 띤 미남을 보자 자신의 신분을 밝히고 자초지종을 모두 털어놓았다.

바드르 왕은 공주와의 인연이 불행한 운명과 악연으로 꼬일 대로 꼬인 것이 안타까웠다. 그래서 자신이 공주의 눈동자의 포로가 된 사연과 외삼촌 사리가 청혼 사절로 공주의 부왕을 찾아간 일을 털어놓고, 이런 불행 역시 따지고 보면 공주와 자신과의 인연 탓이 아니겠느냐고 변명을 늘어놓았다.

"이제 우리 둘이 그대 부왕의 궁전으로 돌아가 외삼촌에게 부탁하여 부친을 석방시킨 다음에 정식으로 그대를 나의 왕비로 맞고 싶소."

그러나 공주는 마음속으로 딴생각을 품었다.

'이 모든 불행의 원인은 바로 이 악당 놈 탓이야. 어떻게 해서든 내 몸을 지킬 궁리를 해야 돼. 안 그랬다가는 몸을 더럽힐지도 몰라. 이 사내는 내게 홀딱 빠졌다지 않은가? 사랑에 빠진 자는 무슨 짓을 하더라도 다 용서받게 되는 법이니까 말이야.'

공주는 마음을 녹일 듯 달콤한 말로 상대를 속이며 물었다.

"오 임금님, 제 눈동자의 빛이여, 당신이 진정 쥬르나르 왕비의 아들, 바드르 바심 왕이십니까?"

왕이 그렇다고 대답하자 공주는 나무에서 내려왔다.

"이렇게 아름답고 훌륭한 인물을 제쳐놓다니 부친은 정말 경박하고 분별이 부족합니다. 하지만 부친이 하신 일을 너무 나무라지 말아주세요. 저도 당신을 사랑하고 있어요. 당신의 연정이 제게로 옮아와서 저도 완전히 사랑의 포로가 되어 몸도 마음도 빼앗기고 말았어요."

공주는 이렇듯 달콤한 말을 속삭이며 왕을 껴안고 입을 맞추었다. 왕 역시 황홀한 연정에 빠져 몇 번씩 입맞춤을 하며 끌어안았다. 공주는 왕을 가슴에 꼭 끌어안고 뭔지 모를 말을 중얼거렸다. 그리고 왕의 얼굴에 침을 뱉고 외쳤다.

"인간의 모습을 바꿔 새의 모습이 되어라. 흰 깃을 달고 새빨간 부리와 다리를 한, 새 중에서도 가장 아름다운 새가 되어라."

말이 채 끝나기도 전에 왕은 순식간에 아름다운 한 마리 새로 변해버렸다. 공주는 마르시나 시녀를 불러 이 새를 '물 없는 섬'으로 데리고 가서 내버리라고 했다. 목이 말라 죽게 할 작정이었다. 분부대로 시녀는 새를 버리고 돌아서려고 했으나, 너무나 잘생긴 훌륭한 왕을 차마 굶어 죽게 내버려두고 떠날 수가 없었다. 그래서 마르시나는 '물 없는 섬'을 떠나 수목이 우거진 초록색 작은 섬에다 왕을 옮겨놓고 돌아와서 공주에게는 분부대로 했다고 거짓말을 했다.

한편 외삼촌과 외할머니는 바드르 왕이 실종된 걸 알고 백방으로 행방을 수소문했으나 아무 실마리도 얻지 못하여 애를 태우고 있었다. 어머니 쥬르나르 역시 아들이 행방불명된 뒤 이제나저제나 기다리다가, 마침내 스스로 바다로 돌아가 바드르 왕의 소식을 물었다. 어머니는 그동안의 사건을 들려주었다. 쥬르나르는 오라버니에게 분개하면서도 아들이 걱정되어 슬픔에 잠겼다. 그러나 꾸물거렸다가는 나라가 문란해지고 왕국을 남의 손에 뺏길까 걱정이 되어 돌아가지 않을 수 없었다. 무엇보다 왕이 없는 사이에 국사를 더욱 세심하게 돌보는 것이 가장 현명한 일이라고 생각한 것이다.

쥬르나르는 아들의 안위를 가족들에게 부탁하고, 울어서 눈이 퉁퉁 부은 채 무거운 마음으로 왕국으로 돌아왔다.

왕비의 마법으로 본모습을 되찾은 바드르 왕, 귀국길에 바다에서 표류하다

바드르 왕이 초록색 작은 섬에서 지내고 있던 어느 날이었다. 새 사냥꾼은 섬에 왔다가 깜짝 놀랐다. 주둥이와 다리가 빨간 백조의 모습을 한 이 새는 현기증이 날 정도로 아름다웠다. 새 사냥꾼 노릇 수십 년에 바다와 뭍에 사는 거의 모든 새를 보아왔지만 이처럼 고상하고 귀엽고 아름다운 새는 처음 보았다. 새 사냥꾼은 지체 없이 그물을 던져 그 새를 생포하여 왕에게 바쳤다.

그런데 이 새는 모이를 줘도 먹지 않더니, 왕이 식탁에서 음식을 먹는 걸 보고는 새장에서 뛰쳐나와 왕의 식탁에 놓인 음식을 모두 먹어치웠다. 이 광경을 본 왕은 깜짝 놀랐다. 왕비에게 이 기이한 새를 보여주면 왕비가 즐거워할 것 같았다. 그래서 왕은 왕비를 불렀다. 그런데 왕비는 새 앞에 오자 베일로 얼굴을 가리며 도망치려 했다.

"임금님, 이 새는 새가 아니라 사람입니다. 페르시아 대왕 샤리만 왕의 후계자 바드르 왕입니다. 그 어머니는 바다에서 태어난 쥬르나르 왕비이고요. 알 사만다르 왕의 딸 야우하라 공주가 마법을 걸었나 봅니다."

당장 마법을 풀어 고통을 덜어주라는 왕의 분부로 왕비는 새를 작은 방에 데리고 가서 주문을 외고 물을 뿌렸다. 그 순간 바드르 왕은 원래의 모습을 되찾았다.

바드르는 왕 앞에 나아가 그간의 자초지종을 낱낱이 들려주었다.

"오, 현세의 임금님. 고국을 떠난 지 오래되어 혹시 저의 왕국이 다른 사람 손에 넘어가지나 않았는지 걱정이 됩니다. 어머니도 저 때문에 슬픈 나머지 무슨 일이 생기지나 않았는지 걱정이 되고요. 제발 부탁이온데, 온정을 베푸시어 제가 귀국할 수 있도록 배를 한 척 내주시고, 노비와 항해에 필요한 물품을 준비해주실 수 있으신지요?"

왕은 기꺼이 승낙하였다. 그리하여 바드르 왕은 배를 타고 귀국 길에 올랐다.

항해를 시작한 지 열하루째 날이었다. 갑자기 폭풍우가 몰아치는 바람에 배는 파도에 휩쓸리다가 끝내 암초에 부딪쳐 난파하고 말았다. 바드르 왕은 판자 하나에 매달려 조류를 따라 표류하다가 나흘 만에 한 바닷가로 떠내려갔다.

하얀 도시가 보이는데 마치 흰 비둘기처럼 아름다운 곳이었다. 도시는 바다 쪽으로 튀어나온 곳 위에 기막힌 구조로 세워져 있었고, 높은 탑이 여기저기 솟아 있었으며, 성벽에는 파도가 부딪쳐 하얗게 부서지고 있었다. 너무 기쁜 나머지 한달음에 도시로 들어가려 하는데, 갑자기 당나귀, 노새, 말 들이 바닷가의 모래처럼 떼로 몰려와 덤벼드는 바람에 도저히 육지에 오를 수가 없었다. 그래서 도시의 뒤쪽으로 헤엄쳐 돌아가, 얕은 곳을 첨벙첨벙 건너 해변에 이르러 시내로 들어섰다. 그런데 시내에는 사람의 그림자라곤 하나도 보이지 않았다. 모든 것이 의문투성이였다.

때마침 식료품을 파는 노인 하나를 만났다. 노인은 위험하니 어서 안으로 들어오라고 하면서 마녀에게서 왕을 지켜준 신을 찬양했다.

이 도시는 '마법사의 도시'로, 여왕은 아주 사악한 요술에 능한 마법사였다. 아까 본 당나귀, 노새, 말 등은 모두 이국인들인데, 이 도시에 들어섰다 하면 고약한 마녀에게 걸려들어 40일 동안 감금되었다가 그 뒤엔 당나귀, 노새, 말 등으로 둔갑한다고 했다. 왕이 뭍에 오르려 했을 때, 이들은 왕이 자기들처럼 잡혀서 짐승으로 변할까 걱정되어 한사코 뭍에 오르지 못하도록 말린 것이었다.

여왕은 요술을 써서 시민들을 호리고, 도시를 빼앗아 주인 행세를 하고 있었다. 여왕은 '랍 여왕'이라 불렸다. 아라비아 말로 '태양력'이란 뜻이다. 그런데 랍 여왕은 노인들만은 괴롭히지 않았다.

바드르 왕은 안심하고 노인의 가게 앞 문간에 앉아 있었다. 노인은 사람들에게 젊은이를 자기 동생의 아들이라고 소개하고, 아버지를 여읜 슬픔을 위로해주려고 데려왔다고 설명했다. 하지만 사람들은 혹시나 미남자를 좋아하는 여왕의 눈에 띄어 끌려갈까 봐 걱정했다. 이렇듯 노인의 신세를 지고 지내는 사이에 몇 달이 지나갔다.

환락의 노예가 된 바드르 왕,
랍 여왕을 노새로 둔갑시키다

어느 날, 여왕 일행이 가게 앞을 지나다가 바드르 왕을 발견하였다. 여왕은 첫눈에 반해 들끓는 욕정에 사로잡혀 미칠 지경이 되었다. 노인이 자기 조카라고 말하자 여왕은 오늘 밤 초대하고 싶다고 말했다. 노인은 마술을 걸지 않겠다는 맹세를 하게 한 다음 허락하였다. 바드르 왕이 여왕 일행을 따라가자 사람들은 이구동성으로 아름다운 젊은이가 저주스러운 마녀의 요술에 걸려 안됐다며 슬퍼하였다. 바드르 왕은 알라께 운명을 맡기고 여왕의 궁전으로 갔다.

랍 여왕은 바드르 왕을 데려다 꼭 껴안고 입을 맞추면서 희롱하였다. 진귀한 음식과 술이 잇달아 나오고 가희의 춤이 무르익자, 온 궁전이 환희에 들떠 춤추는 듯했다. 온몸은 마비된 듯 황홀해지고 마음은 흥겹게 들떠, 이국의 하늘 아래에 있다는 것도 잊을 정도였다. 바드르 왕은 젊고 아름다운 여왕의 곁을 떠나지 않기로 마음먹었다. 마침내 만취하자 여왕과 바드르 왕은 한자리에 들어 알몸으로 껴안은 채 이 세상의 열락이란 열락은 모조리 맛보았다. 이렇게 온갖 규방 비술을 다하면서 밤낮으로 즐기는 동안 40일이 흘렀다.

어느 날, 여왕이 한동안 모습을 보이지 않자 바드르 왕은 걱정이 되어 여기저기 찾아다니다가 화원의 개울가에 이르렀다. 개울가에는 한 마리 암새가 앉아 있고, 물가의 나무에는 온갖 새들이 모여 있었다. 왕은 숨어서 가만히 거동을 살펴보았다. 한 마리의 시커먼 새가 암컷에게 덤벼들어 올라타더니 세 번이나 교미를 했다. 그 일이 끝나자 암컷은 문득 여인의 모습으로 변했는데, 자세히 보니 바로 여왕이었다. 시커먼 새는 사내의 화신이며, 여왕은 스스로 흰 새로 둔갑하여 정부와 은밀히 정사를 즐기고 있었던 것이다.

바드르는 질투로 몹시 화가 났다. 얼마 후 여왕이 돌아와 바드르를 희롱하였다. 바드르는 적잖이 화가 났으므로 한마디도 대꾸하지 않았다. 여왕은 심상찮은 태도를 알아채고 자신의 행각을 들킨 게 틀림없다고 짐작했다. 그러나 여왕은 아무것도 털어놓지 않고 시치미를 뗐다. 바드르 왕은 마지못해 여왕의 욕정을 풀어주고 나서 오랜만에 백부의 가게에 한번 놀러갔다 오겠다고 말했다. 여왕은 허락하고는 달콤한 목소리로 당신 없이는 살 수 없으니 곧장 돌아오라고 속삭였다.

바드르 왕이 식료품 가게로 말을 몰았다. 오랜만에 만난 두 사람은 서로를 가슴에 끌어안으며 반겼다. 왕은 여왕의 이상한 행태를 모조리 들려주었다. 노인은 걱정스러운 듯 말했다.

"부디 그 계집을 조심하시오. 당신이 보았다는 나무 위의 새들은 모두 이국의 젊은이들로서 여왕의 사랑을 받다가 마법에 걸려 새가 되어버린 인간들이오. 그 검은 새 역시 여왕이 지극히 사랑하던 백인 노예였으나 그 사내가 다른 시녀를 사랑한 죄로 여왕이 검은 새로 둔갑시킨 것이오. 그러나 여왕은 아직도 그 노예를 사랑하기 때문에 가끔씩 욕정이 일어나면 암새로 둔갑하여 몸을 섞곤 하는 것이오. 여왕은 당신을 진심으로 사랑하지 않소. 따라서 만일 당신이 비밀을 알아챈 걸 알게 되면, 여왕은 분명히 좋지 못한 일을 꾀할 것이오. 하지만 내가 당신을 지키는 한 결코 당신에게 해를 미치지는 못할 테니 걱정 마시오. 난 '압둘라'라는 이슬람교도로, 지금 세상에 나만큼 뛰어난 마술사는 한 사람도 없소. 다만 나는 마술 부리는 걸 삼가고 있을 뿐이오. 그동안 몇 번이나 여왕의 환술을 깨뜨리고 억울한 사람들을 구해준 일이 있소. 그 따위 계집은 안중에도 없소. 내 앞에선 꼼짝도 못한다니까. 아니, 그 계집은 나를 두려워하오. 그 계집이 오늘 밤 당신에게 무슨 짓을 하는지 내일 와서 내게 알려주시오. 여왕은 당신을 없애버리기 위해 오늘 밤에 뭔가 일을 꾸밀 테니까요. 나중에 내가 그 계집의 간계를 꺾고 당신 몸을 지키려면 어떻게 해야 하는지 알려주리다."

여왕은 바드르 왕이 돌아오자 음식을 대접한 후 술상을 내왔다. 계속 술을 따라주다 보니 얼마 안 가 왕은 크게 취하여 의식은 몽롱하고 분별이고 뭐고 다 사라지고 말았다. 여왕은 화원에서 한 짓 때문에 화가 났느냐고 물었다. 대취한 왕은 그만 사실대로 대답하고 말았다. 여왕은 과장된 애정 표현을 하며 입을 맞추고 껴안았다.

한밤중이 되자 여왕은 침상에서 빠져나갔다. 바드르 왕은 자는 척하며 여왕의 거동을 살폈다. 여왕은 빨간 자루 속에서 빨간 것을 꺼내 방 한가운데 세워놓았다. 그것은 당장 일렁이는 강물로 변했다. 이어 보리 한 줌을 집어 땅에 뿌리고 강물을 떠서 그 위에 붓자, 보리는 삽시간에 이삭이 여물었고 여왕은 그걸 빻아 가루로 만들었다. 그러곤 가루를 치워놓고 잠자리로 돌아와 아침까지 바드르 왕 옆에서 잤다.

아침이 되자 왕은 허락을 얻어 식료품 가게로 갔다. 여왕의 수상한 행동을 듣고 난 노인은 웃으며 보리를 빻은 가루 1파운드를 주었다. 여왕이 가루를 먹으라고 주거든 절대 먹지 말고 그냥 먹는 체하다가 노인이 준 가루를 몰래 꺼내 여왕이 준 것인 양 먹으라고 당부했다. 여왕이 준 가루를 먹으면 대번에 여왕의 요술에 걸려 여왕이 말한 대로 둔갑할 것이기 때문이었다. 그 대신 노인이 준 가루를 여왕에게 먹이고 물을 떠서 여왕에게 끼얹고 주문을 외라고 일렀다.

바드르 왕은 노인이 가르쳐준 주의사항을 꼼꼼히 새겨듣고 돌아왔다. 백부가 맛있는 미숫가루를 선물로 주었다고 했더니, 여왕은 그보다 자기가 만든 미숫가루가 더 맛있으니 먹어보라고 했다. 왕은 먹는 체만 하다가 버리고 얼른 노인이 준 가루를 몰래 꺼내 먹었다. 여왕은 정말로 왕이 자기가 준 가루를 먹은 걸로 믿고 왕의 몸에 끼얹으며 소리쳤다.

"애꾸눈의 추한 당나귀가 되어라."

그러나 왕의 모습이 변하지 않자, 여왕은 왕 옆으로 다가와 이마에 입을 맞추고 아양을 떨었다.

"그냥 장난 삼아 해본 거예요. 나쁘게 생각진 마세요."

왕은 무심한 척 천연덕스럽게 대답했다.

"천만에! 난 조금도 당신을 나쁘게 생각하지 않아요. 그렇기는커녕 당신의 사랑을 믿어 의심치 않소. 어쨌든 내가 가져온 이 맛있는 미숫가루를 한 입 먹어보시오."

여왕은 아무 의심 없이 왕이 권하는 가루를 한 입 먹었다. 가루가 위에 들어가자마자 여왕은 사지에 경련을 일으켰다. 이때다 싶어 왕은 물을 떠서 여왕의 얼굴에 끼얹으며 얼룩 당나귀가 되라고 주문을 외었다.

여왕은 대번에 암노새로 변해 눈물을 흘리며 콧등으로 왕의 발을 문질렀다. 왕이 굴레를 씌우려 해도 노새는 굴레를 쓰려 들지 않았다. 왕은 노인에게 노새 다루는 법을 배우고 고삐도 얻어 궁전으로 돌아와 노새에게 재갈을 물려 등에 올라타고 노인에게 갔다. 압둘라는 노새에게 마구 욕을 퍼부었다.

"이제 도성을 떠나시오. 다만 누구에게도 이 고삐를 내주지 않도록 주의하시오."

노인은 신신당부했다. 왕은 노인과 작별을 고하고 그곳을 떠났다.

어머니의 도움으로 귀국한 바드르 왕, 야우하라 공주와 결혼하다

사흘 동안 쉬지 않고 여행을 계속한 끝에 왕은 또 다른 도시 근처까지 왔다.

마침 한 친절한 노인의 도움으로 그의 집으로 가던 길이었다. 한 노파가 노새를 보고 눈물을 흘리며 가엾게 죽은 자기 아들의 암노새를 꼭 닮았다며 자꾸만 팔라고 졸랐다. 안 판다고 해도 노파는 집요하게 떼를 썼다. 하도 조르자 노파를 떼어낼 방도를 궁리한 끝에 왕은 노파에게 큰돈이 없을 것이라고 얕잡아 보고 1,000디나르면 팔겠다고 말했다. 노파는 허리춤에서 1,000디나르를 꺼내주었다. 할머니를 놀리려고 해본 소리일 뿐이니, 노새는 절대 팔 수 없다고 거절했다. 노파는 왕을 노려보며 이 고을에선 거짓말을 하면 사형을 받는다고 협박했다. 하는 수 없이 왕은 노새 등에서 내려 고삐를 건네주었다.

노파는 노새의 재갈을 벗기고 나서, 물을 떠 노새에게 끼얹으며 "나의 딸이여, 인간의 모습으로 돌아가라"라고 주문을 외웠다. 그러자 노새는 즉시 여왕의 모습으로 돌아왔다. 두 모녀는 꼭 끌어안았다. 노파가 여왕의 어머니임을 그때에야 안 왕이 도망치려 했지만 노파가 휘익 휘파람을 불자 산처럼 커다란 마신이 나타나 왕의 앞을 가로막았다. 왕은 너무 놀라고 두려워 장승처럼 그 자리에 우뚝 서버렸다. 노파는 마신의 등에 딸과 바드르 왕을 태우고 하늘을 날아 순식간에 랍 여왕의 궁전에 도착했다.

여왕은 옥좌에 앉자마자 주문을 외어 바드르 왕을 망측하게 생긴 새로 둔갑시키고 시녀에게 모이도 물도 주지 말라고 했다.

그러나 왕을 불쌍히 여긴 시녀는 여왕 몰래 모이와 물을 주고, 살그머니 궁전을 빠져나와 압둘라 노인에게 달려가 모든 사실을 알렸다. 노인은 이렇게 된 이상 이 마을을 여왕에게서 빼앗아 시녀를 여왕으로 앉히는 수밖에 없다고 생각했다. 노인은 휙 하고 날카롭게 휘파람을 불었다. 그러자 날개 넷 달린 마신이 나타났다. 노인은 마신에게 시녀를 태우고 쥬르나르와 그 어머니 화라샤의 도성으로 데리고 가라고 했다. 두 여자는 이 세상에 다시없는 가장 뛰어난 요술사였던 것이다.

마신은 쥬르나르의 궁전 평지붕에 시녀를 내려놓았다. 시녀는 쥬르나르에게 바드르 바심 왕이 랍 여왕의 포로가 되었음을 알리고 전후좌우 사정을 소상히 설명했다.

쥬르나르는 북을 쳐 신하들을 소집하여 바드르 왕의 소식을 전했다.

어머니 화라샤와 오라버니 사리는 마신의 일족과 바다의 병마를 모두 소집하였다. 마신의 왕은 사만다르 왕이 포로가 된 후 사리의 명령에 복종하고 있었다. 이리하여 마족의 전군은 하늘 높이 날아 랍 여왕의 마을에 내려 궁전을 부수고 눈 깜짝할 새에 불신의 무리들을 몰살시켰다.

쥬르나르가 바드르 왕을 찾자 시녀는 새장을 가져왔다. 쥬르나르는 새장에서 새를 꺼내 물을 끼얹고 주문을 외었다. 새는 순식간에 바드르 왕으로 변했다.

어머니 쥬르나르와 아들 바드르 왕은 서로 꽉 끌어안고 하염없이 기쁨의 눈물을 흘렸다. 외삼촌, 외조모, 이모 들도 모두 기쁨의 눈물에 젖어 바드르 왕의 손발에 연신 입을 맞췄다.

쥬르나르는 압둘라 노인을 치하하고, 시녀와 짝지어준 다음 도시의 왕으로 봉했다. 그리고 마을 주민에게는 압둘라 왕에게 충성을 맹세하게 하였다.

일행은 고국으로 돌아와 사흘 동안 축연을 베풀고 바드르 바심 왕의 무사 귀국을 축하했다. 이제 남은 것은 바드르 왕의 결혼뿐이었다. 가족과 신하 들은 바드르 왕의 배필로 어울릴 만한 신부를 찾기 위해 동분서주했다. 그러나 바드르 왕은 자기가 원하는 건 오직 사만다르 왕의 딸 야우하라 공주뿐임을 거듭 강조했다. 할 수 없이 쥬르나르는 사만다르 왕을 불렀다. 바드르 왕이 청혼하자 사만다르 왕은 기꺼이 승낙하였다.

곧 야우하라 공주를 데려왔다. 아버지를 만난 공주는 한달음에 뛰어가 목에 팔을 감았다. 사만다르 왕은 바드르 왕의 청혼을 승낙했음을 알렸다. 공주 또한 기쁘게 받아들였다.

"원한도 분한 마음도 모두 사라진 지금, 기꺼이 그분의 아내가 되겠습니다."

이리하여 바드르 바심 왕과 야우하라 공주는 혼인 계약서를 작성하고 성대한 결혼식을 올렸다. ☽

아득히 먼 옛날, 페르시아의 왕 중 왕으로, 무함마드 빈 사바이크라는 대왕이 있었다. 그는 호라산국을 통치하면서도 해마다 인도와 힌드, 중국, 오크사스 강 저편의 마와란나르 나라들과 야만인이 살고 있는 지방으로 출병하여 영토 확장의 야욕을 펼치곤 했다.

그는 청렴결백하고 선천적으로 도량이 넓고 용맹하며 술자리의 풍류담을 비롯하여 옛사람의 이야기, 시가, 일화, 사담, 모험담, 전설 등을 더할 나위 없이 사랑하고 있었다. 따라서 희한한 이야기로 왕의 마음에 들기만 하면, 누구를 막론하고 머리 꼭대기에서부터 발끝까지 새 옷으로 감싸주고, 1,000디나르 말고도 훌륭한 말 등 후한 상을 내리곤 했다.

그런데 상인이자 고금의 학문에 통달한 학자이며 재주와 기개를 겸비한 시인 하산에 대한 소문이 들려왔다. 왕은 하산을 불러 재미난 기담이나 처음 듣는 이야기를 해달라고 주문했다. 만일 마음에 들면 후한 상을 내리지만 안 그러면 재산을 몰수하고 추방하겠다고 했다. 하산은 1년의 유예기간을 달라고 요청했고, 왕은 승낙하는 대신에 1년간 집에 머물되 절대 말을 타고 밖으로 나오면 안 된다고 경고했다.

하산은 학식 있고 총명하며 기예를 갖춘 노예 5명에게 각각 5,000 디나르씩 주면서 말했다.

"너희들은 각기 흩어져 여러 나라로 가서, 학문과 예술을 갖춘 박식한 문인이나 세상에서도 불가사의한 진담과 기담을 일삼는 이야기꾼을 찾아내서 사이후 알 무르크의 이야기를 알아오도록 하라. 1,000 디나르를 요구한다 해도, 아니, 달라는 대로 내줘라."

그리하여 노예들은 각기 힌드와 그 속국들, 페르시아인의 나라와 중국과 그 속국들, 호라산의 나라와 그 영토, 모리타니와 그 모든 영토, 시리아와 이집트와 그 주변 나라 등으로 흩어져 여행을 떠났다.

그러나 네 명의 노예는 넉 달 동안 사방으로 찾아다녔으나 아무것도 얻은 것이 없이 허탕만 쳤다고 돌아와서 보고했다. 하산은 몹시 허탈했다.

마지막 다섯 번째 노예는 여행을 계속하여 시리아의 다마스쿠스로 들어섰다. 노예는 이곳저곳을 찾아다니며 주인이 찾고 있는 걸 물어보았으나 아무에게서도 신통한 대답을 얻지 못해 다른 곳으로 가볼까 생각했다.

바로 그때 자기 옷자락에 발이 걸려 고꾸라지면서 허겁지겁 달려오는 한 젊은이를 만났다. 무슨 일이냐고 묻자 젊은이가 대답했다.

"이 도시에 유식한 장로 한 분이 계신데, 날마다 이맘때면 우리들이 아직껏 한 번도 들어보지 못한 갖가지 이야기와 도움이 되는 일화를 이야기해주시거든요. 그런데 사람이 하도 많이 몰려오는지라 앞자리를 차지하려고 달려가는 길입니다."

노예는 반가운 마음에 젊은이를 따라 이야기 잔치가 벌어지는 장소로 달려갔다. 인품이 고상한 한 노인이 의자에 앉아 있었고, 청중은 숨소리 하나 없이 이야기에 귀를 기울였다. 이야기가 끝나고 모두가 흩어진 뒤 노예는 노인에게 다가가 인사하고 사이후 알 무르크와 바디아 알 쟈마르의 이야기를 알고 있느냐고 물었다. 그러면서 노예는 여기까지 오게 된 사연을 들려주었다. 노인은 기꺼이 들려주겠노라며 우선 노예를 안심시켰다.

"하지만 그 이야기는 길가에서 아무렇게나, 아무에게나 함부로 할 이야기가 아니오."

노인은 사례금으로 100디나르를 요구했다. 이튿날 아침 노예는 10디나르를 더 얹어 110디나르를 챙겨가지고 노인의 집으로 갔다. 사례금을 받은 다음 노인은 필기구를 앞에 놓고 책 한 권을 내주었다. 그리고 이 책 가운데 사이후 알 무르크 이야기를 찾아내 베끼라고 했다. 노예는 시키는 대로 필사를 시작했고, 다 베낀 다음 노인에게 읽어주자 노인은 가필해주었다.

노예가 필사를 마치자 노인은 다섯 가지 조건을 내걸었다.

"이 이야기는 절대로 길가에서, 부인과 노예 계집 앞에서, 흑인 노예와 바보를 상대로, 또 아이를 상대로 들려주면 안 된다오. 또 암송하여 들려줄 때는 반드시 왕후, 태수, 대신, 코란의 해설자 같은 유식한 사람들만을 상대로 하시오."

노예는 다섯 가지 금기를 꼭 지키겠노라 다짐하고 노인의 손에 입을 맞추고 하직한 뒤 길을 떠났다.

기쁨에 찬 노예는 한눈 한 번 팔지 않고 여행을 계속하여 마침내 고국에 돌아왔다. 하산이 왕과 약속한 날은 불과 열흘밖에 남지 않았다. 노예가 두루마리를 내놓자 하산은 하늘에라도 오를 듯 기뻐하며 노예에게 후한 상을 듬뿍 내렸다. 그리고 손수 붓을 들어 이것을 그대로 정확히 베껴 어전으로 나갔다.

왕은 총독들을 비롯하여 고관대작, 학자와 현자 들을 어전에 불렀다. 하산은 그들 앞에서 강독을 시작하였다. 하산이 이야기를 마치자 금은보석을 비롯한 하사품이 비가 내리듯 쏟아졌다. 왕은 금문자로 이야기를 필사하여 보관해두고, 마음이 울적할 때는 하산을 불러 강독케 하였다. 그 이야기의 전모는 다음과 같다.

이집트의 왕과 대신, 솔로몬의 계시로 아들 무르크와 사이드를 얻다

이집트 왕 아심 빈 사후완은 후사가 없어 비탄에 젖은 나날을 보냈다. 마치 샘물을 찾아 헤매는 나그네처럼 불안과 근심에 싸여 눈물을 흘리자 그가 아끼는 재상 화리스 빈 사리가 무슨 일이냐고 물었다. 왕은 말없이 땅이 꺼져라 한숨만 쉬었다. 왕이 가슴속의 괴로움을 털어놓지 않고 슬퍼하는 걸 보고 있자니 화리스도 가슴에 칼을 꽂아 죽고 싶은 심정이었다. 그래서 화리스는 혹시 알라의 뜻으로 고칠 수 있을지 모르니 왜 그토록 슬퍼하는지 말이라도 해달라고 간청하였다.

그때에야 왕은 자식 없는 슬픔을 토로하였다. 화리스 역시 자식이 없는 처지이기는 마찬가지였다. 화리스는 왕에게 한 가지 제안을 했다.

"전하, 신은 일찍이 시바의 나라에 다윗의 아들 솔로몬이라는 왕이 있다는 말을 들었습니다. 솔로몬 왕은 예언자라고 자칭하며 온갖 재주를 부리는 위대한 주를 모시고 있다고 합니다. 임금님의 지엄하신 어명으로 그에게 사신을 보내 '자식 복을 내려달라'는 기도를 주께 올려달라고 부탁해보시는 게 어떻겠습니까? 만일 기도의 영험으로 자식을 얻게 되면 우리 모두 그 종문에 귀의하여 주를 섬기는 것이 마땅할 줄로 아옵니다. 그도 아니라 하시면 딴 길을 궁리할 수밖에 없을 것입니다."

재상의 진언을 듣자 왕은 매우 흡족해했다. 그런데 그런 중대한 임무에는 아무래도 재상 화리스가 적임자였다. 결국 화리스는 여장을 꾸리고 길 떠날 채비를 했다. 왕은 솔로몬 왕에게 줄 선물로 갖가지 진기하고 값비싼 보석, 화려한 피륙, 귀한 특산물 등을 챙겨주었다. 화리스 대신은 왕의 손에 입을 맞추고 작별을 고했다. 일행은 출발한 뒤 밤낮을 가리지 않고 여행을 계속하여, 시바까지 보름 거리쯤 남긴 곳에 이르렀다.

한편, 솔로몬 왕은 알라의 영감을 느끼고 한 계시를 들었다.

"오, 솔로몬이여. 지금 이집트 왕이 보낸 재상이 오고 있다. 그러니 고문관 아사흐 빈 바르히야를 보내 정중히 맞도록 하라."

솔로몬 왕은 구원의 신앙을 설명해주라는 신의 목소리를 듣고 신하를 마중 보내 이집트 왕의 재상 화리스를 융숭하게 대접하여 도성으로 안내했다.

화리스는 자신이 올 걸 미리 알고 마중 나온 사실에 몹시 놀랐다. 과연 누가 가르쳐주었을까 궁금하기 짝이 없었다. 알라의 계시를 받았다는 대답에 화리스는 어리둥절할 수밖에 없었다. 태양을 믿는 화리스가 신을 알 리가 없었다. 솔로몬 왕의 고문관 아사흐 빈 바르히야가 이렇게 설명했다.

"태양은 알라께서 만드신 별의 하나에 지나지 않는 것으로, 알라는 태양을 섬기는 걸 금하고 계십니다. 왜냐하면 태양은 아침에 떠올랐다 저녁에 가라앉기 때문입니다. 이에 반해 주는 언제, 어느 때에도 늘 계시는 분으로 만물을 다스리는 전능하신 신입니다."

이렇게 하여 마중 나온 고문관 일행의 안내로 화리스 일행은 시바의 나라에 도착하여 다윗의 아들 솔로몬의 궁전에 당도했다.

화리스 일행이 솔로몬 왕 앞에 무릎을 꿇고 엎드리려 하자, 솔로몬 왕은 극구 말렸다.

"천지와 만물의 조물주이신 알라의 앞을 제외하고는 사람인 존재가 무릎을 꿇는다는 건 부당한 일이오. 그 때문에 누구를 막론하고 앉고 싶으면 앉을 것이요, 서고 싶으면 서는 것이 좋으리라. 그러나 나를 공경하기 위해 서서는 안 되리라."

그래서 화리스 대신과 측근은 앉고, 나머지 신분이 낮은 신하들은 한옆에 섰다.

"나는 벌써 그대가 왜 왔는지, 어떤 사명을 띠고 있는지 잘 알고 있소."

솔로몬 왕은 화리스 대신에게 이집트의 아심 왕이 늙고 병약한 몸으로 자식이 없는 걸 걱정하며 슬픔에 잠긴 모습을 마치 옆에서 직접 보고 들은 것처럼 그대로 이야기했다.

화리스는 깜짝 놀랐다. 아심 왕과 이야기할 때는 두 사람밖에 아무도 없었고, 그런 은밀한 속사정에 정통한 사람은 아무도 없었기 때문이다. 누구한테서 들었느냐고 묻자 솔로몬 왕은 빙그레 웃으며 말했다.

"사람의 눈에는 보이지 않으나, 사람의 가슴속에 숨어 있는 것을 모두 아시는 주의 계시로 알았소."

이 말에 화리스는 그길로 일행과 함께 이슬람교로 개종하였다. 왕은 선물을 받은 즉시 모두 돌려주었다.

이튿날, 솔로몬 왕은 화리스에게 아들을 잉태하는 비법을 일러주었다.

"그대는 그대의 왕과 더불어 활과 화살과 횃불을 들고 내가 일러준 곳으로 가시오. 거기 나무 한 그루가 있을 테니, 그 나무에 올라가 말 없이 정오의 기도 시간부터 하오의 기도 시간까지 앉아 있다가 하오의 더위가 물러나면 아래로 내려와 나무 밑을 보시오. 뱀 두 마리가 기어 나올 텐데, 하나는 원숭이 같은 머리, 또 하나는 마신 같은 머리를 하고 있을 것이오. 둘이서 활로 쏘아 둘 다 죽이고, 머리와 꼬리를 한 뼘씩 잘라버린 후 남은 고기만 충분히 삶아 각자의 아내에게 먹이고, 그날 밤으로 동침하시오. 그러면 알라의 뜻에 따라 둘 다 잉태하여 아들을 낳게 될 것이오."

아울러 솔로몬 왕은 도장 반지와 칼 그리고 황금과 보석으로 단을 두른 옷 두 벌이 들어 있는 보따리를 대신에게 건네면서, 그 두 아들이 자라 성인이 되거든 그 옷을 한 벌씩 주라고 일렀다.

화리스는 솔로몬 왕의 두 손에 입을 맞추고 하직 인사를 올렸다. 화리스 일행은 사명을 완수한 것을 기뻐하며 밤낮을 가리지 않고 길을 재촉하여 이집트에 도착했다.

이레 동안의 휴식을 마친 뒤, 화리스는 아심 왕과 더불어 솔로몬 왕이 일러준 비방을 실행에 옮겼다. 뱀을 죽이고 그 고기를 요리하여 먹은 그날 밤 왕과 화리스는 저마다 아내와 동침하여 마침내 잉태 소식을 듣게 되었다.

달이 차 왕과 화리스는 모두 아들을 얻었다. 아심 왕은 점성술사들에게 아들의 운세를 점쳐보았다.

"왕자는 장성하여 이 나라를 떠나 외국을 방랑하는 가운데 배의 난파와 고통, 투옥과 재앙 등을 만나게 될 것입니다. 앞길은 참으로 다사다난한 가시밭길이나 끝내는 천신만고를 다 견뎌내고 뜻을 성취하여 적을 두려워하지 않고, 위세를 온갖 백성에게 떨쳐 나라를 통치하면서 다복한 여생을 마치게 될 것입니다."

아심 왕은 왕자의 이름을 사이후 알 무르크라 짓고, 대신 화리스는 아들의 이름을 사이드라 지었다.

초상화에 반한 무르크 왕, 바디아 공주를 만나기 위해 사이드와 함께 길을 떠나다

두 젊은이가 스물다섯 살이 된 어느 날, 왕은 총독들을 비롯하여 신하들을 모두 소집했다. 왕이 왕위를 왕자에게 물려주고 노년을 편안히 살고 싶다고 말하자 신하들은 이구동성으로 어명을 거둬들일 것을 호소했다. 그러나 왕의 뜻이 워낙 완강한지라 승복할 수밖에 없었다.

왕은 무르크 왕자를 새 왕으로 삼고 옥좌에 앉혀 왕관을 씌워주었다. 신하들은 일제히 왕위 선양을 경하하고 왕실과 나라의 융성을 기원하며, 새 왕 무르크에게 충성을 맹세하였다.

화리스 역시 태수와 대공 들에게 사이드를 자기의 후임으로 임명해 달라고 요청했다. 모두가 승낙하자 화리스는 대신의 두건을 벗어 사이드에게 감아준 다음 직무용 먹통을 사이드에게 인계하였다. 모두들 기뻐하며 축복해주었다.

아심 왕은 두 젊은이를 불러놓고 솔로몬 왕이 선사한 물건들을 보여주면서 두 가지씩 고르도록 하였다. 먼저 무르크 왕이 반지와 보따리를 집어 들었고 사이드는 칼과 인장을 집어 들었다. 둘은 방으로 돌아갔다. 워낙 형제처럼 허물없이 지내는 처지라 두 젊은이는 밤이면 같은 침상을 사용하였다.

한밤중이 되자 무르크 왕은 보따리 속이 궁금했다. 그래서 조그만 방으로 가서 펴보았다. 그 안에서 마신이 짠 갑옷 두 벌이 나왔다. 한 벌은 왕이 입을 어의였고, 한 벌은 대신이 입을 옷이었다. 그런데 어의 등받이 안쪽에 황금으로 세공을 한 처녀의 초상화가 그려져 있었다. 고상한 맵시는 놀라울 정도였다. 왕은 한번 그 얼굴을 보자마자 즉시 분별력을 잃고는 욕정에 사로잡혀 정신이 멍해졌다. 왕은 자기 손으로 얼굴과 가슴을 때리면서 세상 모를 슬픔에 잠겼다.

얼마 후 잠이 깬 사이드는 왕을 찾으러 두리번거리다 조그만 방에서 왕이 울고 있는 걸 발견했다. 하지만 아무리 까닭을 물어도 왕은 끝내 속을 털어놓지 않았다. 형제처럼 함께 자란 처지고, 가장 가까운 왕과 신하 사이가 아닌가. 사이드는 답답한 나머지 칼을 빼들고, 정녕 말을 해주지 않으면 자기 가슴을 찔러 죽어버리겠다고 위협했다.

무르크 왕은 부끄러워서 차마 말을 할 수가 없다며 그림을 보여주었다. 초상화 속 공주의 머리에 쓴 관에는 이런 문구가 보였다.

"이것은 바디아 알 쟈마르 공주의 초상화이고, 공주는 바벨의 도성에 살고 있으며, '대왕 아드'의 아들이자 이람의 화원에 사는, 진실을 믿는 마왕 중의 마왕인 샤아르 빈 샤르후의 딸이니라."

그날부터 무르크 왕은 병석에 눕고 말았다. 석 달 동안 나라에서 제일가는 의사와 점성가 들이 온갖 처방을 내리고 주문을 외었으나 왕의 병세는 차도가 없었다. 아버지 아심 대왕은 화를 내며 의사들을 꾸짖었다. 그때에야 의사들은 왕의 병이 상사병이며, 자세한 것은 사이드 대신에게 물어보라고 아뢰었다. 결국 사이드로부터 왕이 마왕의 딸을 짝사랑하게 되었다는 자초지종을 들은 아심 대왕은 무르크 왕에게 인간의 힘으로 어떻게 할 수 없는, 인간의 종자가 아닌 마왕의 딸은 잊어버리고, 다른 공주들 가운데서 배필을 고르라고 설득했다. 그러나 무르크 왕은 결코 단념할 수 없는 심경을 토로하였다.

대왕은 도성 안의 상인과 여행자, 떠돌이, 외국인과 선장 등을 소집하고, 바벨의 도성과 이람의 화원에 대해 물었으나 누구 하나 알고 있거나 소문을 들은 사람이 없었다.

그런데 한 사내가 말하기를, 중국에 가면 혹시 도성과 화원에 관해 알고 있는 사람이 있을지도 모른다고 일러주었다. 대왕은 자기가 몸소 찾아 나서겠다고 했다. 그러나 무르크 왕은 당사자인 자기가 가는 것이 마땅하다고 우겼다. 설령 뜻하는 일이 잘 안 풀릴지라도 일단 이국을 방랑하다 보면 기분도 가라앉고 우울증도 옅어져 용기가 솟을지 모른다며 부왕을 설득했다.

결국 아심 대왕도 아들의 고집과 설득에 양보할 수밖에 없었다. 그리하여 배 40척과 여행에 필요한 모든 준비를 갖추고 무르크 왕은 친구 사이드와 함께 배에 올랐다.

무르크 왕 일행, 온갖 모험과 역경 끝에 탈출하다

긴 여행 끝에 무르크 왕 일행은 중국에 도착했다.

화그풀 샤리 왕은 적군이 쳐들어온 줄 알고 도성 문을 굳게 걸어잠근 채 돌 던지는 기구까지 준비했다. 그러나 무르크 왕이 사자를 보내 오해가 풀리자 맞아들였다. 무르크 왕은 40일 동안 환대를 받으며 머물다가 마침내 자신이 여기까지 온 목적을 털어놓았다. 화그풀 왕은 이국의 여행자나 방랑자, 선원과 선장을 불러 바벨의 도성과 이람의 화원에 대해 물었다. 그러나 아무도 아는 사람이 없었다. 실망하고 있던 차에 한 선장이 인도의 여러 섬으로 가보라고 일러주었다.

무르크 왕 일행은 다시 출발하여 순풍에 돛을 달고 항해를 계속했다.

넉 달이 지난 어느 날, 사방에서 산더미 같은 큰 파도가 밀려오더니 바다는 스무 날 동안이나 폭풍우로 들끓었다. 배는 서로 충돌하여 깨어져 산산조각이 났고, 선원들은 거의 모두 익사했다. 무르크 왕을 비롯하여 몇 명만이 가까스로 조각배에 옮겨 타 목숨을 건졌다. 이윽고 바람이 자고 태양이 눈부시게 내리쬐었다. 정신을 차리고 보니 그 많던 배들이 흔적도 없이 사라지고, 친구 사이드도 보이지 않았다.

절망 끝에 왕은 바다에 몸을 던지려 했다. 부하들은 왕을 위로하며 말렸다.

"오, 임금님. 그래 봤자 무슨 소용이겠습니까. 모든 게 스스로 초래한 재앙이며 조물주의 뜻에 따라 정해진 숙명이 아니겠습니까. 임금님께서 태어나셨을 때 점쟁이들은 앞으로 온갖 재앙을 당하게 될 거라고 부왕께 예언했습니다. 그러니 알라께서 이 궁지에서 건져주실 때까지 꾹 참고 기다릴 수밖에 딴 방도가 없습니다."

이윽고 배는 바람 부는 대로 정처 없이 파도 사이를 떠내려가 밤낮없이 표류를 계속했다. 심한 허기와 갈증에 기진맥진한 일행이 이젠 정말 죽었구나 하고 체념하고 있을 때 뜻밖에 한 섬이 나타났다. 일행은 배에 한 사람만 남겨놓고 뭍으로 올라가 과일을 따서 배불리 먹었다. 그때 나무 사이에 웅크리고 있던 한 노인이 노예에게 말을 걸었다.

"그 열매는 아직 익지 않았으니 먹지 마시오. 내 옆으로 오면 가장 잘 익고 맛있는 과일을 주겠소."

노예는 '비밀의 뜻' 속에 어떤 숙명이 숨어 있고, 자기 이마에 무엇이 적혀 있는지 알 까닭이 없었으므로, 그저 사람을 만난 기쁨에 아무 의심 없이 노인에게 다가갔다. 그러나 사람 모습을 한 그 노인은 사실은 마신이었다. 마신은 노예에게 갑자기 덤벼들어 등에 올라타서는, 한쪽 다리로 머리를 감고 다른 한쪽 다리는 등 뒤로 떨어뜨린 채 빨리 걸으라고 마구 때렸다. 노새처럼 부려먹다 지쳐 죽게 하려는 술책이었다. 이를 알아챈 노예는 동료들에게 빨리 피해 도망치라고 소리쳤다. 일행은 겁에 질려 허겁지겁 배로 돌아와 바다를 향해 노를 저었다.

배는 한 달 동안 표류하다가 또 다른 섬에 당도했다. 일행이 정신없이 과일을 따먹고 있는데, 은 기둥 같은 정체 모를 짐승이 뒹굴고 있었다. 발로 걸어차 보니 인간의 허물을 쓴 괴물이었다. 무섭게 눈이 길고, 머리는 갈라지고, 한쪽 귓바퀴 뒤에 얼굴을 감춘 이 괴물은 누워 잘 때는 언제나 한쪽 귓바퀴를 펼쳐 머리 밑에 깔고, 또 한쪽 귓바퀴를 펴서 얼굴을 덮는 습관이 있었다. 괴물은 발길로 걸어찬 노예를 덥석 잡아 식인귀들이 우글거리는 곳으로 끌고 갔다. 노예는 동료들에게 빨리 식인귀 섬에서 도망치라고 소리쳤다.

또다시 배는 바다를 표류하다 또 다른 섬에 당도했다. 이번에도 과일을 따먹고 있는데 키가 50척이나 되고 코끼리 어금니 같은 송곳니가 뻗어 있는 검은 거인들이 나타났다. 거인들은 일행을 모두 붙잡아서 자기들 왕 앞으로 데리고 갔다. 거인 왕은 시장했던 참이라 두 백인 노예를 움켜쥐고 목을 자르더니 순식간에 먹어버렸다.

무르크 왕은 절망에 빠져 눈물을 흘리며 울었다. 거인 왕은 작은 새들이 우는 소리가 예쁘다며 새장에 가두고 왕의 머리 근처에 높이 매달았다. 왕과 부하들은 모이와 물을 먹으며 새장 안에서 울며 지냈다. 왕은 시집간 딸에게 울음소리가 예쁜 무르크와 세 명의 노예를 네 개의 새장에 넣어 선물로 보냈다. 새가 마음에 든 딸은 머리 위에 걸어두고 즐겼다.

평소 이 왕녀는 이집트나 여러 이국의 나그네들을 잡아다가 마음에 드는 사내를 꾀어 정을 통하는 습관이 있었다. 무르크의 잘생긴 맵시와 품위 있는 용모에 왕녀는 마음도 몸도 모두 빼앗겼다. 그래서 무르크와 노예들을 새장에서 꺼내 공손히 대접했다. 왕녀는 어느 날 무르크 왕을 별실로 데리고 가서 자기 몸을 애무해달라고 했다. 그러나 무르크 왕은 이미 사모하는 연인이 있어서 안 된다고 딱 잘라 거절했다. 왕녀가 집요하게 달래고 졸라도 쌀쌀하게 대할 뿐 점점 더 멀리했다. 온갖 수단을 다 써도 욕구를 충족할 수 없게 되자, 설득하다 지친 왕녀는 무르크 왕과 노예들을 하인으로 삼고 장작과 물을 길어오게 하였다. 네 사람은 땔나무를 긁어모아 왕녀의 부엌으로 나르는 심한 노역에 시달렸다.

이럭저럭하는 사이에 몇 년이 흘렀다. 섬사람들은 왕과 노예들을 왕녀가 기르는 새로 간주하고 어떤 위해도 가하지 않았다. 왕녀 또한 그들이 섬을 도망치지 못할 거라고 철석같이 믿고 그냥 내버려두었다.

어느 날, 네 사람은 고국이 그리운 나머지 뗏목을 만들어 섬을 탈출하기로 결심했다. 알라께서 순풍을 주시어 힌드국으로 데려다 주실지 모른다는 한 가닥 희망을 품고서, 재목을 자르고 통나무를 묶을 새끼를 꼬아 꼬박 한 달 동안 뗏목을 만드는 데 정성을 쏟았다.

뗏목이 완성되자 네 사람은 도끼로 결박을 끊고 과일을 잔뜩 모아 해가 질 무렵 뗏목에 올랐다. 그리하여 넉 달 동안 정처 없이 노를 저었다. 식량은 떨어지고 심한 허기와 갈증이 몰려왔다. 바다까지 거친 풍파를 일으켜 파도가 밀어닥쳤다. 더욱이 느닷없이 상어가 덤벼들어 백인 노예 한 명을 삼켜버렸다. 공포에 질린 생존자들은 필사적으로 노를 저어 도망쳤다.

그렇게 표류하던 배는 높은 산이 솟아 있는 어느 섬으로 다가갔다. 그러나 바다 표면이 부글부글 끓고 큰 파도가 일어나는가 싶더니 두 번째 상어가 나타나 두 명의 노예를 삼켜버리고 말았다.

혼자 살아남은 무르크 왕은 간신히 섬에 당도하여 산꼭대기까지 기어 올라가 정신없이 과일을 따먹었다. 얼마 뒤 노새보다 몸집이 큰 원숭이 떼가 주위를 둘러싸더니 손짓으로 뒤따라오라는 시늉을 하고 앞으로 성큼성큼 걸어나갔다. 왕은 그 뒤를 따랐다. 이윽고 아찔할 만큼 높고 견고해 보이는 성이 나타났는데, 금은 벽돌로 쌓은 것이었다. 성안에는 온갖 금은보화가 산처럼 쌓여 있었다. 그런데 놀랍게도 아직 볼에 수염 하나 없는 키 큰 젊은이가 앉아 있는 게 아닌가. 왕은 갑자기 힘이 솟았다. 성안에는 젊은이를 제외하고는 아무도 사람이 없었기 때문이었다.

무르크 왕이 신분을 밝히고 사연을 털어놓자, 젊은이는 오래전 이집트에 있을 때, 중국으로 떠난 무르크 왕 이야기를 들은 적이 있다며 공손히 맞아주고 맛있는 음식과 축연을 베풀어 환대하였다. 한 달 동안 온갖 환대를 받고 난 무르크 왕은 젊은이와 작별을 고하고, 원숭이들의 호위를 받으며 이레 만에 섬의 끝에 당도하여 원숭이 호위병들과 작별하였다. 그리고 혼자 들을 건너고 산을 넘고 사막을 건너 여행을 계속했다.

무르크 왕, 하룬 공주를 구출하여
힌드국으로 돌아오다

넉 달이 지난 어느 날 저 멀리 뭔가 검은 것이 보였다. 가까이 가보니 그것은 하늘 높이 솟은 궁전 누각이었다. 노아의 아들 야펫이 지은 것으로, 코란에 "인기척이 없는 우물과 높이 쌓아올린 옥루"라고 기록된 바로 그 궁전이었다.

궁전 안에는 인기척이 없었고, 일곱 개의 전실을 지나도록 사람 하나 만나지 못했다. 이윽고 오른쪽 세 개의 문과 정면의 네 번째 문이 보이는 곳에 휘장이 드리워 있었다. 휘장을 들치니 비단 양탄자가 깔린 큰 방이 나타났다. 황금 옥좌에 한 처녀가 앉아 있었는데, 얼굴은 달처럼 빛나고 호화롭게 치장한 자태는 첫날밤을 앞둔 신부처럼 요염하였다. 또 옥좌 아래로 산해진미가 그득한 식탁이 차려져 있었다.

무르크 왕은 처녀에게 인사를 하자마자 너무나 배가 고팠으므로 식탁의 음식부터 배불리 먹고 손을 씻은 다음 처녀 옆에 앉았다. 이윽고 처녀가 입을 열었다.

"저는 힌드 나라의 공주 다우라트 하툰입니다. 부왕 타지 알 무르크는 수도 세렌디브에 거처하십니다. 아버지는 아주 훌륭한 화원을 가지고 있는데 힌드 나라는 물론이고 그 속령에도 그만큼 훌륭한 화원은 없을 정도였습니다. 어느 날, 그 화원의 연못에서 시녀들과 놀고 있었는데 갑자기 구름 같은 것이 덤벼들어 제 몸을 낚아채더니 하늘 높이 날아 이 궁전에 내려놓았습니다. 그 새는 갑자기 비단옷을 입은 아름다운 젊은이로 변했습니다. 그는 푸른 왕의 아들인 검은 까마귀 마신 왕자였습니다. 그의 아버지는 알 크르즘 성에 살며 60만의 마신 부하를 거느린 대왕이었습니다. 우연히 그는 나를 보고서 한눈에 반해 인도에서 120년이나 걸리는 이 성에 납치하여 감금한 것입니다. 마왕은 뭐든 소원대로 해줄 테니 자기와 살자며 껴안고 입을 맞췄습니다. 마왕은 매주 사흘째 날 와서 나흘 동안 머물다가 금요일 정오 기도 시간에 떠나 다음 사흘째 날까지 돌아오지 않습니다. 마왕은 단지 저를 껴안고 입을 맞출 뿐 다른 행동은 하지 않기 때문에 저는 아직도 숫처녀입니다."

하툰 공주는 다음 사흘째 되는 날까지 마왕은 돌아오지 않을 것이니 걱정 말라고 위로하고 천천히 사연을 털어놓으라고 했다. 무르크 왕은 처음부터 끝까지 모든 사건을 낱낱이 털어놓았다. 하툰은 바디아 공주의 이름을 듣자 눈물을 흘리며 외쳤다.

"설마 당신 입에서 그 이름을 들으리라고는 꿈에도 생각지 못했어요!"

무르크 왕은 깜짝 놀랐다. 바디아는 마녀신이고 하툰은 인간인데 어떻게 자매처럼 친할 수가 있을까? 하툰이 그 사연을 들려주었다.

"바디아는 제 의자매 동생이에요. 제 어머니가 화원에 산책을 나갔다가 갑자기 진통을 느껴 거기서 저를 낳았대요. 마침 그때 바디아의 어머니도 하늘을 날다가 진통이 와서 화원 한구석에서 바디아를 낳았다는군요. 그 인연으로 바디아의 어머니와 제 어머니는 함께 머물면서 두 달 동안 몸을 풀게 된 겁니다. 바디아의 어머니는 떠나기 전에 어머니에게 뭔가를 주면서 무슨 볼일이 생기면 화원 한가운데 모습을 나타내겠다고 했죠. 그 후 모녀는 해마다 화원을 찾아와 머물다 돌아가곤 했습니다. 하지만 제가 납치된 이후로는 만나지 못했습니다. 자유로운 몸으로 고국에 있다면 얼마든지 당신의 소원을 이루어줄 수 있을 텐데, 지금은 아무것도 도울 수가 없군요."

하툰 공주는 신세를 한탄하며 긴 한숨을 쉬었다. 무르크 왕은 어떻게 하든지 하툰을 구출해내리라 결심했다. 그러나 도망가봤자 마왕이 곧 쫓아올 것이므로 다 소용없는 짓이었다. 딱 한 가지 방법이 있긴 있었다.

"마왕은 그의 영혼까지 죽이지 않으면 절대 숨통이 끊어지지 않아요. 어느 날 저는 마왕을 꾀어 그의 영혼의 비밀을 알아냈어요. 마왕이 태어났을 때 점쟁이들은 언젠가 인간 왕의 아들 손에 걸려 영혼을 잃게 된다고 예언했대요. 그래서 마왕은 영혼을 붙잡아 참새의 밥통에 넣고, 참새를 작은 상자에 가두고, 작은 상자를 큰 상자에… 이런 식으로 일곱 개의 상자에 넣고 마지막으로 설화석고의 큰 상자에 넣은 다음 바다 한끝에 묻었대요. 그곳은 인간세계와 아주 멀어 아무도 접근할 수 없는 곳이랍니다. 다만 솔로몬 왕의 도장 반지를 손가락에 낀 사람이 수면 위에서 주문을 외면 상자가 떠오르고, 상자 속의 참새를 움켜잡고 모가지를 비틀면 그땐 마왕의 숨이 끊어져 저세상으로 간다는군요."

무르크 왕은 자기 손가락에 낀 솔로몬 왕의 도장 반지를 들어 보였다.

"내가 마왕이 말한 바로 그 왕의 아들이오."

두 사람은 곧장 바닷가로 나갔다. 그리고 허리께까지 물이 차도록 바다에 들어가 수면 위에 반지 낀 손을 놓고서 주문을 외었다.

"술레이만 빈 다우드(솔로몬을 뜻하는 아라비아어)의 영험에 의해 푸른 바다의 왕자의 아들인 검은 까마귀 마신의 영혼을 떠오르게 하라."

그 순간 파도가 일어나 부글부글 끓더니 설화석고 상자가 수면에 나타났다. 무르크 왕은 일곱 개의 상자를 차례차례 열고, 마지막으로 참새를 끄집어냈다. 그러자 요란한 흙먼지가 피어오르더니 커다란 것이 날아와 살려달라고 외쳤다.

"오, 임금님. 죽이지 마십시오. 저를 놓아주시면 당신의 소망을 이루어드릴 테니까요."

공주가 다급한 목소리로 소리쳤다.

"오, 마신이 왔습니다. 빨리 그 참새를 죽이세요."

공주의 재촉에 무르크 왕은 단숨에 참새의 목을 비틀어 숨통을 끊어버렸다. 그 순간 마왕은 궁전 문 앞에 꽝 하고 쓰러져 한 줌의 재로 변하였다.

두 사람은 금침, 은침을 박은 백단과 침향나무 문짝을 스무 장 뜯어내 비단과 명주실과 아마포 끈으로 엮어 뗏목을 만들었다. 그리고 금은보화와 가볍고 값비싼 물건만 골라 뗏목에 실은 뒤 바다로 나갔다. 잠잘 때는 두 남녀 사이에 칼을 꽂아두었다. 이렇듯 넉 달을 항해하니 식량도 떨어지고 고통이 늘어 마음이 쑤시듯 아팠다.

어느 날, 뗏목이 어느 항구로 들어섰다. 인간이 사는 도시를 본 두 사람은 춤을 출 듯이 기뻐하였다. 무르크 왕은 항구의 선장 하나에게 이곳이 어디냐고 소리쳐 물었다.

"이 도시는 아마리야이고, 항구 이름은 카민 알 바라인이라고 하오."

하툰 공주는 기쁨에 들떠 외쳤다.

"알라를 칭송할지어다! 기뻐해주세요. 이제 곧 구조될 거예요. 이 도시의 임금님은 저의 숙부님이시니까요."

하툰 공주는 무르크 왕더러 좀 전의 선장에게 이 도시의 임금님인 알리 알 무르크는 편안하시냐고 물어보라고 시켰다. 무르크 왕이 그대로 선장에게 묻자 그는 누가 임금님의 이름을 가르쳐주었느냐고 버럭 화를 냈다. 그 목소리를 들은 하툰 공주는 그가 바로 부왕을 섬기는 무인 알 딘 선장임을 알게 되었다. 선장은 행방불명된 공주의 소식을 알아보러 숙부의 도성까지 온 것이었다.

"무인 알 딘 선장, 이리 와서 너의 공주와 이야기해보라!"

공주가 시키는 대로 무르크 왕은 선장에게 소리쳤다. 선장은 불처럼 펄펄 뛰며 뗏목 옆으로 바짝 배를 댔다. 그리고 몽둥이를 들고 배 안으로 뛰어 들어왔다. 그런데 배 안에 웬 천하미인이 앉아 있는 걸 보고 깜짝 놀라 가만히 들여다보니 바로 다우라트 하툰 공주가 아닌 가. 무르크 왕이 다우라트 하툰 공주라고 말하자 선장은 그만 기절하여 쓰러지고 말았다. 이윽고 정신을 차린 선장은 말을 몰아 한달음에 숙부에게 하툰 공주의 소식을 전하였다. 숙부는 곧장 형에게 사자를 보내는 한편 하툰 공주와 무르크 왕을 맞아들였다.

하툰 공주의 아버지 타지 알 무르크 왕은 하늘에 오를 듯 기뻐서 당장 아우의 수도로 달려왔다. 부녀는 만나자마자 부둥켜안고 울었다. 일주일을 체류한 뒤 하툰 공주의 부왕은 딸과 무르크 왕을 데리고 세렌디브로 돌아왔다.

공주의 부왕은 딸을 구해준 무르크 왕에게 한사코 왕위를 물려주었다. 무르크 왕은 거듭된 요청에 예의상 받긴 했으나 즉시 도로 돌려주었다. 하지만 힌드 왕은 모든 것이 당신의 것이니 맘대로 쓰라고 했다. 무르크 왕은 자신이 원하는 뜻을 이루기 전까지는 왕위도 영토도 기쁘지 않았다. 그래서 울적한 마음을 풀기 위해 시내 구경을 나갔다.

무르크 왕과 재회한 사이드, 그동안의 모험담과 기담을 들려주다

시장 어딘가에 이르렀을 때였다. 젊은이 하나가 속옷을 손에 들고

15디나르에 살 사람 없느냐며 고래고래 소리를 지르고 있었다. 어딘지 친구 사이드를 닮아 보였다. 자세히 살펴보니 진짜 사이드였다. 안색은 창백하고 오랜 방랑과 여행의 고생 때문에 몰라보게 모습이 달라져 언뜻 보아선 도저히 사이드라고는 믿기지 않았으나 틀림없는 사이드였다.

무르크 왕은 수행원들을 시켜 젊은이를 자기 숙소로 데려가 자기가 돌아올 때까지 잡아놓으라고 일렀다. 수행원들은 '도망친 노예를 붙들어다 감옥에 가두라'는 뜻으로 지레짐작하고 사이드를 감옥 독방에 가두고 족쇄를 채웠다. 그런데 무르크 왕은 그만 사이드에 관해서는 감쪽같이 잊어버리고 흥겨운 나날을 보내고 말았다. 그사이에 사이드는 감옥의 다른 죄수들과 같이 채석장에 끌려 나가 힘든 노역에 종사하였다.

어느 날, 무르크 왕은 문득 사이드 생각이 떠올랐다. 그래서 언젠가 맡긴 젊은이를 어떻게 했느냐고 물었다. 감옥에 처넣으라고 하지 않았느냐는 반문에 무르크 왕은 깜짝 놀라 빨리 데려오라고 명령했다.

어전으로 끌려나온 사이드는 자기는 이집트 태생으로 대신 화리스의 아들 사이드라고 대답했다. 무르크 왕은 벌떡 일어나 사이드의 목을 끌어안고 너무나 기쁜 나머지 눈물을 흘렸다. 사이드도 왕을 알아보고는 끌어안고 서럽게 울었다. 그리고 자기가 겪은 기담을 들려주었다.

배가 난파했을 때 사이드는 몇 명의 노예와 함께 판자에 매달려 한 달 동안 표류하다가, 어느 섬에 당도했다. 정신없이 나무 열매를 따먹고 있는데 뜻밖에 마신들이 달려들어 등에 올라타고 당나귀처럼 이리저리 끌고 다녔다. 걷기도 하고 뛰기도 하고 달리기도 하면서 사이드와 그 일행은 수년간 마신들의 인간 당나귀 노릇을 하면서 혹사당했다.

어느 해 포도가 잔뜩 열린 포도나무 수십 그루를 발견했다. 그래서 모두 함께 포도송이를 따다가 구멍에 넣고 짓밟았더니 구멍 속이 큰 물웅덩이처럼 되었다. 잠시 그대로 내버려두었다가 며칠 후 가보니 햇빛을 받아 포도즙이 발효되어 술이 되어 있었다.

사이드와 그 일행이 포도주를 마시고 노래하고 춤추고 뛰어 돌아다니며 소동을 피우자, 마신들은 자기들도 먹고 싶다며 술을 만들어달라고 했다.

마신들이 안내한 계곡으로 가니 포도나무 수백 그루가 빽빽이 자라 있었다. 나무마다 20파운드는 됨직한 포도송이가 주렁주렁 달려 있었다. 연못보다 더 큰 도랑에 포도를 잔뜩 채우고 발로 짓이겼더니, 한 달 후에는 즙이 발효하여 잘 익은 술로 바뀌었다. 200여 명의 마신들은 이 포도주를 먹고 나서 모두 만취하여 쓰러졌다. 그 틈에 마신들의 두 손을 묶고 주위에 마른 포도덩굴과 나뭇가지 들을 잔뜩 긁어모아 산처럼 쌓아놓고 불을 지른 다음, 멀리 도망쳐 지켜보았다. 불이 꺼진 뒤 현장에 되돌아올 때는 수북이 쌓인 잿더미만 남아 있을 뿐이었다. 일행은 전능하신 알라를 칭송했다.

일행은 바닷가로 나가는 길을 찾기 위해 두 무리로 나뉘어 섬을 순찰했다.

사이드는 백인 노예 두 명과 함께 나무 열매가 잔뜩 열린 울창한 숲에 도착해 과일을 따먹고 있었다. 그때 양 떼를 몰고 다니며 풀을 뜯기는 거구의 사내가 나타났다. 수염은 자랄 대로 자라 있고, 귀는 길고, 눈은 횃불처럼 튀어나왔다. 그는 친절하게도 자기 동굴 안에 들어가 기다리면 자기가 암양 한 마리를 잡아 구워오겠다고 말했다. 그런데 동굴에 들어가 보니 장님들만 그득했다. 장님들은 끔찍한 이야기를 들려주었다.

"저 거인 놈은 아담의 아들을 잡아먹는 식인귀로, 사람들에게 신우유를 먹여 장님으로 만든 다음 하나씩 잡아먹는다."

장님의 말은 사실이었다. 식인귀는 긴 여행으로 갈증이 심할 테니 쭉 들이켜라며 우유를 들고 왔다. 사이드는 입에 대는 척만 하고 구멍에다 우유를 쏟아버리고 나서, 겉으로는 다 마신 척 '눈이 안 보인다'고 울부짖으며 눈을 때리고 난리를 치며 엉엉 울었다. 식인귀는 좋아라고 껄껄 웃었다. 하지만 두 노예는 신 우유를 마시는 바람에 당장 진짜 장님이 되고 말았다.

식인귀는 동굴 입구를 돌로 막고, 사이드의 갈비뼈를 만졌다. 말라서 피골이 상접한 몰골을 확인하자 이번엔 옆에 노예를 만졌다. 통통한 살이 만져지자 식인귀는 흐뭇해하며 웃었다.

식인귀는 양 세 마리를 잡아 껍질을 벗기고 쇠꼬챙이에 꿰어 불에 구웠다. 그리고 일행도 먹이고 자기도 먹은 다음 술 부대를 꺼내 혼자 마시고, 코를 골며 잠이 들었다.

사이드는 쇠꼬챙이를 불에 넣고 숯불처럼 시뻘겋게 달구어 두 손에 들고 번개처럼 식인귀의 두 눈을 찌르고 힘껏 내리눌렀다. 식인귀는 미친 듯이 벌떡 일어나 사이드를 붙잡으려 했으나 눈이 안 보이니 손만 허우적댔다. 사이드는 마신의 손을 피해 동굴 구석으로 도망을 쳤으나 마신은 아직도 사이드의 뒤를 따라왔다. 안전한 피신처도 없고 동굴 출입구는 돌로 막혀 밖으로 도망칠 수도 없었다. 당황한 사이드는 장님들에게 어떻게 하면 좋은지 물었다. 한 장님이 소리쳤다.

"벽 구멍으로 올라가보시오. 날이 잘 드는 구리 언월도가 있을 테니 가져오면 사용법을 가르쳐드리겠소."

칼을 가져오자 장님은 그 칼로 식인귀의 큰 배를 잘라버리라고 했다. 사이드는 식인귀의 뒤로 살금살금 따라가 옆구리 비스듬히 일격을 가했다. 식인귀는 두 동강으로 잘려 쓰러지고 말았다. 그런데도 식인귀는 아직도 큰소리로 외쳤다.

"이놈, 날 죽이고 싶거든 다시 한 번 베어봐."

사이드는 다시 한 번 내리치려고 칼을 높이 쳐들었다. 그 순간 장님이 소리쳤다. 언월도 있는 곳을 가르쳐준 바로 그 장님이었다.

"두 번 쳐서는 안 돼. 죽기는커녕 반대로 도로 살아나 우릴 모두 죽일 거야."

사이드가 칼을 거두자 거짓말처럼 식인귀는 저절로 목숨이 끊어지고 말았다.

그 뒤 두 달 동안 일행은 양고기와 과일을 먹으며 동굴에 머물면서 배를 기다렸다.

이윽고 배 한 척이 지나가는 게 보였다. 모두 합세하여 신호를 보내고 큰소리로 외쳤다. 하지만 식인귀 섬이라는 걸 알고 있는 선원들은 좀체 다가오려 하지 않았다. 그래서 물가로 내려가 두건을 벗어들고 신호를 보냈다. 식인귀가 아닌 인간의 모습이란 걸 확인한 뒤에야 배가 다가왔고 결국 모두 구출되었다.

하지만 이번에도 배가 암초에 부딪쳐 순식간에 두 동강 나고 말았다. 판자 하나에 매달려 파도에 밀려 간신히 이 이국의 낯선 항구에 당도한 사이드는 먹고살 일이 막막하였다. 그래서 속옷을 벗어 팔려는 순간에, 무르크 왕의 눈에 띄어 잡혀가 감옥에 갇힌 것이다.

무르크 왕은 아우 사이드를 위로했다. 하툰 공주와 그의 부왕은 두 형제를 위해 저택을 제공하고 가끔 찾아와 세상 이야기를 하곤 했다.

바디아 공주를 만난 무르크 왕, 사랑을 맹세하고 결혼 승낙을 받아내다

이렇게 극진한 환대를 받으며 지내던 어느 날, 무르크 왕은 하툰 공주에게 바디아 공주를 만나게 해준다던 약속은 어찌 되었느냐고 물었다. 하툰 공주는 힘을 내라며 무르크 왕을 위로했다. 그리고 어머니와 함께 마당에 나가 몸에 지니고 다니던 향을 피웠다.

그러자 바디아 알 쟈마르와 그의 어머니가 모습을 나타냈다. 그들은 하툰 공주의 무사 귀환을 기뻐하며 축하했다. 이윽고 하툰 공주는 바디아 공주에게 무르크 왕의 사연을 들려주고 나서, 그가 겪은 이 모든 재앙의 원인은 바로 바디아 공주라고 말했다. 바디아 공주의 아버지인 마왕이 솔로몬 왕에게 선사한 옷에다 공주의 초상화를 그린 것이 화근이 된 것이다. 솔로몬 왕은 그걸 열어보지도 않은 채 아심 대왕에게 선물했고, 대왕 역시 열어보지도 않고 아들에게 주었던 것이다. 무르크 왕은 오직 바디아 공주를 만나기 위해 육친도 왕위도 고국도 버리고, 정처 없는 방랑길에 나선 것이다.

하툰 공주는 무르크 왕의 사내다운 용맹함과 품위 있는 모습, 그리고 무엇보다 바디아 공주에 대한 한결같은 사랑을 입에 침이 마르도록 칭찬했다. 마지막으로 자기를 마신으로부터 구해주는 조건으로 바디아 공주를 만나게 해주겠다는 약속을 한 사실을 상기시키고, 한 번만이라도 만나보라고 졸랐다. 바디아 공주의 마음도 어느새 무르크 왕에게 쏠렸지만 마지못해 승낙하는 척했다.

"언니를 생각해서 한 번만 만나보겠어요. 흘끗 한 번만 보여드리는 겁니다."

하툰 공주는 두 사람이 몰래 만날 수 있도록 큰 천막을 마련했다. 천막 안 대기실에서 초조하게 기다리던 무르크 왕은 가슴이 죄어들어 가만히 있을 수가 없었다. 그래서 정원으로 나가 이리저리 거닐며 노래를 부르기도 하고, 눈물을 흘리면서 시구를 중얼거렸다. 사이드도 왕이 걱정되어 함께 거닐면서 위로했다.

그사이에 하툰 공주는 바디아 공주를 데리고 천막 안으로 들어가 음식과 술을 먹었다. 바디아 공주는 창밖으로 정원을 내다보다가 문득 사이드를 데리고 정원을 거니는 무르크 왕의 모습을 바라보았다. 마음이 흐트러지고 사랑에 사로잡혀 어깨가 축 처져 한숨을 쉬고 있는 모습을 보자 바디아 공주의 마음도 설레었다. 가까이서 보고 싶다는 바디아 공주의 요청에 따라 하툰 공주는 무르크 왕을 불러들였다.

무르크 왕이 천막 안으로 들어와 바디아 공주를 본 순간, 그만 머리가 띵해지며 쓰러지고 말았다. 이윽고 정신이 들자 왕은 바디아 공주 앞에 엎드렸다. 공주는 왕의 수려한 미모에 놀랐다. 하툰은 무르크 왕을 소개했다.

"이봐, 동생. 바로 이분이 사이후 알 무르크 왕이야. 이분이 날 구해주셨어. 그리고 너 때문에 고생하신 분이야. 그러니까 부탁인데 이분을 위로해드려."

바디아 공주의 마음은 아직도 머뭇거렸다.

"하지만 젊은 남자가 언제까지 변하지 않을 마음을 가질지 모를 일이에요. 믿을 수 없어요. 남자에겐 진정한 애정이 조금도 없거든요."

무르크 왕은 하늘이 꺼질 듯 긴 한숨을 쉬었다.

"내게 진심이 없다는 말은 너무 잔인합니다. 모든 남자가 다 똑같은 건 아니니까요."

그리고 때론 흐느껴 울고 때론 애욕의 불꽃에 몸을 태우고 때론 격렬한 욕정에 사로잡힌 황홀한 심정으로 시를 읊어 사랑을 호소했다. 바디아 공주는 여전히 의혹 어린 눈길을 거두지 않았다.

"남자들이란 배신을 밥 먹듯 하곤 합니다. 아시다시피 다윗의 아들 솔로몬 왕께서는 빌키스 왕비를 지극히 사랑했으면서도 왕비보다 아름다운 여자가 눈에 띄면 곧 변심하곤 했습니다."

무르크 왕은 공주의 발밑에 엎드렸다.

"나의 눈이여, 나의 영혼이여. 나는 인샬랴, 맹세를 굳게 지키고 당신 발밑에서 죽을 것입니다. 그러면 당신은 내가 나의 말을 충실히 지키는 사람이란 걸 알게 될 것입니다."

"그렇다면 당신의 신앙에 맹세코 제게 맹세해주세요. 서로 변심하지 않겠다고 서로에게 맹세하지 않겠어요? 어느 쪽이 맹세를 어겨도 전능하신 알라의 징벌을 면할 수 없도록!"

왕은 공주 옆에 앉아 자기 손을 공주의 손 위에 놓았다. 둘은 다른 어느 누구에게도 마음을 뺏기는 일은 하지 않겠다고 서로 굳은 맹세를 나누었다. 그리고 두 사람은 힘껏 끌어안았다.

두 사람은 정원으로 나갔다. 시녀들이 두 사람 앞에 술과 안주를 늘어놓았다. 두 연인은 으스러져라 끌어안고 뜨거운 입맞춤을 나누었다.

바디아 공주가 정색을 하고 말했다.

"임금님, 이제부터 당신은 시녀 마르쟈나의 안내를 받아 제 할머님이 살고 계신 이람의 화원으로 가셔서 우리의 결혼 승낙을 얻어와야 합니다. 거기 가시면 초록색 비단으로 단을 두른 새빨간 비단 천막이 보일 겁니다. 용기를 내어 그 천막으로 들어가세요. 그러면 진주와 보옥으로 수놓은 순금 침상에 한 노파가 앉아 계실 겁니다. 정중히 예를 다해 인사를 드리세요. 그리고 침상 밑을 보면 진주를 박고 황금을 섞어 짠 헝겊 신이 한 켤레 있을 겁니다. 참된 복종의 표시로, 그걸 집어 들고 입을 맞춘 다음 머리에 이세요. 그리고 오른쪽 겨드랑이에다 끼운 다음 잠자코 머리를 숙이고 서 있으세요."

바디아 공주는 예의범절을 세세하게 일러주었다. 무엇을 물어도 절대 대답하지 말고 마르쟈나가 올 때까지 잠자코 기다리라고 주의를 주었다. 그리고 이번엔 마르쟈나를 불러 할머니를 설득할 내용을 설명했다.

"할머님께서 이분에게 이것저것 물으시거든 네가 나서서 대답하거라. 이분은 이집트 왕이며, 노아의 아들 야펫 성에 갇힌 다우라트 하툰 공주를 구해 무사히 고국으로 데려온 장본인이라고 소개해라. 직접 장본인의 입을 통해 하툰 공주의 무사 귀환 소식을 알리고 싶어 모시고 왔다고 하고, 무르크 왕을 칭찬하는 말을 상세히 늘어놓으란 말이야. 만약 할머님이 용건이 뭐냐고 물으시거든 바디아 공주가 독신 생활을 너무 따분해하고 지겨워한다고 해. 마치 밀을 쌓아놓은 창고처럼 언제 변할지 몰라 위험하니 빨리 결혼을 시키라고 넌지시 귀띔해드리란 말이야. 혹시 마음에 두고 있는 상대가 누구냐고 묻거든 바로 무르크 왕이라고 대답해. 알았지? 그리고 내가 이렇게 말씀드리더라고 전해. '할머님, 손녀를 솔로몬 왕에게 시집보낼 요량으로 옷에다 초상화를 그려 보내신 장본인은 바로 할머님이시죠? 그런데 솔로몬 왕은 초상화가 그려진 옷을 본체만체하고서 이집트 아심 대왕에게 줘버렸고, 대왕은 또 왕자에게 주었습니다. 마침 왕자는 초상화를 보자마자 한눈에 반해서 부모도 고국도 왕위도 등지고 저를 찾아 방황하며 더할 나위 없는 역경을 견디게 되었으니, 저는 이 사람이 아니면 절대 아무와도 결혼하지 않을 것입니다. 만약 다른 길을 강요하신다면 저는 자결하고 말 것입니다' 하고 말이다."

이렇듯 바디아 공주는 시녀 마르쟈나에게 할머니를 어떻게든 구슬려서 허락을 얻어오라고 당부하였다.

시녀는 무르크 왕을 어깨에 메더니 눈을 감으라고 했다. 왕이 눈을 뜨자 어느새 자신의 몸이 화원에 서 있었다. 바로 이람의 화원이었다.

무르크 왕과 시녀는 바디아 공주가 일러준 그대로 실행했다. 아니나 다를까, 바디아 공주의 할머니는 버럭 화를 내며 호통을 쳤다.

"인간과 마녀가 결혼하다니, 그게 될법한 소리더냐?"

무르크 왕은 할머니를 설득하고 또 설득하고, 진심을 다해 공주를 사랑할 것을 맹세하고 또 맹세하였다. 마침내 할머니는 아들 샤아르 왕을 불러 공주의 결혼 문제를 의논하기에 이르렀다. 두 모자가 의논할 동안 무르크 왕은 화원에 나가 산책하기로 했다.

푸른 왕에게 납치된 무르크, 샤아르 왕의
도움으로 풀려나 공주와 결혼하다

무르크 왕이 화원을 산책하고 있는데 '푸른 왕'의 다섯 부하 마신들이 다가왔다. 그들은 푸른 왕의 아들을 퇴치하고 하툰 공주를 구출한 무용담을 들려달라고 졸랐다. 무르크 왕은 그들이 정원지기 동료인 줄만 알고 자랑스럽게 손가락을 쑥 내밀었다.

"이 손가락에 낀 도장 반지의 힘으로 물리쳤지."

푸른 왕의 아들을 퇴치한 장본인이 틀림없음을 확인한 마신들은 당장에 무르크 왕의 입을 틀어막고 두 손과 두 다리를 붙잡아 짊어지고 하늘을 날아 푸른 왕의 어전으로 압송하였다. 푸른 왕이 보니 틀림없이 아들을 죽인 범인이 아닌가. 어떤 방법으로 죽일까, 갖가지 묘안을 내놓고 망설이고 있는 참에 현명한 노대신이 나섰다. 면책의 증표를 주면 자기 의견을 말하겠다고 하자 왕은 증표를 주었다.

"이람의 화원에 발을 들여놓고 샤아르 왕의 딸 바디아 공주와 약혼하여 왕가의 인척이 된 자를 죽인다면, 샤아르 왕은 복수하러 쳐들어올 것입니다. 그러면 우리는 도저히 상대할 수가 없습니다."

노대신의 말이 지당하다고 생각한 왕은 무르크 왕을 죽이는 대신에 감옥에 가두었다.

한편 공주의 할머니는 샤아르 왕과 의논이 끝난 뒤 무르크 왕을 불렀다. 그런데 정원에서 산책하던 무르크 왕이 오간 데 없었다. 정원지기는 온몸을 떨며 본 대로 말했다.

"나무 그늘에 계셨는데, 푸른 왕의 부하 다섯 명이 재갈을 물려 짊어지고 날아갔습니다."

할머니는 노발대발하며 손님을 소홀히 대접하여 납치당하게 한 책임을 물어 아들 샤아르 왕을 꾸짖고 당장 푸른 왕에게 쫓아가 무르크 왕을 데려오라고 불호령을 내렸다. 만약 벌써 죽었다면 직접 내 손으로 모두 목을 베고 그 영토를 유린할 것이라고 호통을 쳤다. 아들이 어머니의 명령에 복종하지 않는다면 자식으로서의 의무를 소홀히 하는 셈이 되니, 애써 기른 보람도 없을 것이라며 할머니는 은근히 아들을 압박하였다.

노모의 명을 받들어 샤아르 왕은 군대를 소집하여 푸른 왕의 영토로 쳐들어갔다. 푸른 왕의 군대는 맥없이 무너졌고, 푸른 왕은 샤아르 왕의 어전에 끌려왔다. 사이후 알 무르크의 행방을 묻자 푸른 왕이 외쳤다.

"샤아르여, 그대도 마왕, 나도 마왕이오. 내가 이런 짓을 한 것은 내 아들을 죽인 인간 한 마리 때문이오. 그자는 내 마음의 핵이자 영혼의 위안물인, 사랑하는 아들을 죽인 장본인이오. 어찌 그대는 그런 인간 때문에 같은 마족의 피를 흘릴 수 있단 말이오?"

샤아르 왕은 상대의 말이 채 끝나기도 전에 호령했다.

"알라의 눈으로 보면 한 명의 인간이 1,000명의 마신보다 낫다는 걸 모르느냐?"

푸른 왕도 지지 않고 대들었다.

"여보시오 샤아르, 그대에게는 그 인간이 내 아들의 목숨보다 중요하다는 거요?"

샤아르 왕은 또박또박 힘주어 말했다.

"그렇다. 네놈의 아들은 천하의 악당이 아니더냐. 왕녀를 납치하여 야펫의 황폐한 우물과 궁전에 유폐하여 음탕한 짓을 한 놈이 아니었더냐?"

그때에야 푸른 왕은 한발 물러서더니 협상을 제안했다.

"그 인간은 아직 건재하오. 내 목숨과 맞바꾸고 우리 동족들끼리 화해합시다."

결국 샤아르 왕은 무르크 왕을 돌려받는 조건으로 푸른 왕을 풀어 주고 화해하였다. 푸른 왕은 무르크 왕에게 자기 아들을 죽인 죄를 사면한다는 서약서를 써주었다.

샤아르 왕이 무르크 왕을 데리고 노모에게로 돌아오자 모두들 무사 귀환을 기뻐하였다. 샤아르 왕은 사위의 구슬처럼 아름답고 늠름한 맵시에 넋을 잃었다. 바디아 공주를 찾아 나선 여행길에서 겪은 그의 숱한 역경과 기담을 듣고 난 샤아르 왕은 둘의 결혼을 허락하였다.

이리하여 무르크 왕과 바디아 공주는 세렌디브로 가서 성대한 결혼식을 거행하고 부부의 맹세를 맺었다. 또한 무르크 왕의 청에 따라 사이드와 하툰 공주도 짝을 이루었다.

그 후 무르크 왕과 바디아 왕비는 이집트의 카이로와 세렌디브를 오가면서, 사이드와 하툰 공주와 더불어 다함께 인간 세상의 열락을 누리며 여생을 보냈다. ☾

778~831일째 밤

사랑 찾아 구만 리, 하산의 연가*

유산을 탕진하고 금세공사가 된 하산, '바람'에게 속아 납치당하다

옛날 옛적 먼 옛날의 일이다. 바스라에 한 상인이 살고 있었다. 그는 두 아들을 두고 많은 재물까지 모으며 유복하게 살았다. 그러던 어느 날 그는 알라의 부르심을 받고 덧없는 세상을 떠났다. 두 아들은 아버지의 유산을 공평하게 나눠 갖고, 저마다 가게를 하나씩 차려

* 제3권 〈나무꾼 하시브와 구렁이 여왕〉(482~536일째 밤) 이야기에 삽입된 '얀샤가 브르키야에게 들려주는 사연'과 비슷하다. 하산이 칠공주가 금지한 방에 들어갔다가 대마왕의 딸 마나르 알 사나 공주를 만난 내용은, 얀샤 왕자가 샤이후 나스르 노인이 금지한 문을 열고 들어갔다가 샴사 공주를 만난 내용과 닮았다. 또한 하산이 마나르 공주의 날개옷을 훔쳐서 공주와 결혼한 이야기와 얀샤가 샴사 공주의 날개옷을 훔쳐 공주와 결혼한 이야기 역시 닮은꼴이다. 그리고 하산의 아내가 날개옷을 입고 두 아들을 안고 와크 제도로 날아가버린 뒤 하산이 그 뒤를 쫓으면서 겪는 대모험은 샴사 공주가 날개옷을 찾아 입고 보석의 성 타크니로 날아간 뒤 얀샤가 그 뒤를 쫓으면서 겪는 대모험과 비슷하다. 두 이야기를 비교하면서 읽으면 더욱 흥미진진할 것이다.

서 남부럽지 않게 생계를 꾸려갔다.

큰아들 하산은 수려한 용모에 재주도 많은 훌륭한 젊은이였다. 그러나 오래지 않아 그는 방탕한 건달들과 음탕한 여자들과 어울려 빈둥거리더니 주색잡기에 깊이 빠져 집을 비우기 일쑤였다. 결국 하산은 그 많던 재산을 탕진하고 가난뱅이로 전락하고 말았다.

실의에 빠져 날로 비루해져가는 하산을 보다 못한 아버지의 한 친구가 금세공 일을 권했다. 하산은 열심히 배운 끝에 독립하여 자신의 가게를 차리게 되었다.

어느 날, 페르시아인 하나가 가게를 기웃거리며 말을 걸었다. 처음엔 솜씨가 좋다느니 미남이라느니 하며 한껏 치켜세우더니 점차 은근히 하산에게 부자의 연을 맺자고 꼬드겼다.

"자네는 부친이 없고 내겐 아들이 없어. 게다가 난 세상에 다시없는 연금술 비법을 터득하고 있다네. 그동안 아무에게도 가르쳐주지 않았는데 특별히 자네한테만은 가르쳐주고 싶군. 자네가 마음에 들어서 말이야. 내 아들이 되어달라고 하고 싶네. 자네에게 가난을 면하게 해주고 싶어서 그런다네."

그는 하산의 마음을 한껏 사로잡고 내일 일찍 가게로 찾아와 구리를 순금으로 만들어 보이겠다고 큰소리를 치고는 돌아갔다. 집에 돌아온 뒤 하산의 마음은 자꾸만 들뜨고 머리는 멍했다. 페르시아인에게 들은 말이 뇌리에서 떠나지 않았다. 하산이 낮에 있었던 일을 말하자 어머니는 불안해하며 외국인을 조심하라고 경고했다.

"애야, 조심하는 게 좋아. 특히 페르시아인이 하는 말은 믿지 마라. 대부분이 엉터리 사기꾼들이거든. 연금술을 한다고 떠들고 다니면서 사람들을 속이고 돈을 빼앗곤 한단다."

그러나 하산은 마음이 들떠 어머니의 당부를 들은 체 만 체하였다.

이튿날 페르시아인이 다시 가게로 찾아왔다. 그는 깨진 구리 접시를 가위로 잘게 잘라 도가니 속에 넣고 풀무질을 했다. 잠시 후 구리가 물엿처럼 녹자 이번엔 두건에서 종이봉투를 꺼내 반 드램가량의 누런 눈썹 염색용 코르 가루 같은 걸 도가니 속에 털어넣었다. 풀무질을 끝내자 도가니 속은 한 덩어리의 금괴로 변해 있었다. 하산은 깜짝 놀랐다. 틀림없는 순금이었다. 너무 기쁜 나머지 하산은 망연자실 넋을 잃고 말았다.

하산은 페르시아인이 시키는 대로 그 금괴를 시장에 들고 나가 경매에 붙였다. 경매 가격은 1만 5,000디르함까지 치솟았다. 하산은 집에 돌아와 어머니에게 돈을 보여주며 자랑했다. 어머니는 비웃으면서 그저 알라의 이름을 욀 뿐이었다.

하산은 이번엔 금속제 우유 단지를 들고 가게로 돌아가 아직 가게에 앉아 있는 페르시아인 앞에 놓았다.

"이걸로 금괴를 만들어보지 않겠습니까?"

페르시아인은 껄껄 웃었다.

"하루에 두 번씩이나 금괴를 시장에 갖고 나가려 하다니, 악마라도 씐 겐가? 사람들에게 의심을 사게 되면 목숨이 위태롭게 될 거야. 내가 이 기술을 가르쳐주더라도 1년에 한 번 이상 사용해서는 안 돼. 한 번만으로도 1년간은 넉넉히 살아갈 수 있을 테니까 말이야."

하산은 숯불을 피우면서 제조법을 가르쳐달라고 졸랐다. 페르시아인은 크게 웃었다.

"이 가게에서 그런 짓을 하다간 사람들이 다 알게 될 걸세. 연금술이 이러니저러니 하며 찧고 까불다가 결국 관청의 귀에 들어가기라도 해보게. 우린 목이 달아날 게 뻔해. 그러니 배우고 싶으면 나를 따라 우리 집으로 가세."

하산은 가게 문을 닫고 페르시아인을 따라나섰다. 그런데 가는 도중 문득 어머니가 한 말이 떠올라 망설여졌다. 페르시아인이 눈치를 채고 웃었다.

"자네에게 나쁜 짓이라도 할까 봐 의심하는 모양인데, 그렇다면 자네 집으로 가세."

하산은 페르시아인을 집 밖에서 잠깐 기다리게 해놓고 집 안에 들어가 어머니를 설득해 잠시 다른 집으로 가 있게 했다. 그리고 푸짐하게 음식을 대접하고 나서 봄날의 들판에 풀어놓은 망아지처럼 재빨리 가게로 달려가 도구 일체를 들고 페르시아인 앞에 늘어놓았다.

페르시아 인은 종이봉투를 하나 꺼냈다.

"친자식보다 더 사랑하기 때문에 특별히 가르쳐주는 거니까 잘 듣게. 지금 이 봉지에 들어 있는 연금약은 이집트 저울로 3온스 정도밖에 안 남았어. 다 쓰고 나면 나중에 약의 성분을 가르쳐주고 직접 조제해주겠네. 이 연금약은 구리 10파운드당 약 반 드램만 넣으면 된다네. 그렇게 하면 10파운드의 구리가 순금으로 변하게 되는 거야."

하산은 집안의 모든 놋쇠 접시를 가지고 와서 깨뜨려 가루로 만들어 도가니에 던져넣었다. 그 위에 종이봉지에 든 가루약을 약간 뿌리자 도가니 속의 내용물은 대번에 순금 덩어리로 변했다. 하산은 날듯이 기뻐하며 황홀한 기분에 빠졌다. 순금에 미쳐 그 밖의 것은 아무것도 생각할 수 없었다. 이렇게 하산이 도가니의 금괴에만 정신이 팔려 있는 틈에, 페르시아인은 두건 속에서 얼른 크레타 섬에서 나는 대마를 꺼내 과자 속에 넣었다. 코끼리라 해도 몇 날 밤을 잠들어버릴 만한 극약이었다. 그리고 시치미를 떼고 말했다.

"이보게, 하산. 자넨 이제 내 친아들이나 마찬가지야. 내겐 이 순금 덩어리보다 자네가 더 소중하다네. 그래서 말인데, 하나밖에 없는 천하절색의 내 딸과 자네를 알라의 뜻에 따라 짝지어주고 싶다네."

페르시아인은 그렇게 한껏 하산의 마음을 부추긴 뒤 하산에게 과자를 집어주며 먹으라고 권했다. 하산은 과자를 삼킨 순간 꽈당 하고 쓰러져 기절해버렸다. 페르시아인은 자신의 함정에 빠져버린 하산을 맘껏 비웃었다. 그리고 얼른 하산의 팔다리를 꽁꽁 묶어 큰 궤짝에 넣고 자물쇠를 채워버렸다. 그리고 또 한 궤짝에다가는 금괴를 팔아받은 돈과 집 안에 있는 귀중품들을 닥치는 대로 집어넣고서는 짐꾼을 데려와 두 궤짝을 지고 교외로 도망쳐 해안에다 궤짝들을 내려놓았다. 부두에는 한 척의 배가 기다리고 있었다. 페르시아인이 그 배를 세냈기 때문에 선장은 페르시아인이 배에 오르기만 기다리고 있었다. 궤짝들을 싣자마자 배는 닻을 올리고 순풍을 받으며 먼바다로 나갔다.

한편 하산의 어머니는 아무리 기다려도 아무 소식이 없어 궁금했다. 그래서 집으로 와보니 대문은 열려 있고 아들 하산은 보이지도 않고 귀중품과 돈마저 사라진 걸 알게 되었다. 어머니는 얼굴을 손바닥으로 때리고 옷을 찢고 엉엉 울었다. 이웃 사람들이 찾아와 묻자 어머니는 페르시아인 이야기를 들려주었고, 이웃 사람들은 비탄에 잠겨 울부짖는 어머니를 위로하였다.

'바람'에게 다시 속아 넘어간 하산, 우여곡절 끝에 탈출하다

페르시아인은 배화교도로 이름은 '바람'이었다. 이슬람교도를 원수처럼 미워한 그는 해마다 이슬람교도를 한 명씩 잡아다 목을 잘라 불의 신 앞에 제물로 바쳤다.

바람은 하산에게 초 냄새를 맡게 하고 콧구멍에다 가루를 불어넣었다. 하산은 재채기와 함께 마약을 토해냈다. 하산은 눈을 뜨고 주위를 둘러보았다. 그런데 이게 웬일인가. 자신이 바다 한가운데를 질주하는 배에 타고 있는 게 아닌가. 페르시아인이 자기 옆에 앉아 있는 걸 본 하산은 그때에야 그에게 속았음을 깨달았다. 하산은 위험을 모면하게 해주는 기도문을 외었다. 하산은 어찌 된 일이냐고 물었다. 바람은 하산을 노려보았다.

"나는 네놈 같은 애송이를 1,000명에 하나가 모자라는 수만큼 죽였어. 네놈까지 죽이면 꼭 1,000명을 다 채우게 되는 거지."

바람은 하산의 결박을 풀어주고 웃으며 말했다.

"불과 빛과 그늘과 열의 영험에 맹세코 너를 잡아올 수 있었던 것은 불의 신에게 너를 제물로 바치라는 신의 뜻이기 때문이다."

"이런 벼락을 맞아 돼질 늙은이 같으니라고! 한솥밥을 같이 먹은 자의 의리가 고작 배신이란 말이냐? 이 더러운 놈, 신의 징벌이 두렵지도 않느냐?"

하산이 비난을 퍼붓자 바람은 세차게 하산의 따귀를 때렸다. 하산은 풀썩 고꾸라지고 말았다.

"네가 빛나는 빛과 섬광의 여신이자 불의 신을 숭배할 생각이라면 내 재산의 절반을 주고 내 딸과 짝지어주마."

하산은 불끈 화를 냈다.

"이 못된 놈! 네놈이 바로 배화교도로구나! 배화교는 많은 종교 중에서도 가장 나쁜 지옥행의 가르침에 지나지 않아."

하산이 절대로 배화교도로 개종하지 않겠다고 선언하자 바람은 하산을 엎어놓고 가죽 채찍으로 때리기 시작했다. 어찌나 매질이 심했는지 옆구리가 터질 정도였다. 견디다 못한 하산은 비명을 지르며 살려달라고 애원했다. 그러나 누구 하나 도와주거나 감싸주는 사람도 없었다. 하산은 예언자의 이름을 외며 구원을 요청했다.

실컷 때리고 난 뒤 바람은 얼마간의 음식과 마실 물을 가져다주도록 하였다. 그러나 하산은 음식도 거부하며 저항했다. 바람은 밤낮을 가리지 않고 계속 하산을 고문했다. 그럴수록 하산은 영광과 명예에 빛나는 전능하신 알라 앞에 무릎을 꿇고 정성껏 기도를 올렸고, 그 때문에 바람의 고문은 점점 포악해져갔다.

석 달 항해하는 동안 하산은 심한 고문에 시달렸다. 마침내 신도 용서할 수 없었던지 갑자기 역풍이 불어와 배가 파도에 휘말렸다. 선장을 비롯한 선원들은 이구동성으로 외쳤다.

"이건 틀림없이 저 젊은 이슬람교도를 계속 고문하며 괴롭힌 탓이야. 배화교도인 페르시아인이 신의 노여움을 샀기 때문이야. 신은 결코 우리를 용서해주시지 않을 거야."

그들은 바람에게 반기를 들었다. 덤벼드는 바람의 하인과 노예 들은 모두 죽여버렸다. 바람은 생명의 위험을 느끼고 부들부들 떨었다.

그래서 하산의 결박을 풀어주고 옷을 갈아입히며 연신 사과했다. 연금술 비법도 가르쳐주고 고국에도 데려다주겠다고 약속했다.

"이보게, 아들. 내가 한 짓 때문에 내게 복수해서는 안 되네. 실은 자네 끈기를 시험해보려고 일부러 그랬던 거라네. 자네도 알다시피 모든 건 다 알라의 뜻에 달린 것이니까."

페르시아인은 그럴듯하게 둘러댔다. 하산이 자유의 몸이 되자 선장도 선원들도 모두 기뻐하며 축복해주었다. 마침 하늘도 쾌청하게 개어 일행은 산들바람에 돛을 올리고 순조로운 항해를 계속했다.

배의 행선지를 묻자 바람은 연금약을 얻으러 '구름 산'으로 가는 길이라고 했다. 하산은 귀가 솔깃했다.

넉 달 뒤 어느 날, 배는 노랑, 파랑, 검정 등 갖가지 잔돌이 깔려 있는 어느 해안에 닻을 내렸다.

바람은 하산을 데리고 육지에 올라, 섬의 깊숙한 곳으로 자꾸만 나아갔다. 어느새 두 사람은 배의 그림자도 보이지 않는 곳까지 이르렀다.

바람은 금으로 글자를 새긴 작은 구리와 비단 끈으로 만든 북과 노끈 방망이를 꺼내 둥둥 쳤다. 그러자 사막 저쪽에서 모래 먼지가 뭉게뭉게 솟아올랐다. 하산은 다시 무서운 의혹에 사로잡혀 자신의 어리석음을 후회하며 몸을 떨었다. 이를 눈치챈 바람은 안심시키듯이 말했다.

"자네 도움이 필요 없다면 자넬 데리고 올 까닭이 없지 않겠는가?"

이 말에 하산은 다시 안도했다. 곧이어 모래 먼지가 걷히고 낙타 세 마리가 나타났다. 바람과 하산은 낙타 두 마리에 올라타고 나머지 한 마리엔 식량을 싣고 이레 동안 여행을 계속했다. 넓은 들판의 한복판에 이르자 순금 벽기둥 네 개가 떠받들고 있는 둥근 지붕의 집이 한 채 보였다. 그곳에서 식사를 하고 쉬고 있는데, 문득 옆을 보니 멀리 어렴풋하게 무엇인가 하늘 높이 솟은 궁전이 보였다. 하산은 궁전에 가서 구경도 하고 쉬어가자고 말했다. 바람은 버럭 화를 냈다.

"저 궁전에 대해 이러쿵저러쿵 얘기하지 말게. 거긴 내 적이 살고 있어. 그놈과는 전에 약간 말썽이 있었는데 지금 여기서 그 얘길 하고 있을 겨를이 없어."

바람이 또 한 번 북을 울려 낙타 세 마리를 불러냈다. 두 사람은 다시 이레 동안 여행을 계속했다. 이윽고 높은 산이 보이는 곳에 이르렀다. 아찔하도록 높은 산이라 산꼭대기에서는 구름이 둘로 갈라지며 그 위로는 한 조각의 구름도 없었다. 바람은 산 정상을 가리켰다.

"저 산이 내 목표야. 찾고 있는 물건도 저기 있지. 자넬 여기까지 데리고 온 것도 그 때문이며, 자네 도움을 받지 않고서는 소원을 이룰 수가 없지."

하산은 아무래도 죽을 것만 같은 예감이 스쳤다. 그래서 목적을 분명하게 밝히라고 따졌다.

"연금술이란 것은 말이야. 구름이 흘러서 갈라지는 저런 산꼭대기에서 자라는 풀이 아니면 안 돼. 저런 산꼭대기에서 자라는 풀이어야 한다는 말이지. 그러니 자네가 저기 올라가 풀을 뜯어오게. 그러면 자네가 배우고 싶어 하는 연금술의 비밀을 전수해주겠네."

하산은 공포에 떨면서 이젠 죽었구나 하고 중얼거렸다. 그리고 어머니의 말을 듣지 않은 걸 후회하며 탄식했다.

두 사람은 다시 걸음을 재촉하여 높은 산기슭에 이르러 발걸음을 멈추었다. 꼭대기에는 궁전이 있었다. 마신과 식인귀와 악마가 살고 있는 궁전이라고 했다. 바람은 하산이 낙타에서 내리는 걸 거들어주고 그의 머리에 입을 맞추고 나더니 이렇게 말했다.

"내가 한 짓을 원망하지 멀게. 난 여기서 망을 볼 테니까 자넨 저 궁전으로 올라가게. 거기서 가져올 물건이 무엇이든 날 속이거나 빼돌리지 말게. 둘이 똑같이 나눌 테니까."

바람은 자루에서 손 맷돌과 밀을 꺼내 갈아서 그 가루로 둥근 과자 세 개를 빚고 불을 피워 과자 빵을 구웠다. 그리고 또 구리 북을 노끈 방망이로 두들기자 낙타 세 마리가 나타났다. 바람은 낙타 한 마리를 죽여 가죽을 벗긴 후, 물 부대, 과자 빵 세 개 그리고 단도 하나를 하산에게 주고 하산을 가죽 속에 눕히고 봉합했다.

얼마 후 독수리가 날아와 하산이 숨은 가죽 주머니를 움켜쥐고는 날아올라 산꼭대기에 내려놓았다. 하산은 단도로 가죽 주머니를 찢고 튀쳐나왔다. 독수리가 깜짝 놀라 도망쳐버렸다. 그곳엔 썩은 뼈와 목재가 뒹굴고 있었다. 하산은 산 아래에 있는 바람에게 도착을 알렸다. 바람은 무엇이 보이느냐고 물었다. 하산은 목재가 뒹군다고 대답했다.

"바로 그것이 내가 찾고 있는 물건이다. 그 나무토막을 여섯 다발로 묶어 던져라. 연금술에 쓸 재료니까."

하산이 다 던지고 나자 바람이 외쳤다.

"이 멍청한 놈아! 마침내 네놈에게 한을 풀었구나. 그 산꼭대기에서 굶어 죽든지 아니면 땅바닥에 몸을 던져 죽든지 네 마음대로 해라!"

바람은 본색을 드러내며 비웃음과 욕을 퍼붓고 하산을 그대로 놔둔 채 혼자 떠나버렸다.

보기 좋게 또 한 번 배신당한 꼴이었다. 하산은 꼼짝없이 산꼭대기에 혼자 남겨졌다. 하지만 딱한 신세를 한탄하고 슬퍼하고만 있을 수는 없었다.

하산은 사방을 둘러보았다.

산 반대쪽에는 천 길 절벽이 있고 그 아래에는 시퍼런 바다가 출렁거렸다. 그리고 솟아오른 산처럼 큰 파도가 암벽에 부딪쳐 흰 거품을 일으키고 있었다. 하산은 코란을 외며 알라께 기도했다. 그리고 장례식 기도문을 외고는 몸을 던져 바다로 뛰어들었다.

그런데 알라의 대자대비와 은덕으로 하산은 큰 파도에 떠받들려 다친 곳 하나 없이 무사히 바닷속으로 들어갔고, 이번엔 바다를 지키는 천사의 가호를 받으며 큰 파도에 실려 육지로 떠밀렸다. 구사일생 살아난 것은 알라가 정하신 바였다. 하산은 알라를 칭송하며 감사했다.

마왕의 일곱 공주와 안락하게 지내던 하산, '바람'을 죽여 복수하다

하산은 먹을 것을 찾아 돌아다니다가 전에 바람과 함께 식사하고 휴식하던 장소에 당도했다. 저 멀리 하늘을 찌를 듯 우뚝 솟은 궁전이 바람의 적이 살고 있는 궁전이라던 말이 생각났다. 그렇다면 어쩌면 저 궁전이 자기를 구해줄지 모른다는 생각이 들었다. 하산은 그 궁전으로 향했다.

마침 문이 열려 있어 접견실까지 들어섰다. 그런데 거기에 아름다운 처녀 둘이서 장기를 두고 있었다. 어린 처녀가 하산을 보고는 아담의 아들이 나타났다며 기뻐했다.

"틀림없이 배화교도 바람이 금년에 이곳으로 데려온 분일 거예요."

그 말에 하산은 자기가 바로 그 불행한 사내라며 흐느껴 울었다. 그러자 막내 처녀가 언니 쪽을 바라보며 말했다.

"언니, 내 증인이 되어줄래요? 이제부터 저분은 알라의 성약에 따라 맺어진 내 오라버니예요. 난 이분과 생사도 기쁨도 슬픔도 함께 할 거예요."

막내 처녀는 하산을 끌어안고 입을 맞추더니, 손을 잡아끌고 궁전 안으로 안내했다. 그러곤 하산의 누더기 옷을 벗기고 어의를 한 벌 가져다 입혔다. 또한 온갖 요리를 준비하여 하산 앞에 차려놓았다. 두 자매와 하산은 함께 요리를 맛있게 먹었다.

손을 씻은 다음 두 처녀가 물었다.

"저 나쁜 배화교도 때문에 당신이 얼마나 고생을 했는지 들려주세요. 우리도 그 늙은이와의 사이에 얽힌 사연을 모두 들려드릴게요. 그럼 나중에 또 만나도 속아 넘어가지 않을 테니까요."

하산은 그동안 겪은 재앙을 낱낱이 털어놓았다. 두 처녀는 화를 내며 말했다.

"그 짐승 같은 늙은이가 우리를 식인귀니 악마니 하고 욕을 했다고요? 알라께 맹세코 꼭 그놈에게 복수하여 이 세상에서 가장 끔찍한 모습으로 그놈의 숨통을 끊어놓고 말 테야! 그놈은 '알 무샤이야드'라는 동산에 살고 있으니 가까운 장래에 그놈을 퇴치하지 않고는 못 견디겠어요."

이렇게 복수를 다짐한 어린 처녀는 자신들 일곱 자매의 이야기로 돌아갔다.

"실은 오라버니. 우리는 무수한 마족의 군대와 노비를 거느린 마왕 중의 마왕의 딸이에요. 부친은 딸 일곱을 두었는데 저는 그중 막내랍니다. 아버님은 어리석게도 질투와 오만과 자부심에 사로잡혀 딸들을 한사코 시집보내려 하지 않았어요. 그 때문에 저희 일곱 자매를 '구름 산'의 성에 가두었지요. 이 성은 솔로몬의 성약을 거역한 반역자 마신이 지은 성으로, 현세에서 너무 멀리 떨어져 있어 아무도 접근할 수 없거든요. 아버지가 저희들을 찾고 싶을 땐 북을 둥둥 울려 마신의 신하를 보내 연락하고, 우리가 아버지를 찾고 싶을 땐 부하인 마술사를 불러 데려가게 합니다. 마침 오늘은 위로 다섯 언니는 사냥을 나갔고, 우리 둘이 남아 식사 준비를 하는 중이었어요."

막내는 하산이 거처할 방으로 안내하고 옷과 가구를 챙겨주었다.

이렇게 하여 하산은 일곱 자매들과 함께 사냥도 하고, 놀기도 하면서 현세의 즐거움을 다했다. 그사이에 하산의 깊은 슬픔도 사라지고 체력을 건강하게 회복하고 살도 쪘다. 하산은 아름다운 일곱 공주에 둘러싸여 시중을 받았다. 때로는 마음에 드는 처녀와 동침하면서 더없이 즐거운 나날을 보냈다.

다음 해가 되자 저주받은 배화교도 바람은 또다시 한 아름다운 이슬람교도 청년을 데리고 나타났다. 청년은 손발이 묶이고 무수히 고문당한 흔적이 역력했다. 바람과 청년은 궁전 성벽 밑에 이르러 말에서 내렸다. 하산은 때마침 나무 그늘에서 바람을 쐬고 있다가 두 사람을 발견하자 안색이 변하고 가슴이 두근거렸다.

그길로 하산은 일곱 공주에게 달려갔다.

"공주님들, 저 지긋지긋한 놈을 없애버릴 테니 도와주시오. 저놈을 죽여 내 뼈에 사무친 한을 풀겠습니다. 또한 젊은이를 구출하여 내세를 위한 공덕을 쌓을 작정입니다. 당신들도 공덕을 쌓게 될 테니, 보답은 전능하신 알라께서 내려주실 것입니다."

일곱 공주가 무장을 했다. 하산 역시 갑옷과 칼을 받아 무장을 하고 밖으로 나왔다. 때마침 배화교도는 낙타를 죽여 그 껍질을 벗기고 젊은 이슬람교도를 막 낙타 가죽 속에 집어넣으려던 참이었다. 살금살금 뒤로 다가간 하산은 우레 같은 소리로 호통을 쳤다.

"이 저주받을 놈! 꼼짝 마라, 알라의 적! 이슬람교도의 원수야!"

하산을 알아본 배화교도는 반색하면서 말재주로 속여 보겠다는 얕은 수작을 부렸다.

"오, 내 아들인가? 어떻게 그곳을 빠져나왔는가?"

그러나 이번에도 속아 넘어갈 하산이 아니었다. 하산은 배화교도의 목덜미를 단칼에 베어버렸다. 칼끝은 힘줄을 끊고 뒤로 빠져나와 그의 영혼을 업화 속으로, 무서운 지옥의 불구덩이 속으로 쫓아버렸다.

하산이 배화교도의 자루에서 구리 북을 꺼내 둥둥 치자 낙타가 나타났다. 하산은 젊은이의 결박을 풀어주고 낙타에 태운 다음, 음식도 실어주었다.

"아무 데든 마음대로 가시오."

젊은이는 하산 덕분에 구사일생 목숨을 건져 어디론가 사라졌다.

대마왕의 딸 마나르에게 반한 하산, 일곱 공주의 도움으로 결혼에 성공하다

일곱 공주와의 안락한 생활을 하던 어느 날, 뭉게뭉게 모래 먼지가 떠올라 푸른 하늘을 뒤덮더니 궁전을 향해 돌진해왔다. 공주의 부왕이 일곱 공주에게 어느 국왕의 결혼식 피로연에 참석하라는 분부를 전하러 파견한 전령들이었다. 공주들이 부왕에게 갔다가 다시 이 궁전으로 돌아오려면 적어도 두 달은 걸렸다. 공주들은 혼자 남은 하산이 심심하고 적적할까 봐 걱정이 되었다. 그래서 궁전의 모든 방의 자물쇠를 내주고, 궁전 안을 두루 구경하면서 자기 집처럼 편하고 즐겁게 지내라고 위로했다. 다만, 금단의 문만은 절대 열지 말라고 경고했다.

일곱 공주가 떠난 뒤 며칠 지나지 않아 하산은 답답해서 미칠 지경이었다. 혼자 있다는 외로움에 가슴이 무거워지고, 한없이 애처로운 생각에 사로잡혀 이별의 쓰라림을 슬퍼하였다. 그토록 넓은 궁전조차도 갑갑하게 느껴지고 고독의 슬픔에 잠겨 공주들과의 즐거웠던 때를 사무치게 그리워하며 노래를 불렀다.

저 드넓은 벌판도 내 눈엔 손바닥처럼 좁아 보이고
사방의 풍경은 아름다울수록 내게 슬픔만 보태누나.
고운 벗들 곁에 없으니 내 기쁨도 흔적 없이 사라져
차가운 눈물 하염없이 흘러내려 아린 가슴을 적시네.

쓰라린 이별에 홀로 눈 감는 밤, 잠은 멀리 달아나고

고뇌와 외로움에 뒤척이며 밤새 애달피 흐느끼노라.

정녕 알고 싶어라, 우리 언제쯤에나 서로 다시 만나

사랑의 기쁨으로 온밤을 밝히며 정담을 나누게 될지.

하산은 궁전 구석구석을 돌아다니며 샅샅이 뒤지고 놀거리를 찾아 보았지만 무엇 하나 기쁘지 않았다.

문득 "금단의 문만은 열지 말라"던 공주들의 당부가 떠올랐다. 하산 은 견딜 수 없는 호기심에 사로잡혔다. 그곳에 무엇이 들어 있는지 확 인해보지 않고서는 답답증이 영영 풀리지 않을 것 같았다. 비록 당장 그 자리에서 죽는다 해도 상관없다고까지 생각하게 되었다.

마침내 하산은 금단의 문을 활짝 열고 말았다.

그러나 그 안에는 아무것도 없었다. 엄청난 보물이 감춰져 있을 것 으로 생각한 하산의 짐작은 여지없이 빗나갔다. 한쪽 구석의 야마니 산 얼룩 마노로 만든 둥근 지붕이 달린 나선계단을 따라 올라가니 궁 전의 평지붕이 나왔다. 하산은 화원과 과수원, 나무가 우거진 숲들을 내려다보았다. 그리고 저 멀리 큰 파도가 부딪치며 굽이치는 바다를 발견했다. 이렇게 평지붕 여기저기를 둘러보던 중 문득 누각 하나를 발견했다. 황금 벽돌과 은과 취옥 벽돌을 번갈아 쌓은 네 개의 기둥 이 떠받치고 있었다. 중앙에는 홍옥, 취옥, 홍보옥 등 온갖 보석을 모 자이크풍으로 박아 아름답게 마루를 깐 거실이 있고, 한가운데 수반 에는 물이 가득 있고, 수반 옆에는 순금을 격자 모양으로 두른 침향 나무 옥좌가 놓여 있었다. 주위에는 새들이 절묘한 음색으로 알라를 칭송하며 지저귀고 있었다. 일찍이 어떤 제왕도 갖지 못한 호화로운 옥루였다. 하산은 누각 안에 들어가 주위를 둘러보며 이 모든 걸 감탄하면서 감개에 젖어 있었다.

그때 저 멀리 누각 쪽으로 새 열 마리가 날아오는 게 보였다. 수반의 물을 마시기 위해 날아오는 것이라고 짐작한 하산은 새가 놀라 달아나지 않도록 몸을 숨겼다. 새들은 일단 큰 나뭇가지에 내려앉아 잠시 주위를 살폈다. 그런데 그 가운데 유난히 아름다운 새 한 마리가 돋보였다. 새들의 우두머리인 것 같았다. 아홉 마리의 새가 그 새의 시중을 들고 있었다.

잠시 후 새들은 누각 안으로 들어왔다. 그리고 각기 발톱으로 자기 목덜미를 찢었다. 그러자 희한한 일이 벌어졌다. 깃털로밖에 보이지 않았는데 잠시 후 깃털 밑에서 교교하게 빛나는, 달도 무색할 정도로 아름다운 처녀들이 나타난 것이다.

처녀들은 깃털을 완전히 벗어버린 채 눈부신 알몸으로 수반으로 뛰어들어 장난을 치며 목욕을 즐겼다. 하산은 우두머리로 보이는 처녀에게 마음도 몸도 빼앗기고 분별력조차 잃고 말았다. 하산은 그때에야 왜 공주들이 금단의 문을 열지 말라고 경고했는지를 깨달았다.

하산은 마음을 태우고, 가슴을 두근거리며, 넋을 잃고 그 처녀를 바라보다가 마침내 사랑의 늪에 깊이 빠지고 말았다. 가슴속에는 연정의 불꽃이 활활 타올랐고, 지울 길 없는 욕정의 불꽃과 춘정이 가슴속에서 들끓었다. 수반에서 나온 처녀들은 실오라기 하나 걸치지 않은 알몸으로 하산이 숨어 있는 곳 가까이 다가왔다. 하산을 사로잡은 처녀에게 하산의 눈길이 멈추었다. 두 허벅지 사이의 기둥에 떠받친 풍만한 엉덩이가 뚜렷이 비치는데 마치 은이나 수정으로 만든 대접 같았다. 몸을 돌려서니, 알맞게 부푼 둔덕이 윤기 흐르는 수풀에 가려 요염하게 빛났다. 이윽고 처녀들은 깃털 옷을 입고 몸치장을 했다. 우두머리 격의 처녀만이 초록색 옷을 입었는데, 사뿐한 발걸음에 하늘거리는 자태는 마치 신록의 버들개지가 봄바람에 춤을 추는 듯 하산의 넋을 쏙 빼놓고 말았다.

하산은 금단의 문을 연 대가를 깨닫고 절망했다. 무슨 수로 저 처녀들에게 다가가서 연모하는 마음을 고백한단 말인가. 하늘을 나는 새를 어떻게 떨어뜨린단 말인가. 하산은 밑바닥이 없는 바다에 몸을 던져 도망할 길이 없는 함정에 빠진 자신을 깨닫고 탄식했다.

오후의 기도 시간이 다가오자 처녀들은 깃털 옷을 다시 걸치고 새로 돌아갔다. 그러곤 순식간에 날아가버렸다.

새들은 다시 돌아오지 않을 것이다. 아무리 체념하고 돌아가려 했으나, 몸을 움직일 수도 없고 일어설 수도 없었다. 눈물이 두 볼을 타고 흘러내리고, 욕정은 더욱 거세게 들끓었다. 몸을 질질 끌다시피 겨우 방으로 돌아온 하산은 그길로 그만 병석에 눕고 말았다. 음식도 끊고 고독과 절망의 바다에 빠져버린 것이다.

이튿날 하산은 금단의 문을 열고 누각으로 가서 기다렸으나 새들은 나타나지 않았다. 하룻밤을 뜬눈으로 지새운 하산은 밤낮도 없이 사랑의 열병으로 신음하였다. 음식도 입에 대지 않고, 잠도 이루지 못했다.

이렇듯 광란의 사랑에 빠져 하루하루를 힘겹게 보내던 어느 날, 사막 저쪽에 뭉게뭉게 모래 먼지가 일더니 일곱 공주가 돌아왔다. 막내 공주는 하산의 몸이 수척하여 피골이 상접하고 안색도 창백하며 두 눈이 퀭하니 꺼져 있는 걸 보고 깜짝 놀라 망연자실했다. 막내 공주의 끈질긴 질문 공세에 결국 하산은 금단의 문을 열고 새들을 만난 이야기를 털어놓았다.

막내 공주는 어떻게든 그 처녀를 찾아 오라버니의 소원을 풀어주겠다고 했다. 그러나 언니들에게는 절대 비밀로 하기로 했다. 언니들이 알면 하산도 막내 공주도 목숨을 잃을지 모르기 때문이었다. 언니들에게는 하산이 외로움 때문에 건강을 해쳤다고 둘러댔다.

마침 언니들이 사냥을 나가자 막내는 하산을 돌봐야 한다며 혼자 남았다. 언니들은 동생의 자상한 마음을 칭찬하면서 하산을 잘 간호하라고 부탁한 다음, 20일분의 식량을 챙겨 사냥을 떠났다.

하산은 막내 공주를 누각으로 데리고 가서 처녀의 용모를 자세히 설명해주었다. 그러자 막내 공주의 볼이 창백해지더니 순식간에 표정이 변했다.

그 처녀는 바로 대마왕의 딸 마나르였다. 대마왕은 인간은 물론 모든 마신과 마녀를 지배하는 엄청난 권세를 가진 마왕 중의 마왕이었다. 일곱 공주의 부친도 그 대마왕의 부하에 지나지 않을 정도로 대마왕의 권세는 절대적이어서 감히 대적할 자가 없었다. 대마왕은 공주에게 동에서 서로, 남에서 북으로 가는 데 꼬박 1년이 걸릴 정도로 광대한 영토를 떼어주었는데, 크고 깊은 강이 주위를 감싸 흐르고 있어서 인간도 마신도 도저히 접근할 수 없는 곳이다. 더욱이 공주를 호위하는 아홉 명의 처녀들은 모두 뛰어난 무사들이었다.

막내 공주는 하산이 사랑하는 공주를 얻을 수 있는 방법을 자세히 알려주었다.

"그 공주는 매달 초하룻날에 시녀들과 함께 이곳으로 옵니다. 오라버니는 이 누각 근처에 몸을 숨긴 채 기다리고 계시다가 그들이 오면 거동을 잘 살피세요. 절대로 들키면 안 됩니다. 들켰다간 우리 둘의 목숨은 없어집니다. 모두가 깃털 옷을 벗거든 오라버니가 사랑하는 공주의 깃털 옷이 어느 것인지 잘 봐뒀다가 그 옷을 훔치세요. 그 깃털 옷이 없으면 공주는 고국으로 돌아갈 수 없으니까요. 그 옷만 손에 넣으면 공주를 오라버니의 뜻대로 할 수 있어요. 공주가 아무리 달콤한 말로 호소하고 울며 애걸복걸해도, 절대로 모습을 드러내거나 깃털 옷을 돌려주지 마세요. 옷을 돌려받자마자 공주는 오라버니를 죽이고 이 궁전을 무너뜨릴 뿐 아니라 저희는 물론 부왕의 목숨마저 뺏을 테니까요. 공주의 깃털 옷이 도둑맞은 걸 알면 다른 처녀들은 깜짝 놀라 공주만 혼자 남기고 하늘로 날아가버릴 겁니다. 모두 날아가버릴 때까지 절대 눈에 띄지 않게 가만히 숨어서 기다리세요. 다른 새들이 다 사라진 뒤 혼자 남은 공주에게 다가가 머리채를 끌고 오세요. 그때부터는 오라버니 마음대로 할 수 있을 거예요. 하지만 절대로 오라버니가 깃털 옷을 훔쳤다는 걸 알지 못하게 해야 해요. 누구도 찾지 못하도록 꽁꽁 감춰두세요. 그걸 오라버니가 갖고 있는 한, 공주는 오라버니의 포로이자 노예이니까요. 공주를 오라버니의 방으로 데려가면 공주는 오라버니의 것이 되고 말 거예요."

막내 공주의 이야기를 듣고 난 하산의 마음은 탁 풀리고 지금까지의 번민과 슬픔은 어디론가 모두 사라져버렸다. 그래서 편히 잠자리에 들고 이튿날부터는 음식도 잘 먹어 건강을 회복했다. 하루하루를 보내는 동안 어느새 그믐이 지나고 초승달 뜰 날이 다가왔다.

초승달을 바라보는 하산의 가슴이 방망이질하듯 두근거렸다. 이제 나저제나 새들이 날아오기만을 기다렸다. 이윽고 새들이 날아오자 하산은 몸을 숨겼다. 공주가 깃털 옷을 벗고 수반 속으로 들어간 틈에 하산은 살금살금 다가가 공주의 깃털 옷을 훔쳤다. 오후의 기도 시간이 되자 수반에서 나온 처녀들이 깃털 옷을 입었다. 그러나 공주는 옷을 찾을 수 없었다. 공주는 비명을 지르고 자기 얼굴을 때리고 속옷을 찢는 둥 울부짖으며 야단이었다. 갈팡질팡 갈피를 잡지 못한 채 어쩔 줄 몰라 하는 사이에 날이 저물었다. 시녀들은 공주에게 이별을 고하고 공주를 혼자 남겨놓은 채 그대로 하늘로 날아가버렸다.

하산은 막내 공주가 시킨 대로 공주에게 뛰어가 당장 머리채를 움켜쥐고 궁전의 자기 방으로 끌고 들어갔다. 그리고 알몸 위에 비단 너울을 걸쳐준 다음, 자기 손을 깨물며 울부짖는 공주를 남겨놓고 밖에서 문을 닫았다. 그리고 막내 공주에게 달려갔다.

막내 공주는 방으로 들어가 울고 있는 공주에게 정중히 예를 다해 인사했다.

"오, 공주님. 이 서방님은 정말 마음씨 착한 분으로 당신에게 나쁜 짓을 하려는 생각은 추호도 없어요. 그저 공주님을 사모하고 있을 뿐이지요. 본래 여자라는 것은 남자를 위해 만들어진 것 아닌가요? 만일 당신께 마음을 뺏기지 않았다면 이 서방님은 병에 걸리지도 않았을 것이고 또 사랑에 빠져서 죽게 되지도 않았을 거예요."

이렇듯 막내 공주는 하산을 좋게 소개하면서 많은 여자 중에서도 오직 공주 한 사람만이 하산의 마음을 사로잡았다는 것을 누누이 강조했다. 공주는 이제 도망칠 재주가 없다고 생각했다.

막내 공주는 호화로운 옷을 가져다 공주에게 입혔다. 그리고 음식을 대접하며 위로하고 슬픔을 달래주었다.

"당신을 한 번 보자마자 죽도록 반해버린 서방님을 부디 불쌍하다고 생각해주세요."

밤새도록 울고 난 공주는, 자기가 함정에 빠졌으며 살아날 가망이 없다는 걸 깨닫고는 마음을 가라앉히고 눈물을 닦았다.

계속해서 아침저녁으로 막내 공주는 지극정성을 다해 공주를 섬기며 위로하고 격려했다. 그러자 점차 공주는 자기에게 닥친 운명을 받아들였다. 시름의 그림자도 서서히 걷히고 마침내 고국을 떠난 고뇌와 슬픔도 희미해져갈 무렵, 막내공주는 하산에게 때가 무르익었음을 알렸다.

하산은 공주의 방으로 들어가 애타는 사랑을 고백하고, 공주의 마음을 달래 알라의 법도와 관례에 따라 아내로 맞고 싶다고 애원했다.

그런데 미처 공주의 대답을 듣기도 전에 갑자기 성문을 쾅쾅 두드리는 소리가 들렸다.

여섯 언니들이 사냥에서 돌아온 것이었다. 하산의 건강이 몰라보게 좋아진 걸 본 여섯 공주들은 무척 기뻐하면서 잡아온 짐승들을 요리했다.

하산은 언니들에게 다른 때보다 더욱 깍듯하고 살갑게 대했다. 하지만 차마 자기 입으로 이 엄청난 일을 고백할 용기가 나지 않아 그저 눈물만 흘리고 있었다. 언니들은 하산의 태도가 수상쩍어 거듭 무슨 일이 있었는지 캐물었다. 그래도 하산이 입을 다문 채 아무 말도 하지 않자 보다 못한 막내 공주가 나섰다.

"오라버니는 하늘을 나는 새를 잡았기 때문에 언니들의 손을 빌려서 길들이고 싶어 해요."

언니들이 자초지종을 숨김없이 털어놓으라고 다그치자 막내 공주가 하산을 대신해서 그동안의 일을 고백하였다. 사연을 듣고 난 여섯 언니들은 공주의 방으로 들어갔다.

공주의 아름다운 얼굴을 본 여섯 언니들은 절로 넋을 잃고 무릎을 끓었다.

"세상에서 가장 위대하신 임금님의 공주님, 이 서방님의 당신을 향한 사랑은 태양보다 뜨겁습니다. 그렇다고 음탕한 짓을 하려는 게 아니라 정식으로 당신을 아내로 맞이하겠답니다. 들자 하니 그 깃털 옷은 이미 태워버렸다고 합니다."

공주는 언니들 가운데 하나에게 자기도 하산을 사랑하게 되었다고 털어놓았다. 그리하여 언니들이 증인과 대리인이 되어 혼인 계약서를 작성하였다.

하산이 한 손을 공주의 손에 놓고 손바닥을 서로 마주치니, 공주는 기꺼이 하산의 아내가 되었다. 이어서 잔치를 베풀고 마침내 하산은 신부의 침실로 들어갔다.

신부에 대한 하산의 사랑은 점점 뜨거워지고 애욕의 정념은 걷잡을 수 없이 깊어갔다.

하산이 일곱 공주를 만나러 간 사이어 아내가 집을 떠나다

꿈에도 그리던 사랑을 이루어 더없이 행복한 나날을 보내는 사이에 40일이 지났다.

어느 날, 하산은 꿈속에서 어머니를 보았다. 하산이 열락에 젖어 호사스러운 생활을 하는 동안 어머니는 피골이 상접할 만큼 수척해졌고, 살결은 거칠어졌으며, 얼굴은 쇠잔하였다.

꿈에서 깨어난 하산은 눈물을 흘리며 수심과 비탄에 젖어 가슴이 터질 것만 같았다. 아내와 일곱 공주는 하산의 슬픔이 어머니 때문이란 걸 알고 하산을 고향에 보내기로 결정했다. 하산은 반드시 1년에 한 번씩은 일곱 공주를 방문하기로 약속했다. 여행 준비가 다 끝나자 마법의 북이 울리고 사방에서 낙타 떼가 모여들었다. 공주들은 낙타마다에 금은보화가 가득 든 상자를 실어주었다.

이별의 시간이 다가오자 막내 공주는 하산의 목에 매달려 슬피 울다가 기절하고 말았다. 이윽고 정신을 차린 뒤 마지막으로 이렇게 덧붙였다.

"만일 슬픈 일이나 곤란한 일이 생기거든 요술 북을 울리세요. 그러면 낙타가 나타날 테니 그걸 타고 우리에게로 오세요. 낙타가 우리에게 안내해 줄 겁니다."

마침내 하산 부부는 일곱 공주와 작별하고 길을 떠났다. 그리고 밤낮을 가리지 않고 여행을 계속한 끝에 마침내 바스라의 집 앞에 당도했다.

집 안에서는 어머니의 울음소리와 꺼질 것 같은 한숨과 탄식만 새어나왔다. 하산의 목소리를 들은 어머니는 문을 열자마자 그대로 기절하여 쓰러지고 말았다. 정신이 돌아온 어머니는 하산을 끌어안고 감격에 겨워 눈물을 흘렸다. 어머니는 하산이 겪은 온갖 고초와 역경을 듣고 아들을 무사히 돌려 보내주신 알라를 칭송했다.

이윽고 어머니는 며느리를 바라보았다. 아침이슬을 매단 풀잎처럼 청초한 기품과 밤하늘에 반짝이는 샛별처럼 눈부신 아름다움에 어머니는 그만 넋을 잃었다. 흡족한 마음으로 며느리를 맞아들인 어머니는 하산에게 조심스럽게 운을 뗐다.

"애야, 지금껏 가난하게 살아온 우리가 갑자기 이렇게 많은 재물을 갖고 있으면 여기서는 마음놓고 살 수가 없단다. 행여 연금술이라도 하는 줄 알고 의심을 사서 화를 당할지도 모르겠다. 그러니 이제 평화의 집 바그다드로 가자. 임금님이 살고 있는 '성역'에서 알라를 섬기면서 가게를 열어 장사라도 한다면 알라께서는 이 재산 위에 축복의 문을 열어주실 거야."

하산은 어머니의 말대로 바스라의 집을 팔고 가산을 모두 정리하였다. 그리고 요술 북으로 낙타를 불러내 재물과 살림살이를 가득 싣고 티그리스 강까지 왔다. 거기서 배를 한 척 빌려 옮겨 싣고는 티그리스 강을 거슬러 올라 열흘째 되는 날 바그다드에 도착하였다.

하산은 어느 대신의 집을 10만 디나르에 사서 이삿짐을 풀었다. 그 날 이후 바그다드에서의 새로운 생활이 시작되었다. 이럭저럭하는 사이에 세월이 흘러 하산은 인간 세상의 환락을 모두 맛보았으며, 아내와의 사이에 나시르와 만스르 두 아들까지 두었다.

3년 후 하산은 일곱 공주와의 약속이 떠올랐다. 일곱 공주에게 많은 신세를 지고 은혜를 입은 걸 생각하면 가만히 있을 수가 없었다. 하산은 서둘러 여장을 꾸렸다. 하산은 떠나기에 앞서 어머니에게 신신당부했다.

"어머니, 깃털 옷은 상자에 넣어 이러저러한 곳에 묻어두었습니다. 그러니까 잘 감시하세요. 어쩌다 아내 눈에 띄어 아내 손에 들어가는 날엔 아내는 물론 두 아들도 날아가버려 두 번 다시 소식을 모르게 됩니다. 그럼 저는 비탄에 젖어 죽어버릴지 모릅니다. 그러니까 부디 깃털 옷에 관한 이야기는 꿈에도 꺼내지 마세요. 그리고 아내를 잘 감시하세요. 아내의 부친은 대마왕으로서 세상 최고의 권세가예요.

게다가 아내는 '백성의 여왕'으로 추앙받던 사람입니다. 성격도 여간 까다로운 사람이 아니니까 어머니가 신경을 쓰셔서 외출을 하거나 담 너머로 밖을 내다보지 못하게 하세요. 밖으로 바람 쐬러 가는 것도 저는 겁이 납니다. 아내에게 속세의 재앙이 닥치는 날이면 저는 살아 남지 못할 테니까요."

그런데 공교롭게도 하산과 어머니가 나누는 대화를 아내가 우연히 엿듣게 되었다. 두 사람은 이 사실을 꿈에도 몰랐다.

하산은 요술 북을 두드려 낙타 떼가 나타나자 이라크에서 나는 온 갖 희한한 보물을 싣고 길을 떠나 열하루째 되는 날 일곱 공주의 궁 전에 도착하였다. 그리고 후한 대접을 받으며 잔치와 사냥과 놀이로 즐거운 나날을 보냈다.

한편 하산의 아내는 하산이 떠나고 사흘째 되는 날, 어머니에게 목 욕탕에 가자고 졸랐다. 어머니는 집에서 목욕하자고 만류했으나 며느 리는 만리타향에 사는 자신의 신세를 탄식하며 운명을 저주했다. 하 도 며느리가 울며 보채고 졸라대자 어머니는 며느리가 너무 불쌍해 견딜 수가 없었다. 할 수 없이 어머니는 며느리와 함께 두 아들을 데 리고 함께 목욕탕으로 갔다.

그런데 너무도 아름답고 눈부신 공주의 자태를 본 목욕탕 손님들의 눈이 휘둥그레졌고, 저마다 침이 마르도록 공주의 미모를 칭송하였 다. 공주에 대한 입소문이 순식간에 퍼져나가는 가운데 마침 손님 가 운데 칼리프 하룬 알 라시드를 섬기는 시녀 하나가 끼어 있었다. 시녀 가 자세히 바라보니 과연 그 요염한 미색에 황홀해하지 않을 수 없었 다. 시녀는 공주의 뒤를 밟아 집까지 확인하고 궁전으로 돌아와 곧장 즈바이다 왕비에게 달려갔다.

"왕비님, 목욕탕에서 옥 같은 남자아이 둘을 안고 있는 젊은 여자를 봤는데, 그런 미인은 난생처음 봤어요. 삼천세계를 다 뒤져도 그만한 미인을 찾기 어려울 것입니다. 만약 왕비님께서 임금님께 그 여자 이야기를 해드리면 임금님께서는 그 미인의 남편을 죽여서라도 그녀를 뺏고야 말 것입니다. 세상에 다시 볼 수 없는 미인이기 때문입니다. 그 남편은 바스라의 하산으로, 일개 상인에 불과하다고 합니다. 그러나 집은 예전에 대신이 살았던 저택으로 호화롭기 그지없었습니다. 저는 그 여자의 소문이 임금님 귀에 들어가 임금님이 그 여자와 정을 나누게 될까 봐 걱정되어 견딜 수가 없습니다."

왕비는 버럭 화를 내고 자신의 눈으로 직접 확인하기 전에는 믿을 수 없다고 외쳤다. 그리고 검사 마스룰을 불러 당장 하산의 집으로 가서 노파와 부인, 두 아들을 데려오라고 호령했다. 마스룰은 득달같이 하산의 집으로 달려가 왕비의 명을 전했다.

"남편이 출타 중인 부인을 함부로 외출하도록 둘 순 없습니다."

하산의 어머니는 간곡히 거절했다. 그러나 여기서 물러설 마스룰이 아니었다.

"왕비님께서 한 번 보고 싶어서 그러는 것뿐이오. 내가 직접 데려갔다가 데려올 테니 염려 마시오."

마스룰이 거듭 안심시킨 데다가 왕비의 명령이니 어쩔 도리가 없었다. 하산의 어머니는 며느리와 두 손자를 데리고 궁전으로 향했다.

즈바이다 왕비는 여자를 가까이 오게 하여 베일을 벗겼다. 과연 눈이 부실 만큼 천하절색이었다. 왕비는 자리에서 벌떡 일어나 공주를 껴안아 침상 위에 앉히고 옷과 장신구를 선물했다.

"그대를 보니 너무 아름다워 할 말이 없도다. 그래 무슨 재주라도 있는가?"

공주는 의미심장하게 웃으며 대답했다.

"왕비님, 저는 깃털 옷을 한 벌 갖고 있는데 그걸 걸치기만 하면 세상에 다시없는 희한한 재주를 부릴 수 있습니다. 그 깃털 옷은 시어머님이 간직하고 계시니, 왕비님께서 제 시어머님께 부탁해서 가져오라고 해보십시오."

왕비는 하산의 어머니에게 깃털 옷을 가져오라고 명령했다.

"제 며느리가 한 말은 거짓입니다. 깃털 옷이란 새나 입는 거 아닙니까?"

하산의 어머니는 시치미를 뚝 뗐다. 공주가 앞으로 나섰다.

"아닙니다. 분명히 있습니다. 궤짝에 넣어서 저희 집 창고의 땅속에 묻어놓았습니다."

즈바이다 왕비는 제왕의 재산만큼이나 값비싼 보옥 목걸이를 목에서 끌러 하산의 어머니에게 주며 회유했다. 그러나 하산의 어머니는 본 적도 없다며 딱 잡아떼고 끝까지 부인했다. 마침내 왕비는 버럭 화를 내고, 하산의 어머니 손에서 열쇠를 빼앗아 마스룰에게 넘겨주면서 당장 가서 깃털 옷을 찾아오라고 명령하였다.

하산의 어머니는 마스룰의 뒤를 따라 집으로 가면서 그때에야 며느리가 목욕탕에 가자고 한 것이 결국 이렇게 될 걸 미리 알고 부린 잔꾀임을 깨닫고 뒤늦게 후회의 눈물을 흘렸다. 하지만 이젠 어쩔 도리가 없었다. 하산의 어머니는 아들의 운명을 걱정하며 마스룰에게 창고 문을 열어주었다.

마스룰은 땅을 파고 궤짝에서 깃털 옷을 꺼내 즈바이다 왕비 앞에 대령하였다.

왕비는 아름답고 신기한 깃털 옷의 모습에 감탄했다. 왕비로부터 깃털 옷을 건네받자 공주는 두 아들을 꼭 껴안고 깃털 옷을 입었다. 그러자 공주는 한 마리의 아름다운 새로 변했다. 공주는 가볍게 걸으며 춤도 추고 장난도 치고 날갯짓도 했다. 일동은 눈을 휘둥그레 뜨고 놀라운 모습에 감탄사를 연발하였다. 공주는 이제부터 더 근사한 연기를 보여주겠다며 날개를 활짝 펴 아들을 껴안은 채 궁전의 둥근 지붕으로 날아올라 지붕 위에 사뿐히 내려앉았다. 왕비는 기막힌 재주에 입을 다물 줄 몰랐다.

"그대의 아름답고 요염한 모습을 보고 싶으니 다시 한 번 이리로 내려와주지 않으려오?"

왕비가 달래듯 호소했다. 공주는 그대로 고국으로 날아가려다가 문득 하산을 생각하고 하산의 어머니를 향해 큰소리로 외쳤다.

"어머님! 저도 어머님과 헤어지는 게 괴롭습니다. 아드님이 돌아와서 밤마다 외로움에 못 이겨 몸부림치면서 다시 저를 만나고 싶어 하거든, 연정의 미풍이 그분의 마음을 슬픔으로 흔들어놓거든, 와크 섬에 있는 저를 찾아오라고 전해주세요."

이 말을 남기고 공주는 두 아이를 껴안은 채 고국을 향해 하늘 높이 날아가버렸다. 하산의 어머니는 슬픔에 잠겨 울부짖다가 기절하고 말았다. 정신을 차린 어머니는 왕비를 원망했고 왕비는 깊이 사과했다.

며느리와 손자들이 그리워 탄식으로 날을 보내는 어머니는 하루빨리 하산이 돌아오기만을 고대하였다.

하산은 꼬박 석 달을 머문 뒤 일곱 공주와 작별하고 바그다드의 집으로 돌아왔다. 어머니가 말없이 눈물만 흘리고 탄식하자 하산은 창고로 뛰어 들어갔다. 깃털 옷이 사라진 걸 확인한 하산은 아내가 아이들을 데리고 날아가버리지 않았을까 하는 불길한 생각에 어머니를 다그쳤다. 어머니가 자초지종을 털어놓자 하산은 외마디 비명을 지르며 실신하고 말았다. 하산은 자기 얼굴을 때리고 옷을 찢고 엉엉 울었다. 어머니는 며느리가 떠나면서 남긴 "보고 싶거든 와크 섬으로 찾아오라"는 말을 아들에게 전해주었다.

하산은 먹지도 자지도 않고 탄식과 눈물 속에서 나날을 보냈다. 어느 날 밤에는 얼핏 잠이 들었는데 꿈속에 아내가 후회하며 슬퍼하는 모습을 보기도 했다.

아내를 찾아 나선 하산, 천신만고 끝에 와크 섬에 도착하다

하산은 꼬박 한 달 동안 어둠 속에서 몸부림치다가 문득 일곱 공주에게 도움을 청해보자는 생각이 떠올랐다. 그리하여 낙타 떼를 불러내 이라크의 귀중품을 싣고, 나머지 재물은 안전한 곳으로 옮긴 다음 어머니에게 집을 맡기고 길을 떠났다.

'구름 산'의 궁전에 도착하자 일곱 공주는 의아한 눈으로 하산을 바라보았다. 그도 그럴 것이 헤어진 지 겨우 두 달 만에 하산이 다시 찾아왔기 때문이었다.

하산은 아내와 이별하게 된 사연을 들려주며 기절했다가 깨어나기를 몇 번이나 되풀이했다. 오라버니의 가련하고 비참한 모습에 막내 공주는 비명을 지르며 자기 얼굴을 때렸고, 그 소리에 놀라 달려온 언니들은 비련에 미쳐 날뛰는 하산에게 자초지종을 물었다. 하산은 울면서 사연을 털어놓고 아내가 마지막으로 남긴 '와크 섬'이 어디에 있느냐고 물었다.

와크 섬이라는 말에 일곱 공주는 하나같이 고개를 가로젓고 머리를 푹 숙인 채 깊은 생각에 잠겼다. 그러다가 이윽고 고개를 들더니 알라를 외며 이렇게 덧붙였다.

"당신의 손을 하늘로 뻗쳐보세요. 그곳까지 닿으면 아내를 찾을 수 있을 거예요."

공주들에게 이처럼 절망적인 말을 들은 하산의 눈에는 눈물 마를 날이 없었고, 공주들은 하산을 위로하느라 바빴다.

어느새 1년이 흘렀다.

그런데 일곱 공주에게는 압드 알 카투스('가장 거룩한 자의 노예'라는 뜻)라는 숙부가 있었다. 숙부는 맏조카를 유난히 사랑했으며, 1년에 한 번씩은 찾아와 무슨 부탁이든 꼭 들어주곤 했다. 그런데 올해도 다 가는데 웬일인지 숙부가 나타나지 않았다.

맏이는 향로를 가져다 불을 피우고, 숙부의 이름을 외며 불 위에 향료를 뿌렸다. 그러자 모래 먼지가 뭉게뭉게 피어오르더니 숙부가 코끼리를 타고 나타났다. 코끼리는 천천히 걷는 것처럼 보였지만 실제로는 나는 듯한 속도로 달려오며 우우 하는 소리를 냈다. 숙부와 조카들은 마주하자마자 껴안고 반가워하며 그동안 지낸 이야기꽃을 피웠다.

일곱 공주는 숙부에게 하산의 이야기를 들려주며, 어떻게 하면 하산이 와크 섬으로 갈 수 있는지 물었다. 숙부는 골똘히 생각에 잠긴 채 세 번이나 머리를 가로저으며 도저히 불가능하다는 뜻을 비쳤다.

"슬프고 안타까운 일이지만 단념하게. 하늘을 나는 마신이나 유성을 타고 간다 해도 도저히 와크 섬까지는 갈 수 없을 거야. 그 섬에 가려면 일곱 개의 골짜기와 일곱 개의 바다와 일곱 개의 큰 산을 지나야 하는데, 무슨 수로 갈 수 있을 것이며 누가 데려다주겠는가. 그러니 자네는 처자식이 저세상으로 간 것으로 알고 단념할 수밖에 없다는 말이네. 이것이 자네에게 줄 수 있는 나의 가장 선한 충고라네."

하산은 절망으로 정신이 아찔해졌다. 하산이 울고 또 울자 공주들도 함께 따라 울었다.

애끓는 슬픔에 넋을 잃은 젊은이를 본 숙부는 측은한 마음이 들었다.

"전능하신 알라의 뜻에 맞는다면, 소원을 이루게 해줄 테니 기운을 내서 내 뒤를 따르시게."

그리고 코끼리를 불러 하산을 태운 다음 사흘 밤낮을 현기증이 날 정도로 달려 어느 푸른 산 기슭에 당도했다. 바위는 모두 남빛을 띠고, 산 중턱엔 중국 철로 문을 만들어 단 동굴이 있었다. 동굴 안은 널찍하고 텅 비어 있었다. 복도를 따라 1마일 정도 걷고 널따란 광장을 거쳐 다시 산모퉁이로 나아가니 놋쇠로 만든 문이 두 개 있었다.

숙부는 하산을 남겨놓고 혼자 문 안으로 들어갔다. 절대 안으로 들어오지 말라는 주의를 듣고 하산은 잠자코 기다렸다. 한 시간쯤 뒤에 숙부는 새까만 종마를 끌고 나왔다. 몸은 가늘고, 코는 짧고, 고삐와 안장도 놓여 있고, 우단으로 지은 옷까지 입고 있었다.

한 번 내닫으면 나는 듯 달리고, 한 번 날면 떠오르는 티끌조차 따를 수 없는 천하제일의 준마였다.

하산이 말에 오르자 숙부가 두 번째 문을 열었다. 눈앞에 광막한 사막이 펼쳐졌다. 숙부는 하산에게 두루마리를 건네주며 말했다.

"이걸 갖고 이 말이 이끄는 데까지 가게. 동굴 입구에서 말이 멈추거든 말에서 내려 말을 놓아주게. 그러면 말은 동굴 안으로 들어갈 거야. 자네는 들어가지 말고 닷새 동안 입구에서 혼자 기다리게. 엿새째가 되면 흰 수염을 배꼽까지 길게 늘어뜨리고 흑표범 가죽을 몸에 두른 새까만 노인이 나올 것이야. 노인의 두 손에 입을 맞추고 옷소매를 잡아 머리 위에 얹고서 눈물을 흘리게. 끝내 노인도 자네를 측은히 여겨 용건을 물을 테지. 그러면 이 두루마리를 보여주게. 노인은 자네를 남겨놓고 동굴 안으로 들어갈 거야. 그럼 또 닷새 동안 꾹 참고 입구에서 기다리게. 엿새째 날 노인이 모습을 나타내면 소원이 성취된 것이고, 시동이 나오면 자네의 목숨을 노리는 것이니 각오하게. 자신을 위험 속으로 몰아넣는 자는 이미 목숨 따위는 내놓은 자가 아니겠는가? 호랑이 굴에 들어가지 않고선 호랑이 새끼를 얻을 수 없는 법, 목숨이 아깝거든 스스로 파멸의 길로 들어서지 않는 게 좋을 거야. 그러나 죽음도 두렵지 않다면 마음 가는 대로 행하게."

숙부의 말에 하산은 용기백배하여 단호한 결의를 나타냈다.

"뜻을 이루지 않고서는 살 수도 없습니다. 알라께 맹세코 사랑하는 아내를 찾을 때까지 결코 단념하지 않겠습니다. 찾아내지 못하면 죽어도 괜찮습니다."

하산이 결심을 굽히지 않는 이상 그가 목숨을 잃더라도 어쩔 수 없다고 숙부는 생각했다.

"와크 섬은 일곱 개의 섬으로 이루어졌는데, 숫처녀들만 살고 있다네. 거기서 조금만 더 구석으로 가면 작은 섬들이 있는데 거긴 악마, 요술쟁이, 요물이 살고 있어서 누구든 한 번 그곳에 발을 들여놓는 날에는 살아 돌아올 수 없다네. 자네가 찾는 여자는 지금 말한 섬들을 다스리는 대왕의 딸이니 도저히 되찾아오기는 어려울 것이네. 그래도 가겠는가?"

하산은 사랑하는 아내 없이 사는 건 차라리 죽느니만 못하다며 추호도 뜻을 굽히지 않았다. 숙부는 홀로 계신 어머니를 생각해서라도 냉정하게 판단하라고까지 거듭 설득했다. 그러나 하산은 사랑에 미쳐 분별력을 잃은 사람이라고 욕해도 좋다며 끝까지 지조를 지키겠다고 우겼다.

마침내 숙부는 하산의 무사 안녕을 기원하며 두루마리를 건넸다.

"이 두루마리는 무인의 딸 빌키스의 아들 아브 알 루와이슈에게 보내는 편지일세. 나는 이 편지에 자네를 잘 돌봐주라고 간절히 적었네. 이 사람은 나의 장로이자 스승으로, 사람도 마신도 모두 엎드려 쩔쩔 매는 분이라네. 아무쪼록 신의 축복을 받게."

하산은 준마를 타고 열흘 동안 달려 동굴 앞에 이르렀다.

그리고 압드 알 카투스가 일러준 대로 닷새 동안을 잠도 자지 않고 기다렸다. 눈물을 흘리며 탄식하면서 힘겨운 기다림을 견디고 견뎠다. 마침내 엿새째 날에 검은 천을 몸에 두른 흑인 노인이 나타났다. 하산이 눈물을 흘리자 노인이 용건을 물었다. 하산이 두루마리를 내미니 노인은 그걸 보고는 또 말없이 동굴 안으로 들어가버렸다.

또다시 하산은 닷새 동안 동굴 입구에서 기다렸다. 초조와 불안, 두려움으로 가슴이 타들었다. 엿새째 날에 노인이 문 밖으로 모습을 보이며 들어오라고 손짓했다. 이는 소원이 성취되었음을 뜻하는 신호였다. 하산은 용기를 내서 동굴 안으로 들어갔다.

노인의 안내로 앞으로 계속 걸은 끝에 강철 문이 달린 홍예문에 이르렀다. 노인이 문을 열었다. 두 사람은 응접실로 들어섰다. 줄무늬 차돌을 통 모양으로 천장에다 두르고 황금으로 덩굴무늬를 수놓은 화려한 홀이었다. 응접실을 지나서 이번에는 마루와 벽을 모두 대리석으로 꾸민 널따란 대청으로 들어섰다.

대청 한가운데에 꾸며 놓은 화원에는 온갖 화초가 만발하고 우거진 나무마다 과일이 영글고 있었다. 나뭇가지에는 새들이 앉아 알라를 찬양하는 노래를 불렀다.

그곳엔 사방에 네 단이 서로 마주보고 서 있었는데, 단마다 분수가 하나씩 있고 순금으로 만든 사자의 입에서 내뿜는 물이 수반 속으로 흘러들었다. 단 위 의자마다 장로가 각각 한 명씩 앉아 곁에서 제자들이 책을 읽어주는 걸 들었다.

제자들이 물러난 뒤 루와이슈 노인은 장로들에게 하산을 소개했다. 하산은 장로들에게 자신의 신상에 관해 처음부터 그때까지의 모든 경위를 들려주었다. 하산이 겪은 고생과 딱한 사정을 들은 장로들은 진심으로 하산을 위로하였다. 그리고 루와이슈 노인에게 말했다.

"장로 중의 장로님, 듣자니 이 젊은이의 사정이 딱하군요. 필경 당신께서는 이 젊은이를 도와 그 처자를 찾아주시겠지요?"

루와이슈 노인은 곤란한 표정을 지었다.

"글세요… 형제들, 이 일은 참으로 어렵고 위험하기 짝이 없습니다. 난 이제껏 이 젊은이만큼 자기 생명을 헌신짝처럼 가볍게 여기는 사람을 본 적이 없습니다. 다들 알다시피 와크 섬은 접근하기도 힘든 데다 경계 또한 삼엄하기 그지없어 목숨을 걸지 않으면 밟을 수 없는 땅입니다. 그뿐 아니라 나는 절대 그 땅을 밟지 않겠으며, 무슨 일이

든 거역하지 않겠다고 맹세한 터입니다. 그러니 무슨 수로 대왕의 공주에게 접근할 수 있느냐 그 말입니다. 누가 공주를 이 젊은이에게로 데려올 수 있으며, 누가 이 젊은이를 도울 수 있겠느냔 말이에요."

노인은 완곡히 거절했다. 하산은 울며 애원하며 매달렸고 네 장로들까지 거들고 나섰다.

"이 고집불통의 젊은이는 자기가 무슨 짓을 하는 건지도 전혀 모른다니까요. 그렇지만 인샬라! 우리가 할 수 있는 데까지는 도와줍시다. 우리 손이 미칠 수 있는 데까지 말이오."

노인은 어렵게 승낙하고 말았다. 하산은 춤이라도 출 듯 기뻐하며 다섯 노인의 손에 번갈아 입을 맞추며 도움을 간청했다.

아브 알 루와이슈는 향료와 불쏘시개 그리고 그 밖에 필요한 물건이 들어 있는 향기로운 가죽 자루를 하산에게 건네주었다.

"이 자루를 아주 소중히 간직하게. 무슨 어려운 일을 당하거든 향료를 조금 피우고 내 이름을 외면 내가 당장 그대 옆에 나타나 곤경에서 구해주겠네."

노인은 한 장로에게 부탁해 마신 하나를 불러냈다. 그리고 하산에게 말했다.

"이보게 젊은이, 일어나서 하늘을 나는 다나슈라는 이 마신의 어깨에 올라타게. 한 가지 조심할 것은 마신이 하늘 높이 날고 있을 때 '스바나 루라'라는 하늘의 신을 칭송하는 천사들의 소리를 들을지라도 그대는 절대로 그것을 따라 외어서는 안 되네. 그러면 그대도 마신도 함께 신세를 망치게 될 걸세."

그리고 나서 노인은 편지 한 장을 써서 봉인한 다음 하산에게 건넸다.

"마신은 그대를 태우고 날아가 내일 아침 먼동이 틀 무렵 장뇌처럼 새하얀 육지에 자네를 내려놓을 걸세. 거기서 한 열흘 걸어가면 어느 도시에 다다를 텐데, 그 도성의 핫슨 왕을 찾아가 배알하고 이 편지를 전하고 왕의 도움을 간곡히 청해보게."

하산은 노인과 장로들에게 거듭 감사드리고, 마신의 어깨에 올라 탔다.

마신은 하루 동안 하늘을 날아 장뇌처럼 새하얀 땅에 하산을 내려놓고 그대로 날아가버렸다. 하산은 궁전을 찾아 핫슨 왕의 알현을 청하고 편지를 전했다. 영빈관에 묵으며 기다리고 있자니까 나흘째 되는 날 왕의 사자가 어전으로 불렀다.

"여봐라, 하산. 루와이슈 노인의 체면을 생각해서 도와주는 건데, 머잖아 와크 섬에서 배편이 올 테니까 도착하는 대로 첫 배에 태워주겠노라. 누군가 그대의 신상에 관해 묻거든 핫슨 왕의 친척이라고 대답하라."

그러고 나서 왕은 와크 섬에 도착한 다음에 주의할 사항과 계책을 일러주었다.

"뭍에 오르면 부두에 늘어서 있는 걸상 가운데 하나를 택해 그 밑에 기어들어가 숨어 있거라. 날이 저물어 어두워질 무렵 여자들이 나타나 그대가 숨어 있는 걸상에 앉을 것이다. 그때 여자들을 붙잡고 숨겨달라고 애원해보게나. 그들이 받아주면 소원이 성취되어 처자식을 찾을 수 있다. 그러나 거절하면 죽음을 각오하는 수밖에 없다. 내 힘으로 도울 수 있는 것은 여기까지니라. 애당초 신의 도움이 없었다면 그대는 여기까지 올 수 없었다는 걸 알아야 할 것이다!"

하산은 배가 도착하기를 기다리며 영빈관에서 나날을 보냈다.

한 달이 지나자 배가 도착했다. 출발이 사흘밖에 남지 않은 어느 날, 왕은 하산을 불러 필요한 물건과 선물을 주었다. 그리고 선장을 불러 이렇게 명령했다.

"이 젊은이를 배에 태워 와크 섬에 데려다줘라. 아무도 눈치채지 않도록 하라. 그곳에 내려놓은 다음엔 데리고 올 필요 없이 그대로 두거라. 신에 맹세코 배 안의 누구에게도 발설해서는 안 된다. 그렇지 않으면 네 목숨은 없다."

선장은 하산을 큰 궤짝 속에 넣어 작은 배에 실은 다음 모선까지 끌어올렸다. 사람들은 무슨 상품이 든 궤짝이려니 하고 의심하지 않았다.

배는 열흘 동안 쉬지 않고 항해를 계속해 열하루째 되는 날 와크 제도에 도착했다. 선장은 하산은 해안에 내려놓았다.

와크 섬에 도착한 하산, 여왕의 유모 샤와히의 도움을 받다

궤짝에서 나온 하산은 해안에 늘어선 의자 가운데 외따로 떨어진 의자에 살금살금 다가가 그 밑에 몸을 숨겼다. 어둠이 내리자 촘촘한 사슬 갑옷에 칼로 무장한 여인들이 하나둘 나타났다. 한 여자가 하산이 숨어 있는 걸상에 앉자 하산은 이때다 하고 여자의 옷자락을 부여잡고 손발에 입을 맞추면서 울며불며 숨겨달라고 애원했다. 깜짝 놀란 여자는 하산의 겸손한 태도며 눈물을 흘리며 애원하는 모습에 가련한 생각이 들었다. 목숨보다 간절한 사연이 아니고서는 여기까지 올 리 만무했다. 여자는 내일 밤까지 그대로 숨어 있으라고 일러주고 그곳을 떠났다.

날이 밝자 해변은 바쁘게 짐을 나르거나 장사를 하는 사람들로 더욱 분주해졌다.

어제의 여자가 나타나더니 하산에게 군복을 주면서 입으라고 했다. 하산은 사슬 갑옷과 방패, 창과 칼, 금빛 허리띠를 두르고 걸상에 앉았다.

이윽고 날이 어두워지자 횃불과 초롱과 촛대에 불을 밝히고 여인의 군대가 다가왔다. 하산은 그들 무리에 끼어 시치미를 뗐다. 일행은 날이 밝기 전에 귀로에 올랐고 일행 가운데로 숨어든 하산도 함께 행진하여 야영지에 도착했다. 각자 천막으로 흩어지자 하산은 그 여자를 따라 천막으로 들어갔다. 갑옷과 베일을 벗으니 반백의 머리를 한 노파의 못생긴 얼굴이 드러났다. 곰보투성이에 눈썹은 희미하고, 이도 빠져 엉성하고, 볼은 푹 꺼지고, 코에서는 콧물이 흐르고, 입에서는 침이 질질 흘러내리는 꼴이었다. 얼룩 뱀이나 옴투성이 머리의 이리와 흡사했다.

하산은 여자의 발밑에 몸을 던지고 발에 얼굴을 비비고는, 신의 가호를 빌면서 옷자락을 붙잡아 머리에 얹고 흐느껴 울었다. 노파는 연민을 느끼고 끝까지 보살펴줄 테니 안심하라고 위로했다.

하산은 죽을 고생을 다 겪고 여기 오기까지의 모험담을 자세히 들려주었다. 노파는 깜짝 놀라 외쳤다.

"여기까지 무사히 온 사람은 아마 그대 하나뿐일 거야. 알라의 특별한 가호가 없었다면 도저히 무사하지 못했을 거야. 그러나 여기까지 온 이상 이젠 안심해도 좋으니 힘을 내게. 소원을 이룬 거나 다름 없다네."

하산은 하늘에라도 오른 듯 기뻤다.

그런데 이 노파는 다름 아닌 여군의 총수이자 전군을 지휘하는 대장이자 마법사로 이름은 '샤와히'이며, 움 알 샤와히('재앙의 어머니'라는 뜻)라는 별명을 갖고 있었다.

이튿날, 전군의 여인들이 천막을 나간 조용한 틈을 타서 노파는 하산에게 물었다.

"이보게, 위험을 무릅쓰고 대담무쌍하게 여기까지 온 곡절이 무엇인가? 목숨을 가볍게 버릴 정도로 절박한 사연이 무엇인지 숨기지 말고 말해보게. 걱정할 것 없네. 그대에게 나쁘게야 하겠는가? 오히려 자네가 소원을 이루도록 내 힘껏 도울 것이네. 비록 그 때문에 많은 희생이 따르더라도 어쩔 수 없는 노릇이지. 어쨌든 알라께서 자네를 내 손에 맡기셨으니, 이 와크 섬에 살고 있는 자라면 어느 누구도 자네를 해치지 못하도록 지켜주겠네."

마침내 하산은 아내와의 사이에 얽힌 사연을 실토하였다. 샤와히는 고개를 절레절레 가로저었다.

"자네를 우연히 내 손에 맡기신 신께 영광 있으시기를! 자네는 나 아닌 다른 누구를 만났다면 소원을 이루기는커녕 이미 죽은 목숨이었을 거야. 그러나 처자식을 사랑하는 자네 마음이 너무 간절하여 그 정성이 하늘에 닿았기 때문에 신의 가호를 받게 된 것이네. 신께서 늘 그대와 함께하신 것을 알겠네. 무슨 일이 있더라도 자네가 소원을 이루도록 해주겠네.

그런데 자네 아내는 이 섬이 아니라 와크 섬에서 가장 큰 일곱 번째 섬에 있다네. 여기서 밤낮 없이 걸어서 일곱 달이 걸리는 곳이야.

우선 새의 섬, 맹수의 섬, 마신의 섬을 차례로 지나면 큰 강이 나오고, 그 강은 와크 섬과 연결되어 있지. 와크 섬은 일곱 개의 섬으로 이루어져 있는데, 이곳의 군대는 모두 아직 사내를 겪지 않은 숫처녀들로만 조직되어 있고, 통치자도 여자야. 강가에는 와크 산이 있지. 아담의 아들 머리를 닮은 과일이 열리는 나무가 한 그루 있는데, 태양이 솟아오르면 그 과일이 '와크! 와크! 조물주 알 하루와크에게 영광 있으라' 하고 외치기 때문에 생긴 이름이라는 거야. 해가 뜬 걸 알수 있는 것도 이 때문이지. 어떤 남자도 우리와 같이 살 수 없으며, 누구도 이 땅을 밟는 게 허락되지 않아. 여기서 여왕의 궁전까지는 한 달쯤 걸리지. 만약 돌아가고 싶으면 지금 말하게, 돌려보내줄 테니까."

하산은 죽어도 처자식을 찾겠다고 결연히 말했다. 노파는 궁전에 도착하면 여왕에게 도움을 요청하겠다며 하산을 위로했다. 하산은 노파를 축복하고 인정 많은 마음씨와 굳은 결심에 감사하면서 머리와 손에 수없이 입을 맞추었다.

이윽고 샤와히는 출발 신호로 북을 울리라고 명령했다. 북소리와 함께 전군은 행군을 시작했다. 이렇게 전진을 계속하는 가운데 '새의 섬' 접경까지 갔다. 섬으로 들어서자마자 어찌나 새 우는 소리가 시끄러운지 머리가 띵하니 아프고, 눈이 어두워지고, 귀가 들리지 않았다. 샤와히는 이런 하산을 바라보며 그저 웃었다.

"이제 겨우 시작인데 벌써 이 모양이면 다른 섬에 들어가서는 도대체 어쩌려고 그러나?"

하산은 알라 앞에 엎드려 위난에서 지켜달라고 기도를 올렸다. 이렇게 하여 맹수의 섬, 마신의 섬을 빠져나왔다.

일행은 강가에 도착하여 하늘 높이 솟은 산기슭에 짐을 내리고 강둑에 천막을 쳤다. 휴식을 취하고 먹고 마신 후 편히 잠자리에 들었는데, 이는 고향으로 돌아왔다는 안도감 때문이었다.

이튿날 노파는 강가에 설화석고의 침상을 내다놓고 하산과 나란히 앉았다. 하산은 눈 이외에는 아무것도 보이지 않도록 베일로 가렸다. 노파는 전 여군에게 명령하여 옷을 벗고 강물에 들어가 목욕하도록 했다. 실오라기 하나 걸치지 않은 알몸들이 눈앞을 가득 채웠다. 두 넓적다리 사이로 볼록하게 부푼 불두덩을 바라보는 동안 하산은 자기도 모르게 성기가 빳빳이 일어섰다. 부드럽고 둥그스름한 것, 살이 올라서 두둑한 것, 음순이 크고 흠잡을 데 없는 것, 큼직하고 복스럽게 생긴 것 등 갖가지 옥문이 눈에 띄었다. 처녀들은 모두 왕후들의 딸이었다. 목욕을 끝내자 처녀들은 알몸인 채로 물에서 나왔다. 노파는 하산에게 저 처녀들 가운데 아내가 있는지 찾아보라고 말했다. 그러나 노파가 물을 때마다 하산의 입에서는 아니라는 대답만 나올 뿐이었다.

하산은 노파에게 아내의 빼어난 용모와 생김새를 그리며 자세히 설명해주었다.

노파는 잠시 고개를 숙였다. 와크 섬의 여자 가운데 샤와히가 모르는 여자는 없었다. 추측컨대 하산이 찾는 그의 아내는 대마왕의 큰 공주임에 틀림없었다. 샤와히는 고민에 빠졌다. 하산의 아내가 그저 평범한 여자라면 자기 힘으로 도와줄 수도 있으련만 대마왕의 딸이라면 사정이 다르다.

"이보게, 자네 때문에 마음이 아프구먼. 그대를 몰랐으면 좋았을 걸! 후회막심이다. 자네 얘기로 미루어보건대 자네 아내는 와크 섬을 다스리는 대마왕의 큰 공주임에 틀림없어. 자, 두 눈을 크게 뜨고 자신의 신분을 좀 생각해보게. 자네와 공주님 사이에는 하늘과 땅만큼의 차이가 있어. 그러니까 이 길로 당장 고국으로 돌아가게. 자신을 멸망의 깊은 바다에 내던지고 나까지 말려들어가는 날엔 큰일이야."

하산은 이 말에 하염없이 울다가 그만 실신하고 말았다. 장미수를 뿌리자 정신이 든 하산은 노파의 무정한 말에 당황하기도 하고 화도 나서 견딜 수가 없었다.

"자네 아내가 대마왕의 공주란 걸 미리 알았다면 자네가 아무리 측은해 보였다 해도 여기까지 데리고 오지도 않았고, 여군들을 보여주지도 않았을 거야. 아까 여군들 모두의 알몸을 다 보았을 테니 말해봐, 어느 처녀가 맘에 들었는지. 아내 대신 그 여자를 줄 테니, 처자식은 없어진 것으로 단념하고 어서 돌아가게. 그대 고뇌의 술잔을 나까지 마시게 하지 말고."

노파의 회유와 충고에도 불구하고 하산의 결심은 요지부동이었다. 하산은 울고 불며 실신했다 깨어나기를 되풀이했다. 그사이에 노파의 마음도 조금씩 누그러졌다. 알라께서 노파의 마음속에 하산에 대한 애정의 씨를 뿌리셨던 것이다. 노파는 하산을 위로했다.

"힘을 내게, 젊은이. 알라께 맹세코 자네 소원이 이루어질 때까지 내 온 힘을 다 쏟겠네. 일이 잘못되면 이 한 목숨 아낌없이 던져버릴 테야!"

이 말을 들은 하산의 마음은 한결 가벼워지고 희망이 솟아올랐다.

해가 지자 여군들은 모두 사방으로 흩어졌다. 어떤 처녀는 시내의 자기 집으로 가고 어떤 처녀는 야영지 천막 안으로 들어가버렸다. 이

때를 틈타 노파는 하산을 도성으로 데리고 들어가 사람들 눈에 띄지 않는 곳에 숙소를 따로 마련해주었다. 누가 냄새를 맡고 여왕에게 밀고라도 하는 날엔 하산은 물론 노파마저 무사하지 못할 것이기 때문이었다. 노파는 하산의 장인인 대마왕이 얼마나 무서운 존재인지 깨닫도록 그 권세를 은근히 암시해주었다.

그러나 하산은 처자식을 만난다는 오직 한 가지 생각에 목숨을 걸고 있었다. '사랑에 빠진 자는 사랑하지 않는 자의 말에는 귀도 기울이지 않는다'는 속담처럼 자기의 목숨 따위는 어떻게 되든 조금도 개의치 않았다.

"근사하게 소망을 이루거나 아니면 죽거나 오직 하나뿐입니다."

노파는 손수 파멸을 자초해 마지않는 이 불행한 젊은이를 어떻게 하면 구원해줄 수 있을까 궁리하기 시작했다.

마침내 두 아들을 만난 하산, 포악한 여왕에게 추방당하다

하산이 들어간 섬의 여왕은 대마왕의 큰딸로서, 이름은 누르 알 후다였다. 부왕은 성도에서 여섯 자매와 함께 살고, 맏딸에게 일체의 영토와 와크 섬의 정사를 맡겼다.

샤와히는 곧장 입궐하여 여왕을 배알하고 어전에 엎드렸다. 노파는 공주들을 모두 손수 길러낸 유모였는지라 왕녀나 대왕으로부터 존경을 받고 있었으므로 특별한 은총을 받을 자격이 있었다.

여왕은 일어서서 노파를 가슴으로 껴안아 맞이하여 옆에 앉혔다.

"여왕 마마, 실은 한 가지 특별히 아뢸 말씀이 있습니다. 그전에 제 말씀을 물리치지 않으시겠다는 약속을 받지 않고서는 말씀드릴 수 없는 일입니다."

여왕으로부터 허락이 떨어지자, 노파는 폭풍우에 갈대가 나부끼듯이 부들부들 떨며 하산이 겪은 자초지종을 상세히 털어놓았다.

"하산은 어떤 회유와 위협에도 아랑곳없이 처자식을 찾지 못하면 죽어버리겠다며 고집을 부리고 있습니다. 저 사내처럼 인정에 강한 고집불통은 세상에 태어난 이래 처음 봅니다. 사랑을 위해 몸도 마음도 모두 바친 사람이 아니고서는 저럴 수가 없을 겁니다."

여왕은 처음엔 무슨 이야기인가 하고 귀를 기울이며 듣고 있었으나 점차 이야기 내용을 이해하기 시작하자 격분을 참지 못하고 한참 고개를 숙이고 있다가 이윽고 얼굴을 들더니 노파를 노려보며 외쳤다.

"여봐라, 이 괘씸한 할멈! 나의 위세를 하찮게 여기고 낯선 사내를 와크 섬에 끌어들이다니, 그렇게 음탕한 짓을 해도 좋단 말이냐? 그런 발칙한 짓을 일삼다니? 대왕의 머리를 두고, 길러준 신세만 없다면 당장 네게도 그 사내에게도 이 세상에 다시없는 끔찍한 죽음을 내렸을 것이다. 어쨌든 한 번 만나보기나 하고 처치할 테니 그 사내를 지금 당장 대령하라!"

하산은 열성으로 알라의 이름을 외면서 여왕 앞에 나아갔다.

"제 이름은 하산이라고 하며, 고향은 바스라입니다. 아내의 이름은 모르나, 두 아들의 이름은 나시르와 만스르라고 합니다."

하산은 아내가 즈바이다 왕비의 궁전에서 떠났다는 것과 와크 섬으로 찾아오라는 말을 남겼다는 것까지 여왕에게 다 털어놓았다.

"그대를 사랑하지 않았다면 그 말을 남기고 떠났을 리 만무하다. 또 그대와의 재회를 원하지 않는다면 자기를 찾아오라는 말도 하지 않았을 것이고 자기 고국을 알려줄 까닭도 없었을 것이다."

하산은 여왕에게 울며 매달렸다.

"오, 여왕 마마, 귀천의 구별 없이 백성을 지키시는 여왕 마마. 제 신상에 관해서는 추호도 거짓 없이 모두 말씀드렸습니다. 저는 재앙을 피하여 알라와 여왕님의 가호를 얻은 것입니다. 부디 저를 가엾게 여겨 처자식을 찾을 수 있도록 힘을 써주십시오. 내세에서 반드시 보답이 있을 것입니다."

여왕은 머리를 가로젓고 고개를 떨어뜨리더니 한동안 생각에 잠겨 있었다. 이윽고 얼굴을 든 여왕이 하산에게 말했다.

"진정 그대를 측은하게 생각하고 그 갸륵한 정성을 보아 내 능력껏 도와주겠노라. 도성은 물론 섬 안의 여러 곳의 처녀들을 하나하나 그대 앞에 데려와서 보여주마. 그대의 아내가 있거든 그대에게 넘겨주겠지만, 만약 그대 아내가 아무 데도 없을 경우엔 그대를 사형에 처하여 문 앞에 매달아놓으리라."

여왕은 섬 안의 모든 처녀들을 불러 100명씩 하산 앞에 세웠다. 그렇게 수차례에 걸쳐 마지막 한 사람까지 확인을 마쳤으나 하산의 아내는 없었다.

"여왕 마마, 당신의 목숨을 두고 아내의 모습은 보이지 않습니다."

여왕은 화를 버럭 내고 하산의 목을 치라고 호통을 쳤다.

"이자를 붙잡아 엎어놓고 끌어다가 목을 쳐라. 금후 어느 놈도 우리 영토로 침입하여 국정을 염탐하려는 엉뚱한 짓을 못하게 본때를 보여줘야겠다."

하산은 거꾸로 내동댕이쳐진 다음 끌려가 옷자락으로 눈을 가리고 머리에 칼을 댄 채, 여왕의 처분만 기다리는 절박한 신세가 되었다.

샤와히는 여왕 앞으로 달려나가 무릎을 꿇었다.

"여왕 마마. 기른 어버이의 권한으로 말씀드리겠습니다. 제발 너무 서둘지 마옵소서. 이 불쌍한 젊은이는 외국인입니다. 목숨을 걸고 호랑이 굴에 들어와 온갖 모진 고난을 겪었습니다. 게다가 알라의 뜻에 따라 목숨이 연장되어서 지금껏 파멸을 면해온 자입니다. 이 젊은이는 마마의 공명정대한 정사에 관한 소문을 듣고, 경계가 삼엄하여 도저히 들어올 수 없는 나라로 발을 들여놓은 자입니다. 만약 여왕 마마께서 이런 자를 사형에 처하신다면 나그네의 입에서 입으로 전해져 마마께서 외국인을 미워하여 죽였다는 소문이 온 세상에 퍼질 것입니다. 제가 이 젊은이를 보호한 것은 여왕 마마를 기른 특별한 공에 의해 마마의 관용을 빌 수 있는 입장이라고 믿었기 때문입니다. 또 정의롭고 인정 많은 성품이므로 틀림없이 젊은이의 소원을 들어주실 거라고 젊은이에게 약속까지 했습니다. 젊은이가 실에 꿴 진주처럼 영롱한 목소리로 시를 읊고 이야기를 들려주면 마마께서도 기뻐하실 거라고 저는 생각했습니다. 또 이 젊은이는 이미 우리와 한솥밥을 먹은 식구가 되었으니 어찌 식구의 의리를 저버릴 수가 있겠습니까?

가족이 헤어진다는 건 정말 슬픈 일입니다. 그래서 이별에는 사람을 죽이는 힘조차 있습니다. 특히 자식과 헤어질 때는 더욱 그렇습니다. 그런데 이 젊은이는 모든 여자들의 얼굴을 다 보았지만 단 한 분 여왕 마마의 옥안은 보지 못했습니다. 그러니 마마의 옥안을 보여주실 수 있겠습니까?"

유모의 충고를 들은 여왕은 다시 하산을 불렀다. 하산이 앞으로 나오자, 여왕은 자신의 베일을 활짝 벗었다. 여왕의 얼굴을 본 하산은 외마디 소리를 지르더니 실신하여 그 자리에 쓰러지고 말았다.

하산은 잠시 후 깨어났으나 다시 한 번 여왕을 쳐다보고는 지붕이 무너질 듯한 비명을 지르고 또다시 기절했다. 이윽고 노파의 열성적인 간호로 하산은 정신을 차렸다.

"여왕께서는 내 아내거나 아니면 아내를 그대로 쏙 빼닮은 쌍둥이입니다."

여왕은 기가 막혔다.

"유모, 이 외국인은 마신에게 홀렸거나 미치광이군. 나더러 자기 아내라니?"

샤와히는 당황했다. 빨리 이 위기를 수습하기 위해 얼버무렸다.

"여왕 마마, 제발 나무라지 말아주십시오. '상사병에 약 없고 사랑하는 자는 미치광이라'는 말도 있지 않습니까?"

그러나 하산은 눈치 없이 똑같은 말을 되풀이했다.

"당신은 내 아내가 아닙니까? 그렇다면 아내를 쏙 빼닮은 쌍둥이입니까?"

여왕은 뒤로 나자빠질 만큼 배를 움켜잡고 깔깔 웃어댔다. 어디가 닮았느냐는 여왕의 질문에 하산은 최고의 찬사를 늘어놓았다.

"고상하고 정숙한 맵시, 나긋나긋한 몸매, 모두가 그대로입니다. 몸매는 균형이 잡혀서 늘씬하고, 목소리는 꾀꼬리 같고, 볼에는 발그레 홍조를 띠고, 가슴은 불룩 솟아올랐으니, 뭘 보아도 쌍둥이 그대로입니다. 말투나 아리따운 맵시나 윤기 나는 이마 모두가 그대로 판에 박은 듯합니다."

여왕은 자기도 모르게 볼을 붉히고 눈동자는 구슬처럼 빛났다.

"이봐, 유모. 이 젊은이를 할멈이 묵고 있는 숙소로 데려가서 잘 돌봐주도록 해. 그동안 내가 사정을 잘 조사해볼 테니까. 정말 사내답고 우정에도, 애정에도 두터운 사람이라면 소원을 이루도록 힘껏 도와줄 테다."

하산을 자기 처소로 데려간 노파는 시녀들에게 잘 보살피라 이르고는 다시 여왕에게 돌아왔다. 여왕은 샤와히에게 "무장한 용사 1,000명을 데리고 부왕의 도성으로 가, 막내 마나르 알 사나의 집에 들르고 큰이모가 만들어주었다며 사슬 갑옷을 아이들에게 입혀 내게로 데려오되, 아이들만 먼저 데려오고 아이들 어머니는 나중에 천천히 데려오도록 하라"고 일렀다. 그러고는 "맹세코 만약 이 젊은이가 동생의 남편이며 아이들의 아버지라는 게 판명되면 처자식과 함께 고국으로 돌아갈 수 있도록 해줄 것"이라고 약속했다.

노파는 여왕의 속셈을 알지 못하는지라 여왕의 말을 그대로 믿을 수밖에 없었다.

음흉한 이세벨(이스라엘 아합 왕의 왕비, 여기서는 일반적인 의미로 '독부'를 상징하는 말)은 속으로 이렇게 작정했다.

'만약 동생이 하산의 아내가 아니라면 하산을 죽이리라. 그러나 아이들이 닮았다면 하산의 말을 믿자.'

잠시 후 여왕은 샤와히에게 몇 마디 덧붙였다.

"내 짐작이 맞는다면 내 동생 마나르 알 사나는 필경 하산의 아내일 테지. 물론 진실을 아는 건 알라뿐이지만, 어쨌든 하산이 말하는 그런 미모는 우리 자매 가운데 막내밖엔 없으니까 말이야."

노파가 하산에게 돌아와 여왕의 말을 전했다. 하산은 하늘에라도 오른 듯 기뻐하며 노파의 머리에 입을 맞추었다.

사흘 만에 마나르 알 사나 공주의 도성에 당도한 샤와히는 마나르에게 여왕이 만나고 싶어 한다는 뜻을 전했다. 마나르는 급히 교외에 천막을 치고 길 떠날 채비를 했다.

부왕이 무심코 왕궁 창밖을 내다보다가 길에 천막이 쳐진 걸 보고서, 막내가 맏언니를 만나러 가기 위해 행장을 꾸린다는 걸 알게 되었다. 부왕은 막내의 여행을 호위할 경호 부대를 보내고 보물 창고를 열어 갖가지 진귀한 선물을 내주었다.

대왕의 딸은 모두 일곱이었는데, 그 가운데 막내딸은 위로 여섯 딸과는 어머니가 다른 이복 자매였다. 대왕은 막내 공주를 가장 사랑했으므로 특별히 선물을 하사한 것이다.

노파는 마나르 공주 앞에 엎드렸다.

"그런데 특별히 여쭐 말씀이 있습니다. 여왕 마마께서는 두 조카님을 먼저 보고 싶다고 하셨습니다. 그래서 마마께서 손수 만드신 사슬 갑옷을 입혀 먼저 보내라고 하셨습니다. 제가 여왕 마마께 한 걸음 먼저 가서 막내 공주님께서 뒤따라오신다는 희소식을 전하고자 합니다."

마나르 공주의 안색이 새파랗게 질렸다. 공주는 말없이 한동안 고개를 숙이고 있었다. 이윽고 고개를 쳐들더니 천천히 머리를 가로저었다.

"할멈, 할멈이 우리 아이들을 부른 순간 난 몸이 떨리고 가슴이 두근거렸어. 우리 아이들은 세상에 태어난 후 여태까지 아무에게도 얼굴을 보인 적이 없어. 마신에게도 인간에게도 남자에게도 여자에게도 한 번도 보인 적이 없어. 밤에 서풍이 불어도 바람을 쐬지 않도록 조심할 정도였다고."

이렇듯 마나르 공주는 넌지시 거절의 뜻을 비쳤다.

"공주님, 그건 너무하신 말씀입니다. 설마 언니가 조카를 어쩔까 봐 그러십니까? 이 일에 관한 한 제발 여왕 마마의 명령을 거역하지 말아주십시오. 여왕 마마의 노여움을 사게 될 테니까요. 하지만 공주님 아이들은 걱정하실 것 없습니다. 진정한 애정에는 불안이 따르게 마련이니까요. 하지만 공주님, 이 할멈이 공주님과 두 아드님을 얼마나 깊이 사랑하는지 잘 아실 겁니다. 이 손으로 공주님을 기르지 않았습니까. 부디 걱정 마시고 저를 믿고 맡기세요. 제가 먼저 간다 해도 기껏 하루이틀 먼저 가는 거 아니겠어요?"

샤와히는 믿음을 주어 안심시키는 한편으로, 공연히 여왕의 명령을 거역하여 노여움을 사서 화를 자초하지 말 것을 경고하는 투로 설득했다. 결국 마나르 공주는 여왕의 노여움이 두려워 승낙하지 않을 수 없었다.

샤와히는 공주의 두 아들에게 사슬 갑옷을 입혀 새처럼 서둘러 돌아왔다.

여왕은 조카를 보자 기쁜 마음으로 껴안았다. 그리고 양 무릎에 앉히고는 샤와히에게 하산을 데려오라고 분부했다. 여왕은 하산이 죽음의 잔을 마실 것이라고 확신하는 듯했다. 문득 의심이 든 샤와히가 여왕에게 물었다.

"하산의 아이들이라면 하산과 함께 있게 하실 겁니까? 행여 하산의 아들이 아니라 해도 하산을 살려 고국으로 보내주실 것입니까?"

여왕은 화를 벌컥 냈다.

"쓸데없는 소리 마라, 이 재수 없는 할멈아! 저 사내는 제 맘대로 우리 영토에 들어와 여자들의 베일을 벗기고, 이 나라 사정을 염탐하면서 돌아다닌 놈이야. 생각 좀 해봐. 외국인이 이 나라에 와서 우리들의 얼굴을 죄다 보고, 우리들의 면목을 짓밟아놓고 무사히 돌아가 세상 사람들에게 우리 사정을 다 폭로한다고 생각해봐. 우리들의 평판은 온 세상의 왕후들 사이에 퍼질 거고, 상인들도 여행을 하면서 사방팔방으로 우리 소문을 퍼뜨릴 것 아니겠어? 누가 그런 짓을 하게 놔둘 줄 알고? 어림도 없지. 난 신에 맹세코 만약 그 사내가 이 아이들의 아비가 아니라면 반드시 이 손으로 목을 쳐서 숨통을 끊어놓고 말 테야!"

여왕은 노파를 향해 분노한 목소리로 으르렁거렸다. 샤와히는 너무 겁에 질려 그 자리에 쓰러지고 말았다. 여왕은 시종들을 시켜 노파를 일으키게 한 뒤 하산을 데려오라고 명령했다. 간신히 정신을 차린 샤와히는 공포에 질려 얼굴이 새파래지고, 옆구리 근육을 꿈틀거리며 집에 돌아와 하산에게 말했다.

"내가 그렇게 경고했건만 너는 내 말을 들은 체도 하지 않았겠다. 이제 네 목숨은 바람 앞의 등불이야. 이 모두가 스스로 자초한 파멸이니 어서 여왕에게 가서 보복을 받아라."

하산은 죽었다고 체념하고 궁전으로 들어갔다. 그런데 여왕의 양옆에 아들 나시르와 만스르가 장난을 치며 놀고 있는 게 아닌가. 하산은 너무도 기뻐, 비명을 지르며 쓰러졌다. 아이들도 아버지를 보자마자 여왕의 무릎에서 뛰어내려 아버지에게 매달렸다. 그리고 '아버지!' 하고 외쳤다. 정신을 차린 하산은 두 아들을 꽉 끌어안고 눈물을 흘렸다.

이 광경을 본 샤와히와 주위의 모든 사람들이 함께 눈물 흘리며 알라를 찬양했다.

여왕은 하산이 정말로 아이들의 아비이자 막내의 남편이라는 사실이 확실해지자 화가 부글부글 끓어올랐다. 하산을 죽이려던 속셈이 보기 좋게 빗나간 것에 화가 머리끝까지 솟구친 여왕은 하산의 가슴을 죽어라 발길로 걷어찼다. 하산은 신음 소리를 내며 쓰러졌다. 여왕은 거친 목소리로 호통을 쳤다.

"일어서라! 목숨이 아깝거든 어서 꺼져라! 아무 위해도 가하지 않겠다는 맹세만 하지 않았다면 비록 네 말이 정말이라 해도 이 자리에서 당장 네놈을 죽였을 거야! 맹세를 깨뜨리기 싫어서 살려주는 거야. 당장 고향으로 돌아가라. 만일 금후 네놈 모습이 내 눈에 띄거나 누군가 너를 내게 데려오는 일이 생기면 네 목은 말할 것도 없고 데려온 자의 목도 베어 죽일 테니까."

하산은 신하들에 의해 궁전 밖으로 내동댕이쳐졌다.

하산의 마음은 산산조각이 났다. 어디로 가야 할지 막막했다. 길도 모른 채 혼자서 마신의 계곡과 맹수들의 섬, 새들의 섬을 빠져나갈 수는 없었기 때문이다.

이젠 정말 죽었구나 하고 체념하고 탄식하면서 여기저기를 헤매던 하산은 강둑을 따라 정처 없이 걸었다.

결혼 전력이 들통 난 마나르, 여왕에게 모진 형벌을 받다

한편 두 아들을 떠나보내고 이틀 뒤, 마나르 공주가 여왕의 섬으로 출발하려는데 부왕의 호출 명령이 떨어졌다.

공주는 의아한 마음으로 부왕 앞에 나아갔다. 부왕은 꿈 이야기를 들려주었다.

"꿈속에서 난 아무도 모르는 보물 창고로 들어갔단다. 거기엔 갖가지 진귀한 보물이 가득 들어 있었지. 그중 일곱 개의 보석이 가장 마음에 들었단다. 그 일곱 개의 보석 중에서도 다시 하나를 골랐는데, 그건 정말 조그맣고 아름다우며 뛰어나게 찬연히 빛났다. 특히 품위가 있어서 마음에 들었어. 그래서 그 보석을 손바닥에 꼭 쥐고 음미하고 있는데, 난데없이 이국의 새가 휙 날아오더니 그 보석을 낚아채서 하늘로 올라가버리는 게 아니겠니? 점성가의 말에 따르면 일곱 공주 가운데 막내를 잃게 될 것이며, 부왕의 뜻과 관계없이 납치당할 거라지 않니? 넌 누구보다 내가 가장 사랑하는 딸이다. 네가 언니한테 간다고 하는데 왠지 무슨 봉변을 당할 것만 같구나."

불길한 예감에 사로잡힌 부왕은 공주에게 가지 말라고 말렸다. 부왕의 말을 듣고 공주 역시 두 아들 걱정으로 가슴이 두근거렸다.

"아버님, 큰언니는 저를 위해 잔치 준비를 하고 저를 기다리고 있습니다. 지난 네 해 동안 이 핑계 저 핑계로 찾아뵙지 못했는데, 이번에도 가지 않으면 큰언니는 필경 크게 화를 낼 거예요. 있어봤자 고작 한 달뿐인데요 뭘. 곧 돌아오겠습니다. 설마 어떤 외국인이 와크 섬에 들어올 수 있겠어요? 설사 들어왔다 해도 파멸의 바다에 빠져 익사하고 말 거예요. 감히 이 나라의 흙을 밟을 사람은 아무도 없을 테니까요. 아무 걱정 마세요."

공주가 부왕을 설득하며 위로하자 끝내 부왕도 허락했다.

부왕의 말이 가슴 깊이 박힌 공주는 두 아들 걱정에 견딜 수가 없었 다. 길을 서둘러 도성에 도착하자마자 공주는 여왕의 어전으로 나아 갔다. 때마침 두 아들이 엄마를 보고 달려들면서 "우리 아버지가!" 하고 외쳤다. 공주는 아들들을 가슴에 끌어안고 하염없이 눈물을 흘 렸다.

"아버지가 어떻게 됐단 말이냐? 이 세상 어디에라도 아버지가 살아 계시다면 데려다주마."

공주는 이별의 슬픔에 젖어 깊이 탄식하며 회한의 노래를 불렀다.

> 임이여, 망각이 이리 무정하고 이별이 오래일지언정
> 내 사랑은 오직 당신 하나뿐, 그 어디에 계실지라도
> 내 눈은 임과 단란했던 세월 간절히 그려 마지않네.
> 병든 가슴, 임과 더불어 행복했던 날 그리워 우노라.
> 영원한 사랑 맹세하며 속삭였던 날들 몇 밤이던가.

노래를 마친 공주는 혼잣말로 중얼거렸다.

"자신만이 아니라 아이들마저 이 모양으로 만들어버리고, 스스로 가정의 단란함을 깨뜨려버린 건 바로 나야!"

동생의 혼잣말을 들은 여왕은 동생에게 인사도 하지 않고 다짜고짜

따져 물었다.

"그 아이들을 네가 낳았단 말이냐? 아버님도 모르게 어떤 사내놈과 사통을 일삼은 게냐? 사통을 했다면 본때를 보이기 위해서라도 단단히 혼을 내주겠다. 만약 정식으로 혼인했다면 왜 남편을 버리고 아이들까지 빼앗아 돌아온 게냐? 지금까지 너는 아이들 이야기를 감추고 있었지만, 알라께서 네 비밀을 폭로하여 만천하에 알려주셨다."

여왕은 추상같이 동생을 꾸짖었다. 그리고 공주의 손발을 묶고 발에 고리를 채워, 피부가 벗겨질 때까지 사정없이 채찍으로 때린 다음 머리채를 허공에 매달아 감옥에 가두라고 했다.

여왕은 부왕에게 편지를 썼다. 하산이라는 사내가 나타나 막내 마나르와 결혼하여 두 아들을 두었다는 사실이 밝혀졌다는 것, 아이들과 대면한 결과 친부자 사이로 판명이 났다는 것 등 모든 사실을 낱낱이 폭로했다.

"이 사건은 우리 가문에 더할 나위 없는 치욕이며 수치입니다. 만에 하나 백성들 귀에 이 소문이 들어가는 날엔 세상의 웃음거리가 되고, 우리 명예의 베일은 갈가리 찢겨질 것입니다. 저는 이 음탕하고 의리를 저버린 계집을 옥에 가두어 심한 태형을 가한 다음 머리채를 매달았습니다. 이제 아버님의 처분만을 기다립니다."

편지를 읽고 난 부왕은 막내딸의 배신행위에 화가 몹시 나서 그길로 답장을 써서 보냈다. "나는 너에게 그 애의 신병을 맡기니 죽이든 살리든 네 마음대로 하라. 네 말이 사실이라면 내게 신경 쓰지 말고 알아서 처결하라."

여왕은 부왕의 답장을 읽은 뒤 곧바로 마나르를 끌어냈다. 온몸은 피로 물들고, 두 손은 머리칼로 꽁꽁 묶이고, 무거운 쇠고리를 발에 차고, 말총으로 짠 옷을 걸친 공주는 몰라보게 초췌해진 모습으로 여왕 앞에 끌려나왔다. 공주는 참을 수 없는 굴욕의 함정에 빠진 자기 신세를 한탄하며 하염없이 울었다.

여왕은 나무 사다리 위에 공주의 두 팔을 펴서 묶고 베일을 벗기고 머리채를 칭칭 감았다. 여왕의 마음속에는 연민의 정이라곤 눈곱만큼도 없었다. 가문의 명예에 먹칠을 한 갈보라는 둥 온갖 욕설과 저주를 퍼부었다. 마나르 공주는 원망스러운 눈으로 언니를 바라보았다.

"알라께 맹세코 나는 정조를 판 게 아니라 정식으로 그분과 혼인한 것입니다."

여왕은 거짓말이라며 기절할 때까지 공주를 마구 때렸다. 종려나무 몽둥이도 모자라 가죽 채찍을 가져왔다. 한번 휘두르면 코끼리도 달아나고 만다는 무서운 채찍이었다. 여왕은 이 채찍을 움켜쥐고 공주의 등이며 배며 기절할 때까지 사정없이 때렸다. 샤와히가 이 광경을 보고 울다가 여왕을 저주하면서 그곳을 떠나려 하자 여왕은 유모를 잡아와 역시 가죽 채찍으로 마구 갈겼다.

마법의 지팡이와 두건을 손에 넣은 하산, 아내와 아이들을 구하고 탈출하다

한편 하산은 미칠 것 같은 심정으로 강둑을 따라가다가 자꾸만 사막 쪽으로 걸어갔다.

머리는 밤낮도 분간할 수 없을 만큼 멍했다. 한참 앞으로 나아가다가 나무 한 그루 옆에 다가갔다. 그런데 나뭇가지에 무슨 종이쪽지가 매달려 있었다. 펼쳐보니 마치 하산에게 보라는 듯이 이런 시구가 적혀 있었다.

그대 아직 어머니 자궁 속에 있을 때, 어머니의 마음을
그대에게 기울여 나는 그대에게 좋은 운명을 내렸느니라.
어머닌 그대를 사랑으로 기르고 지극정성을 다했느니라.
그대에게 어떤 고난이 닥칠지라도 그대 소망 보기 좋게
이루어질 그날까지 그대를 절망과 위험에서 구해주리라.
그러니 어서 떨치고 일어나서 나의 명령을 따를지어다.

하산은 종이쪽지를 보고 나서 자신의 행운을 굳게 믿었다. 언젠가 반드시 고난에서 구원되어 사랑하는 처자식을 만나리라는 희망을 갖게 된 것이다.

그러나 황량하고 무시무시한 황야로 들어서자 다시 외로움과 절망감에 사로잡혔다. 그래서 가슴은 두려움과 쓸쓸함으로 죄어들었다.

그러다 우연히 하산은 요술쟁이의 어린 아들 둘을 만났다. 그들 사이에 주문을 새긴 구리 지팡이와 세모꼴로 가죽을 이은 두건(이름과 글씨를 판 동판이 붙어 있음)이 놓여 있었다. 두 아이는 서로 자기 것이라고 우기며 조금도 양보하지 않았다. 이윽고 서로 주먹다짐을 하다가 끝내 피까지 흘렸다. 하산이 싸움을 말리자 두 아이는 누가 이겼는지 판결해달라고 했다.

원래 형제의 아버지는 산 너머 동굴에 살고 있는 뛰어난 마법사로, 세상을 떠나면서 두 아들에게 두건과 지팡이를 유산으로 남겼다. 이

두건과 지팡이는 다시없는 마법의 힘을 갖고 있었다. 와크 섬의 영토와 수입을 모두 합한 것만큼이나 값나가고 고귀한 보물이었다. 형제의 아버지는 135년이나 걸려 연구하여 지팡이와 두건을 만들고 그 안에 비밀의 힘을 심었다. 두건만 있으면 마신의 일곱 족속을 지배할 수 있는 마력을 갖게 되는 것이다. 또한 지팡이는 무슨 말이든 들어주었는데, 주인이 지팡이로 땅을 탁탁 치면 마왕들이 나타나 시키는 대로 한다는 것이다.

하산은 이 두 개만 있으면 처자식을 구출할 수 있음은 물론 천하무적이 될 거라고 생각했다. 그래서 한 가지 꾀를 냈다.

"우선 둘 가운데 누가 뛰어난지 시험해봐야겠다. 내 말을 잘 듣고 약속을 지켜야 한다. 그럼 내가 돌을 던질 테니 먼저 가서 그걸 주워온 아이는 지팡이를 갖고, 진 쪽은 두건을 갖기로 하는 거다. 알았지?"

하산은 돌을 집어서 있는 힘껏 멀리 던졌다. 돌은 아득히 멀리 날아 보이지 않는 곳에 떨어졌다. 두 아이는 돌을 줍기 위해 나란히 달려갔다. 두 아이의 모습이 보이지 않게 되자 하산은 두건을 쓰고 지팡이를 들고 마력을 시험해보기로 했다.

두 아이들이 돌아왔을 때, 하산의 모습은 그림자도 찾을 수 없었다. 사실은 두 아이들 옆에 장승처럼 서 있었으나 투명인간이 된 바람에 사람의 눈에는 보이지 않았던 것이다. 두 아이는 그때에야 속았음을 깨닫고 탄식했다.

"지팡이도 두건도 다 없어졌다. 이젠 내 것도 아니고 네 것도 아니야. 아버지가 정신 차리라고 한 뜻이 바로 이 때문이었는데, 우린 모두 다 잃고 말았어."

하산은 두건을 쓰고 지팡이를 들고 발길을 되돌려 도성으로 들어왔다. 그러나 그의 모습은 누구의 눈에도 띄지 않았다.

하산은 우선 노파의 집으로 가 성큼성큼 노파의 머리맡 선반을 흔들었다. 유리그릇과 도자기 그릇이 모두 마루 위로 굴러 떨어졌다. 노파는 외마디 소리를 지르고 이는 필경 여왕이 악마를 보내 장난을 치는 것이라고 여기고 알라께 기도를 올렸다. 하산이 두건을 벗어 모습을 드러냈다. 노파는 깜짝 놀라 눈이 휘둥그레졌다.

"여기가 어디라고 다시 돌아왔는가? 정녕 머리가 돈 겐가? 어서 숨어 있게. 그 못된 여왕이 많은 사람이 보는 앞에서 자네 아내를 그토록 모질게 괴롭혔으니, 만약 자네가 들키는 날에는 죽일지도 모른다네."

노파는 하산의 아내가 겪은, 지옥의 고통 못지않은 고문과 폭행을 자세히 들려주었다.

"실은 여왕은 지금 자넬 뒤쫓고 있다네. 금화 100디나르 외에 내 후임 자리까지 현상금으로 내걸고 자넬 찾고 있다니까."

하산은 마법의 두건과 지팡이를 내밀었다. 노파는 뛸 듯이 반색하며 외쳤다.

"이것만 있으면 살아난 거나 진배없어. 자네도 아내도 아이들까지도 말이야. 이 두건과 지팡이를 만든 마법사는 바로 내 스승이야. 대단한 마술사셨지. 일찍이 그분은 이 물건들이 이방인의 손에 넘어갈 것을 예언하고 두 아들에게 조심하라고 타일렀지. 하지만 그분 역시 어떻게 해서 이 물건을 빼앗길지는 몰랐다네. 그런데 도대체 자네는 어떻게 해서 이 마법의 물건들을 얻게 되었나?"

하산이 그 물건들을 얻은 사연을 들려주자 노파는 하산에게 자신의 진로를 말해주었다.

"난 이제 여왕에게 정나미가 떨어졌어. 앞으로 여왕을 섬길 생각은

영 없어. 그래서 요술사의 동굴로 가서 죽는 날까지 살 작정이야. 그러니까 이제부터 내가 하는 말을 잘 듣게. 우선 두건을 쓰고 지팡이를 손에 들고 아내가 갇혀 있는 옥사로 가게. 그리고 아내의 포박을 풀어준 다음 그 지팡이로 땅을 툭툭 치면서, 동시에 이러저러한 노예들의 이름을 부르면서 이렇게 말해. '오, 나의 충성스러운 노예들이여, 모습을 나타내라.' 그럼 당장 지팡이의 노예들이 나타날 걸세. 마족의 두목이 나오거든 무슨 일이든 명령만 하란 말이야. 그럼 그들이 다 해결해줄 걸세."

노파는 하산에게 두건과 지팡이를 사용해서 처자식을 구하는 방법을 자세히 일러주었다. 하산은 노파가 일러준 대로 우선 두건을 쓰고 몸을 숨긴 채 아내가 갇힌 감옥으로 들어갔다. 아내는 사다리에 머리칼로 전신이 결박되어 숨도 못 쉴 지경이었다. 차마 눈 뜨고 보지 못할 만큼 비참한 지경에서 신음하고 있었다. 아이들은 사다리 아래 쓰러져 있었다. 아내는 자식들의 고통과 형벌로 가슴이 찢어질 듯 아파, 비운을 탄식할 뿐이었다.

하산이 두건을 벗자 아이들이 아버지를 알아보고 '아버지!' 하고 외쳤다.

그러자 하산은 곧 두건을 썼다. 아내는 아이들이 아버지를 부르는 소리를 듣자 가슴이 찢어질 것만 같았다.

"이런 지경에서 새삼스럽게 무슨 아버지 타령이냐? 너희 아버지가 도대체 어디 계신단 말이냐?"

공주의 머릿속에 하산과 함께한 즐거웠던 그 옛날의 추억과 하산의 곁을 떠난 후의 갖가지 사건들이 떠올랐다. 공주는 하염없이 눈물을 흘렸다. 구슬 같은 볼은 시들어 움푹 꺼지고 얼굴은 짜디짠 눈물의 홍수에 잠겨버렸다.

하산이 아이들 앞에 다가가 두건을 벗으니 또다시 아이들이 아버지를 불렀다. 공주는 주위를 돌아보았지만 아무도 보이지 않았다. 왜 아이들이 아버지를 부르는지 정말 이상하기만 했다.

더 이상 자신을 억누를 수 없게 된 하산은 마침내 두건을 벗었다. 공주는 하산을 알아보자 비명을 지르고 말았다.

"당신이 어떻게 여길? 하늘에서 내려오셨나요? 땅에서 솟으셨나요?"

공주는 눈에 가득 눈물을 담았고 하산도 눈물을 흘렸다. 공주는 위험하니 빨리 도망치라고 재촉했다. 그러나 하산은 여유 있게 말했다.

"난 목숨을 걸고 당신을 찾아온 것이오. 그러니까 목숨을 바치거나 아니면 그대를 이 궁지에서 구출하여 아이들을 데리고 고국으로 돌아가거나 둘 중 하나요. 세상에 다시없이 간악한 당신의 언니와 싸워서라도."

공주는 고개를 절레절레 흔들었다.

"당신이 전능하신 알라가 아닌 이상 인간의 힘으로는 어림도 없습니다. 차라리 빨리 도망쳐 당신 몸이라도 지키세요. 어서 여길 빠져나가 파멸을 피하세요."

하산은 미동도 하지 않고 버텼다.

"나의 빛나는 눈동자여, 그대와 동행하지 않는다면 난 한 발짝도 여길 떠나지 않겠소."

하산은 그때에야 두건과 지팡이를 내보이며 자기를 믿으라고 말했다. 그러나 채 이야기를 끝내기도 전에 난데없이 두 사람의 이야기를 엿들은 여왕이 모습을 나타냈다. 그걸 알아차린 하산이 재빨리 두건을 써 모습을 감추었다.

"이 갈보 년아. 방금 누구하고 이야기하고 있었지?"

여왕이 따져 묻자 공주는 아이들 이외에 아무도 없었다고 시치미를 뗐다. 여왕은 채찍을 들어 공주를 사정없이 때렸다. 그리고 공주가 기절하자 떠메다가 다른 방으로 옮겼다. 하산은 계속 그 뒤를 따라갔다.

기절했던 공주가 깨어나자 하산은 두건을 벗고 모습을 나타냈다. 공주는 하산에게 맹세했다.

"이 모든 게 제가 당신을 거역하고 무단으로 집을 나온 탓이에요. 제가 나빴어요. 제발 부탁이니 제 죄를 책망하지 마세요. 제가 저지른 방자한 소행에 대해서는 알라의 용서를 빌겠어요. 그리고 신의 뜻으로 우리가 합치게 된다면 무슨 일이든 당신의 뜻을 절대로 거역하지 않겠어요. 절대로!"

아내가 눈물에 젖어 용서를 빌자 하산은 진정으로 아내를 그리워하고 있었기 때문에 아내를 위로했다.

"정녕 나쁜 건 당신이 아니라 바로 나요. 그대의 신분도 값어치도 인품도 모르는 어머니에게 그대를 맡기고 여행을 떠나버렸으니까. 그렇지만 사랑하는 아내여, 생명의 근본이며 빛나는 눈동자여, 알라의 뜻한 바에 따라 나는 당신을 구해낼 힘을 얻었소. 그러니 당신은 구출된 것이나 마찬가지라오. 자, 이제부터 나와 함께 부왕에게 가서 알라가 정한 운명에 따르거나, 아니면 고국으로 떠나거나, 어느 쪽을 택하는 게 좋겠소?"

그러나 공주는 여전히 하산이 공연히 큰소리치는 것인 줄만 알고, 어서 빨리 하산 혼자만이라도 살아서 이곳을 도망쳐 돌아가라고 애원했다.

이윽고 밤이 되자 경비들이 사라졌다. 하산은 그때를 기다렸다가 공주의 결박을 풀고, 으스러져라 가슴에 꽉 껴안았다. 그리고 하산은 큰아들을 안고, 공주는 작은아들을 안고 몰래 궁전 밖으로 빠져나왔다. 알라가 쳐둔 비호의 장막에 싸여 그들은 궁전 후궁의 입구를 가로막고 있는 바깥문에까지 무사히 이르렀다. 그런데 이를 어쩌랴. 문은 밖에서 자물쇠가 채워져 있는 게 아닌가. 절망한 하산은 자기도 모르게 탄식하며 미처 생각하지 못한 불운을 원망했다. 아내도 절망에 빠져 차라리 같이 자결하여 지옥의 고통에서 벗어나자고 외쳤다.

그때 뜻밖에 문밖에서 유모의 목소리가 들렸다.

"오, 마나르 알 사나 공주님, 그리고 서방님. 저도 함께 데리고 도망쳐주세요. 저 혼자만 사나운 여왕에게 내버려두지 않겠다고 맹세해주세요. 안 그러면 이 문을 열지 않겠습니다."

하산과 공주가 굳게 맹세하자 그때에야 문이 활짝 열렸다.

샤와히는 새빨간 도기인 그리스 항아리에 올라앉아 있었다. 항아리 주둥이에는 종려나무 섬유로 된 고삐 대용의 밧줄이 매어 있었다. 이 항아리는 노파를 태우고 데굴데굴 굴러 나지드의 망아지보다 빨리 달린다고 했다.

"걱정 말고 제 뒤를 따라오세요. 이래 봬도 저는 마흔 가지 마술을 부릴 줄 안답니다. 제가 마술을 조금만 써도 이 도성을 큰 파도가 서로 물고 뜯고 하는 사나운 바다로 바꿀 수 있고, 여자들을 모두 물고기로 만들 수도 있어요. 그것도 하룻밤 안에 말이에요. 하지만 대마왕이 두렵고, 또 일곱 공주를 걱정하기 때문에 그동안 장난치지 않고 참고 있었던 거랍니다. 그러나 언젠가 내 마법의 솜씨를 발휘하여 귀신 같은 재주를 보여드리겠습니다. 그럼 슬슬 떠나보실까요? 알라의 축복과 신의에 의지하고서요."

이리하여 하산 일행은 샤와히의 안내를 받아 마침내 도성 밖 교외로 나왔다. 안심한 하산은 용기백배하여 지팡이로 땅을 탁탁 두들겼다. 그러자 땅이 두 조각으로 갈라지는가 싶더니 일곱 명의 마신들이 나타났다. 두 다리를 땅속에 깊이 박고 머리는 하늘을 찌를 듯했다. 그들은 하산 앞에 세 번 엎드린 다음 한목소리로 말했다.

"무엇이든 분부만 내리소서! 주인님의 뜻이라면 바닷물도 말리고, 태산도 움직여 보이겠습니다."

하산은 그들의 신분과 정체를 물었다.

"저희 일곱은 각자가 온갖 종류의 마신을 일곱 종족씩 다스리고 있습니다. 그 안에는 악마와 마신을 비롯하여 하늘을 나는 놈, 땅속으로 들어가는 놈, 산과 사막과 황야에서 사는 놈, 바다에서 사는 놈 등이 있습니다. 그러나 저희는 모두 주인님의 머슴이며 노예입니다. 지팡이의 주인은 저희를 죽일 수도 살릴 수도 있으시니 저희는 모두 하라는 대로 복종할 따름입니다!"

하산은 반색하며 기뻐했다.

"나와 아내와 아이들, 그리고 노파를 바그다드까지 데려가다오."

마신들은 고개를 숙인 채 대답이 없었다. 잠시 후 그들이 말했다.

"저희는 아담의 아들을 우리 어깨에 태우지 않기로 다윗의 아들 솔로몬 왕과 맹세했기 때문에 직접 태울 수는 없습니다. 그 대신에 마신의 말에 안장을 놓아 태우고 모셔다 드리겠습니다."

바그다드까지 걸리는 시간이 무려 7년이라는 말에 하산은 의아했다.

"나는 어찌하여 채 1년도 걸리지 않아 여기 도착한 거지?"

"그것은 알라께서 특별히 은총을 내리셨기 때문입니다. 압드 알 카투스 노인이 코끼리와 준마에 태우고 3년이 걸릴 길을 단 열흘에 달렸고, 또 그 노인이 의뢰한 다나슈가 3년 걸릴 길을 하루 만에 날아갔기 때문입니다. 이는 모두 다 아브 알 루와이슈 노인이 아사후 빈 바루히야(솔로몬의 대신)의 자손이고 알라의 가장 위대한 이름을 알고 있었기 때문입니다. 게다가 바그다드에서 일곱 공주의 궁전까지가 1년의 거리이니 도합 7년이 걸리는 셈입니다."

마신들은 말을 타고 1년 안에 데려다줄 수는 있으나, 위험이 많이 도사리고 있는 데다 과연 이 와크 섬을 무사히 빠져나갈 수 있을지 보장하기는 어렵다고 했다.

대마왕을 거역하고 공주와 유모를 마왕의 영토에서 도망치게 하는 일에 대해 마신들은 썩 마음 내켜 하지 않았다. 그러나 주인의 명령인지라 거역할 수 없어 마신들은 일행을 모두 각각의 말에 태우고 출발했다. 때마침 와크 섬을 떠나려는 한 마신을 만났다.

"저는 와크 섬의 첫 번째 섬에 사는 주민의 우두머리로서 이슬람교에 귀의하고 유일신을 섬기고 있습니다. 당신의 소문을 들어 이곳으로 온다는 것도 다 알고 있었습니다. 저는 마법의 나라를 나와서 사람이 아무도 살지 않는, 인간과 마신 들로부터 멀리 떨어진 나라로 옮기기로 작정했습니다. 그곳에서 혼자 알라를 섬기면서 천수를 다할 생각입니다. 그래서 와크 섬을 떠날 때까지는 제가 당신의 길동무 겸 길잡이 노릇을 하려고 합니다. 하지만 밤이 아니면 저는 모습을 나타내지 않습니다."

하산은 반색하며 그에게 길잡이를 맡겼다. 길잡이 마신이 앞장서자 일행은 안심하고 가벼운 마음으로 그의 뒤를 따라 달렸다.

여왕의 군대를 물리친 하산,
용서와 화해로 갈등을 풀고 귀향하다

꼬박 한 달이 지나고 31일째 되는 날이었다.

갑자기 저 앞에 먼지가 뽀얗게 떠오르면서 시야를 가리고 햇빛을 가렸다. 우려했던 대로 여왕을 선두로 와크 섬 군사들이 뒤쫓아왔다.

하산이 지팡이로 땅을 두드리자 일곱 명의 마왕이 나타났다. 마왕이 하산에게 말했다.

"주인님께서는 마님과 아이들, 그리고 일행을 데리고 산꼭대기로 피신하십시오. 여왕은 저희들이 상대할 테니까요. 주인님이 옳고 저들이 잘못이라는 건 분명하니까 알라께서도 반드시 우리 편이 되어 주실 겁니다."

마왕은 각기 군사를 거느리고 앞으로 나아가 맞섰다.

누르 알 후다 여왕은 군대를 진두지휘하여 전투 대형을 갖췄다.

마침내 양군은 맹렬한 기세로 충돌하였다. 마신이 입에서 불을 토하고, 연기가 하늘 끝까지 떠올랐다. 양군은 그 속에서 오락가락했다. 용사들은 맹렬히 싸우고, 목은 동체를 떠나 날고, 피는 강물을 이루어 흘렀다. 무수한 칼이 쉴 새 없이 부딪치고 선혈이 뿜어져 나오고, 전화가 퍼져나가 언제 싸움이 끝날지 기약할 수 없었다.

이렇게 하여 첫날의 전투는 휴전으로 이어졌다.

이튿날 해가 뜨자마자 시작된 전투는 밤까지 이어졌다. 마신들은 굽이치는 노도처럼 돌격을 되풀이하면서 전화 속을 미친 듯이 뛰어다니며 난전을 계속하여 뼈를 갈고 살을 저미는 듯한 싸움을 쉬지 않았다. 결국 용맹하기로 이름난 와크의 병사들도 패전의 고배를 마셔, 여왕을 비롯한 중신들과 영내의 대공들이 모두 포로가 되고 말았다.

이튿날 아침, 마왕들은 뒷결박을 하고 고리를 채운 여왕과 그 포로들을 하산 앞으로 끌고 왔다. 하산이 모든 포로를 다 죽이라고 명령하자 마나르 공주가 울음을 터뜨렸다. 포로 신세로 전락하여 고리를 차고 있는 언니의 처량한 모습에 새삼 연민을 느낀 것이다.

마나르 공주는 위풍당당한 여왕의 군대를 격파하고 자기 나라에서 여왕을 포로로 만든 하산이야말로 가장 훌륭한 사람이라고 치켜세웠다. 여왕도 새삼 놀라움을 금치 못했다.

"그래, 정말 놀라운 일이야. 하산이란 자가 막강한 우리 대군과 마왕을 모조리 무찌르고 알라의 뜻으로 모든 영토의 지배권을 장악하다니 말이야."

마나르 공주는 여왕에게 설명했다.

"이 두건과 지팡이가 없었다면 알라의 도움도 헛되었을 것이며, 당신들을 격파하고 사로잡을 수도 없었을 것입니다."

그 말에 여왕은 비로소 하산이 한 일은 알라의 뜻이었음을 깨달았다. 그래서 동생 앞에 엎드려 사과했다. 공주는 측은한 생각이 들어 하산에게 언니를 살려달라고 애원했다. 최소한 하산에게는 그리 악독하게 굴지 않았기 때문이었다. 그러나 하산은 여왕이 아내에게 저지른 가혹한 짓을 생각하니 치가 떨려서 도저히 용서할 수가 없었다. 공주는 끈질기게 하산을 설득했다.

"비록 저한테 심한 짓을 했지만, 언니에게도 나름대로 할 말은 있을 거예요. 당신이 날 빼앗았고, 그런 당신 때문에 아버님의 가슴을 몹시 아프게 해드렸으니까요. 그러니 언니마저 잃으면 아버님은 어떻게 되겠어요?"

결국 하산은 여왕의 목숨을 공주에게 일임했다. 공주는 여왕을 비롯하여 모든 포로를 석방했다. 공주와 여왕은 끌어안고 한동안 눈물에 젖었다. 또한 유모도 여왕과 화해하고 마음속 응어리를 풀었다.

"언니, 남편은 그만큼의 일을 했고, 이만한 힘을 갖고 있으며, 전능하신 신이 주신 기막힌 신통력을 지녔고, 이 나라에 들어와 언니의 막강한 군대를 무찌르고 언니를 생포했으며, 마왕의 왕이신 대마왕 아버님까지도 꺾었으니, 당연히 남편에게 어울리는 대접을 해주어야 하지 않겠어요?"

마나르 공주가 하산을 한껏 치켜세우자 여왕도 하산의 넓은 도량에 감복하여 모두의 존경을 받아 마땅하다고 치하했다.

이튿날 일행은 헤어져 하산과 아내와 두 아들은 오른쪽 길로 가고, 여왕과 유모는 왼쪽 길로 들어서서, 각기 다른 귀로에 올랐다.

하산은 장뇌국 도성으로 들어가, 수정성의 주인인 핫슨 왕과 그 부하 일행을 맞았다. 핫슨 왕은 하산이 겪은 이야기를 듣고 깜짝 놀라 연신 감탄사를 연발했다.

"이제껏 와크 섬에 들어간 사람도 없었고, 다시 무사히 빠져나온 사람도 없었노라. 그대만이 그 일을 해낸 것이니라. 무사히 돌아온 것을 신께 감사드리자!"

그리고 핫슨 왕은 하산 일행을 극진히 대접하였다. 사흘 동안 융숭한 환대를 받은 뒤 하산 일행은 다시 길을 떠났다. 두 달 동안 여행을 계속한 끝에 하산 일행은 한 동굴에 도착했다.

아브 알 루와이슈 노인은 자초지종을 듣고는 크게 놀라며 어떻게 처자식을 구해냈느냐고 물었다. 하산이 두건과 지팡이를 꺼내 보이자 노인은 더욱 놀라 감복했다.

때마침 코끼리 등에 탄 일곱 공주의 숙부 압드 알 카투스 노인이 찾아왔다. 하산은 숙부에게도 모든 경위를 낱낱이 털어놓고 두건과 지팡이도 보여주었다.

압드 알 카투스 노인은 두건과 지팡이에 깊은 관심을 보였다.

"그대는 이제 처자식을 되찾았으니 이제 두건과 지팡이는 필요 없겠구먼. 지팡이를 내게 주고 두건은 아브 알 루와이슈 노인에게 주었으면 좋겠네."

하산은 난처해서 고개를 숙였다. 이럴 수도 저럴 수도 없었다. 그러나 마음속으로 두 노인이 친절하게 도와주지 않았으면 처자식도 구하지 못했고 두건과 지팡이도 얻을 수 없었을 거라는 데 생각이 미치자 고개를 들고 밝게 웃었다.

"두 분께 이것을 드리겠습니다. 그러나 만일 장인인 대마왕이 군대를 이끌고 우리 고국으로 쳐들어오면 큰일이에요. 지팡이와 두건이 없으면 맞설 수 없으니까요."

압드 알 카투스 노인이 대답했다.

"우리가 늘 그대를 돕고, 또 감시하고 지켜줄 테니 걱정할 것 없네."

하산은 잠시나마 머뭇거렸던 자신의 처사가 너무나 부끄러웠다. 그래서 그 자리에서 아브 알 루와이슈 노인에게는 두건을 주고, 압드 알 카투스 노인에게는 자기를 따라서 무사히 고국에 가면 그때 지팡이를 주겠다고 말했다. 두 노인은 하늘에 오를 듯이 기뻐하며 많은 보물을 선물로 주었다.

길 떠날 채비를 하고 있는데 압드 알 카투스 노인이 휘파람을 길게 불었다. 그러자 어마어마하게 몸집이 큰 코끼리가 늠름하게 달려왔다. 노인은 그 등에 올라탔다. 일행은 아브 알 루와이슈 노인과 작별하고 출발하였다.

이윽고 저 멀리 초록색 둥근 지붕과 분수 그리고 비취색 궁전, 구름 산 등이 뚜렷이 떠올랐다. 어느새 일곱 공주의 성에 도착한 것이다. 공주들과 하산은 서로 끌어안고 기쁨을 나누었다. 막내 공주도 흐느껴 울며 오라버니 하산을 끌어안았다. 하산은 누이동생에게서 받은 두터운 정은 결코 잊지 않을 것이라며 동생을 축복했다.

누이동생은 마나르 공주와 아이들을 껴안고 기쁨의 눈물을 흘렸다. 그리고 은근히 원망 어린 푸념을 했다.

"남편을 버리고 아이들까지 데리고 도망치다니, 어떻게 그런 무정한 짓을 할 수 있죠?"

마나르 알 사나 공주는 알 듯 모를 듯한 말로 의미 깊은 여운을 남겼다.

"알라께서 그렇게 작정하신 것입니다. 남을 속이는 자는 알라한테 속는 법이에요."

열하루째 날 출발하기 전에 하산은 압드 알 카투스 노인에게 약속대로 지팡이를 건넸다. 노인은 매우 기뻐하면서 코끼리를 타고 고향으로 돌아갔다.

하산도 공주들과 눈물 어린 작별을 고하고 바그다드를 향해 길을 떠났다. 두 달 열흘이 걸린 끝에 하산 일행은 평화의 집 바그다드 도성에 당도했다.

그동안 하산의 어머니는 잠도 못 자고 먹을 것도 못 먹으며 아들만을 그리면서 눈물로 날을 보내다가 끝내 병을 얻어 눕고 말았다. 어둠 속에서 눈물에 젖어 지내던 어느 날이었다.

"어머니!"

하산이 부르는 목소리가 들렸다. 순간 어머니는 꿈인가 생시인가 갈피를 잡을 수가 없었다. 반신반의하며 문간으로 나가보니, 이게 웬일인가. 대문 앞에 꿈에도 그리던 아들과 며느리, 손자들이 서 있지 않은가. 너무 기쁜 나머지 어머니는 그만 기절하여 쓰러지고 말았다.

겨우 정신이 든 어머니는 기뻐서 어쩔 줄을 몰랐다. 오랜만에 다시 만난 가족은 서로 화해하고 용서하면서 그동안 겪은 모험담에 날 새는 줄 모르며 연일 웃음꽃을 피웠다.

그 후 하산은 어머니를 모시고 아내와 함께 이 세상의 즐거움과 행복을 즐겼다. ☽

☞ 5권으로 이어짐

《아라비안나이트》를 위한
이슬람 칼리프 시대 역사

　7세기경 무함마드가 아라비아반도를 '이슬람'으로 통일한 뒤 거의
한 세기 만에 아랍인들은 사산조페르시아제국과 비잔틴제국(그리스를
제외한 전 영토)을 정복하여, 동쪽으로는 인도 접경까지, 서쪽으로는 에
스파냐와 북아프리카까지 영토를 확장함으로써 대제국을 건설하였
다. 이슬람제국은 몽골제국의 일한국에 넘어갈 때까지 600여 년간
지속되었다. 여기서는 《아라비안나이트》의 이해를 돕기 위해 그 시대
배경인 시리아의 다마스쿠스와 이라크의 바그다드를 중심으로 한 칼
리프 시대의 역사를 간략하게 소개한다.

1. 예언자 무함마드의 출현과 이슬람의 형성 (610~632)

|양대 제국의 영역과 종교|

　서기 600년경, 무함마드가 세력을 확장하기 이전까지 중동은 크게
비잔틴제국과 페르시아제국으로 양분되어 있었다. 비잔틴제국(그리

스·로마)은 현재의 이탈리아, 그리스, 터키, 시리아, 이스라엘, 이집트, 모로코를 아우르며 지중해를 중심으로 반달 형태를 형성하였다. 반면에 페르시아제국은 현재의 아제르바이잔, 이라크, 이란, 아프가니스탄을 아울렀다.

종교 상황을 보면, 서기 30년경 예수 처형 후 기독교를 박해했던 로마는 306년 콘스탄티누스 황제의 개종 선언과 312년 밀라노 칙령으로 기독교를 공인하였다. 이로써 비잔틴제국은 기독교 제국으로 자리 잡았다. 반면에 페르시아제국은 224년 사산조의 등장 이후 조로아스터교를 국교로 삼았다. 그러나 이란인 외에는 이를 별로 믿지 않고, 마니교(3세기에 마니가 페르시아에 창시한 이원론적 종교), 불교(이란 동부), 유대교, 기독교(특히 이라크는 유대교와 기독교가 우세했다) 등 다양한 종교가 혼재했다.

| 전쟁이 끊이지 않았던 혼란의 시대 |

로마는 기원전 25년 아라비아 원정을 시작으로 동방 정벌을 감행했다. 서기 117년 하드리아누스 황제의 동부 지방 정복 포기로 정벌은 잠시 중단되기도 했다. 그러나 로마·페르시아 전쟁은 이슬람제국 출현 전까지 다시 줄기차게 계속되었다. 297년에 평화협정이 체결되었으나 이도 잠시뿐, 전쟁은 384년 무렵까지 끊임없이 이어졌다.

그러다가 395년 로마제국이 훈족(서기 370년경 유럽 남동부에 거대한 제국을 세운 유목 민족)의 공격을 받아 동서로 분열된 뒤, 두 제국 사이에는 100여 년 동안 평화가 지속되었다.

그러나 503년에 다시 페르시아·비잔틴 전쟁을 시작으로 크고 작은 전쟁이 532년까지 지속되었다. 그러다가 페르시아의 호스로우 1세

(?~579) 초엽인 533년 '항구적인 평화' 약속이 이루어졌으나 콘스탄 티노플의 하기아 소피아 사원 봉정식(537) 이후 540년에 페르시아·비잔틴 전쟁이 재발하여 628년까지 참화가 이어졌다. 그 와중에 614년에는 페르시아가 예루살렘을 점령하기도 했다.

|무함마드의 출현과 움마의 정립|

서기 570년, 무함마드는 쿠라이시족이 거주하던 홍해 연안의 서부 아라비아 상업 도시 메카에서 태어났다. 610년, 무함마드는 나이 마흔에 천사 가브리엘의 계시를 받고, 614년경부터 예언자로서 설교를 시작했으나 다신교도인 메카인들은 무함마드와 그의 추종자들을 박해하였다. 무함마드는 아라비아에 공동체를 세울 장소를 물색하였다. 그러던 중 야스리브(메디나) 부족에게 충성 서약을 받은 무함마드는 622년 신도들을 이끌고 메디나로 이주했다. 이때가 이슬람력이 시작되는 헤지라(히즈라) 원년이다.

그 뒤 움마(이슬람교의 신앙 공동체)는 성지 메카 정복에 나섰다. 이슬람군은 바드르 전투(624)에서 메카군을 크게 이겼으며, 우후드 전투(625)에서의 참패를 딛고 627년 전투에서는 3만의 병력으로 메카의 10만 대군을 섬멸하였다. 이 승리는 무함마드가 대세를 장악하는 데 결정적이었으며, 무슬림의 메카 순례를 허용하는 후다이비야 조약(628)을 이끌어냈다. 630년, 무슬림은 마침내 메카에 무혈 입성했다.

무함마드는 메카를 성지로, 메디나를 정치적 수도로 삼았다. 이후 아라비아반도의 전 부족들이 무함마드에게 충성을 서약하고 이슬람교로 개종하였다. 그러나 632년, 무함마드는 메카를 순례하고 고별 연설을 한 뒤 세상을 떠났다.

2. 정통칼리프시대(632~661)

|2대 칼리프 우마르 1세의 정복 사업과 그의 독살|

632년, 예언자 무함마드는 후계자를 정하지 못하고 숨을 거두었다. 이에 쿠라이시족이며 초기 개종자이자 덕망 높은 아부 바크르가 초대 칼리프(공동체의 이맘＝예배 인도자)에 선출되었다. 왕정이 아닌 신정 일치 정치체제인 정통칼리프시대가 열렸다.

초대 칼리프 아부 바크르가 즉위 2년 만인 634년에 죽고, 우마르 1세(우마르 이븐 알 카타브)가 2대 칼리프로 선출되었다. 우마르 1세의 10년 치세는 이슬람제국을 반석에 올려놓았다. 우마르 1세는 아랍 민중의 폭넓은 지지를 바탕으로 이슬람 통합을 급속히 진전시켰을 뿐 아니라 제국 번영의 제도적 바탕을 마련했다.

우마르 1세가 이끄는 이슬람군은 635년 이라크를 정복하고, 636년 야르무크 전투에서 비잔틴군을 격파한 뒤 카디시야 전투에서 사산조페르시아군을 격파했고, 639～641년에는 자지라(현재의 시리아와 이라크 북부)를 정복했다. 당시 우마르는 점령국마다 병영 도시를 건설하고 미스르(막사)에서 거주하도록 했다.

638년에는 예루살렘을 함락하고, 640～642년에는 이집트를 점령했다. 그리하여 이슬람군은 656년 내란 발발로 원정을 중단할 때까지 서쪽으로는 북아프리카, 동쪽으로는 호라산(현재의 투르크메니스탄)에 이르는 광대한 제국을 건설하였다.

정복의 왕 우마르 1세는 644년 한 기독교 노예에게 독살되었다. 이 사건은《아라비안나이트》1권〈우마르 빈 알 누우만 왕과 두 아들〉이야기의 중심 소재로 등장한다. 이 이야기는 실제로 일어난 역사적 사건을 토대로 거기에 판타지를 가미한 일종의 팩션인 셈이다.

|3대 칼리프 우스만과 페르시아제국의 몰락|

우마르 1세가 피살된 후 644년에 우스만 이븐 아판이 3대 칼리프로 선출되었다. 651년에는 마지막 황제 야지다지르드 3세가 피살됨으로써 마침내 사산조페르시아는 멸망하고 만다.

이 시기부터 경전 코란 정본(오스만 본) 편집을 시작하는 한편, 654년에 시작된 돛대 전쟁(655)에서 압둘라 빈 사드가 지휘하는 이슬람 함대는 2,000척의 선단을 이끌고 지중해 남쪽 알렉산드리아 근해에서 비잔틴제국의 콘스탄티누스 함대를 격파했다. 이 전쟁은 이슬람군 최초의 해전 승리로 기록된다.

우마르 통치 기간에도 정복 사업은 활발하게 이루어져 움마는 급속하게 팽창했다. 우마르는 건전한 사회 기강을 세우고자 했다. 이에 따라 전리품은 국가에 귀속되었으며 점령지는 무슬림 국가에 세금을 납부하는 조건으로 기존의 주인에게 되돌려졌다. 무슬림 전사들은 정복지에서의 정착이 허용되지 않았으며, 삭막한 병영 도시 미스르에서 외롭게 보냈다. 군사령관들과 메카의 부자들이 이라크 등지에서 땅을 갖는 것도 허용되지 않았다. 이 때문에 우마르는 유력자들의 지지를 잃었으며, 우마이야 가문 출신을 중용함으로써 메디나 무슬림의 비난을 샀다. 일례로, 시리아 총독으로 중용된 무아위야는 탁월한 행정가였지만 무함마드의 정적이었던 아부 수피안의 아들이라는 이유로 아부 수피안의 자손들을 관직에서 배제해야 한다고 생각한 메디나 무슬림의 거센 반발을 샀다. 우마르의 정책은 제국의 발전에는 적절했지만, 과거 '무함마드의 조력자(안사르)' 라는 메디나 무슬림의 자부심에는 적잖은 상처를 입혔다.

656년, 마침내 이러한 불만 세력은 우마르와 우스만의 정책에 반대했던 알리(무함마드의 사촌동생이자 사위) 주변에 모여들어 공공연히 반란을 일으켰다. 특히 병영 도시 푸스타트 출신의 병사들은 자신들의 정당한 권리를 주장하며 메디나로 돌아와 우스만의 '오두막'(우스만은 청렴하고 실용을 중시한 칼리프였다)을 공격하여 그를 죽이고, 알리를 새로운 칼리프로 옹립하였다.

한편, 우스만 암살을 두고 촉발된 논쟁은 칼리프 논쟁으로 비화되면서 무슬림의 정치체제에 커다란 영향을 미쳤다. 한편에서는 '우스만 암살'이 합법적인 권위에 대한 명백한 반란 행위이므로 엄격하게 처벌해야 한다고 주장한 반면, 다른 한편에서는 반란이 아니라 이슬람 공동체의 신성한 직위(칼리프)를 남용한 자에 대한 정당한 심판이라고 주장했다.

정당한 심판이라고 주장한 이들은, '칼리프'는 예언자의 직계 후계자들에게 속한 신성한 권리라고 주장하면서 알리를 추종했다. 이들은 알리의 추종자 '시아투 알리'로서, 뒷날 '시아파'로 불린다.

|4대 칼리프 알리와 1차 내전|

656년 알리 이븐 아비 탈리브가 4대 칼리프에 옹립되었다. 예언자의 혈통이 통치하는 새로운 정권이 이슬람의 진정하고 고유한 메시지를 회복시켜줄 것이라고 기대한 시아파는 알리를 지지했다.

그러나 알리의 등장으로 인해 누가 예언자의 직계 후계자인가를 놓고 벌어진 논쟁은 시아파와 수니파의 내분으로 비화되어, 656~661년 사이에 제1차 내전이 발발한다.

무함마드의 가장 어린 미망인 아이샤의 후원을 업은 초기 무슬림 탈하와 알 주바이르는 정통 후계자를 자처하며 바스라에 진을 치고 있었다. 알리군은 656년 낙타 전투에서 바스라군을 패퇴시켰으며, 바스라를 함락하고 쿠파를 본거지로 삼았다.

알리군은 이어서 657년에 시핀에서 무아위야군과 맞붙었다. 무아위야는 우스만과 같은 메카의 우마이야 가문(주로 메카에 모여 살던 쿠라이시족 상인 가문) 출신이었고, 당시 시리아 총독이었다. 시리아군은 시핀 전투에서 승리했다고 주장했으나 이라크군은 시리아군의 휴전을 받아들여 잠시 전투를 멈추었을 뿐, 자신들이 유리한 전세에 있었다고 주장했다. 논쟁이 계속되는 가운데 알리의 추종자 일부는 알리가 휴전을 받아들인 것에 분노하여 진영을 이탈했다. 이들이 바로 '이탈자' 카와리지파다.

결국 5년간의 내분 끝에 661년 1월, 칼리프 알리마저 하와리즈파에게 피살됨으로써 정통칼리프시대는 막을 내린다.

3. 우마이야왕조(661~750)

|초대 칼리프 무아위야 1세|

661년, 무아위야 1세를 시작으로 시리아 다마스쿠스를 수도로 한 우마이야왕조가 창건되었다. 1차 내전에 개입했던 파벌 가운데 시리아 총독인 무아위야 이븐 아비 수피안이 이끄는 집단이 승리를 거둔 것이다.

알리 피살 이후, 알리의 둘째 아들 하산은 그를 새로운 지도자로 추대하려는 사람들의 기대에도 불구하고 무아위야 정권을 인정했다. 그리하여 무아위야가 시리아에서 공동체의 만장일치로 '칼리프 무아위야 1세'로 인정받음으로써 제국의 분열은 가까스로 수습되었다.

강력한 권위를 획득한 무아위야 1세는 수도를 시리아의 다마스쿠스로 옮기고 새롭게 정치체제를 편성했다.

그는 피정복민에게 세금을 내는 대가로 반자치적인 짐마(무슬림의 보호를 받는 비무슬림)로 사는 것을 허용했고, 제국을 크게 몇몇 지방으로 나누고 자신의 친족을 그곳 총독으로 임명했다. 총독들은 토착 부족민과 갈등을 빚지 않으려고 노력했고 세금 징수를 위해 토착 지식인들에게 중앙과 지방 관청의 일을 맡겼다. 이로 인해 아랍 부족민들은 재무 행정에서 오랫동안 소외되었다.

부족민들 사이의 법질서 유지는 전시를 제외한 평시에는 부족장이 맡아 책임지도록 했다. 부족장은 부족민과 정부의 가교 역할을 하였으며, 그 대신 정부로부터 충분한 보상과 권력 분배의 특혜를 받았다. 무아위야는 시리아 내 주요 연합 세력인 쿠파족 지도층 칼브(남부 아랍 부족) 족장의 딸과 결혼하여 그 가문에 시리아 지배권을 나눠줌으로써 동맹을 맺고 권력 기반의 안정을 찾았다. 또한 674~678년 사이에는 비잔틴의 중심인 콘스탄티노플을 공격하였다.

|우마이야왕조와 '칼리프'의 변질|

무아위야 1세는 사망 전 그의 아들 야지드 1세를 후계자로 지명했다. 이로 인해 '칼리프' 정신에 반하는 족벌 세습 체제를 낳고 말았다.

이는 비난받아 마땅한 처사였다. 코란에서는 군주제를 강력하게 부정하고 있으므로, 아랍 부족들은 칼리프 족벌 세습에 반발하였다. 칼리프는 '슈라'(칼리프 선출 협의체)를 통해 선출되어야 했고, 이는 하나의 족벌이나 파벌이 '칼리프'를 독점해서는 안 된다는 걸 의미했다.

족벌 세력이 칼리프를 세습하게 되자 아랍 부족들은 정책 결정과 부의 분배 과정에서 철저하게 따돌려지고 있다는 사실을 자각하였다. 이들은 무아위야 1세와 그의 후계자들이 '칼리프'를 페르시아제국과 비잔틴제국의 군주제나 다름없는 절대왕정으로 변질시킨 결과 신의 종을 노예로 만들었고, 신의 재산을 소수의 유력자가 독점했으며, 신의 종교를 부패의 온상으로 만들었다고 비난하며 반란을 일으켰다.

| '카르발라 참사'와 2차 내전 |

680년, 쿠파에서 시아파는 후세인(알리의 둘째 아들)을 칼리프로 추대하였다. 후세인은 자신을 따르는 추종자와 가족 70여 명을 이끌고 메디나에서 이라크로 향하는 중에 카르발라에서 우마이야군의 습격을 받았다. 후세인의 병약한 어린 아들 알리가 유일한 생존자였다. 그는 텐트 속에 누워 있다가 기적적으로 살아난 뒤 이 참극을 세상에 전했다.

무하람(이슬람력 1월) 10일에 시아파는 어디에 있든지 '카르발라 참사' 희생자들의 순교를 기리고 그들을 구하지 못한 죄를 참회하였다.

사실, 수니파와 시아파 간의 갈등은 교리 차이보다는 '박해'와 '순교'로 점철된 '역사적 감정'에 의해 그 골이 더욱 깊어졌다. 카르발라 참사를 계기로 시아파와 수니파의 갈등은 극단으로 치닫기 시작했다. 이는 참혹한 전쟁과 함께 제국의 분열로 이어졌다.

무야위야 1세는 아들을 후계자로 지명해 내란을 막아보려고 했지만 그의 아들 야지드 1세가 즉위한 지 3년 만인 683년에 사망한 탓에, 그토록 막으려 했던 내란은 재발하고 말았다.

684년, 쿠파족에 의해 우마이야 가문 출신인 마르완 1세 이븐 알 하캄이 칼리프로 선출되었다. 그러자 우마이야왕조의 경쟁자이자 1차 내전 때 바스라에서 알리군에게 제거당한 알 주바이르의 아들 압드 알라 이븐 알 주바이르가 반란을 일으켰다. 이로써 2차 내전이 일어났다.

알 주바이르는 메카에서 무슬림 세계를 지배하고자 하였다. 그는 헤자즈(홍해 연안 아라비아 서부에 위치한 상권의 중심이자 메카와 메디나를 중심으로 한 오아시스 도시 지역) 지역 메카에서 스스로 칼리프임을 선언했다. 이 때문에 685년에 등극한 마르완 1세는 숱한 봉기에 직면했다. 그 가운데 가장 위협적인 것은 주바이르 형제와 무크타르(무스아브)였다.

686년, 카르발라 참사를 들어 쿠파에서 반란을 일으킨 알 무크타르는 자신이 마디(이슬람 종말론에 나오는 메시아)의 대리인이라고 주장하면서 쿠파인들을 추종 세력으로 거느렸다. 알 무크타르는 쿠파에서 비무슬림 노예들과 자유민들을 모아 자신의 군대를 지원하도록 했는데, 무슬림으로만 구성되던 군대의 편제 원칙이 무너진 것은 바로 이때부터였다.

687년, 알 무크타르를 섬멸하고 바스라를 차지한 주바이르 형제는 이라크에 정권을 세움으로써 제국의 지분을 일부 확보하였다. 한편, 바스라의 하와리즈파들도 칼리프를 앞세우며 아라비아와 이란 서부를 장악하였다.

마침내 692년, 5대 칼리프 아브드 알 말리크는 주바이르 세력의 중심지 메카를 공격하여 주바이르를 제거했다. 메카라는 성소를 파괴했다는 점에서 우마이야왕조의 권위는 깊은 타격을 받았지만, 다른 한편으로 아브드 알 말리크가 반란 세력을 모두 소탕하고 전 영토를 회복함으로써 이슬람제국의 위용을 되찾았다.

|우마이야왕조의 정복 활동과 이슬람제국의 확산|

705년에 등극한 알 왈리드 1세를 비롯한 후기 우마이야왕조 칼리프들은 8세기를 전후하여 일시 중단되었던 정복 활동을 재개하였다.

이슬람군은 7세기 말엽 북아프리카 지역을 공략한 데 이어 711~714년에는 지브롤터해협을 건너 이베리아반도를 장악했다. 유럽 원정을 지속하여 719년에는 피레네산맥을 넘어 프랑크왕국에 침입해 730년에는 아비뇽을 점령하였다.

호라산 총독 휘하의 이슬람 동정군東征軍은 705년에 중앙아시아 원정을 재개하여 730년대 말까지 시르 강 지역과 카자흐스탄을 비롯한 서부 투르키스탄 전역을 장악하고, 인도의 인더스 강 동안까지 진출했다. 이에 따라 이슬람군은 751년, 마침 이 지역을 경략하고 있던 고선지 장군의 당나라군과 충돌하여 역사적인 탈라스 전투를 벌이게 된다. 이 전투에서 이슬람군이 승리함으로써 중앙아시아 일대는 이슬람 문화권으로 편입되었다.

광대한 제국의 심장부인 시리아와 이라크 및 이집트는 두 차례에 걸친 이슬람군의 정복으로 원주민들이 거의 모두 이슬람으로 개종했다. 정복지의 주민들은 이른바 짐마 신분을 버리고 이슬람교로 대거 개종하여 마왈리(이슬람으로 개종한 비아랍인)가 되었다. 제국의 영토에서는 샤리아(코란을 바탕으로 한 법 체계)에 준한 사회 시책들이 실시되고 통일된 중앙집권적 행정이 펼쳐졌다. 사실상 이슬람 문명권이 형성되었음을 의미한다.

|우마이야왕조의 멸망|

743년, 칼리프 히샴 1세가 죽은 뒤 즉위한 알 왈리드 2세는 744년 시리아군에 피살되었다. 뒤를 이은 야지드 3세(744)가 즉위하자마자 3차 내전이 일어났다. 새로운 칼리프에 반기를 든 총독 마르완 2세는 군대를 이끌고 시리아로 들어가 정권을 장악하고 14대 칼리프에 즉위하였다.

한편, 743년부터 이란의 시아파를 중심으로 반우마이야 세력을 규합해온 아부 알 아바스는 기회를 엿보고 있었다. 747년에는 동부 이란의 호라산에서 아부 무슬림이 지휘하는 시아파 군대가 아바스 일파의 후원을 업고 반란을 일으켰다. 해방된 페르시아 노예 출신이며 호전적인 분파 지도자인 아부 무슬림의 반란군은 파죽지세로 이슬람 전역을 휩쓸었다.

비무슬림 주력부대와 일부 무슬림의 지원으로 호라산 전역을 차지한 아부 무슬림군은 이란을 가로질러 이라크 서쪽으로 진격하였다. 749년에는 유프라테스 강을 건너 우마이야 군대를 패퇴시켰다. 이라크와 시리아에서 승리한 반란군은 750년, 칼리프 마르완 2세를 이집트에서 붙잡아 처형함으로써 우마이야왕조의 깃발을 내렸다.

4. 아바스왕조(750~1258)*

아바스왕조 시대는 이슬람교가 넓은 지역에 뿌리 내리고 이슬람 문명권이 완성되었다. 특히 왕조 전기 8~9세기는 이슬람제국의 황금시대로서 이슬람 고전 문명이 형성되었다. 비록 후기에 이르러 이슬람 세계가 바그다드를 중심으로 한 동방 세력과 카이로를 중심으로 한 서방 세력으로 양분되었지만, 이슬람 문명권의 총체성은 여전히 유지되었다. 이슬람의 정착기는 몽골의 침입으로 아바스왕조가 멸망할 때까지 줄곧 이어졌다.

아바스왕조가 무슬림 사회를 지배하기 위해 고안한 새로운 정치조직은 제정帝政이었다. 비극적인 역설이지만, 초기 무슬림들이 그토록 무너뜨리려 했던 황제 체제(페르시아제국의 정치조직)를 후대 무슬림들이 답습한 것이다.

그러나 이슬람 역사에서 아바스왕조의 등장은 단순한 왕조의 교체가 아니라 하나의 혁명을 의미했다. 아랍인들은 그들의 반쪽 형제와 권력을 공유하지 않으면 안 되었다. 우마이야왕조에서는 부모가 모두 완전한 아랍인인 자만이 칼리프에 오를 수 있었지만 아바스왕조에서는 반쪽 아랍인, 페르시아인, 다른 종족도 칼리프의 궁전에서 출세할 수 있었다.

이리하여 보다 풍부한 정치적 경험을 가진 이란인들이 행정 전 분야에 진출하기 시작했다. 이라크에서 관료층을 구성한 행정부 수뇌들

---

* 《아라비안나이트》에는 '하룬 알 라시드'와 '알 마문'이라는 이름이 자주 등장한다. 이 두 칼리프는 아바스왕조의 성군으로 알려져 있다. 아바스왕조의 역사를 알면 《아라비안나이트》를 더욱 재미있게 읽을 수 있다.

은 대부분 이란인들로 채워지고, 이슬람화한 이란인들이 지배 엘리트로 등용되었다.

아바스왕조의 칼리프들은 권위의 신성함을 주장하는 한편, 행정 체계를 갖추고 군사력을 바탕으로 광범위한 제국을 통치하는 절대군주였다. 이렇듯 막강해진 왕권에도 불구하고 그 권위는 고대의 칼리프에 미치지 못했다. 사실상 움마(무슬림 공동체)의 수장으로는 인정받지 못했기 때문이다. 물론 초기에는 종교 지도자들이 아바스왕조에 어느 정도 호감을 가져 움마를 통합하고 질서를 유지한 칼리프에게 협조적이었다. 그러나 시간이 지날수록 종교 지도자들은 정통 이슬람 정신을 위배한 '황제 체제'로서의 칼리프를 인정하지 않으려 했다.

이에 칼리프들은 이슬람의 정체성을 회복하고 통합을 이루기 위해 그들의 지지를 이끌어내야 했다. 칼리프들은 메카와 메디나의 성지를 재건하고, 모스크를 세웠다. 이라크에서 성지에 이르는 정기 순례를 조직화하고, 순례자들에게는 편의를 제공했다. 또한 지하드를 수행하고, 학자들을 후원하며, 자신들의 도덕적 위상을 꾸준히 제고시켰다.

|초대 칼리프 앗 사파흐와 아부 무슬림 세력의 숙청|

처음 호라산에서 반란을 일으킨 호전적 분파의 지도자 아부 무슬림은 749년 혁명에 성공하였으나 칼리프로 선택받지는 못했다. 시아파는 알리 가문을 배제하고, 호라산 반란을 배후에서 조종한 아바스 가문에서 후계자를 선택했다. 그리하여 750년, 아바스왕조의 초대 칼리프로 앗 사파흐가 등극했다.

앗 사파흐는 집권 후 지지자들을 다독거리는 한편으로 칼리프의 권위에 위협이 될 만한 요소를 과감하게 제거해나갔다. 결국 이 과정에서 아부 무슬림은 건국 공신들과 함께 숙청당하고 말았다. 특히 우마이야 가문은 멸문을 당할 정도로 무차별 학살되었다. 앗 사파흐는 새로운 제국을 건설하기 위해 이라크 유프라테스 강변의 쿠파에 임시 수도를 정했다. 이로써 제국의 무게중심은 시리아에서 이라크로 옮겨졌다.

|2대 칼리프 알 만수르와 바그다드 건설|

754년에 2대 칼리프에 즉위한 아부 자파르 압드 알라 알 만수르 이븐 무함마드는 제왕적 통치에 위협으로 간주된 시아파 지도자들을 숙청하는 등 왕권의 신격화를 강화했으며, 21년 재위 기간 동안 왕조의 기틀을 다졌다. 그는 제국의 위상에 걸맞은 이라크 관료제를 복구하고 사산조페르시아의 전통에 새로운 특성을 가미했다.

특히 그는 762~766년 사이에 티그리스 강 서안 바그다드에 새로운 수도를 건설하고 공식 명칭을 '마디나트 알 살람'(평화의 도시)으로 하였다. 이는 일찍이 그곳에 있었던 자그마한 마을 이름이었다.

|5대 칼리프 하룬 알 라시드와 바르마크 가문|

이 시기는 아바스왕조 권력의 최절정기로 간주된다. 그러나 동시에 쇠퇴의 첫 조짐이 나타난 시기이기도 하다. 하룬 알 라시드의 두 아들 알 아민과 알 마문이 골육상쟁을 벌임으로써, 이후 지방에서 칼리프의 정치적 권위가 급속하게 붕괴되었기 때문이다.

또 이때 하룬이, 전통적으로 와지르(재상)를 맡아온 바르마크 가문을 숙청함으로써 오랫동안 아바스 칼리프와 이란인 지지자 세력 사이에 맺은 동맹이 사실상 와해되었다.

2대 칼리프 알 만수르는 그의 치세 동안 바르마크 가문의 도움을 업고 국정을 운영하였다. 바르마크 가문은 발흐 지방의 불교 성직자 가문의 후손이며 중앙아시아계 이란인들이다. 바그다드 시대와 함께 할리드 이븐 바르마크가 와지르에 오른 이후 그의 후손들은 대대로 와지르에 올라 803년 하룬 알 라시드 치세까지 제국의 행정을 주도하고 발전시켰다(《아라비안나이트》에는 칼리프 하룬 알 라시드와 함께 그의 시종인 자파르가 자주 등장한다. 자파르는 바르마크 가문 사람으로, 뒷날 비극적 종말을 맞는다).

|4차 내전과 7대 칼리프 알 마문|

알 마문 시대 역시 아바스왕조의 황금시대로 불린다. 칼리프 하룬은 아들 알 아민(809~813)을 후계자로 임명하고, 또 다른 아들 알 마문(813~833)에게는 알 아민의 뒤를 잇게 해주겠다는 조건과 더불어 호라산의 통치권을 약속했다. 하지만 그때까지 아바스왕조의 어떤 왕자도 호라산 총독으로 봉직한 일은 없었다.

두 형제간의 갈등은 날로 깊어져 마침내 4차 내전(813~819)으로 번졌다. 알 아민 세력은 주로 바그다드를 비롯한 이라크를 근거지로 삼고, 알 마문 세력은 이란을 근거지로 삼았다. 따라서 내전은 아랍인과 페르시아인 사이의 민족적·지역적 갈등 양상을 띠기도 했다. 내란은 결국 페르시아인의 승리로 끝났고, 알 마문이 권력을 잡았다.

하지만 선조들이 세워놓은 정치체제를 알 아민이 대표하고 있었기 때문에 알 마문의 조직은 통치에 필요한 힘을 발휘하지 못했다. 알 마문은 대안을 찾기 시작했다. 그는 호라산에 머물면서 지방의 유력자들과 직접 동맹을 맺고, 816년 시아파 열두 이맘 중 여덟 번째 이

맘인 알리 알 리다를 후계자로 임명하고, 아바스왕조의 상징을 흑색에서 녹색으로 바꿈으로써 새로운 질서가 시작되었음을 선포했다. 그리고 수도를 잠시 마르브로 옮겼다.

그러자 바그다드 시민, 나아가 이라크인들은 알리 알 리다를 임명한 것은 조로아스터교의 음모라고 비난하면서 반란을 일으켰고, 다른 아바스 가문의 사람인 이브라힘 이븐 알 마디를 칼리프에 앉혔다. 바그다드와 호라산에서 두 명의 칼리프가 양립한 셈이었다.

818년 결국 알 마문은 굴복하고 자신의 후계자인 알리 알 리다를 죽이고, 제국의 수도인 이라크의 바그다드로 돌아갔다.

알 마문이 이라크로 돌아간 후, 이란인들의 야심은 지방자치 왕조에서 그 출구를 찾았다. 820년 알 마문의 이란인 장군이었던 타히르는 호라산에 실질적인 독립 왕조를 세웠다. 알 마문은 타히르 왕조(821~873)를 인정하지 않을 수 없었다. 타히르는 수니파 이슬람 최고 지도자로서 칼리프의 명목상 종주권을 인정했지만, 어쨌든 칼리프가 지배 영역에서 실질적인 권위를 빼앗은 선례를 남겼다.

알 마문이 시아파를 선호한 것은 사실이지만 궁극적으로는 시아파 이맘에게 기존의 종교적 권위를 부여함으로써 자신의 영향력을 발휘하려고 했던 것이다. 알 마문은 정통주의(수니파) 울라마(이슬람 공동체의 신학자)를 내쫓으려 했다.

특히 알 마문은 827년 '코란'의 한 교리인 무타질라파의 교의를 공식적으로 승인하였다. 그리고 830년에는 바그다드에 '지혜의 집'을 개관하고 본격적으로 번역 사업을 개시했다. 알 마문 이후의 후계자들은 통치 이데올로기로서 '무타질라'로 알려진 하나의 통일된 교의를 강제하며 다른 종파를 박해했다.

임종을 눈앞에 둔 마문은 833년 미흐나(신앙심을 심사하는 종교재판소)를 열었다. 마문의 영향력 아래 있던 종교 지도자는 무타질라파 교리를 받아들인다는 서명을 강요당했다. 종교 지도자들은 이를 몹시 못마땅하게 생각했다. 미흐나는 알 무타와킬(847~861) 치세까지도 지속되었으나 결코 성공적으로 운영되지 못했다. 당시 칼리프는 종교 지도자들을 실질적으로 제압할 수 있는 권위나 수단이 없었다. 추종자들의 묵인 아래 행사된 그들의 종교적 지도력은 아래로부터 나온 것이어서 칼리프의 권력으로도 빼앗을 수 없었다.

|알 무타심과 알 무타와킬|

알 마문의 후계자 알 무타심은 836년 수도를 바그다드에서 사마라로 옮겼다. 그는 이슬람 국가에서는 처음으로 페르시아의 상비군을 모델로 투르크계 친위대를 편성했다. 말을 타고 활을 쏘는 기술이 뛰어난 중앙아시아의 투르크족 출신 맘루크(이슬람에서 군인으로 길러진 노예)로 정예부대를 구성한 것이다. 이들은 이슬람교로 개종한 뒤 자유 신분(노예 상태로 계속 남아 있기도 했다)을 얻으면 군인으로 고용되었으며, 종종 장군이나 총독으로 중용되기도 했다.

알 무타와킬은 다루기 힘든 투르크계 군인들에 대항하기 위해, 대중적 지지를 필요로 했고, 이를 위해 수니파의 주류를 받아들였다. 수니파와 수니파 울라마들은 교리 문제에 관한 한 칼리프가 어떤 압력도 행사하지 못하게 막아낼 만큼 이미 충분히 강해져 있었다. 정통 수니파 출신의 칼리프도 예외는 아니었다.

결국 알 무타와킬은 무타질라파의 교의를 탄압해야만 했고 848년, 무타질라파의 공인을 취소했다. 이로써 칼리프의 교권 장악 시도는 실패하고 다시는 되풀이되지 않았다. 알 무타와킬 이후 아바스왕조의 칼리프들은 최소한 공식적으로는 정통 교리를 신봉할 수밖에 없었다.

알 무타와킬은 861년 사마라에서 투르크족 군인들과 자신의 아들 알 문타시르에게 살해되었다. 알 문타시르(861~862)와 알 무스타인 (862~866)의 전쟁 이후 시작된 무정부 상태는 잠시의 회복기를 제외하고는 945년까지 지속되었다.

|아바스왕조 후기의 혼란과 독립 왕조들의 난립|

아바스왕조는 무슬림 세계 전역을 통치한 일이 없었다. 왕조 초기부터 서부 지역의 에스파냐와 북아프리카에서는 아바스왕조의 종주권을 명목상으로만 인정하는 사실상의 독립 왕조가 성립되었다.

756년 우마이야 왕자 아브드 알 라흐만 이븐 무아위야는 아바스왕조의 대학살을 피해 에스파냐로 탈출, 안달루시아에서 후우마이야왕조를 세우고, 수도 코르도바를 건설하였다. 785년에는 코르도바의 모든 시민이 합동 예배를 올릴 수 있는 대모스크(이슬람 세계 4대 불가사의 중 하나)를 건립했다. 그의 후손 아브드 알 라흐만 3세는 929년 스스로 칼리프임을 선언하고 아바스왕조로부터 분리 독립했다. 그와 그의 후계자들인 알 하캄 2세(알 하캄 2세 도서관은 이슬람 세계에서 가장 큰 도서관 중 하나다), 그리고 히샴 3세에 이르는 시기는 후우마이야왕조의 전성기로, 찬란한 문화를 꽃피웠다. 1013년 베르베르족 군대의 약탈로 코르도바가 폐허가 된 뒤, 1032년 후우마이야왕조는 무너지고, 군소 왕국들로 분열되어 전쟁이 계속되었다.

800년 하룬 알 라시드는 북아프리카 지역 총독에게 연조(해마다 바치는 조공)의 대가로 자치권을 부여함으로써 아글라브 왕조(800~909)가

생겨났다. 이후 알제리의 루스타미드 왕조(761~909), 모로코의 이드리스 왕조(789~921) 등이 난립하였다.

868년 바그다드 출신의 투르크족 집정관인 아흐마드 이븐 툴룬은 이집트의 부유한 주를 자신의 독립국으로 선포하고 툴룬 왕조(868~905)를 건립했다. 878년 툴룬 왕조는 지배 영역을 확대하여 시리아를 병합함으로써 이집트는 아바스왕조로부터 분리되었다. 905년 아바스왕조가 극히 짧은 기간 다시 지배하였으나, 이집트는 파티마 왕조가 들어선 이후, 다시는 바그다드의 지배를 받지 않았다.

이집트에 독자적 정치권력이 등장하고 일시적으로 시리아까지 지배함에 따라, 시리아와 메소포타미아 사이에 새로운 '무인의 영토'가 생겼다. 이 시기를 틈타 사막 가장자리의 베두인 아랍 부족 카르마트파가 902년 난을 일으켜 905년에는 다마스쿠스를 포위하는 등 그 영역을 시리아와 메소포타미아의 정착지까지 넓혔으나 아바스 칼리프에 의해 진압되었다.

이란에서는 붕괴의 과정이 약간 다른 형태를 띠었다. 호라산에서 '알 무칸나(복면자)의 난'(776~783)이 진압되고, 820년 알 마문이 바그다드로 돌아간 직후 타히르가 호라산에 타히르 왕조(821~873)를 건립하였다. 알 마문은 칼리프의 종주권을 존중받는 궁색한 조건으로 타히르 왕조를 인정할 수밖에 없었다.

한편 867년 이란 남동부에서는 도시 빈민가의 지도자이자 구리 세공인, 야쿠브 이븐 라이스 앗 사파르가 사파르 왕조(867~903)를 세우고, 이웃한 호라산의 타히르 왕조를 흔들었다. 한편 869년 이라크 남부에서는 흑인 노예(잔지)의 대규모 반란(868~883)이 일어났다. 아프리카 노예들은 오랫동안 이라크 남부에서 초석(질산칼륨)을 골라내고 염분이 많은 땅을 경작지로 개간하는 일에 동원되었다. 반란을 진압해야 할 신화적인 투르크족 출신 기병들은 늪지에 주둔하고 있어서 아무 쓸모가 없었다. 급기야 876년 흑인 노예 반란군은 사파르의 군대를 패퇴시켰다. 패배한 사파르는 이라크 정복에 나섰다가 879년 칼리프의 형제이자 섭정이었던 알 무와파크에 의해 사망하고, 그의 군대는 진압되었다.

|칼리프의 실각|

제국의 도처에 독립 왕조들이 난립하면서, 이슬람제국의 중심인 칼리프의 권세는 급격히 축소되어 이름만 남게 되었다.

왕실은 권력다툼으로 바람 잘 날 없었으며, 비대해진 관료 조직은 날로 부패하였다. 조세 질서가 무너져 중앙정부 수입이 급감하고 금은 광산은 침탈당하여 고갈되었다. 지방의 조세권과 군권을 장악한 총독들이 칼리프를 허수아비로 만들고 사실상 제국의 통치권을 행사하게 되었다.

결국 칼리프 알 무타심(833~842)과 그의 후계자 알 와티크(842~847) 시대부터 칼리프는 군사령관(총독)들의 꼭두각시가 되어, 그들에게 잘 보여야 그나마 자리를 보전할 수 있는 참담한 신세가 되고 말았다.

10세기 초 칼리프의 권위는 완전히 무너졌다. 936년 '아미르 알 울마라'(대아미르, 총사령관) 직이 신설되고, 처음으로 이라크 총독 이븐 라이크에게 '대아미르' 칭호가 수여되었다. 이는 다른 지역 군사령관들에 대해 바그다드 군사령관의 우선권을 확인시켜주는 것이며, 동시에 칼리프 외에 정치·군사적 권한을 행사하는 또 다른 통치자의 존재를 공식적으로 인정하는 것이었다. 이는 결국 칼리프의 실각을 의미했다. 칼리프는 이제 제국의 상징적인 수장이자 이슬람 종교 공동체의 명목상의 대표자로만 남게 되었다.

|십자군 전쟁과 '술탄 살라딘'|

그 뒤로 사만 왕조, 파티마 왕조, 셀주크 왕조를 비롯하여 숱한 왕조가 제국의 영역에서 부침을 거듭하였으며, 제국의 분열을 틈타 1097년 십자군이 공격해옴으로써 제국은 100년간의 전화에 휩싸이게 되었다.

십자군은 처음 30년 동안은 분열된 이슬람 세계, 그중에서도 지중해와 해안 지역으로 손쉽게 들어왔다. 시리아 해안을 따라 팔레스타인으로 급속히 진격하여 1098년 안티오크를 점령하고, 1099년에는 예루살렘을 점령하여 예루살렘 왕국(1099~1187)을 건립하였다.

1127년 셀주크 왕조의 투르크족 장교 장기는 이라크 모술을 점령한 다음 강력한 이슬람 국가인 장기 왕조(1127~1222)를 건립하고, 메소포타미아 북부를 거쳐 시리아로 진격, 알레포를 점령했다. 알레포를 지배하던 장기의 아들 누르 앗 딘 마흐무드는 1154년 다마스쿠스를 점령하고 시리아에 강력한 이슬람 세력을 일으켰다. 이로써 십자군은 처음으로 강력한 적과 대치하게 되었다. 십자군과 이슬람군은 경쟁적으로 이집트 정복에 나섰는데, 셀주크의 술탄 누르 앗 딘 마흐무드는 살라흐 앗 딘 유수프 이븐 아이유브(흔히 '술탄 살라딘'으로 불림)를 사령관으로 하여 쿠르드 출신 장교들을 이집트에 파견했다.

1169년 살라딘은 예루살렘을 탈환하고 1171년에는 파티마 왕조를 멸하고 아이유브 왕조를 건립하였다. 1174년 누르 앗 딘 마흐무드가 사망한 뒤 살라딘은 이집트를 떠나 그의 주군의 땅 다마스쿠스와 시리아의 마을들을 점령하고 예멘을 정복했다. 그 후 살라딘은 십자군의 여러 공국과 지하드(성전)를 수행하며 무슬림의 '전설적인' 영웅이 되었다. 1187년 살라딘은 치열한 하틴 전투에서 예루살렘 왕국을 패퇴시키고 기독교도에게서 예루살렘을 되찾았다. 살라딘은 좁은 해안가에서 십자군을 축출하며 꾸준히 지하드를 수행했지만, 1193년 그가 사망함으로써 시리아와 이집트의 아이유브 왕국은 후계자들에 의해 군소 국가로 분할되었다.

1229년 알 카밀과 프리드리히 2세의 평화조약으로 예루살렘을 빼앗긴 무슬림은 1244년 다시 예루살렘을 탈환하였다. 그 뒤 등장한 맘루크 왕조(1250~1517)는 1291년 아카를 공격하여 시리아로부터 십자군을 축출하였다. 아이유브 왕조의 약화와 분열을 틈타 명맥을 유지하던 십자군 요새들은 맘루크군이 탈환하였다.

|몽골군의 침략과 아바스왕조의 최후|

1218년까지 동북아 전역을 제패한 칭기즈칸은 칼끝을 서쪽으로 돌려 1219년부터 서쪽 정벌에 나섰다. 그는 몽골 기마병을 이끌고 1220년까지 부하라와 사마르칸트, 트란스옥시아나의 모든 도시를 수중에 넣고 별 어려움 없이 아무다리야 강을 건너 동부 이란까지 점령했다.

1227년 칭기즈칸의 갑작스러운 죽음 이후 새로운 칸이 정벌을 재개하여, 몽골군은 1240년까지 서부 이란을 정복하고 그루지야와 아르메니아 북부 메소포타미아를 공략하면서 1243년에는 아나톨리아의 룸 셀주크 왕조(현재의 터키)를 굴복시켰다.

1253년, 칭기즈칸의 손자 훌라구는 이집트에 이르는 이슬람 세계 전역을 정복하기 위해 아무다리야 강을 건넜고, 채 몇 달이 지나지 않아 이란으로 질주해 모든 저항을 뚫고 1256년에는 암살단의 본거지마저 장악했다.

그리고 마침내 1258년 바그다드에 집결했다. 도시는 철저하게 유린되고 화염에 휩싸였다. 2월 20일, 마지막 칼리프 알 무스타심 일족은 모두 처형되고, 명목상이나마 수니파 이슬람 세계의 중심이었던 아바스왕조는 막을 내렸다.